द 10 न्यू लाइफ़ चेंजिंग स्किल्स

राजेश श्रीवास्तव ने आईआईटी कानपुर और आईआईएम बैंगलुरु से स्नातक किया। उन्हें साढ़े तीन दशक से ज्यादा का कॉरपोरेट और एकेडमिक अनुभव है। यूनाइटेड स्पिरिट्स (अब डियाजियो इंडिया) में उन्होंने मैकडॉवेल सिग्नेचर, रॉयल चैलेंज, बैगपाइपर और ब्ल्यू रिबैंड डुएट समेत भारत के सर्वाधिक प्रतिष्ठित, लोकप्रिय और टिकाऊ एल्कोहल ब्रांडों की रचना की। वे जेके हेलेन कर्टिस के प्रेसीडेंट भी बने जहाँ उन्होंने पार्क एवेन्यू डियोडरेंट को 'परफ्यूम' के तौर पर रीलॉन्च करके कंपनी और डियोडरेंट श्रेणी को फिर से सक्रिय किया। आज 'परफ्यूम' डियोडरेंट श्रेणी में स्वाभाविक रूप से लाभप्रद हो चुका है। 2008 से ही उन्होंने अपना ध्यान शिक्षण तथा कॉरपोरेट वर्कशॉप आयोजित करने की तरफ मोड़ दिया था। शिक्षक के तौर पर उन्होंने आईआईएम इंदौर तथा एसपी जैन स्कूल ऑफ मैनेजमेंट में पढाया। कॉरपोरेट ट्रेनर के तौर पर उन्होंने सीमेंस इंडिया, मर्सिडीज-बैंज रिसर्च सेंटर और रिलायंस इंडस्ट्रीज समेत कई प्रतिष्ठित कंपनियों में काम किया। अपने पूरे करियर में, उनके कॉलम तथा लेख आउटलुक, टेलीग्राफ, मिडडे, बिज़नेस स्टैंडर्ड तथा मिंट जैसे तमाम प्रकाशनों में प्रकाशित होते रहे हैं। पेंगुइन रेंडम हाउस ने उनकी पहली किताब द न्यू रूल्ज़ ऑफ बिज़नेस प्रकाशित की थी जो शीघ्र ही नेशनल बेस्टसेलर बन गई थी। यह उनकी दूसरी पुस्तक है। वे मुंबई में अपनी पत्नी शैली के साथ रहते हैं।

पुस्तक की अग्रिम प्रशंसा

'हर पेशेवर अपने कार्यस्थल पर दो चीजें लेकर आता है— विल (इच्छा) और स्किल (कौशल)। इच्छा भी असल में कौशल पर ही निर्भर करती है। इच्छा आपकी स्वीकार्यता बढ़ाती है, कौशल आपको प्रशंसा तथा करियर में उन्नति दिलाता है। अगर आप कौशलयुक्त हैं तो आप बहुत ऊँचाई तक जाएँगे। राजेश ने भविष्य की ज़रूरत के हिसाब से कौशलों पर गहन शोधयुक्त किताब लिखी है। पहला कदम आजीवन सेल्फ-लर्नर बनने का है'—**शिव शिवाकुमार, एक्जीक्यूटिव प्रेसीडेंट, आदित्य बिरला ग्रुप।**

'राजेश किस्सागोई की अपनी अनूठी शैली में जादू करते हुए तेजी से फैल रहे नए औद्योगिक युग के लिए दस आवश्यक कौशल बताते हैं, जिसमें नौकरियों की अवधारणा ही बदलती जा रही है। आने वाले समय में, हमें अपने स्वास्थ्य, सुख और समृद्धि के लिए आय अर्जित करने तथा धन कमाने के लिए प्रौद्योगिकी का रचनात्मक और कल्पनाशील इस्तेमाल करने की ज़रूरत पड़ेगी। इस पुस्तक में राजेश की टूलकिट हमें इस नई उभरती दुनिया के बारे में बेहतर ढंग से बात करने में सक्षम बनाएगी। यह पुस्तक एक बेहतरीन तरीके से कही गई कहानी है जिसे आसानी से खारिज नहीं किया जा सकता है, हालाँकि इसे आप कोई जासूसी उपन्यास न समझें'—**सुभाष चंद्र गर्ग, द *$10 ट्रिलियन ड्रीम* और *वी ऑल्सो मेक पॉलिसी* के लेखक और भारत सरकार के पूर्व वित्त और आर्थिक मामलों के सचिव**

'कोविड और प्रौद्योगिकी से बाधित दुनिया में आप खुद को किस तरह से तैयार करते हैं? मैं राजेश श्रीवास्तव की पुस्तक द *टेन न्यू लाइफ-चेंजिंग स्किल्स : गेट देम एंड गेट अहेड* की सिफारिश करूँगा। यह आपको दस 'जीवन रक्षक' कौशलों से परिचित कराएगी जो आपको इस दोहरी बाधित दुनिया से निपटने में मदद करेंगे। प्रत्येक कौशल को व्यवसाय की दुनिया और खेल जगत के उदाहरणों से समझाया गया है, साथ ही उन लोगों के जीवन से भी समझाया गया है जिनकी हम प्रशंसा करते हैं। इस पुस्तक में उनके साढ़े तीन दशकों से ज्यादा के

अपने समृद्ध अनुभव के उदाहरणों से भी मदद ली गई है। इसे बांधे रखने वाली किस्सागोई शैली में लिखा गया है और इसमें आप आखिर तक बंधे रहेंगे'—**हरि टी.एन., लेखक, सह-संस्थापक, अर्थ स्कूल ऑफ एँट्रप्रेन्योरशिप और एँजेल निवेशक— बिगबास्केट**

'इस पुस्तक में दस आवश्यक "जीवन बदलने वाले" कौशल शामिल हैं, जिनमें रचनात्मकता और आलोचनात्मक सोच से लेकर किस्सागोई और बिना अधिकार के प्रभावित करने तक के कौशल शामिल हैं। मुझे लगता था कि मुझे तो बहुत सारी बातें स्पष्ट होंगी ही, लेकिन वास्तव में ऐसा था नहीं! राजेश इन कौशलों को भारत से, दुनिया भर से और अपने व्यक्तिगत अनुभवों से लिए गए यादगार उदाहरणों के साथ चित्रित करके और किस्सागोई की मंत्रमुग्ध करने वाली शैली में बताकर जीवन में पेश करते हैं। इस पुस्तक में स्थायी ज्ञान और स्पष्ट अंतर्दृष्टि शामिल है, जो निश्चित रूप से पाठकों को प्रबुद्ध और समृद्ध करेगी। मुझे लगता है कि इसे बिज़नेस मैनेजमेंट के छात्रों, उद्यमियों, स्टार्ट-अप संस्थापकों और पेशेवरों को अवश्य पढ़ना चाहिए। वास्तव में, यह पुस्तक ऐसे किसी भी व्यक्ति के काम की है जो उद्योग 4.0 और उससे आगे बढ़ना चाहता है'—**आशुतोष शर्मा, इंस्टीट्यूट चेयर प्रोफेसर, आईआईटी कानपुर और पूर्व सचिव, विज्ञान एवं प्रौद्योगिकी विभाग, भारत सरकार**

'राजेश एक संपूर्ण पेशेवर हैं जिन्होंने अपने कॉरपोरेट जीवन के सबकों को छोटे-छोटे और दिलचस्प अंशों में अपनी पुस्तक में प्रस्तुत किया है। यह पुस्तक पढ़ने में आसान है और इसमें युवा व्यवसाय प्रबंधकों, छात्रों और सुधी पाठकों के लिए कई सुझाव दिए गए हैं। इसे ज़रूर पढ़िए'—**अनंत सिंघानिया, सीईओ, जेके एँटरप्राइजेज और निदेशक, जेके ऑर्गनाइजेशन**

'टेन न्यू लाइफ-चेंजिंग स्किल्स व्यवसाय और जीवन में आगे बढ़ने की गाइड है। यह व्यवसाय और उद्योग के कई व्यावहारिक उदाहरणों की मदद से अच्छी तरह से लिखी गई है और समझने में भी आसान है। इसे न केवल प्रबंधन के छात्रों और उभरते उद्यमियों को, बल्कि उन लोगों को भी पढ़ना चाहिए जो जीवन में आगे बढ़ना चाहते हैं — **डॉ मुकेश बत्रा, संस्थापक-अध्यक्ष, डॉ बत्राज़ हेल्थकेयर और पद्मश्री से सम्मानित**

'कार्यस्थल में ऑटोमेशन और डिजिटलीकरण हमारी दुनिया को तेजी से बदलते जा रहे हैं और बहुत जल्द कई व्यवसायों को अप्रचलित बना सकते हैं। बाजार में टिके रहने, उसका सामना करने और फलने-फूलने के लिए, हमें नए प्रतिमानों को समझने की ज़रूरत है और हमें ऐसे कौशल विकसित करने या उन्हें तेज करने की ज़रूरत है जो हमें विशिष्ट रूप से मानवीय, रचनात्मक और नवाचारी बनाएँ। राजेश श्रीवास्तव की ये समृद्ध पुस्तक पढ़ने में आसान है लेकिन इसमें वास्तविक जीवन के कई केस स्टडी और अभ्यास शामिल किए गए हैं। कनिष्ठ कार्यकारी से लेकर सीईओ तक सभी प्रबंधकों को ये पुस्तक अवश्य पढ़नी चाहिए। ये पुस्तक आपकी और आपके व्यवसाय की किस्मत बदल सकती है'—**संदीपन देव, पूर्व संपादक, *फाइनेंशियल एक्सप्रेस***

'अगर आपको भी मेरी तरह लगता है कि तकनीकी नवाचारों की गति हमारे मौजूदा कौशल समूहों को अप्रासंगिक बना देगी तो फिर आपको यह किताब बहुत ज़रूरी न सही, लेकिन पढ़नी तो चाहिए ही। इसमें बुद्धिमान और विचारशील लीडर राजेश श्रीवास्तव ने जीवन बदलने वाले दस कौशल बताए हैं, जिन्हें हमें उद्योग 4.0 की चुनौतियों का सामना करने के लिए तैयार होने के लिए अपनाना चाहिए। मैं उन सभी लोगों से इस पुस्तक की पुरजोर सिफारिश करता हूँ जो अपने भविष्य को आकार देने और प्रासंगिक बने रहने की इच्छा रखते हैं' —**अनिल के खंडेलवाल, पूर्व प्रेसिडेंट और मैनेजिंग डायरेक्टर, बैंक ऑफ बड़ौदा**

'यह उद्योग 4.0 में उत्पन्न चुनौतियों से निपटने के तरीके पर राजेश की एक और शानदार और मनोरम पुस्तक है। इसमें वे अपनी विशिष्ट शैली में जीवन बदलने वाले दस कौशल प्रस्तुत करते हैं, जो सरल और आसान हैं, जिससे उन्हें समझना आसान हो जाता है। पुस्तक व्यावहारिक अंतर्दृष्टियों से भरपूर है। दुनिया भर के कॉरपोरेट लोगों को ये अवश्य पढ़नी चाहिए' — **अशोक कपूर, पूर्व प्रेसिडेंट और मैनेजिंग डायरेक्टर, यूनाइटेड स्पिरिट्स लिमिटेड (अब डियाजियो इंडिया)**

द 10 न्यू लाइफ़ चेंजिंग स्किल्स

अपनाइए और जीवन में आगे बढ़िए

राजेश श्रीवास्तव

अनुवाद : महेंद्र नारायण सिंह यादव

MANJUL

मंजुल पब्लिशिंग हाउस

MANJUL

मंजुल पब्लिशिंग हाउस

कॉरपोरेट एवं संपादकीय कार्यालय

• द्वितीय तल, उषा प्रीत कॉम्प्लेक्स, 42 मालवीय नगर, भोपाल-462 003

विक्रय एवं विपणन कार्यालय

• सी–16, सेक्टर 3, नोएडा, उत्तर प्रदेश, 201301

वेबसाइट : www.manjulindia.com

वितरण केन्द्र

अहमदाबाद, बेंगलुरू, कोच्चि, कोलकाता, चेन्नई,
हैदराबाद, मुम्बई, नई दिल्ली, पुणे

राजेश श्रीवास्तव द्वारा लिखित मूल अंग्रेजी पुस्तक द *10 न्यू लाइफ़ चेंजिंग स्किल्स* का हिन्दी अनुवाद

The 10 New Life Changing Skills by Rajesh Srivastava – Hindi Edition

यह हिन्दी संस्करण 2025 में पहली बार प्रकाशित
द्वितीय आवृत्ति 2026

ISBN 978-93-5543-686-3

अनुवाद : महेन्द्र नारायण सिंह यादव

टाइपसेटिंग : डीजीअल्ट्राबुक्स प्रा. लि., नई दिल्ली

मुद्रण व जिल्दसाज़ी : मणिपाल टेक्नोलॉजीज़ लिमिटेड, मणिपाल

अनुक्रम

मेरी यह पुस्तक समर्पित है

मेरे स्वर्गीय पिता को, जिनका मानना था कि मेरे अंदर लेखक बनने की प्रतिभा है। मुझे खुशी है कि मैंने उनकी अपेक्षाएँ पूरी कीं।

मेरी माता को, जिनका मानना है कि मैं जिस काम में भी दिल से जुट जाऊँ, उसे पूरा कर सकता हूँ। मुझे खुशी है कि मैंने उनको फिर से सही साबित किया।

मेरी पत्नी शैली को, जिसने खुशी-खुशी इसके कई प्रारूपों की समीक्षा की और इसे संपूर्ण बनाने के लिए पेशेवर आलोचक की भूमिका निभाई।

मेरे बेटे कौतुक को, जिसने एक प्रकाशित लेखक के रूप में मुझे घोस्ट राइटिंग कराने के बजाय एक-एक शब्द खुद लिखने के लिए जोर देकर मुझे बेहतर लेखक बनाया।

मेरे मित्रों और शुभचिंतकों को, जिन्होंने समीक्षा करने और बेशकीमती सुझाव देने में अपना बेशकीमती समय लगाया।
इस वजह से यह पुस्तक व्यावहारिक और दिलचस्प बन सकी।

'आपका भविष्य आपके वर्तमान के कार्यों पर निर्भर करता है।'

—महात्मा गांधी

ये पुस्तक क्यों लिखी गई?

ऑटोमेशन के कारण ब्ल्यू-कॉलर नौकरियाँ खत्म हो रही हैं, जबकि एल्गोरिदम और आर्टिफिशियल इंटेलिजेंस (एआई) से संचालित स्मार्ट ऑटोमेशन के कारण व्हाइट-कॉलर नौकरियाँ कम होती जा रही हैं।

क्या इस रुझान का कोई स्वतंत्र सत्यापन है?

मैकिंसे एंड कंपनी का कहना है कि ऑटोमेशन और एआई में तेजी से प्रगति के युग में, कुछ नौकरियाँ खत्म होंगी तो कई अन्य नौकरियाँ पैदा भी होंगी; लगभग सब कुछ बदल जाएगा। विश्व आर्थिक मंच (वर्ल्ड इकोनॉमिक फोरम) ने भी भविष्यवाणी की है कि कार्यस्थल में ऑटोमेशन और डिजिटलीकरण के बढ़ने से लाखों नौकरियाँ या तो ख़त्म हो जाएँगी या उनका स्वरूप बदल जाएगा।

इन टेक्टोनिक व्यवधानों को मुख्य रूप से स्मार्ट सॉफ़्टवेयर से संचालित कंप्यूटरों के लिए जिम्मेदार ठहराया जा सकता है। उसकी वजह यह है।

ब्ल्यू-कॉलर नौकरियों में बार-बार किए जाने वाले एक जैसे काम शामिल होते हैं। उदाहरण के लिए, बैंकों में नकदी बाँटने वाले कैशियर, पत्र और अन्य दस्तावेज टाइप करने वाले टाइपिस्ट, संपत्ति की रखवाली करने वाले सुरक्षा गार्ड या भंडारण

में सामान ले जाने और ढेर लगाने का काम करने वाले लोग। उचित सॉफ़्टवेयर से संचालित कंप्यूटरों में बार-बार किए जाने वाले काम लगातार सटीकता के साथ करने की अद्भुत क्षमता होती है। इसके नतीजे में ब्ल्यू-कॉलर नौकरियों का बड़े पैमाने पर ऑटोमेशन हो रहा है। इसी का नतीजा है कि कैशियर की जगह एटीएम, टाइपिस्ट की जगह कंप्यूटर, सुरक्षा गार्ड की जगह निगरानी कैमरे और भंडारण के कर्मचारियों की जगह रोबोट लेते जा रहे हैं।

व्हाइट कॉलर नौकरियों में निर्णय लेने की आवश्यकता होती है।

कंप्यूटर कई काम इंसानों की तुलना में बहुत बेहतर कर सकते हैं जिनमें निर्णय लेने में काम आने वाले बुनियादी संज्ञानात्मक कौशलों की ज़रूरत होती है, लेकिन ऐसे कंप्यूटर नीचे बताई तकनीकों से युक्त होने चाहिए

- एआई, जो मशीनों को इंसानी कामों और निर्णय प्रक्रियाओं की नकल करने में सक्षम बनाती है
- रोबोटिक्स, जो इंसानी प्रयासों को दोहरा सकता है और बेहतर नतीजे दे सकता है
- मशीन लर्निंग, जो मशीनों को पिछले डेटा से सीखने, पैटर्न की पहचान करने, विसंगतियों का पता लगाने और न्यूनतम मानवीय हस्तक्षेप के साथ निर्णय लेने में सक्षम बनाती है।

नौकरियों का भविष्य

पहले की 3 औद्योगिक क्रांतियों (3आईआर) में ब्ल्यू-कॉलर और व्हाइट-कॉलर नौकरियाँ पैदा हुई थीं। अब, उद्योग 4.0 कहलाने वाली चौथी औद्योगिक क्रांति (4आईआर) का युग शुरू हो गया है। इसे प्रौद्योगिकियों के संलयन के रूप में देखा जाता है जिसमें भौतिक, डिजिटल और जैविक क्षेत्रों के बीच की रेखाएँ धुंधली होती जा रही हैं।

उद्योग 4.0 में नौकरियों की प्रकृति अब भी पूरी तरह से नहीं बनी है। यह अब भी पूरी तरह से स्पष्ट नहीं है कि उनका आकार और रूप क्या होगा। तो फिर हम उन नौकरियों के लिए कैसे तैयारी करें जो पूरी तरह से विकसित ही नहीं हुई हैं और अब भी विकसित हो ही रही हैं?

इस बात पर आम सहमति बन रही है कि उद्योग 4.0 में 'सोचने वाली और चिंतनशील' नौकरियाँ पैदा हो रही हैं, जिन्हें 'ग्रीन-कॉलर' नौकरियाँ कहा जा सकता

है, क्योंकि ये रंग विकास और नवीनीकरण, स्थिरता और आगे बढ़ने का प्रतीक माना जाता है।

ग्रीन-कॉलर नौकरियों के लिए लोगों को उच्च स्तर के संज्ञानात्मक कौशल, स्व-प्रबंधन कौशल, सामाजिक कौशल और भावनात्मक कौशल की ज़रूरत होगी। आइए, हम उनकी ठोस समझ हासिल करने के लिए उनके बारे में गहराई से जानें।

- उच्चस्तरीय संज्ञानात्मक कौशल
    - कौशल 1 : रचनात्मकता। बड़े विचार सामने लाने के लिए तमाम विचारों को नए और कल्पनाशील तरीकों से मिलाने और कनेक्ट करने के लिए कल्पना का इस्तेमाल ज़रूरी होता है।
    - कौशल 2 : नवाचार। इसमें लाभदायक नतीजे हासिल करने के अवसरों की खोज और विचारों को लागू करने की ज़रूरत होती है।
    - कौशल 3 : आलोचनात्मक सोच। इसके लिए परंपराओं को चुनौती देने, धारणाओं पर सवाल उठाने और उन मानदंडों को चुनौती देने की ज़रूरत होती है जो अपनी उपयोगिता खो चुके होते हैं और उनकी जगह नए मानदंड स्थापित करने की ज़रूरत होती है।
    - कौशल 4 : सही प्रश्न तैयार करना। इससे सही उत्तर मिलेगा, जिससे नए व्यावसायिक अवसरों का खजाना खुलेगा जो सही प्रश्न के बिना अनदेखा ही रह जाएगा।
    - कौशल 5 : स्मार्ट समस्या-समाधान। स्मार्ट समाधान के लिए रचनात्मकता, नवीनता, आलोचनात्मक सोच और समान कौशल का लाभ उठाने की ज़रूरत होती है।
- स्व-प्रबंधन कौशल
    - कौशल 6 : आजीवन सीखना। इससे रोजगार क्षमता बढ़ती है, करियर में तरक्की को रफ्तार मिलती है, आत्मविश्वास बढ़ता है, व्यक्ति को प्रासंगिक बने रहने और संयम के साथ अप्रत्याशित परिस्थितियों का सामना करने में मदद मिलती है। संक्षेप में कहें तो, यह आजीवन विजेता बने रहने का पासपोर्ट है।
- सामाजिक कौशल:
    - कौशल 7 : किस्सागोई। विचारों को दुनिया के सामने रखने का यह सबसे सशक्त तरीका है।

    - कौशल 8 : अधिकार के बिना प्रभावित करना। इससे लोगों को आपके सोचने के तरीके को समझने में मदद मिलती है, वे आपकी पहल का समर्थन करने और अपनी स्वतंत्र इच्छा से आपके विचार को अपनाने के लिए प्रेरित होते हैं।
- भावनात्मक कौशल
    - कौशल 9 : मानवता। पहले के तीन आईआर में, लोगों ने वही किया जो उन्हें करने के लिए कहा गया था। इसलिए, उन्होंने अपने दिलो-दिमाग को छोड़कर, काम करने के लिए अपने शरीरों को लगा दिया। उद्योग 4.0 ग्रीन-कॉलर नौकरियों को जन्म दे रहा है जिसमें 'सोच और चिंतन' शामिल होते हैं। इसलिए, लोगों को अपने दिमाग, दिल और शरीर को काम पर लाना चाहिए। इसमें लोगों की असीमित क्षमता को उजागर करने की क्षमता है।
    - कौशल 10 : उद्यमिता की भावना। यह ऐसी अमूर्त ऊर्जा है जो लोगों को उनके कमांड पर संसाधनों से भी बड़ी आकांक्षाएँ रखने के लिए प्रेरित करती है। जब यह भावना जीवित होती है तो व्यवसायों में उत्साह बना रहता है और उनकी बढ़त कायम रहती है।

ये कौशल आपको अभी तक सामने नहीं आए कामों के लिए अनुकूल बनाने में सहायता करेंगे, चाहे उनका आकार और रूप कुछ भी हो।

सावधानी का एक शब्द : ये कौशल कठिन कौशलों, यानी तकनीकी ज्ञान या प्रशिक्षण के विकल्प नहीं हैं। वो तो आपको हासिल करना ज़रूरी है ही। हालाँकि इन कौशलों के साथ कठिन कौशलों के मेल से आपको उद्योग 4.0 के कार्यस्थलों में आगे बढ़ने में मदद मिलेगी।

क्या स्मार्ट सॉफ़्टवेयर से संचालित कंप्यूटर ग्रीन-कॉलर नौकरियों को खत्म नहीं कर पाएँगे?

बाज जमीन पर सांप से नहीं लड़ता। इसके बजाय, वह उसे अपनी चोंच में उठा लेता है, आकाश में उड़ जाता है और वहाँ से सांप को नीचे गिरा देता है। गिरना सांप के लिए घातक होता है और वह मर जाता है। ऊँचाई चील की ताकत का और सांप की कमजोरी का क्षेत्र है।

ऊपर बताए कौशल वे हैं जो हमें ताकत मुहैया कराएँगे क्योंकि हमारे पास उनमें महारत हासिल करने की क्षमता है, जो कंप्यूटर में नहीं है। बाज की तरह, हम उन्हें अपनी ताकत वाले क्षेत्रों में खींचकर और उन्हें रोककर उनका मुकाबला कर सकते हैं।

आइए, हम इनमें से प्रत्येक कौशल के बारे में विस्तार से समझें कि वे कंप्यूटर के लिए कमजोर क्षेत्र कैसे हैं।

- कंप्यूटर केवल गणना कर सकते हैं। रचनात्मकता गणना वाला काम नहीं है। इसलिए, कंप्यूटर रचनात्मक नहीं हो सकते।
- कंप्यूटर को अवसरों की खोज करना तथा विचारों को लाभदायक तरीके से लागू करना मुश्किल लगता है।
- कंप्यूटर गंभीर रूप से नहीं सोच सकते क्योंकि उन्हें परंपराओं, मान्यताओं और मानदंडों का गुलाम बनने के लिए प्रोग्राम किया गया होता है।
- पाब्लो पिकासो ने कहा था कि कंप्यूटर बेकार हैं क्योंकि वे केवल जवाब दे सकते हैं। सही प्रश्न तैयार करना उनके लिए चुनौतीपूर्ण होता है।
- कंप्यूटर शर्तों, बाधाओं और नियमों के एक समूह का पालन करके समस्याओं का समाधान करते हैं, जिन्हें उनमें प्रोग्राम किया जाता है। यह उन्हें 'अनुमानित' समाधान पेश करने के लिए तो सक्षम बनाता है, लेकिन वो समाधान स्मार्ट समाधान हो, ये ज़रूरी नहीं है।
- कंप्यूटर में वहीं सीखने की क्षमता होती है जो उन्हें सीखने के लिए प्रोग्राम किया गया है जो वे अन्य कंप्यूटरों से भी सीख सकते हैं।
- कंप्यूटर में भावनात्मक रूप से उत्तेजित करने वाली सम्मोहक कहानियाँ सुनाने के कौशल का अभाव होता है।
- कंप्यूटर लोगों को प्रभावित करने के लिए डेटा और तर्क का इस्तेमाल करने में दक्ष होते हैं। वे लोगों के दिल को नहीं, बल्कि दिमाग को छूते हैं। इस तरह से, कंप्यूटर प्रभावित करने में कम प्रभावी रहते हैं।
- कंप्यूटर में दिल नहीं होता। उन्हें महसूस करने के लिए नहीं, केवल सोचने के लिए प्रोग्राम किया जा सकता है।
- कंप्यूटर में कल्पनाशीलता, सपने देखने की शक्ति, लचीलापन और धैर्य की कमी होती है।

क्या ये कौशल नवनिर्मित हैं?

प्रथम आईआर के बाद से उद्योग के कप्तानों को इन कौशलों में महारत हासिल थी। उन्होंने इन कौशलों का लाभ दुनिया का ध्यान खींचने वाले व्यवसाय बनाने के लिए सोचने और दृष्टिकोण तथा रणनीतियों के निर्माण में उठाया। इसके कुछ उदाहरण निम्नानुसार हैं :

- हेनरी फोर्ड ने कार उत्पादन में क्रांति की।
- थॉमस अल्वा एडिसन ने दीप्त बल्ब का आविष्कार किया और दुनिया को रोशन किया।
- टॉम वॉट्सन ने आईबीएम को जन्म दिया।
- वॉल्ट डिज़्नी ने एनीमेशन उद्योग में क्रांति ला दी और मनोरंजन पार्कों की परिकल्पना की।
- स्टीव जॉब्स ने ऐपल की सह-स्थापना की।

भले ही उद्योग के कप्तानों के पास ये कौशल थे, लेकिन उन्होंने अपने कर्मचारियों को इन्हें हासिल करने के लिए प्रोत्साहित नहीं किया। वे चाहते थे कि कर्मचारी केवल उनके विज़न और रणनीति पर अमल करें। नतीजतन, कर्मचारियों ने भी अपने दिल और दिमाग को किनारे रखकर, अपने शरीर मात्र को काम पर लगा दिया।

हालाँकि, अब हम उद्योग 4.0 में हैं, जिसमें सोच और चिंतनशील नौकरियों का प्रसार हो रहा है। इसके लिए केवल शीर्ष स्तर पर ही नहीं, बल्कि सभी स्तरों पर लीडरों की ज़रूरत होती है। इसलिए, यह ज़रूरी है कि हर व्यक्ति को इन सभी कौशलों में दक्षता हासिल करनी चाहिए, जो कि पहले के 3आईआर के दौरान केवल उद्योग के कप्तानों के पास ही होती थी।

आपको भी उनमें दक्षता हासिल करनी चाहिए। इसके बिना, आपको नुकसान होगा।

मैं इन सभी कौशलों को तो नहीं, लेकिन इनमें से कई कौशलों के बारे में जानता हूँ

मैं टैक्सी में यात्रा कर रहा था। बरसात शुरू हो गई। मैंने ड्राइवर से पूछा, 'क्या हो रहा है?'

'बारिश हो रही है,' उसने जवाब दिया।

'बारिश क्यों होती है?' मैंने पूछ लिया। 'मुझे नहीं पता,' उसने जवाब दिया।

टैक्सी ड्राइवर को पता था कि बारिश हो रही है लेकिन यह नहीं पता था कि बारिश होती क्यों है।

यही बात हमारे लिए भी सच है। हम इन कौशलों को 'जानते' होंगे, लेकिन शायद उन्हें समझते नहीं हैं।

जानने का मतलब जागरूकता से है जो काफी सतही बात होती है, जबकि समझ गहरी बात होती है, जिसे हासिल करने के लिए सचेत प्रयास और अधिक समय की ज़रूरत होती है।

यह पुस्तक आपको इन कौशलों को समझने में मदद करेगी। इन कौशलों से युक्त होने पर आप झूठे ज्ञान के शिकार नहीं होंगे और जॉर्ज बर्नार्ड शॉ ने कहा ही था, झूठा ज्ञान अज्ञानता से भी ज्यादा खतरनाक होता है।

ओवरलैपिंग करने वाले गुण

किसी कौशल में महारत हासिल करने के लिए उससे जुड़े गुणों में महारत हासिल करनी होती है। हालाँकि ये गुण कोई अलग नहीं होते हैं। वे अन्य गुणों के भी अभिन्न अंग होते हैं। इसका एक उदाहरण है, 'अपनी गलतियों से ही नहीं, बल्कि दूसरों की गलतियों से भी सीखना'।

क्या मैं इन कौशलों में दक्षता पा सकता हूँ?

एक युवक सफलता का रहस्य जानने के लिए सुकरात के पास पहुँचा। सुकरात ने उस युवक से कहा कि वह उससे नदी के पास मिले। दोनों मिले भी। सुकरात ने उस युवक को अपने साथ नदी में चलने को कहा। जब दोनों की गर्दनों तक पानी आ गया तो सुकरात ने उस युवक की गर्दन पकड़ ली और उसे पानी में डुबो दिया। वह आदमी तड़फड़ाने लगा, लेकिन सुकरात ताकतवर व्यक्ति था। उसने उस आदमी का सिर तब तक पानी में डुबोए रखा जब तक उसका शरीर नीला न पड़ गया। इसके बाद सुकरात ने उसका सिर पानी से बाहर निकाला और उससे पूछा, 'तुम सबसे ज्यादा क्या चाहते हो?'

'हवा,' युवक ने बोल पड़ा।

'यही सफलता का रहस्य है। सफलता तुम्हें तभी मिलेगी जब तुम सफलता को उतनी ही बेताबी से चाहो जितनी बेताबी से तुम हवा को चाहते हो,' सुकरात ने उत्तर दिया

यही बात आपके लिए भी सच है। आप इन कौशलों में दक्षता तभी हासिल कर सकेंगे जब आपके अंदर इन्हें हासिल करने की तीव्र इच्छा हो। अन्यथा एक दिन तो ऐसा आएगा ही जब परिस्थितियाँ आपकी गर्दन पकड़ लेंगी और एक तरह से आपके सिर को 'पानी के नीचे' ही धकेल देंगी और तब तक डुबोए रखेंगी, जब तक कि आप इन कौशलों में महारत हासिल करने का फैसला नहीं कर लेंगे।

मैं इन कौशलों में महारत कैसे हासिल करूँ?

महारत हासिल करने के लिए वही रणनीति अपनानी होगी जो क्रिस्टियानो रोनाल्डो और विराट कोहली जैसे महान खिलाड़ियों ने अपनाई। उन्होंने फुटबॉल और क्रिकेट के कौशलों का अभ्यास तब तक जारी रखा जब तक कि वे कौशल उनके शरीर की याददाश्त का हिस्सा नहीं बन गए

खेल के मैदान में अब उन्हें सोचना नहीं पड़ता। शरीर की याददाश्त खुद अपना काम करती है और वे शानदार गोल करते हैं, बेहतरीन शॉट लगाते हैं जिन्हें हम देखते रह जाते हैं।

आप भी इन कौशलों का लगातार अभ्यास करके उन्हें अपने शरीर की याददाश्त का हिस्सा बनाकर अपने नेटवर्क के लोगों को चकित कर सकते हैं। तब आप बिना किसी प्रयास के बड़े आइडिया और स्मार्ट समाधान पेश कर सकते हैं और सबको चकित कर सकते हैं।

क्या इन कौशलों को हासिल न करना मेरी गलती होगी?

निवेश के मामले में वॉरेन बफ़े की सबसे बड़ी गलतियाँ वे नहीं रहीं जो उन्होंने कीं और नुकसान उठाया। उनकी सबसे बड़ी गलतियाँ वे निवेश निर्णय रहे जो वे कर सकते थे लेकिन उन्होंने किए नहीं। प्रौद्योगिकी स्टॉक का उदाहरण लीजिए। उन्होंने तब तक उनमें निवेश नहीं किया जब तक उन्होंने ऐपल में निवेश करने का निर्णय नहीं लिया और सोने की खदान में नहीं पहुँच गए।

आपके लिए भी यही बात सच है। सबसे बुरे फैसले वे नहीं हैं जो आप लेते हैं और नुकसान उठाते हैं, बल्कि वे फैसले सबसे बुरे हैं जो आपको लेने चाहिए थे लेकिन आपने

लिए नहीं। इन कौशलों में दक्षता हासिल न करना भी इसका ही उदाहरण है। ऐसी परिस्थिति में, आप खुद को 'जलते हुए प्लेटफॉर्म' पर खड़ा पा सकते हैं।

बर्निंग प्लेटफॉर्म

> उत्तरी सागर में एक व्यक्ति तेल प्लेटफॉर्म पर काम कर रहा था। रात में एक जोरदार विस्फोट से वह जागा। उसके पूरे तेल प्लेटफॉर्म में अचानक आग लग गई थी। कुछ ही क्षणों में वह आग की लपटों से घिर गया। धुएँ और गर्मी के बीच, वह अफरा-तफरी में मुश्किल से निकलकर प्लेटफॉर्म के किनारे तक पहुँच पाया। जब उसने किनारे से नीचे देखा तो उसे केवल अंधेरा, ठंडा और अनिष्ट का डर दिखाता अटलांटिक सागर दिखाई दे रहा था।
>
> जैसे ही आग उसके करीब पहुँची, उस व्यक्ति के पास कुछ भी करने के लिए केवल कुछ सेकंड बचे थे। वह प्लेटफॉर्म पर खड़ा रह सकता था, जिसमें उसका जलती हुई लपटों में भस्म होना तय था या फिर वह बर्फीले पानी में 30 मीटर से डुबकी लगा सकता था।
>
> सामान्य हालात में वह आदमी कभी भी बर्फीले पानी में गोता लगाने के बारे में नहीं सोचता। लेकिन ये कोई सामान्य हालात तो थे नहीं—उसके प्लेटफॉर्म में आग लगी हुई थी—तो उसने कूदने का ही फैसला किया। आदमी समुद्र में गिरने के बावजूद बचने में सफल रहा।[7]

अगर आप इन आवश्यक कौशलों में दक्ष नहीं हैं, तब आप भी वैसे ही जलते हुए प्लेटफॉर्म पर खड़े हैं और आपको निर्णय लेना है कि करना क्या है : जलते हुए प्लेटफॉर्म पर बने रहना है, पानी में कूदना है या कुशल बनना है।

अगर आप कुशल हो जाते हैं तो यह नूह के जहाज पर सवार होने की तरह होगा।

नूह का जहाज

खुदा ने नूह को जहाजनुमा एक बड़ी नाव बनाने के लिए कहा। नूह के पड़ोसी उस पर हंसने लगे क्योंकि जहाँ वे लोग रहते थे, वह रेगिस्तान था और वहाँ पानी नहीं था। हालाँकि खुदा ने नूह को बताया कि एक बड़ी बाढ़ आ रही है।

खुदा ने नूह से पृथ्वी पर सभी प्राणियों में से दो-दो को इकट्ठा करने और उन्हें जहाज में लाने के लिए कहा। हर तरह के जानवरों के जोड़े को जहाज में सुरक्षित रूप से रख दिया गया। जब सब लोग जहाज पर सवार हो गए तो खुदा ने दरवाजा बंद कर दिया।

बारिश की पहली बूंद गिरने तक नूह और उसका परिवार और सारे जानवर सात दिनों तक जहाज में रहे। फिर कई दिनों तक बारिश होती रही। जल्द ही, सारी पृथ्वी पानी से ढंक गई। बारिश रुकने के बाद भी, नूह और अन्य लोगों को कई महीनों तक जहाज में ही रहना पड़ा। जब पृथ्वी धीरे-धीरे सूख गई तो फिर हर कोई फिर से जीवन शुरू करने के लिए जहाज से बाहर निकल आया।

यह पुस्तक आपको जीवन बदलने वाले दस कौशलों से परिचित कराएगी, जो आपको रहस्यमय नूह के जहाज में जगह पाने और उद्योग 4.0 या 4आईआर में कार्यस्थल में आगे बढ़ने में मदद करेंगी।

इस पुस्तक का सर्वाधिक लाभ कैसे लें?

यह पुस्तक आपको ये कौशल नहीं सिखा पाएगी। इसके लिए तो आपको उन्हें सीखने की जिम्मेदारी खुद को ही देनी होगी। तभी आप उन्हें आत्मसात कर पाएँगे और उनसे फायदा उठा पाएँगे।

इस पुस्तक से सर्वाधिक लाभ उठाने के लिए यहाँ कुछ संकेत दिए जा रहे हैं :

- जब आप यह पुस्तक पढ़ रहे हैं तो ऐसा समझिए कि आप मेरे साथ बात कर रहे हैं। इससे आप मानसिक रूप से आरामदायक स्थिति में रहेंगे और आप सीखने के प्रति ज्यादा ग्रहणशील रहेंगे।
- मुझसे प्रश्न पूछिए और पुस्तक पढ़कर देखिए कि मैंने उसका जवाब दिया या नहीं। अगर नहीं दिया है तो रुकिए और अपने प्रश्नों के जवाब खोजने के सचेत प्रयास कीजिए। इस तरह, आपके ज्ञान का आधार बढ़ता जाएगा और आपको गहरी समझ भी हासिल होगी।
- इस किताब को पढ़ते समय जो विचार, अवधारणाएँ, रूपरेखाएँ, उपकरण और तकनीकें आपको आकर्षित करें, उनके नोट्स बनाते रहिए। अगर संभव हो तो प्रत्येक कौशल के लिए मुख्य निष्कर्षों का एक अलग से सारांश तैयार कीजिए।
- प्रत्येक कौशल के अध्याय के अंत में सारांश भी दिया गया है। आप अपने

बनाए सारांश से इसकी तुलना कीजिए। अब अपना खुद का सारांश, नए सिरे से बनाइए। यह अभ्यास आपको अवधारणाओं की समीक्षा करने, सोचने, उन्हें चुनौती देने और उनमें संशोधन करने में मदद करेगा और इस प्रक्रिया में, आप उनकी गहरी समझ भी हासिल करेंगे। आपका यह नए सिरे से बनाया गया सारांश जब भी आपकी इच्छा हो, आपको पुस्तक में प्रस्तुत प्रत्येक कौशल को संशोधित और ताजा करने में मदद करेगा।

- हर अवसर पर इन कौशलों का अभ्यास कीजिए।
- आप जितना अधिक अभ्यास करेंगे, आपके शरीर की याददाश्त उतनी ही मजबूत होगी। जब आपको इन कौशलों को लागू करने का दिन आएगा, तब आपके पास कोई कमी नहीं होगी।
- दूसरों को ये कौशल सिखाइए क्योंकि सिखाने का मतलब सीखना ही होता है। सिखाने का हर मौका आपको उन कौशलों की गहरी समझ हासिल करने में मदद करेगा।

कर गुजरने की घड़ी

जो सही है उसे करने के लिए तो समय हमेशा सही ही होता है। आइए, अब इन कौशलों को हासिल करना शुरू करते हैं। अन्यथा, अब से एक साल बाद, आपको लगेगा कि आपने आज ही शुरुआत कर दी होती तो ठीक रहता।[9]

उच्च स्तरीय संज्ञानात्मक कौशल

कौशल 1

क्रिएटिविटी

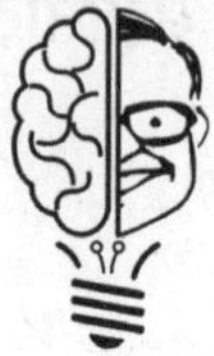

क्रिएटिविटी, जिसे आगे से इस अध्याय में रचनात्मकता लिखा जाएगा, एक सीखा हुआ कौशल है, जो तब सक्रिय होता है जब पारंपरिक सोच को किनारे कर दिया जाता है और कल्पना को बड़े विचारों के साथ आने के लिए नए और कल्पनाशील तरीकों से विचारों को आयात करने, मिलाने और कनेक्ट करने के लिए स्वतंत्र रूप से घूमने दिया जाता है।

1990 के दशक के शुरू में, मैंने मैकडॉवेल एंड कंपनी (अब डिएजियो इंडिया) में मार्केटिंग हैड का काम संभाला। जल्द ही, मुझे कंपनी के प्रेसिडेंट ने बुलाया।

'हमने एक प्रीमियम व्हिस्की लॉन्च करने का फैसला किया है और इसका नाम मैकडॉवेल "ओल्डे" रखा है। इसमें "ई" साइलेंट है। पुराने समय में "ओल्डे" को इसी तरह से लिखा जाता था। नाम का चयन यह दिखाने के लिए किया गया है कि ये ब्लेंड "ओल्ड" है, इसलिए यह अच्छा रहेगा!' उसने मुझे बताया।

मैं चकित रह गया। इस पर उसने पूछा, 'आपको नाम पसंद नहीं आया क्या?'

'जी सर। मुझे तो पसंद नहीं आया क्योंकि जब ये ब्रांड बाजार में पहुँचेगा तो कई लोग इसे "ओल्डे" बुलाएँगे, क्योंकि उन्हें पता ही नहीं होगा कि "ई" साइलेंट है। इससे ब्रांड का नाम ही बिगड़ जाएगा। एक बार ऐसा हो गया तो नए ब्रांड की सफलता की संभावना पर बुरा असर पड़ेगा,' मैंने तर्क दिया।

उसको मेरे तर्क में दम नजर आया और वह बोला, 'एक सप्ताह में कोई और ब्रांड नाम चुनकर मुझे बताइए।'

जल्दबाजी में, मैंने अपने आप से बात की और अपने अवचेतन मन को *किसी प्रीमियम व्हिस्की का नया नाम सोचने को बोला!*

अपने आप से बात करना किसी समस्या को किसी जूनियर (पढ़िए : अवचेतन मन) को सौंपने की तरह होता है जो आपके अनुभवों और सबकों के निजी खजाने का इस्तेमाल कर सकता है और नए तथा अप्रत्याशित तरीकों से असंबंधित और स्वतंत्र विचारों के बीच कनेक्शन बनाने का प्रयास कर सकता है । यह प्रक्रिया अनजाने में होती है।

निर्धारित बैठक से एक दिन पहले तक मुझे कोई समाधान नजर नहीं आ रहा था, लेकिन मैंने इसकी चिंता नहीं की । इसके उलट, मैं ज्यादा ही चंचल और तनावमुक्त रहने लगा। मैं अपने घर के आसपास निरुद्देश्य घूमता रहा। अनजाने में ही मैं एडम ग्रांट की मान्यता का अभ्यास कर रहा था, 'आप उस समय सबसे अधिक रचनात्मक होते हैं जब आप सबसे कम सतर्क होते हैं। अपने मस्तिष्क को आराम करने का समय देना अहम होता है।'

इसी मानसिक अवस्था में मैं एक पत्रिका के पन्ने पलट रहा था तभी मेरी नजर सिग्नेचर बिंदी के विज्ञापन पर पड़ी। इसने मुझे सोचने पर मजबूर कर दिया : सिग्नेचर बिंदी बहुत बेमेल लगती है, क्योंकि 'बिंदी' स्थानीय भाषा है जबकि 'सिग्नेचर' पश्चिमी शब्द है। लेकिन मैकडॉवेल सिग्नेचर बहुत अच्छा लगेगा! मेरे अवचेतन मन ने चमत्कारिक ढंग से दो अलग-अलग विचारों यानी बिंदी और व्हिस्की के बीच नए और सार्थक तरीके से संबंध बना दिया। हर गुजरते मिनट के साथ, मुझे इस नाम से प्यार होता जा रहा था।

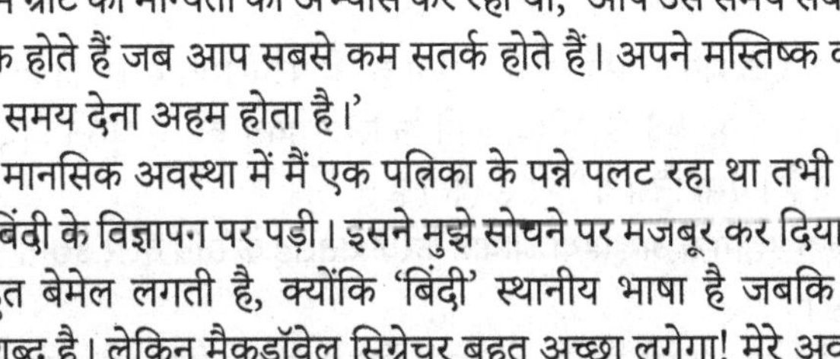

दो अलग लगने वाले आइडिया के बीच कनेक्शन बनाना जो स्वतंत्र लगते हैं या जिन दोनों के बीच तनाव भी हो

यह मेरे लिए यूरेका जैसी उपलब्धि थी। मेरे अंदर एड्रेनालाइन उफान मारने लगा। अगले दिन मैं अपने प्रेसिडेंट के ऑफिस गया।

उसको मेरा आइडिया पसंद आया और बोला, 'आपको ये नाम कहाँ से मिला?'

'सिग्नेचर बिंदी का एक विज्ञापन देखकर,' मैंने स्पष्टता के साथ कबूल किया।

'आपको क्यों लगता है कि ये नाम चल जाएगा?' उसने पूछा।

'जब पेंटर अपनी पेंटिंग पर अपने सिग्नेचर कर देता है तो उसकी वैल्यू बढ़ जाती है,' मैंने कहा और थोड़ा ठहरने के बाद फिर से अपनी बात शुरू की, 'इसी तरह से मैकडॉवल सिग्नेचर भी कद्रदानों के बीच आत्मविश्वास पैदा करेगा। उनको लगेगा कि मैकडॉवल ने अपनी व्हिस्की पर अपने "सिग्नेचर" किए हैं और ये निश्चित ही अच्छी होगी।'

इस तरह से, मैकडॉवल को अपना नाम मिला। 'नामकरण' की ये कवायद रचनात्मकता का बेहतरीन उदाहरण है।

रचनात्मकता क्या है?

रचनात्मकता एक सीखा गया कौशल होता है जो परंपरागत सोच को किनारे करने पर और कल्पना को बड़े आइडिया लाने के लिए मुक्त रूप से घूमने दिए जाने पर सक्रिय होती है। ऐसा निम्न तरीकों से होता है :

1. एक उद्योग से आइडिया आयात करके चतुराई के साथ दूसरे उद्योग में अपनाने से।
2. दो भिन्न उत्पादों के मेल से किसी तीसरी उत्पाद श्रेणी को जन्म देकर।
3. स्वतंत्र या एक दूसरे से टकराव वाले भिन्न आइडियाज के बीच नए कनेक्शन बनाकर।
4. असंबद्ध घटनाओं के बीच 'समानताओं' को खोजकर।
5. नए पैटर्न को सामने लाकर।
6. अकस्मात होने वाली घटनाओं का फायदा उठाना।
7. रचनात्मकता लागू करना।

रचनात्मकता लागू करना

सर आइज़क न्यूटन, हेनरी फोर्ड, स्टीव जॉब्स, जेफ़ बेज़ोस, इलॉन मस्क जैसे लोगों ने दुनिया की कुछ सर्वाधिक विकट समस्याओं को हल करने के लिए बड़े विचार लाने में, रचनात्मकता की ताकत का इस्तेमाल किया। आप भी रचनात्मकता की

ताकत का फायदा उठा सकते हैं और अपने सामने मौजूद विकट समस्याओं से निपटने के लिए बड़े विचार ला सकते हैं।

नीचे कुछ केस अध्ययन दिए जा रहे हैं ताकि आप सीख सकें कि बड़े विचार पैदा करने में रचनात्मकता किस तरह से लागू की जा जाती है।

1. एक उद्योग से आइडिया आयात करके चतुराई के साथ दूसरे उद्योग में अपनाना

हेनरी फोर्ड एक बार एक मीट पैकेजिंग फैक्टरी गया। उसने देखा कि जानवरों के शरीर सीलिंग से लटके हैं और प्लांट में अलग-अलग वर्क स्टेशनों में जाते हैं, जहाँ उनकी प्रोसेसिंग होती है। जब वे आखिर तक पहुँचते हैं तो जानवर का केवल कंकाल बचता है।

हेनरी फोर्ड के लिए ये यूरेका का पल था। उसने इस विचार का 'आयात' किया और चतुराई से कार उत्पादन में इसे लागू किया। पहले में 'डिसेंबली' हो रही थी यानी अंग अलग-अलग किए जा रहे थे तो दूसरे में एसेंबली यानी अंग जोड़ने की कल्पना की गई।

आइडिया का आयात किया और बुद्धिमानी से इसे कार उत्पादन में अपनाया

उसने वाहन के सिर्फ ढांचे से शुरुआत की जिसे चेसिस से बंधी रस्सी के जरिए एसेंबली के लिए खींचा जाना था। कामगार अपना-अपना काम करने के लिए वर्क स्टेशनों पर थे ही। जब चेसिस एसेंबली लाइन के आखिरी स्टेशन तक पहुँची तो पूरी कार एसेंबल हो चुकी थी।

मूविंग एसेंबली लाइन को कार उत्पादन में अपनाए जाने से उत्पादन के समय में नाटकीय कमी हुई जो करीब बारह घंटे से घटकर करीब नब्बे मिनट रह गया। इससे कार निर्माण में क्रांतिकारी बदलाव आया और फोर्ड के मॉडल टी की कीमत $850 से घटकर $300 हो गई, जिससे फोर्ड को ऑटोमोबाइल मार्केट में बड़ा हिस्सा कब्जा करने में मदद मिली।

रेड बुल

डिटेर्श माटेस्चिट्ज़ एक बार थाईलैंड गए हुए थे। वे टाइम ज़ोन के कारण थके-हारे हुए लग रहे थे। इसी स्थिति में, उन्होंने लोकप्रिय स्थानीय ड्रिंक क्रेटिंग डेंग पिया और तुरंत ही उनके दिमाग में विचार कौंध गया। उन्होंने इस ड्रिंक को 'आयात' करने और पश्चिमी दर्शकों को लुभाने के लिए उपयुक्त संशोधन करके इसे पेश करने का निश्चय कर लिया।

उन्होंने इसका नाम रेड बुल रखा, क्योंकि थाई में क्रेटिंग डेंग का मतलब लाल गौर होता है और 'गौर' एक भारतीय बाइसन होता है।

रेड बुल ने एनर्जी ड्रिंक के लॉन्च की शुरुआत की, जो ऊर्जा, सतर्कता और समग्र प्रदर्शन को बढ़ावा देता है। अपनी लॉन्चिंग के बाद से, रेड बुल ने एनर्जी ड्रिंक के बाजार पर अपना दबदबा बना लिया। 2021 में रेड बुल की ब्रांड वैल्यू 15.99 बिलियन यूरो आंकी गई थी।

अहिंसा

मोहनदास करमचंद गांधी अपनी युवावस्था में जैन धर्म से काफी प्रभावित थे। जैन शिक्षण का मूल 'अहिंसा' है। गांधीजी ने अहिंसा के विचार को ब्रिटिश साम्राज्य के विरोध में होने वाले आंदोलन में लागू किया जिससे भारत को आज़ादी मिली।

दो भिन्न उत्पादों के मेल से किसी तीसरी उत्पाद श्रेणी को जन्म देना

स्टीव जॉब्स ने दो भिन्न उत्पादों—कंप्यूटर और सेलफोन—को कनेक्ट किया और स्मार्टफोन को जन्म दिया जिसे लेकर चलना, कॉल करना आसान होता है और उसमें कंप्यूटर के भी गुण होते हैं।

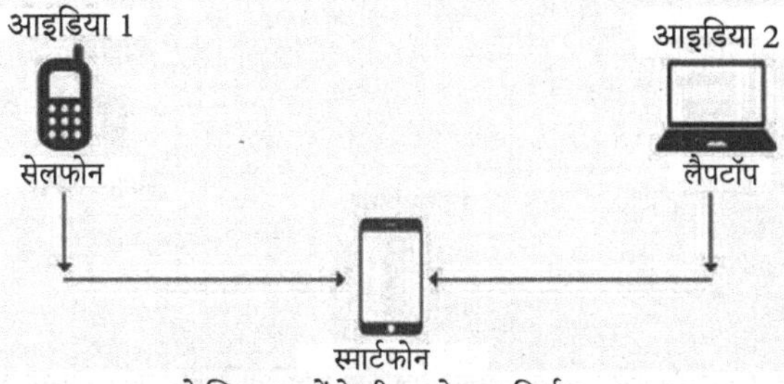

दो भिन्न उत्पादों के बीच कनेक्शन निर्माण

स्मार्टफोन (पढ़ें : आईफोन) ने हमारे जीवन को समृद्ध किया है और उभरती कंपनी ऐपल को दुनिया की सबसे बहुमूल्य कंपनियों में शामिल करा दिया है।

स्वतंत्र या एक-दूसरे से टकराव वाले भिन्न आइडियाज के बीच नए कनेक्शन बनाना

बीते समय में, 'आम लोग' नशा (पढ़ें : किक) पाने के इरादे से हार्ड लिकर (पढ़ें : व्हिस्की) को पीना पसंद करते थे। दूसरी ओर, समाज का 'उच्च तबका' मिलने-जुलने के दौरान बियर पीता था।

'आम जनता' बियर से जुड़ी संभ्रांत कल्पना को पसंद करती थी क्योंकि यह समाज के उच्च तबके की पसंद थी। हालाँकि कुछ मौकों पर जब आम लोगों ने इसका सेवन किया तो उन्हें निराशा ही हाथ लगी। इससे उन्हें लेशमात्र भी 'किक' नहीं मिली, जिसकी वे एल्कोहलिक ड्रिंक्स से अपेक्षा करते थे। यह होना ही था क्योंकि हल्की बियर में एल्कोहल की मात्रा कम (5 प्रतिशत से कम) होती ही है।

इस समझ ने बियर उद्योग से जुड़े लोगों को दो ऐसे अलग-अलग विचारों 'प्रतिष्ठा' और 'किक' के बीच नया संबंध बनाने के लिए प्रेरित किया होगा जो स्वतंत्र थे, बल्कि एक-दूसरे के साथ टकराव की स्थिति में भी थे। इस कल्पनाशील और अप्रत्याशित तरीके से एक नई श्रेणी स्ट्रॉन्ग बियर तैयार करने का रास्ता खुला। इसमें बियर की 'इमेज' भी है और एल्कोहलिक ड्रिंक्स से मिलने वाली 'किक' भी है। आज, स्ट्रॉन्ग बियर (6-8 प्रतिशत एल्कोहल सामग्री) बाजार की भारत के बियर बाजार में बड़ी हिस्सेदारी है।

स्वतंत्र या एक-दूसरे से टकराव में लगने वाले भिन्न आइडिया के बीच नए कनेक्शन बनाना

स्पाइडरमैन

स्टैन ली से कोई सुपरहीरो क्रिएट करने के लिए कहा गया था। वह इसे किसी अनूठी सुपरपावर वाला बनाना चाहता था। किस्मत की बात कि उसे दीवार पर एक मक्खी रेंगती हुई दिखी। वह सोचने लगा, 'वाह, किसी इंसान के पास कीड़ों की तरह दीवार से चिपके रहने की ताकत आ जाए तो क्या हो।'

स्पाइडरमैन की परिकल्पना के लिए स्टैन ली ने संयोग से दो भिन्न विचारों—एक तुच्छ मक्खी और सुपरहीरो—के बीच कनेक्शन बना लिया था। इस तरह से एक लीजेंड का जन्म हुआ और समय के साथ-साथ, उसने ऐसी वैश्विक अपील हासिल कर ली, जिसकी तुलना कुछ ही पात्र कर सकते हैं।

एलेक्सा

जेफ़ बेज़ोस को अपने बचपन में "स्टार ट्रैक" बहुत पसंद आता था, जो 250 साल बाद के भविष्य पर आधारित साइंस फिक्शन शो था। इसमें बात करने वाले कंप्यूटर थे जो वॉयस कमांड ग्रहण करते थे और उनका पालन करते थे। इससे जेफ़ बेज़ोस को एलेक्सा की कल्पना करने की प्रेरणा मिली, जो वर्चुअल असिस्टेंट या आभासी सहायक के रूप में कई प्रकार के काम करने के लिए वॉयस कमांड ग्रहण करती है, मसलन : संगीत बजाना, मौसम बताना, एमेज़ॉन पर उत्पादों के ऑर्डर देना और कई अन्य कार्य, जिससे यूजर को बहुत मदद मिलती है और उसका एक्सपीरियंस समृद्ध होता है।

4. असंबद्ध घटनाओं के बीच 'समानताओं' को खोजना

सर आइज़क न्यूटन ने सेब को सीधे जमीन पर गिरते देखा था। उसने देखा कि सेब न तो ऊपर की ओर बढ़ा और न ही इधर-उधर किनारे पर गिरा। तुरंत ही, उसे एक और घटना के साथ समानता का पता चला जिसे वह हर दिन देखता था : कैसे हम जमीन पर टिके रहते हैं। उसने निष्कर्ष निकाला कि सेब को गिराने वाला और हमें जमीन पर टिकाए रखने वाला बल एक ही है। उसने इसे गुरुत्वाकर्षण बल कहा, जिससे गुरुत्वाकर्षण का नियम प्रतिपादित हुआ।

गुरुत्वाकर्षण के नियमों ने इंजीनियरों और वैज्ञानिकों को यह पता लगाने में सहायता की कि पृथ्वी के गुरुत्वाकर्षण बंधन को तोड़ने और उपग्रहों को अंतरिक्ष में भेजने के लिए कितनी ऊर्जा की आवश्यकता होगी। यह तो हम जानते ही हैं कि ये उपग्रह हमारे लिए बेहद लाभकारी होते हैं : इनका इस्तेमाल संचार को सुविधाजनक बनाने, हमारे सौर मंडल में पृथ्वी और अन्य ग्रहों का अवलोकन करने, सूचनाएँ पहुँचाने (ग्लोबल पोजीशनिंग इन्फॉर्मेशन [जीपीएस]) और जलवायु अनुसंधान के लिए डाटा सोर्सिंग जैसे कामों में किया जाता है।

माइक्रोवेव

खुद से सीखे हुए इंजीनियर पर्सी स्पेंसर ने देखा कि एक सक्रिय राडार सेट से निकली उच्च शक्ति वाली माइक्रोवेव बीम ने उसकी जेब में रखी चॉकलेट को पिघला दिया। इससे उसे दो असंबद्ध घटनाओं, माइक्रोवेव बीम और खाना पकाने के बीच 'समानता' का अहसास हुआ और नतीजतन माइक्रोवेव ओवन का जन्म हुआ।

आज, माइक्रोवेव ओवन रसोई का अभिन्न अंग बन चुका है और इसका इस्तेमाल खाना पकाने, ठंडे भोजन को गर्म करने जैसे कई कामों में किया जाता है।

5. नए पैटर्न को सामने लाना

ट्विटर के सह-संस्थापक जैक डोर्सी अमेरिका के सेंट लुइस में पले-बढ़े थे। बचपन में वे शर्मीले और संकोची स्वभाव के थे। ज्यादातर समय वे घर पर कंप्यूटर से खेलते हुए बिताते थे। वे वास्तविक दुनिया में चीजों के काम करने के तरीके से आकर्षित थे और उन्हें वर्चुअल वर्ल्ड में लाना चाहते थे। अपने हैकिंग कौशल का इस्तेमाल करके, उन्होंने पुलिस स्कैनर और सेंट लुइस इमरजेंसी डिस्पैच सेंटर से आने वाले

संदेशों तक पहुँच बनाई। वे संदेश लोगों का जीवन बचाने और सुरक्षा करने के लिए थे और वे इस समय कहाँ हैं, कहाँ जा रहे हैं और क्या कर रहे हैं, इसका प्रसारण करके संक्षिप्त जानकारी देते थे।

सहज रूप से डोर्सी ने भी समझा कि आपातकालीन सेवाएँ थोड़ी-थोड़ी देर में आपस में संवाद करती हैं और केवल महत्त्वपूर्ण जानकारियाँ साझा करती हैं। बाकी हम जैसे लोगों के संवाद के तरीके से यह एकदम विपरीत है : हमारी प्रवृति शब्दजाल फैलाने, देर तक बात खींचने की होती है जो कई मौकों पर अप्रभावी भी होती है।

इससे उनके दिमाग में विचार आया कि लोगों के बीच भी संचार संक्षिप्त, सटीक और कम समय में क्यों नहीं हो सकता।

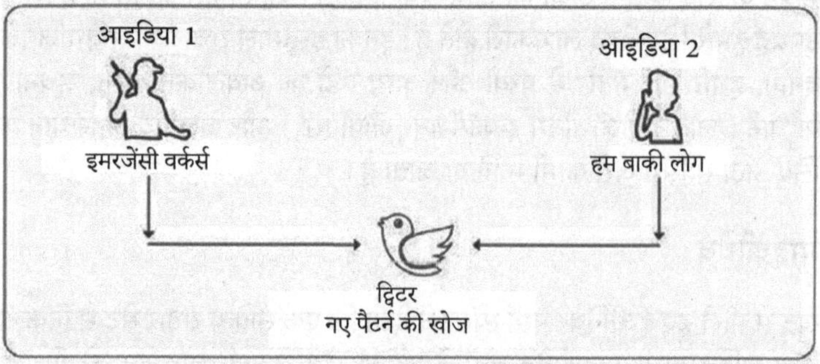

इस तरह से ट्विटर का जन्म हुआ, जिसमें लोग 140 करेक्टरों में संक्षिप्त संदेश देते हैं। हाल ही में उसने ये संख्या 280 करेक्टर कर दी है। 2021 तक इसके यूजर 73 मिलियन थे। उनमें कई राष्ट्राध्यक्ष, सेलिब्रिटीज के साथ-साथ हममें से ज्यादातर लोग भी हैं।

6. अकस्मात होने वाली घटनाओं (सेरेंडिपिटी) का फायदा उठाना

अंग्रेजी इतिहासकार, राजनेता और लेखक होरेस वालपोल को 'सेरेंडिपिटी' शब्द गढ़ने का श्रेय दिया जाता है। वे द *थ्री प्रिंसेस ऑफ सेरेनडिप* कहानी के मुख्य पात्रों से प्रेरित थे, जिन्होंने दुर्घटनावश लेकिन चतुराई से उन चीजों की खोज की, जिनकी उन्हें वास्तव में तलाश थी नहीं। कई वैज्ञानिक खोजों का जन्म संयोगवश ही हुआ है।

एमेज़ॉन का जन्म

1994 में जेफ़ बेज़ोस न्यू यॉर्क स्थित एक हेज फंड डीई शॉ में कार्यरत थे। उनका काम संभावित व्यावसायिक अवसरों की पहचान करना था जिसमें उस समय ब्रांड न्यू इंटरनेट परिदृश्य शामिल था। तभी बेज़ोस ने पाया कि इंटरनेट प्रति वर्ष 2300 फीसदी की दर से बढ़ रहा है। आकस्मिकता के क्षण में, उन्हें अहसास हुआ कि 'कोई भी चीज अगर इतनी तेजी से बढ़ रही है तो वह बहुत बढ़ने वाली है, भले ही उसका आधारभूत इस्तेमाल छोटा हो'। उन्होंने इंटरनेट से जुड़ा एक बिज़नेस आइडिया लाने और उसे आगे बढ़ाने का फैसला किया।

उन्होंने इंटरनेट पर किताबें बेचने वाले एक ऑनलाइन बुकस्टोर के रूप में एमेज़ॉन की शुरुआत की। तब से लेकर अब तक, एमेज़ॉन एक ट्रिलियन डॉलर की कंपनी बन चुकी है और संस्थापक जेफ़ बेज़ोस को दुनिया के सबसे अमीर लोगों में गिना जाता है।

आकस्मिकता का आह्वान

आकस्मिकता का आह्वान करने के लिए, अपने आप को आश्चर्यचकित होने दीजिए। भरोसा रखिए कि यहाँ-वहाँ किए गए प्रयास सकारात्मक नतीजा या भाग्य के अप्रत्याशित झटके का कारण बन सकते हैं। आकस्मिकता का आह्वान करने में आपकी सहायता के लिए यहाँ दो रणनीतियाँ बताई जा रही हैं।

- खुले दिमाग का विकास कीजिए। आप सबसे असंभावित स्थानों में अवसरों की खोज कर सकते हैं, मसलन : काम पर जाते समय, अपने साथियों और दोस्तों से। ऐसा होने के लिए, 'आकस्मिक नेटवर्किंग' का अभ्यास कीजिए या दूसरों से उनके नजरिए और उनकी कहानियाँ जानने के लिए जुड़िए। यहाँ लक्ष्य किसी स्पष्ट उद्देश्य पर बहुत ज्यादा ध्यान देना नहीं है, बल्कि उस बातचीत का आनंद भर लेना है। ये बातचीत आपको जिज्ञासु बनाए रखने, नई चीजें सीखने और सोचने के तमाम तरीकों की कल्पना करने के लिए प्रेरित करने वाली होती है।
- करियर संबंधी या अन्यथा—डर के बजाय संभावना के कारण दृष्टिकोण परिवर्तन। बेशक, परिवर्तन कभी-कभी असहज और कठिन लगता है, लेकिन इससे नई संभावनाओं के द्वार खुल सकते हैं।

रचनात्मकता दुर्लभ क्यों है?

मस्तिष्क को गैर-रचनात्मक होने के लिए डिजाइन किया गया है। अगर यह रचनात्मक होता तो जीवन असंभव हो जाता। कपड़ों का ही मामला लीजिए। अगर आपके पास कपड़ों के ग्यारह टुकड़े हैं तो कपड़े पहनने के तरीके 39,916,800 हैं। अगर आपको एक तरीका आजमाने में एक मिनट लगता है तो आपको छिहत्तर साल तक ज़ीवित रहना होगा और अपना पूरा जागने वाला समय केवल कपड़े पहनने के तरीकों को आजमाने में लगाना पड़ेगा।

साथ ही, शिक्षा प्रणाली भी प्रश्न पूछने को प्रोत्साहित नहीं करती क्योंकि इसका मतलब सत्ता और परंपरा को चुनौती देना होता है। इसके बजाय, यह अनुसरण, आज्ञाकारिता और अभिसरित सोच को बढ़ावा देती है, जो रचनात्मकता के लिए मौत की घंटी की तरह होती है।

कार्यस्थल भी रचनात्मकता का कब्रिस्तान होता है। मैनेजर के सामने जो एकदम अनूठे विचार रखेंगे, वो उन्हें खारिज कर देगा। इस क्रूरता को लगातार भुगतते रहने से कर्मचारियों में 'सीखी हुई असहायता' की भावना पैदा हो जाती है और वे यह महसूस करने लगते हैं कि चाहे वे कितना भी अच्छा विचार पेश करें, उसे हमेशा खारिज ही किया जाएगा, इसलिए कोशिश भी क्यों की जाए? इससे रचनात्मकता का गला घुट जाता है। इसलिए, 'यथास्थिति' कायम रहती है और उन विचारों का दबदबा बना रहता है जिनकी उपयोगिता समाप्त हो चुकी होती है।

यहाँ कुछ और भी कारक बताए जा रहे हैं जिनसे रचनात्मकता प्रभावित होती है :

• मुक्त संबंध

मैं अपने छात्र-छात्राओं के साथ एक खेल खेलता हूँ। मैं एक शब्द बोलता हूँ और उनसे कहता हूँ कि उसे सुनकर जो भी शब्द तुम्हारे दिमाग में सबसे पहले आए, उसे जोर से बोलो।

मैं : तंदूरी!

छात्र : चिकन!

मेरे छात्र मुक्त संबंध के शिकार हो गए हैं। उनके दिमाग में वस्तुओं के बीच जुड़ाव पहले से ही बना हुआ होता है, जिसे वे बोल देते हैं। यह रचनात्मकता के लिए

अचूक औषधि साबित होती है। आखिरकार, रचनात्मकता के लिए विचारों और वस्तुओं के बीच नए संबंध बनाने की ज़रूरत होती ही है।

• कुशल बाजार सिद्धांत

मैं दुबई की एकेडमिक सिटी में स्थित एक बिज़नेस स्कूल में उद्यमिता पर एक सेशन ले रहा था। इसी के बगल में एक फूड कोर्ट था।

कक्षा को पाँच समूहों में बांटा गया था और सभी समूहों को एक असाइनमेंट दिया गया था—एक 'थीम्ड' फूड आउटलेट की पहचान करनी थी जिसे फूड कोर्ट में खोला जा सके।

एक सप्ताह बाद, सभी समूहों ने अपनी प्रस्तुति दी। पहले समूह ने, मेरे बताए ढांचे, उपकरणों और तकनीकों का इस्तेमाल करते हुए निष्कर्ष निकाला कि वे एक तंदूरी चिकन आउटलेट खोलेंगे। उनकी अनुशंसा बेहतरीन लगी, क्योंकि एकेडमिक सिटी में ज्यादातर छात्र भारतीय उपमहाद्वीप से ही होते हैं। वे तंदूरी चिकन के लिए कतार में लग जाएँगे, जो फूड कोर्ट में तो कतई नहीं मिलता था।

हालाँकि उस समय मेरे आश्चर्य की कोई सीमा नहीं रही और जिसके बारे में आप मुश्किल से ही कल्पना कर सकते हैं, वो ये बात थी कि—अगले तीन समूह भी एक ही निष्कर्ष पर पहुँचे : सभी तंदूरी चिकन की थीम वाला आउटलेट खोलना चाह रहे थे। केवल एक समूह ने केरल की थीम वाला आउटलेट खोलने की सिफारिश की।

पाँच में से चार समूह एक ही निष्कर्ष पर कैसे पहुँचे?

इसका दोषी 'कुशल बाजार सिद्धांत' है। इसमें कहा गया है कि अगर समान जानकारी उपलब्ध हो और इसका विश्लेषण करने के लिए समान ढांचे, उपकरण और तकनीकों का इस्तेमाल किया जाए तो लोगों के एक ही निष्कर्ष पर पहुँचने की संभावना रहती है। अगर ऐसा होता है तो अनूठा समाधान (पढ़ें : रचनात्मक समाधान) कमोडिटी समाधान बन जाता है जिससे प्रतिस्पर्धात्मक लाभ नहीं मिलता और इसलिए इसका मूल्य कम होता है।

रचनात्मकता के प्रवर्तक :

रचनात्मकता को सक्षम करने के लिए अनगिनत तकनीकें हैं।

प्रवर्तक 1 : असीमित जिज्ञासा

बचपन में हम अपनी रचनात्मकता की सर्वश्रेष्ठ स्थिति में होते हैं, क्योंकि उस दौरान हम जिज्ञासु होते हैं। ऐसा कुछ भी नहीं होता जो हमारी जिज्ञासा से बच जाए। जैसे-जैसे हम बड़े होते जाते हैं, हमारे अंदर का बच्चा और उसके साथ-साथ हमारी जिज्ञासा भी खत्म होने लगती है। हम अपने अंदर के बच्चे को जगाकर और फिर से जिज्ञासु बनकर रचनात्मक बन सकते हैं।

अपने अंदर के बच्चे को फिर से जगाने के लिए, बचपन के पाँच दोस्तों के साथ दोस्ती फिर से शुरू कीजिए : क्यों? कहाँ? कब? क्या? कैसे? उन्हें अपना निरंतर साथी बनने दीजिए और उनका निरंतर इस्तेमाल कीजिए।

अगर यह काम आपको जटिल लगता है तो अल्बर्ट आइंस्टीन की सलाह का पालन कीजिए : हर चीज पर सवाल उठाइए!

प्रवर्तक 2 : बारीक अवलोकन

रॉबर्ट टेलर के पास अवलोकन की गहरी समझ थी। इससे उन्हें यह देखने को मिला कि बाथरूम में इस्तेमाल होने पर साबुन कैसा दिखता है। साबुनदानी पर जूम करके देखने पर, उन्होंने रिसाव का एक अप्रिय गड्ढा देखा जो अन्यथा बेदाग सेटिंग जैसा दिखता। यह भयानक दृश्य था। उन्हें लगा कि इसका जवाब किसी खूबसूरत पंप डिस्पेंसर से निकलने वाला तरल साबुन होगा। इस तरह से सॉफ्टसोप का जन्म हुआ।

आपके अंदर ये प्रलोभन हो सकता है कि आपके पास गहन अवलोकन कौशल हैं और आप यह दावा कर सकते हैं कि कोई भी चीज आपके अवलोकन से नहीं बच पाती है। जब तक मैंने ड्राइंग टेस्ट नहीं दिया था, तब तक मैं भी ऐसा ही सोचता था। मैंने खुद को उस घड़ी का चेहरा बनाने की चुनौती दी जिसे मैं हर दिन देखता हूँ। मैंने इसे चित्रित किया, लेकिन इसमें ऐसे कई विवरण छूट गए जिनकी वजह से ये विशिष्ट थी। तब मुझे यह अहसास हुआ कि जिसे मैं गहन अवलोकन समझता था, वह मात्र देखना ही था!

शर्लाक होम्स ने वॉटसन से ठीक ही कहा था, 'तुम देखो, लेकिन अवलोकन मत करना।' उस चीज का अवलोकन करने की कला का अभ्यास कीजिए जो देखने के लिए तो सभी के लिए है, लेकिन उसका अवलोकन कुछ ही लोग करते हैं।

अपने अवलोकन की समझ को तेज करने के लिए, नीचे बताई बातें सीखिए :

- गति कम कीजिए।
- मल्टीटास्किंग से बचिए।
- रोजमर्रा की चीजों को नई नजर से देखिए।
- आप जो कर रहे हैं, उसके प्रति सचेत रहिए। इससे आपको इस समय मौजूद रहने में सहायता मिलेगी।

ये सरल रणनीतियाँ आपके दिमाग को संबंध बनाने और रचनात्मक होने से मुक्त करने में मदद करेंगी।

प्रवर्तक 3 : नो टाइम

ज्यादातर लोग अपनी दिनचर्या में ही व्यस्त बने रहते हैं। इससे रचनात्मकता दब जाती है।

स्टीव जॉब्स और अल्बर्ट आइंस्टीन जैसे रचनात्मक लोगों ने अपने समय का एक हिस्सा 'नो टाइम' यानी बिना किसी निर्धारित कार्य-सूची के साथ बिताकर इस समस्या पर काबू पाया था। टिम कुक के लिए यह समय, सुबह 4 बजे उठने का है। उनका कहना है कि सुबह का समय विचलन से मुक्त होता है और यह समय उनका अपना होता है।

'नो टाइम' वह शांत क्षण होता है जिसमें इंसान खुद को दुनिया के शोर और ध्यान भटकाने वाली चीजों से अलग कर सकता है। इस दौरान वह टहल सकता है या अकेले कुछ शांत समय बिता सकता है। ये क्षण उसे आराम देते हैं और रचनात्मक विचारों को जन्म देने के लिए तैयार होते हैं।

प्रवर्तक 4 : सकारात्मक परिवेश

सकारात्मक और पोषणकारी परिवेश हमें ज्यादा स्पष्ट और ज्यादा रचनात्मक तरीके से सोचने में सहायता करता है। इस माहौल में हमारा दिमाग सीखने, ज्ञान और अनुभव तक पहुँचता है और उन्हें नए और अप्रत्याशित तरीकों से जोड़ सकता है। इसका नतीजा रचनात्मकता के मुक्त प्रवाह के रूप में मिलता है।

नकारात्मक परिवेश और विचार हमारे दिमाग की सामान्य कार्यप्रणाली को पटरी से ही उतार देते हैं। गंभीर मामलों में, हमारा दिमाग बंद ही हो जाता है। ऐसे

परिवेश में, हम ऐसी जानकारी चाहते हैं जो हमारा अस्तित्व कायम रखने में सहायता करे। यह रचनात्मकता के लिए मौत की घंटी की तरह लगता है।

प्रवर्तक 5 : अपने अनुभव का विस्तार कीजिए

'अपने दिमाग पर ऐसे नए अनुभवों की बमबारी कीजिए जो पूरी तरह से आपके चुने हुए क्षेत्र से बाहर के हों।' आप यह काम नीचे बताए तरीकों से कर सकते हैं :

- 'नए' लोगों, स्थानों और अनुभवों की तलाश करना।
- अपने परिचितों की विविधता बढ़ाना। उनकी मौजूदगी से आपको अलग-अलग नजरियों और सोचों की जानकारी होती है।
- तरह-तरह की रुचियों को विकसित करना।

प्रवर्तक 6 : हल्की बाधा

इलॉन मस्क को एक बाधा का सामना करना पड़ा। अगर वे पारंपरिक मल्टी-कार डीलरशिप नेटवर्क के जरिए टेस्ला इलेक्ट्रिक वाहन (ईवी) बेचते तो उनके साथ सौतेला व्यवहार होता। अगर वे जमीनी स्तर से डीलरशिप नेटवर्क स्थापित करने का फैसला लेते तो इसके लिए भारी पूंजी की ज़रूरत पड़ती और इसमें समय भी बहुत लगता।

इन बाधाओं से परेशान होकर, वे टेस्ला को ऑनलाइन यानी सीधे ग्राहकों को बेचने के लिए एक 'रचनात्मक' समाधान लेकर आए और ऐपल स्टोर जैसे प्रमुख स्टोरों के साथ इसे पेश किया। संभावित खरीदारों को ईवी रखने के बारे में शिक्षित करने और उनके डर को दूर करने के मकसद से प्रमुख स्टोरों में कंपनी के कर्मचारी तैनात किए गए। इस रचनात्मक समाधान से यह भी सुनिश्चित हुआ कि तमाम कार डीलरों की अलग-अलग छूट की पेशकश के कारण कीमतों में उतार-चढ़ाव की समस्या समाप्त हो गई।

संयम से रचनात्मकता बढ़ती है। इससे हम उन तरीकों के बारे में सोचने पर मजबूर होते हैं जिन्हें हम समृद्ध काल में छोड़ सकते हैं। हालाँकि एक चेतावनी है : बाधा को गोल्डीलॉक्स के सिद्धांत का पालन करना चाहिए जिसके मुताबिक बहुत अधिक अवरोध रचनात्मकता को दबा देता है और बहुत कम होने पर इसे खुली छूट मिल जाएगी। जब यह बिल्कुल सही होता है तो इससे रचनात्मकता को बढ़ावा मिलता है।

अगर बाधा स्वयं थोपी गई है तो यह और भी ज्यादा रचनात्मकता को प्रेरित करती है। 2000 के दशक में, ऑडी रेसिंग टीम एक स्व-प्रतिबंध के तहत ले मैंस को जीतना चाहती थी : वह अपने प्रतिस्पर्धियों से तेज चल नहीं चल सकती थी। इस खुद लगाए अवरोध के साथ काम करते हुए, इसने डीजल से चलने वाली कारों का विकास किया, जिन्हें गैसोलीन से चलने वाली कारों की तुलना में ईंधन स्टॉप की कम ज़रूरत होती थी। नतीजा : ऑडी ने लगातार तीन सालों तक ले मैंस में जीत हासिल की।

प्रवर्तक 7 : प्रयोग करने और नाकाम होने की स्वतंत्रता

नए विचारों का जन्म प्रयोग से होता है। प्रयोग में स्वाभाविक रूप से नाकाम होने का खतरा रहता ही है। अपने आप को प्रयोग करने और नाकाम होने की अनुमति दीजिए। हालाँकि हर नाकामी से सीखिए भी। वास्तव में, आपको एक साल में किए जाने वाले प्रयोगों की संख्या दुगुनी कर देनी चाहिए। जेफ़ बेज़ोस कहते हैं, इस तरह से आपकी आविष्कारशीलता दुगुनी हो जाएगी।

अपनी नाकामियों के अलावा, दूसरे लोगों की नाकामियों से भी सीखिए। आखिरकार, आपका जीवन इतना लंबा नहीं हो सकता कि आप सारी नाकामियों का अनुभव ले सकें।

प्रवर्तक 8 : स्वस्थ शरीर

पर्याप्त नींद, पोषण और व्यायाम पर ध्यान दीजिए।

- नींद से शरीर और दिमाग को स्वस्थ होने और दुरुस्त होने का मौका मिलता है।
- नियमित व्यायाम से बेचैनी कम होती है और नींद की गुणवत्ता सुधरती है।
- पोषण से स्वस्थ शरीर और स्वस्थ मन बनता है।

ये तीनों मस्तिष्क के कामकाज की मूल बातें हैं और इनसे हमारा रचनात्मक पक्ष प्रेरित होता है।

रचनात्मकता को सुधारने की तकनीकें

• तकनीक 1 : डिफ़ैमिलिअराइज़ेशन या अपरिचितीकरण उर्फ 'वुजा दे'

जब दिमाग काम करता है तो यह बड़ी मात्रा में ऊर्जा की खपत करता है। इससे हम खाली हो जाते हैं। ऊर्जा संरक्षण के लिए, प्रकृति ने सुनिश्चित किया है कि जब हम परिचित परिवेश में होते हैं या जब सहज महसूस करते हैं तो हमारा दिमाग सो जाता है—बंद हो जाता है। यह उसी तरह से होता है जैसे कुछ देर तक काम न करने पर हमारे कंप्यूटर में होता है। बैटरी की पावर बचाने के लिए यह अपने आप स्लीप मोड में चला जाता है।

इसे ट्रॉक्सलर फेडिंग कहते हैं। इस प्रभाव की खोज करने वाले उन्नीसवीं सदी के स्विस डॉक्टर के नाम पर ही इसका नाम रखा गया है। न्यूरोसाइंस में, इसे आदत कहते हैं : जब हम परिचित परिवेश में या अपरिवर्तित परिस्थितियों में होते हैं तो न्यूरॉन्स सक्रिय होना बंद कर देते हैं।

यह सिंड्रोम रचनात्मकता के लिए मौत की घंटी है। इस खतरे से बचने के लिए, रूसी साहित्यिक सिद्धांतकार विक्टर शक्लोव्स्की ने, किसी परिचित को 'अपरिचित बनाने' का तरीका प्रस्तुत किया।

इसे वुजा दे के जरिए हासिल किया जा सकता है, जो देजा वु का विपरीत होता है। देजा वु तब होता है जब हम किसी नई चीज का अनुभव करते हैं लेकिन हमें लगता है कि हमने इसे पहले भी कभी देखा है। वुजा दे इसका उल्टा होता है। हमारा सामना किसी परिचित से होता है, लेकिन उसको नए तरीके से देखना होता है, जिससे हमें उस परिचित के बारे में कुछ नई समझ हासिल करने की प्रेरणा मिलती है।

कौन बनेगा करोड़पति

अब स्टार इंडिया हो चुके स्टार प्लस ने जब सबसे पहले *कौन बनेगा करोड़पति* (केबीसी) की परिकल्पना की थी, जो कि ब्रिटिश टेलिविजन गेम शो *हू वॉन्ट्स टू बी ए मिलिनेयर?* का हिंदी संस्करण है। शुरू में इसकी परिकल्पना "कौन बनेगा लखपति" के रूप में की गई जिसमें पुरस्कार राशि 1 लाख रुपए होनी थी।

उसी दौरान स्टार प्लस के हेड रूपर्ट मर्डोक भारत में थे। उन्होंने पूछा 1 लाख रुपए डॉलर में कितने होते हैं। किसी ने बताया कि करीब $2200 के बराबर होंगे। उन्हें लगा कि ये पुरस्कार राशि काफी कम है और इससे दर्शकों के मन में दिलचस्पी

पैदा नहीं होगी। उन्होंने इसे 1 करोड़ रु कर दिया और *कौन बनेगा लखपति* कार्यक्रम *कौन बनेगा करोड़पति* के रूप में सामने आया।

'अगर उस सप्ताह रूपर्ट शहर में न होते और केबीएल को केबीसी में न बदला जाता तो मुझे संदेह है कि स्टार टीवी का ये शो भारत में चल पाता,' पीटर मुखर्जी स्टार टीवी के पूर्व हैड को याद करते हुए कहते हैं।

कुछ इसी तरह के विचार इन दिग्गजों से मिले :

- स्टीव जॉब्स : कोई बेहतर उत्पाद तैयार करो जो ग्राहक को खुशनुमा अनुभव दे।
- इलॉन मस्क : उद्योग की परंपरा को चुनौती दो।

इन दिग्गजों से मिले निर्देशों के आधार पर मैं इन निष्कर्षों पर पहुँचा :

- विपरीत लिंगों के युवा एक-दूसरे के निकट आना चाहते हैं, लेकिन शरीर की गंध उन्हें पास नहीं आने देती। मुझे इस समस्या को दूर करना था या कम करना था।
- ऐसी विधि से कोई बेहतर उत्पाद तैयार किया जाए जो फ्रेंच परफ्यूम से दो गुना ज्यादा प्रामाणिक हो। इससे ग्राहकों का मूड सुधरेगा और उन्हें खुशनुमा अहसास होगा।
- डियोडरेंट की मार्केटिंग परफ्यूम के रूप में करके, उद्योग की परंपरा को चुनौती दी जाए।

मैंने उनके विचारों को एक सामंजस्यपूर्ण रणनीति में समाहित किया और इस निष्कर्ष पर पहुँचा कि डियोडरेंट को परफ्यूम के रूप में बेचा जाना चाहिए।

• तकनीक 2 : सैकड़ों विचारों को फलने-फूलने दीजिए

हम लोग अफ्रीका में एक सफारी पार्क घूमने गए थे। भाग्य की बात कि हमने एक शेर को एक हिरन के पीछे भागते देखा।

मेरे सहकर्मी ने भविष्यवाणी की, 'हिरन तो जान से गया अब।'

लेकिन हकीकत में कुछ और ही हुआ। हिरन शेर को पीछे छोड़ते हुए भाग निकला।

हमारी बातचीत सुन रहे गाइड ने कहा, 'यह प्रकृति का नियम है कि ज्यादातर प्रयास बेकार ही जाते हैं और केवल कुछ ही सफल होते हैं। मछलियाँ भी तो सैकड़ों

अंडे देती हैं, लेकिन उनमें से ज्यादातर को शिकारी जीव खा जाते हैं और केवल कुछ ही जीवित बच पाते हैं। जंगल में, सैकड़ों बीज बिखरे रहते हैं, लेकिन उनमें से कुछ ही पेड़ बन पाते हैं। बाकी सब सूख जाते हैं।' वह एक क्षण रुककर बोला, 'इससे जानवरों या कुदरत को कोई निराशा नहीं होती। वे कोशिश करते रहते हैं। वो इस सबके आदी रहते हैं।'

पाब्लो पिकासो ने करीब 50,000 कलाकृतियाँ बनाई होंगी, जिनमें 885 पेंटिंग, 1228 मूर्तियाँ, 2880 चीनी मिट्टी की कृतियाँ और 12,000 चित्र शामिल थे। इनमें से केवल कुछ सौ को ही याद किया जाता है।

रचनात्मक लोग सैकड़ों विचारों को फलने-फूलने देते हैं। इससे उनके किसी अच्छी विचार के बेहद सफल होने की संभावना बढ़ जाती है।

• तकनीक 3 : सुधार तकनीक (इंप्रोवाइजेशन टेकनीक-आईटी)

विचारों के अध्ययन से पता चलता है कि उनका विकास कभी भी पूरी तरह से नहीं हो पाता। जन्म के समय, वे विकृत, कुरूप और नाज़ुक होते हैं। इस स्तर पर, अगर उन्हें बहुत ज्यादा आलोचना और पड़ताल का सामना करना पड़े तो वे अकाल मौत मर जाते हैं। लेकिन अगर इन्हें पाला-पोसा जाए और निखारा जाए तो ये चमकने लगते हैं।

सुधार की तकनीक (आईटी) किसी कमजोर और बदसूरत विचार को चमकदार बना देती है।

इस तकनीक में कोई व्यक्ति एक विचार लेकर आता है। अगला व्यक्ति 'हाँ' कहता है और उस पर आगे बढ़ता है। यह सिलसिला तब तक चलता रहता है जब तक विचार चमकने न लगे।

आलोचनात्मक और तुरंत निर्णयात्मक होने के बजाय एक-दूसरे के विचारों पर निर्माण करने की रणनीति से यह सुनिश्चित होता है कि अच्छे विचार अपने जन्म के समय से ही बचे रहें। अगर हम केवल उनकी कमजोरियों पर ध्यान देते हैं तो अच्छे विचार तो जन्म के साथ ही मर जाते हैं। साथ ही, आलोचना न होने पर किसी समूह में रचनात्मक विचारों का बेलगाम प्रवाह सुनिश्चित होता है।

हालाँकि इस सिस्टम में एक खामी भी है। किसी विचार के अच्छे पहलू को उजागर करने भर से अनाड़ी विचारों की बाढ़ आ सकती है। हालाँकि सकारात्मक और नेक इरादे वाली आलोचना से विचार अद्भुत रूप से अच्छे विचारों में बदल जाते हैं।

इस समस्या को दूर करने के लिए रॉबर्टो वेगेंटी और डॉन नॉर्मन ने सुझाव दिया कि लोगों को अपनी प्रतिक्रिया के पहले 'हाँ, लेकिन, और...' जोड़कर पिछले व्यक्ति के विचार पर काम करना चाहिए।

बैगपाइपर गोल्ड

1980 के दशक में, यूनाइटेड स्पिरिट्स (अब डिएजियो इंडिया) की एक ग्रुप कंपनी हर्बर्टसंस लिमिटेड के पोर्टफोलियो में बैगपाइपर व्हिस्की बड़ा ब्रांड था। जब इसके कद्रदान ग्राहक अपने करियर में आगे बढ़े तो वे ज्यादा प्रीमियम व्हिस्की की तरफ बढ़ गए और उन्होंने बैगपाइपर ब्रांड छोड़ दिया। मेरे बॉस ने इस समस्या का समाधान निकालने का निश्चय किया।

'हम बैगपाइपर ट्रेडमार्क को प्रीमियम व्हिस्की तक विस्तारित करते हैं। इस तरह हम बैगपाइपर के कद्रदानों को अपने पास रख पाएँगे। हम इस नए ब्रांड को बैगपाइपर प्रीमियम कहेंगे,' उन्होंने कहा।

उस समय, अरिस्टोक्रेट प्रीमियम एक लोकप्रिय प्रीमियम व्हिस्की ब्रांड होता था।

मैंने उनके विचार को आगे बढ़ाने के लिए 'हाँ, लेकिन, और...' तकनीक अपनाई।

'हाँ सर, आपका विचार अच्छा है। लेकिन आपके प्रस्तावित ब्रांड नाम पर फिर से विचार करना चाहिए। चूँकि अरिस्टोक्रेट प्रीमियम व्हिस्की बाजार में उपलब्ध है तो लोगों को लगेगा हमने उनकी "नकल" की है। और इसलिए, मेरा सुझाव है कि हम इसे बैगपाइपर गोल्ड कहें। भारत में सोना सबको पसंद होता है और इसलिए, बैगपाइपर गोल्ड भी सबकी पसंद बन जाएगा।'

मेरे बॉस ने मेरी सिफारिश पर विचार किया और उसे हरी झंडी दे दी। इस प्रकार, बैगपाइपर गोल्ड नाम रखा गया था!

ब्ल्यू रिबैंड डुएट

कुछ साल बाद, हम जिन की एक नई श्रेणी लॉन्च कर रहे थे, जिसके लिए ब्रांड नाम सुझाने के लिए मैंने वही रणनीति लागू की, जिसमें चूना पहले से मिलाया गया था। जिन की इस नई श्रेणी का जन्म कैसे हुआ, इसकी कहानी की चर्चा आगे की गई है।

इसके लिए कोई ब्रांड नाम देने का काम हमारी विज्ञापन एजेंसी को दिया गया था। कुछ दिनों बाद, वे अपने सुझाव बताने के लिए हमारे ऑफिस आए।

'नए ब्रांड में, दो चीजें, जिन और नींबू, को किसी "डुएट" की तरह एक साथ मिलाया जाता है, जिसमें तुकबंदी वाली की दो पंक्तियाँ होती हैं। इसलिए, हमारी एजेंसी ने सुझाव दिया कि उस ब्रांड का नाम "ब्ल्यू रिबैंड कपल" होना चाहिए।'

मैंने उनके सुझाव को आगे बढ़ाते हुए कहा, 'हाँ, आप की बात सही है। लेकिन ग्राहक "डुएट" नाम को बिगाड़ सकते हैं और इसे "कप और प्लेट" कह सकते हैं। अगर ब्रांड नाम बिगड़ जाता है तो नए ब्रांड की सफलता की संभावना बहुत कम हो जाती है। इसलिए, मेरा प्रस्ताव है कि हम इसे "ब्ल्यू रिबैंड डुएट" कहें, जिससे उपभोक्ताओं को लगेगा कि यह जिन और लाइम का आदर्श "डुएट" है।'

इस तरह ब्ल्यू रिबैंड डुएट का नाम पड़ा।

रचनात्मक होने का लाभ

रचनात्मक होने से आपको अपनी समस्याओं पर काबू पाने वाला कोई बड़ा विचार लाने में मदद मिलेगी। इसका प्रमाण भी है :

- हेनरी फोर्ड ने 'रचनात्मक रूप से' असेंबली लाइन के विचार को कार उत्पादन में अपनाया। इससे कार निर्माण में क्रांति आ गई।
- स्टीव जॉब्स ने 'रचनात्मक ढंग से' दो अलग-अलग उत्पादों -- कंप्यूटर और सेलफोन -- को मिलाकर स्मार्टफोन बनाया, जिसने हमारे जीवन को समृद्ध बना दिया।
- बियर उद्योग के पेशेवरों ने 'रचनात्मक रूप से' अलग-अलग विचारों को जोड़ा - बियर की 'इमेज' और शराब की 'किक' - को मिलाकर स्ट्रॉन्ग बियर की श्रेणी बना दी।
- सर आइज़क न्यूटन ने 'रचनात्मक रूप से' असंबंधित घटनाओं -- सेब के सीधे नीचे गिरने और हमारे जमीन पर टिके रहने -- के बीच समानता की खोज की, जिसके कारण गुरुत्वाकर्षण बल की खोज हुई। इससे आगे चलकर अंतरिक्ष अनुसंधान का रास्ता खुला।
- जैक डोर्सी ने 'रचनात्मक ढंग से' नए पैटर्न को उजागर किया, जिससे ट्विटर का जन्म हुआ।

अब बारी आपकी है कि आप रचनात्मक बनिए और पूरी दुनिया न सही, अपने उद्योग को तो बदलने के लिए बड़े विचार सामने लाइए ही।

उपसंहार

दुनिया चाहती है कि आप औसत और सामान्य बनें। यह बहुत आसान है। इसमें मेहनत कम लगती है, लेकिन ऐसा मत होने दीजिए।

इसके बजाय, रचनात्मक बनने का विकल्प चुनिए!

इससे आप विशिष्ट, मौलिक और मूल्यवान बनेंगे। इसके आसान या मुफ्त होने की अपेक्षा मत कीजिए, लेकिन यह प्रयास आखिरकार सार्थक होगा ही।

रचनात्मकता संक्षेप में

रचनात्मकता

ये सीखा गया कौशल है जो तब सक्रिय होता है जब सोच के परंपरागत तरीके को किनारे करके, कल्पना को मुक्त रूप से घूमने दिया जाए ताकि वो विचारों को नए और कल्पनात्मक तरीके से आयात, मेल और कनेक्ट कर सके और बड़े विचार सामने ला सके

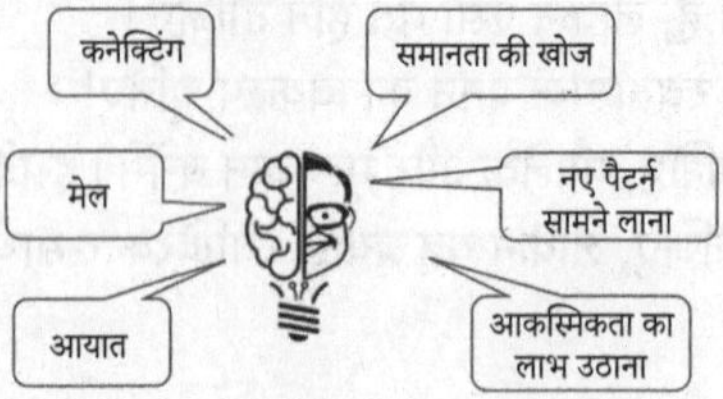

रचनात्मकता के प्रवर्तक

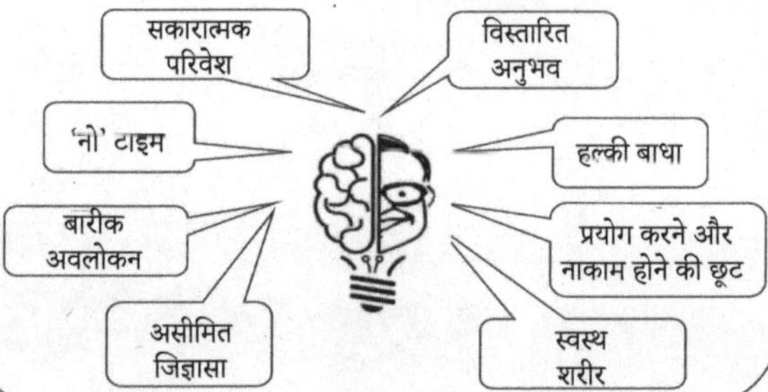

रचनात्मकता में सुधार की तकनीकें

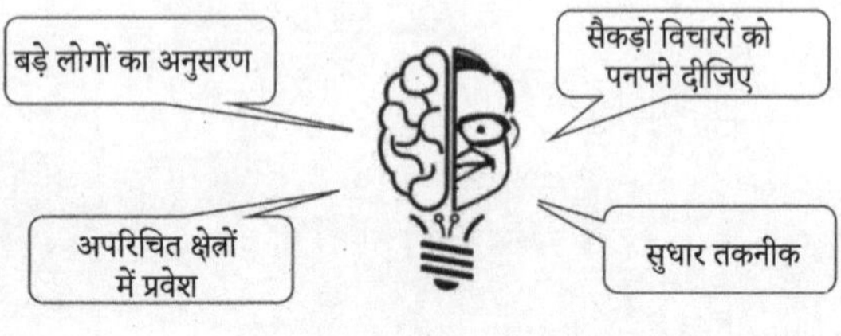

कौशल 2

इनोवेशन

*इनोवेशन = रचनात्मकता * निष्पादन * मुनाफा*

इनोवेशन को आगे इस अध्याय में नवाचार लिखा जाएगा। 1985 में स्टीव जॉब्स ने ऐपल की सह-स्थापना की थी, लेकिन उससे उन्हें बाहर निकाल दिया गया और फिर 1997 में स्टीव जॉब्स फिर से ऐपल में पहुँच गए। उस समय इस कंपनी के दिवालिया होने में कुछ ही महीने बाकी थे। जब उनसे कंपनी को पुनर्जीवित करने की उनकी रणनीति के बारे में पूछा गया तो उन्होंने कहा, 'लागत में कटौती के जरिए नहीं, बल्कि मौजूदा संकट से बाहर निकलने के लिए नए तरीके अपनाकर ये हो सकता है।'

नवाचार क्या है?

'हम नवाचार के लिए किसी संगठन की क्षमता के बारे में सोचना चाहते हैं क्योंकि रचनात्मकता निष्पादन से गुणित होती है। हम "योग" के बजाय "गुणा" का इस्तेमाल करते हैं क्योंकि अगर रचनात्मकता या निष्पादन का स्कोर शून्य है तो नवाचार की क्षमता भी शून्य होती है,' प्रख्यात शिक्षाविद विजय गोविंदराजन का यही कहना है।

नवाचार के लिए अमेरिकी सरकार के सर्वोच्च पुरस्कार से सम्मानित 3एम का मानना है कि नवाचार '...नया विचार, साथ ही एक्शन या क्रियान्वयन है, जिसका नतीजा सुधार, लाभ या मुनाफा होता है'।

नवचार के सार को एक समीकरण में बताया जा सकता है :

नवाचार = रचनात्मकता * निष्पादन * मुनाफा

अगर कोई भी घटक शून्य है तो नवाचार भी शून्य ही होगा।

क्या मुनाफा ही नवाचार का एकमात्र मकसद है?

जब व्यावसायिक नवाचार, जिसे व्यावहारिक नवप्रवर्तन भी कहा जा सकता है, की बात आती है तो मुनाफा भी समीकरण में शामिल हो जाता है। जब नवाचार मुनाफा पैदा करता है तो यह अपने लिए भुगतान करता है और भविष्य के नवाचार में निवेश के लिए अधिशेष या सरप्लस भी बनाता है।

समाज की भलाई के लिए किया जाने वाले सामाजिक नवाचार पर इस जिम्मेदारी का बोझ नहीं होता है।

हम अपनी इस चर्चा को व्यावसायिक या व्यावहारिक नवाचारों तक ही सीमित रखेंगे।

क्या नवाचार और रचनात्मकता पर्यायवाची नहीं हैं?

'आमतौर पर, मैनेजर नवाचार को रचनात्मकता के साथ जोड़कर देखते हैं लेकिन नवाचार रचनात्मकता नहीं है। रचनात्मकता बड़े विचारों को लेकर आने का नाम है। विजय गोविंदराजन कहते हैं, 'नवाचार विचार को क्रियान्वित करने—विचार को किसी सफल व्यवसाय में बदलने का नाम है।

क्या उनके दृष्टिकोण की किसी तरह से स्वतंत्र पुष्टि हुई है?

'नवाचार में दो चरण होते हैं—नए विचारों का सृजन और विचारों का क्रियान्वयन। रचनात्मकता नवाचार का पहला चरण है,' ये कहना है रोजर श्वार्ज़ का।

नवाचार के प्रकार

नवाचार के बहुत सारे तरीके हैं क्योंकि व्यावसायिक चुनौतियाँ भी उतनी ही हैं। यहाँ आपके समझने के लिए एक विशिष्ट सूची दी जा रही है।

1. क्रमिक नवाचार

हेंज़ ने पाया कि ग्राहकों को केचप डालने के लिए बोतल को उल्टा करना पड़ता है। उसने एक नई पैकेजिंग पेश करने का निश्चय किया, जिसमें डालने में आसानी के लिए बोतल को उल्टा रखा जाता है। उपभोक्ता की समस्या को हल करने के इरादे से किए गए इस क्रमिक सुधार से उसे बिक्री और मुनाफे में सुधार हुआ।

क्रमिक नवाचार में वास्तविक ग्राहकों की समस्याओं को हल करने के उद्देश्य से छोटे-छोटे और सूक्ष्म सुधार करना शामिल होता है, जिसके लिए ग्राहक थोड़ा अधिक भी भुगतान करने को तैयार होता है। हरेक क्रमिक सुधार से बिक्री और मुनाफा भी बढ़ता है। इससे बाजार में तुरंत फायदा मिलता है और कंपनी को नगण्य निवेश पर भी प्रतिस्पर्धा में आगे रहने में सहायता मिलती है।

एक बार जब बाजार में क्रमिक नवाचार लॉन्च किया जाता है और यह ग्राहकों की स्वीकृति पा लेता है तो प्रतिस्पर्धा कम कीमत पर 'मी टू' संस्करण लॉन्च करके तुरंत इसकी नकल करने की कोशिश करती है।

जिलेट जैसी कंपनियाँ नियमित अंतराल पर ज्यादा ब्लेड जोड़कर प्रतिस्पर्धा के जरिए ऐसे कदमों की धार कुंद कर देती हैं। हर चीज—जी हाँ, लगभग हर चीज—वही रहती है, लेकिन नया संस्करण बेहतर होता है। क्रमिक नवाचार को आगे बढ़ाने से यह तो सुनिश्चित होता है कि जिलेट पुरुषों के शेविंग बाजार पर मजबूत पकड़ बनाए रखेगी।

क्रमिक नवाचार को लॉरेंजियन रणनीति (या 'बटरफ्लाई इफेक्ट') के रूप में भी जाना जाता है, जिसका नाम एमआईटी के गणितज्ञ एडवर्ड लॉरेंज के नाम पर रखा गया है। उन्होंने बताया कि कैसे तितली के पंख फड़फड़ाने जैसी कोई छोटी-सी क्रिया भी बवंडर जैसी किसी असंभव रूप से बड़ी घटना को जन्म दे सकती है।

2. सुधारक नवाचार

प्रश्न : चंद्रमा पर सबसे पहले कदम रखने वाले व्यक्ति का नाम बताइए।

उत्तर : नील आर्मस्ट्रॉन्ग।

प्रश्न : चंद्रमा पर कदम रखने वाले दूसरे व्यक्ति का नाम बताइए।

उत्तर : हम में से ज्यादातर को उसका नाम बताने में दिक्कत होगी।

इससे हम यह समझ सकते हैं कि नवाचार सहित जीवन के हर क्षेत्र में पहले आगे बढ़ना लाभदायक होता है। आखिरकार, पहला प्रस्तावक बाजार पर कब्जा कर

लेता है और अजेय बढ़त हासिल कर लेता है। दुर्भाग्य की बात है कि व्यावसायिक नवाचार के मामले में वास्तविकता भिन्न होती है।

'पहल करने वालों की अफलता दर 47% थी। जो कंपनियाँ उनके बाद आगे बढ़ती हैं, उनकी असफलता दर केवल 8% थी,' ये कहना है कि उद्यमी, पत्रकार और लेखक शेन स्नो का।

पहल करने वाला अग्रदूत की भूमिका निभाता है। वह आगे बढ़ता है और अनगिनत बाधाओं, जोखिमों और खतरों के बीच रास्ता बनाता है। फिर 'अनुयायी' आगे आते हैं और 'सुधारकर्ता' की भूमिका निभाते हैं। इसके तहत पहल करने वालों का अध्ययन किया जाता है, उनकी गलतियों से सीखा जाता है, पहल करने वालों से बेहतर समाधान पेश किया जाता है और उनसे बाजार छीन लिया जाता है।

बाजार के आंकड़े इस अनुमान का समर्थन करते हैं।

- सर्चइंजन : वेबक्रॉलर (1994), लाइकोस (1994), एल्टाविस्टा (1995), याहू (1995) और आस्क जीव्स (1996) सर्च मार्केट में आने वाले पहले इंजन थे। गूगल तो 1998 में आया था, लेकिन आज सर्च मार्केट में इसी का दबदबा है।
- सोशल नेटवर्किंग : फ्रेंडस्टर (2002), माइस्पेस (2003), सेकेंड लाइफ (2003) और ऑरकुट (जनवरी 2004) सबसे पहले शुरू हुए थे। फेसबुक ने फरवरी 2004 में प्रवेश किया। 2020 में, इसके 2.8 बिलियन से अधिक सक्रिय यूजर हैं और यह बाजार पर हावी है।
- ईमेल : हॉटमेल और याहू ने ईमेल सेवा शुरू की थी। जीमेल उनके बाद आया और उसने बाजार पर प्रभुत्व बना लिया।
- हैरानी की बात नहीं कि, सर्वोत्तम सर्वप्रथम को पराजित कर देता है!

3. विपरीत नवाचार

जनरल इलेक्ट्रिक (जीई) ने अमेरिका के अपने घरेलू बाजार के लिए ईसीजी मशीन बनाई थी। भारत में इसकी कीमत प्रीमियम थी और इसलिए इसे हाई-एंड मार्केट सेगमेंट के लिए तैयार किया गया। भारत (पढ़ें : स्थानीय बाजार) में विस्तार करने के लिए, जीई को नवाचार की ज़रूरत थी।

इसकी बेंगलुरु टीम ने आकलन किया कि 'स्थानीय' बाजार को बेहद कम लागत वाली, टिकाऊ, इस्तेमाल में आसान और पोर्टेबल ईसीजी मशीन की ज़रूरत

है। उसने यह भी निष्कर्ष निकाला कि इन ज़रूरतों को पूरा करने के लिए मौजूदा जीई ईसीजी मशीन में बदलाव नहीं किया जा सकता।

इस तरह से वो टीम पोर्टेबल और कम लागत वाली ईसीजी मशीन विकसित करने के लिए प्रेरित हुई। बाजार से इसको सकारात्मक प्रतिक्रिया मिली। समय के साथ, इस उत्पाद को घरेलू बाजार, अमेरिका में पेश किया गया, जिससे यह रिवर्स इनोवेशन यानी विपरीत नवाचार का ज्वलंत उदाहरण बन गया।

ऐतिहासिक रूप से, नवाचार पहली दुनिया से तीसरी दुनिया के देशों तक अपना विस्तार करता रहा है, लेकिन अब पासा पलट रहा है। अब, तीसरी दुनिया के देशों से नवाचार प्रथम दुनिया के देशों में अपनी राह तलाशता है। ऐसा इसलिए हो रहा है क्योंकि उभरते बाजार में विचार और उत्पाद इतने आकर्षक होते हैं कि वे पश्चिमी बाजारों की ओर बढ़ जाते हैं। इस घटना को 'रिवर्स इनोवेशन' या विपरीत नवाचार का नाम दिया गया है।

यहाँ तक कि प्रौद्योगिकी कंपनियों ने भी विपरीत नवाचार को अपनाया है।

नकद भुगतान

अपने घरेलू बाजार अमेरिका में, उबर ने कार्ड के माध्यम से भुगतान स्वीकार करना शुरू किया। हालाँकि तीसरी दुनिया के देशों में, क्रेडिट कार्ड और डेबिट कार्ड की पहुँच कम है। यह सेवाओं का लाभ उठाने में कई लोगों के लिए बाधा बनी।

उबर ने नवाचार किया और नकद भुगतान की शुरुआत की। इस नवाचार से उबर को बढ़ावा मिला। यह इतना लोकप्रिय हुआ कि उबर ने इसे दुनिया भर के कई बाजारों में पेश कर दिया।

विपरीत नवाचार को वे कंपनियाँ प्राथमिकता देती हैं जिनके हेड ऑफिस पहली दुनिया में हैं और जो तीसरी दुनिया के देशों के बाजारों पर कब्जा करना चाहती हैं। इस रणनीति को अपनाकर, वे एक तीर से दो शिकार करती हैं : वे न केवल तीसरी दुनिया के देशों में मुनाफा हासिल करती हैं, बल्कि घरेलू बाजार में भी नए व्यापार क्षेत्र शुरू कर लेती हैं।

4. मितव्ययी नवाचार

एक शहर पर आतंकवादियों ने हमला कर दिया था। नागरिक असुरक्षित महसूस कर रहे थे। पुलिस कमिश्नर को उनके बीच विश्वास बहाल करने का बड़ा काम करना पड़ा।

विचार-विमर्श से पता चला कि शहर के चारों तरफ बड़ी संख्या में पुलिसकर्मियों की तेजी से आवाजाही दिखे तो लोगों में विश्वास बहाल होगा।

विश्लेषण से पता चला कि पुलिसकर्मी, अपनी दैनिक ड्यूटी करने के बाद, सिविल ड्रेस पहन लेते थे और सार्वजनिक परिवहन से अपने-अपने घर जाते थे। घर से ड्यूटी करने आ रहे पुलिसकर्मियों का भी यही हाल था। वे सिविल ड्रेस में होते थे और पुलिस स्टेशन पहुँचकर पुलिस की ड्रेस पहन लिया करते थे।

आकस्मिकता के किसी क्षण में, उसके दिमाग में यह बात आई कि घर जाने वाले पुलिसकर्मियों को यात्रा के दौरान अपनी पुलिस की ड्रेस पहनने का और ड्यूटी पर आने वाले लोगों को यात्रा से पहले घर पर ही अपनी ड्रेस पहनने का निर्देश दिया जाए।

इस रणनीति पर अमल किया गया तो बड़ी संख्या में पुलिसकर्मी शहर में चप्पे-चप्पे पर नजर आने लगे। इससे शहरवासियों में विश्वास बहाल हुआ।

यह मितव्ययी नवाचार का उदाहरण है। यह समस्या-समाधान का लचीला तरीका है जिसमें सीमित संसाधनों का नवाचारी तरीके से इस्तेमाल किया जाता है। इसमें केवल कम संसाधनों में ज्यादा हासिल नहीं किया जाता है बल्कि इसमें 'कम में बेहतर' भी किया जाता है।

योगा टी-शर्ट

अपनी नौकरी के सिलसिले में मुझे अक्सर विदेश यात्रा करनी पड़ती थी। इसका मतलब परिवार से दूर रहना पड़ता था जिससे मुझे अपराधबोध होता था। अपराधबोध की भावना को कम करने के लिए, मैंने हर बार घर लौटते समय उपहार लाने का निश्चय किया।

इस बार मैं दुबई से लौट रहा था। पिछली शाम, मैं अपनी पत्नी के लिए उपहार खरीदने के लिए दुबई मॉल गया था। वह योगा की शौकीन है और मैंने उसे योगा टी-शर्ट देकर सरप्राइज देने का फैसला किया। मैं योगा के सामान बेचने वाले एक खास स्टोर में गया। अनगिनत विकल्प देखने के बाद, मैंने एक टी-शर्ट खरीदने का फैसला किया। मैंने जो चुनी थी, उसकी कीमत बहुत ज्यादा थी।

'इसकी कीमत इतनी ज्यादा क्यों है?' मैंने स्टोरकीपर से पूछा। 'आखिर, है तो यह टी-शर्ट ही।'

दुकानदार ने मेरे हाथ से टी-शर्ट ले ली और मुझे उसकी बारीकियों के बारे में बताने लगा। 'इसमें पेट के क्षेत्र पर एक हल्का इलास्टिक बैंड होता है जिससे यह वहाँ चिपक जाती है। इससे यह सुनिश्चित होता है कि चाहे कोई भी पोज लें, टी-शर्ट पलटेगी नहीं और शर्मिंदगी का कारण नहीं बनेगी।'

खुशी-खुशी मैंने भुगतान किया और घर पहुँचकर वह टी-शर्ट अपनी पत्नी को उपहार में दे दी। दुर्भाग्य से, उसका प्राइस टैग नहीं हटा पाया था।

प्राइस टैग देखकर वह डर से चीख पड़ी, 'तुमने इतनी महँगी टी-शर्ट क्यों खरीदी?'

मैंने उसे इसकी खासियत के बारे में बताया। वह अपनी अलमारी के पास गई और एक टी-शर्ट लेकर लौटी और बोली, 'यह केवल 300 रुपये की है।'

'लेकिन यह पलट जाएगी और तुम्हें शर्मिंदा होना पड़ेगा,' मैंने विरोध करते हुए कहा।

'हाँ, करेगी। इसलिए, हमारे शिक्षक ने हमें इसे अंदर खोंसने को बोला है!' उसने मुझे ही समझा दिया।

मैं चाह रहा था कि धरती फट जाए और मैं उसमें समा जाऊँ।

टी-शर्ट को अंदर खोंस लेना उस समस्या का किफायती समाधान था।

बर्बादी कम करना

एक स्टूडेंट मेस में खाने की बर्बादी कम होने के कोई आसार नहीं दिख रहे हैं। डाइनिंग हॉल में अपनाई गई प्रक्रिया की समीक्षा से पता चला है कि छात्र प्लेट और कटोरे उठाते हैं, मेज के पास जाते हैं और जिसको जो भी खाना पसंद होता है, उसे भर लेते हैं। चूंकि प्लेट और कटोरे काफी बड़े थे, इसलिए हर स्टूडेंट जितनी सामग्री लेता था, वह कम ही लगती थी। इसलिए वे ज्यादा सामग्री ले लेते थे और फिर पूरी नहीं खा पाते थे और सब बर्बाद हो जाती थी।

प्लेट और कटोरियों का आकार छोटा करने का निश्चय किया गया। छोटी प्लेटें और कटोरियाँ एक प्रयास में भर जाने लगीं। अब, छात्र अपनी प्लेटों और कटोरियों में जितना कुछ लेते थे, उसे पूरा खा भी लेते थे। इससे बर्बादी में नाटकीय रूप से कमी आई।

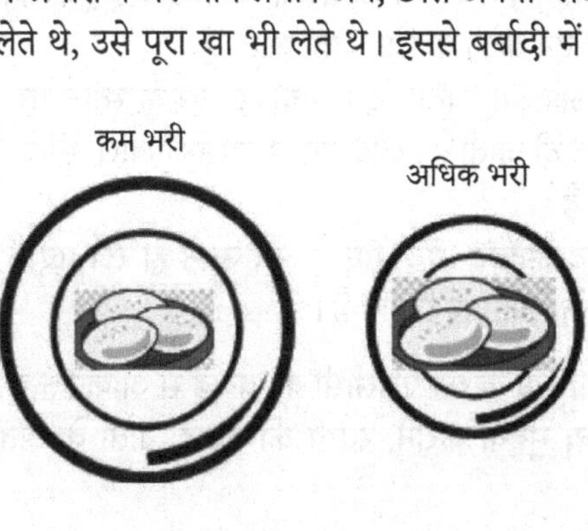

केवल बर्तन के आकार बदलने (पढ़ें : मितव्ययी नवाचार अपनाने) से खाने की बर्बादी रुक गई।

इसका उलटा भी हो सकता है। बिक्री बढ़ाने के लिए रिटेलर अपने यहाँ की शॉपिंग ट्रॉली का आकार बढ़ा देते हैं। खरीदारी करने आए ग्राहक को बड़ी ट्रॉली लेने से लगता है कि अभी पर्याप्त खरीदारी नहीं की है। ऐसे में वे ट्रॉली के पूरा भरने तक खरीदारी करते रहते हैं, जिससे बिल बड़ा बनने लगता है।

5. सुविधाओं में कटौती (सबस्ट्रक्शन) के जरिए नवाचार

कई लोगों का मानना है कि नवाचार के लिए सुविधाएँ जोड़ने की ज़रूरत पड़ती है। आखिरकार, ज्यादा संसाधन बेहतर होते ही हैं। हमेशा नहीं। कुछ नया बनाने के लिए सुविधाओं या घटकों को हटाकर भी कई नवाचार हुए हैं।

लो-कॉस्ट करियर (एलसीसी)

एलसीसी ने फुल सर्विस एयरलाइन से कई सुविधाएँ घटा दी हैं और विमान से यात्रा न करने वाली सवारियों का नया बाजार तैयार कर लिया।

- टिकटिंग एजेंट 'कम' कर दिए गए और सवारियों से इंटरनेट पर टिकट बुक करने को कहा जाता है।
- मुद्रित टिकट 'घटा' दिए गए हैं। इसके बजाय, टिकट की सॉफ्ट कॉपी ईमेल पर भेज दी जाती है। इससे कागज में लगने वाली लागत खत्म हो जाती है जो कागज के टिकट जारी करते समय लगती थी।
- एयरलाइन कर्मचारियों की संख्या 'घटा' दी गई है क्योंकि यात्रियों को खुद ही चेक इन करने के लिए कहा जाता है।
- सीट आवंटन 'घटा' दिया गया है। इसके स्थान पर 'फ्री सीटिंग' की अनुमति दी जाती है। कोई सवारी उपलब्ध खाली सीटों में से कोई भी चुन सकता है।
- फ्लाइट अटेंडेंट 'घट' गए हैं और उतने ही रखे गए हैं जो सवारियों की सुरक्षा के लिए ज़रूरी होते हैं।

कटौती के नवाचार के कारण एलसीसी की वजह से आकर्षक कीमतों पर यात्रियों को शानदार मूल्य मुहैया कराने, समय की बचत, यात्रा के अंत में कम थकान,

फ्लाइट से चलने से मिलने वाली प्रतिष्ठा के साथ और भी बहुत कुछ मिलने लगा। नतीजतन, उन्होंने फ्लाइट में सफर न करने वालों और रेल तथा सड़क परिवहन का इस्तेमाल करने वालों को हवाई यात्रियों में बदल दिया।

गर 'सुविधाओं में कटौती' के जरिए नवाचार इतना शक्तिशाली है तो 'सुविधाओं को बढ़ाने' को इतनी प्राथमिकता क्यों दी जाती है?

इंसानी दिमाग को जोड़ना-जुड़ना पसंद होता है। इसने लोगों को कबीले में शामिल करने या उपलब्ध होने पर भोजन जोड़कर (पढ़ें : जमाखोरी) जीवित रहने में सहायता की।

पेशेवर लोग कटौती वाले नवाचार का विरोध करते हैं क्योंकि इसमें शामिल होकर, वे जानबूझकर अपने योगदान को समाप्त कर रहे होते हैं। उनके पास अपने प्रयास को दिखाने के लिए कुछ भी नहीं होगा।

6. विघटनकारी नवाचार

एयरबीएनबी की शुरुआत वंचित वर्ग के बजट यात्रियों की सेवा के रूप में की गई थी जो कम बजट में यात्रा करते थे। इससे लोगों को उनकी जेब के अनुकूल कीमतों पर किराए पर आवास लेने के लिए प्लेटफॉर्म मिला। इस प्रक्रिया में, एक ऐसा बाजार बन गया जहाँ कोई पहले मौजूद ही नहीं था और गैर-ग्राहक ही ग्राहकों में बदल गए। स्थापित होटल कंपनियों ने इस तबके पर ध्यान नहीं दिया क्योंकि उन्हें कोई भी सेवा देना लाभहीन माना जाता था। इस विशिष्ट बाजार में खुद को स्थापित करने के बाद, एयरबीएनबी ने निकटवर्ती बाजारों में जाना और मूल्य श्रृंखला में ऊपर जाना शुरू कर दिया।

अब एयरबीएनबी सेवा के उच्चतम मानक के साथ गेस्ट हाउस और उबर लक्जरी पेश करता है। एयरबीएनबी का बाजार पूंजीकरण तीन बड़ी होटल श्रृंखलाओं—मैरिएट इंटरनेशनल, हिल्टन वर्ल्डवाइड और हयात होटल्स की संयुक्त बाजार पूंजी से ज्यादा है। बाजार पूंजीकरण से मापा जाता है कि बाजार में किसी कंपनी का मूल्य क्या है और निवेशक इसके लिए कितना भुगतान करने को तैयार हैं। इस महत्त्वपूर्ण वित्तीय पैरामीटर पर, इसने होटल उद्योग की सुस्थापित शीर्ष कंपनियों को विस्थापित कर कमजोर कर दिया है।

नेटफ्लिक्स

नेटफ्लिक्स ने गैरमुनाफे वाले मेल-ऑर्डर मूवी रेंटल कारोबार में प्रवेश किया।

हुकूमत कर रहे ब्लॉकबस्टर को उससे कोई खतरा महसूस नहीं हुआ। इससे नेटफ्लिक्स को पकड़ बनाने में मदद मिल गई। जब तकनीक इंटरनेट पर स्ट्रीमिंग को सक्षम करने लायक उन्नत हो गई तो नेटफ्लिक्स ने विशेषकर फिल्मों की ऑन-डिमांड स्ट्रीमिंग जैसी सामग्री की पेशकश करके मूल्य श्रृंखला को आगे बढ़ाना शुरू किया। इस मॉडल ने ब्लॉकबस्टर के ग्राहकों को आकर्षित किया और वो उसे छोड़कर नेटफ्लिक्स से जुड़ गए। आखिरकार, नेटफ्लिक्स ने ब्लॉकबस्टर को विस्थापित कर दिया। 2010 में, ब्लॉकबस्टर दिवालिया हो गई।

एयरबीएनबी और नेटफ्लिक्स विघटनकारी नवाचार के प्रमुख उदाहरण हैं, जो सबसे पहले बाजार के निचले स्तर (पढ़ें : कम लाभ) में स्वीकृति हासिल करते हैं, बाजार के प्रमुख खिलाड़ी इस तबके को नजरअंदाज करते हैं और ज्यादा लाभदायक हाई-एंड ग्राहकों की सेवा पर ध्यान देते हैं। एक बार जब वे खुद को बाजार के निचले स्तर पर स्थापित कर लेते हैं तो वे धीरे-धीरे और गुप्त रूप से मूल्य श्रृंखला में ऊपर की ओर बढ़ते हैं और आखिरकार उद्योग के लीडर के रूप में आगे बढ़ते हैं।

7. क्रांतिकारी (रूपांतरकारी) नवाचार

तेल से जलने वाले दीपक और मोमबत्तियाँ

सदियों से, तेल के दीपक और मोमबत्तियाँ रोशनी देती आ रही थीं। समय के साथ-साथ वे बेहतर होती गईं और उनमें निखार आता गया। हालाँकि उनमें एक सीमा के बाद सुधार नहीं हो सका। इसके लिए क्रांतिकारी नवाचार की ज़रूरत थी, जिसके लिए तेल के दीपकों को पीछे छोड़ा गया और लाइट बल्ब पेश किए गए।

परिवहन

सदियों से घोड़े परिवहन के पसंदीदा साधन रहे हैं। समय के साथ-साथ, उनकी गति और सहनशक्ति में सुधार हुआ। नतीजतन, वे कम समय में लंबी दूरी तय करने लगे। हालाँकि उन्हें ऑटोमोबाइल जितना तेज बनाने के लिए 'सुधार' नहीं किया जा सका। इसके लिए क्रांतिकारी नवाचार की ज़रूरत थी और इसके लिए बड़ी छलांग लगाने की ज़रूरत थी। ऑटोमोबाइल के आने से यह बड़ी छलांग लगी और घोड़े पीछे छूट गए।

स्मार्टफोन

नोकिया का हैंडसेट बाजार में दबदबा था। वो अपने उत्पादों में सुधार करता रहा। हर संस्करण पिछले वाले से कुछ बेहतर होता था लेकिन एक सीमा के बाद इसमें सुधार नहीं हो सका। इसके लिए बड़ी छलांग वाले क्रांतिकारी नवाचार की ज़रूरत थी। ऐपल ने आईफोन लॉन्च कर बड़ी छलांग लगाई, स्मार्टफोन की नई उत्पाद श्रेणी बनाई जिसने दुनिया बदलकर रख दी।

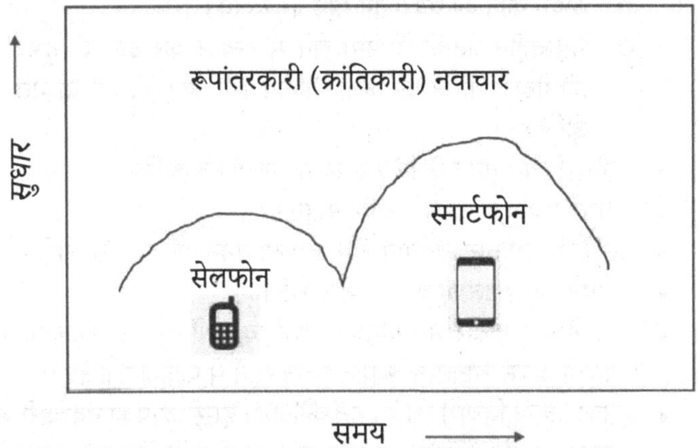

रूपांतरकारी नवाचार तब होता है जब मौजूदा उत्पाद में कोई बड़ा सुधार करने की गुंजाइश न बची हो, या जब कोई बिल्कुल भिन्न उत्पाद पेश करने या उद्योग के मौजूदा नियम-कायदों को बदलने की इच्छा हो। ऐसे मामलों में मौजूदा उत्पाद को छोड़ने और किसी नए उत्पाद को शुरू करने की ज़रूरत होती है, जो पूरी तरह से नई उत्पाद श्रेणी को जन्म देता है और मौजूदा उत्पाद को विस्थापित या अप्रचलित बना देता है।

नवाचार प्रवर्तक—व्यक्तियों के लिए

यहाँ भलीभांति सोच-विचार के बाद चुने गए संकेतकों की सूची दी गई है जो आपको नवाचार में कुशल बनाएगी :

- बातचीत कीजिए : 'कोशिश करने के लिए समय निकालने के लिए तैयार रहिए, जिज्ञासु रहिए और प्रयोग करने से मत डरिए।'

- भटकावों को रोकिए : ईमेल, संदेशों का उत्तर देने या डिजिटल भटकावों के सामने झुककर ज्यादा समय खर्च मत कीजिए। इसके लिए :
    - नोटिफिकेशन बंद कीजिए
    - अपने उपकरणों को अपने से दूर रखिए। बल्कि इसे दूसरे कमरे में ही रखिए।
    - सर्वाधिक महत्त्वपूर्ण संदेशों को छोड़कर सभी टेक्स्ट एलर्ट और न्यूजलेटर्स की सदस्यता खत्म कर दीजिए।
    - अपने फोन को एयरप्लेन मोड पर रखिए।
    - महत्त्वहीन बैठकों में भाग लेने से इन्कार कर दीजिए, दूसरों को जिम्मेदारी सौंपने की कला सीखिए और खुद को बाधित मत होने दीजिए।
- सोच-विचार करने के लिए समय को निर्धारित कीजिए।
- अपने पर्यावरण के प्रति सचेत रहिए।
- सक्रिय, लगातार, धैर्यवान और लचीला बनने की कोशिश कीजिए।
- अपने उद्दाम उत्साह को प्रदर्शित कीजिए।
- अपने प्रति कठोर मत बनिए। अपनी कमियों और असफलताओं के बारे में अपने आकलन के प्रति सचेत रहने से परहेज कीजिए।
- सकारात्मक विचारों का स्वागत कीजिए। इससे आपका नवाचारी भाव बना रहता है। नकारात्मक और दुर्बल करने वाले विचार मन में रखिए ही नहीं। अन्यथा, आपका मन डर और चिंता से भर जाएगा, जिससे आपका दिमाग पंगु हो जाएगा और उसकी स्वतंत्र रूप से सोचने और संबंध बनाने की क्षमता बाधित हो जाएगी।
- जोखिम सोच-समझकर लीजिए, लापरवाही से जोखिम मत लीजिए। फीडबैक लीजिए। इसके आधार पर बीच-बीच में सुधार करते रहिए।
- हमेशा किसी परियोजना या महफिल का केंद्रबिंदु बनने के लिए तैयार रहिए।
- 'फेल अर्ली, फेल फास्ट'(सबसे पहले प्रयास कीजिए, भले ही आप उसमें असफल हो जाएँ—दूसरों द्वारा पहले प्रयास करने का इंतजार मत कीजिए) मंत्र को अपनाइए।

नवाचार प्रवर्तक—संगठनों के लिए

नवाचारी संगठनों में पाँच मुख्य गुण दिखाई देते हैं :

- 'वे हमेशा मानकर चलते हैं कि काम करने का बेहतर तरीका होता है।
- वे ग्राहकों की कही और अनकही ज़रूरतों और इच्छाओं को गहराई से समझने पर ध्यान देते हैं।
- वे संगठन में और संगठन से परे सहयोग करते हैं। सक्रियता से विचारों का आदान-प्रदान करते हैं।
- वे मानते हैं कि सफलता के लिए प्रयोग, बार-बार दोहराव और बार-बार असफलता ज़रूरी है।
- वे लोगों को सशक्त बनाते हैं ताकि वो सुविचारित जोखिम ले सकें, असहमति के विचार प्रकट कर सकें और ज़रूरी संसाधनों की तलाश कर सकें।'

विविधता मायने रखती है

मैं आपको यह समझाने के लिए दार्शनिक और अर्थशास्त्री जॉन स्टुअर्ट मिल की उक्ति से उदाहरण देता हूँ : मनुष्य को अपने से भिन्न व्यक्तियों और उन लोगों के विपरीत विचार और कार्य के तरीकों को बेहतर मानना बहुत ही कठिन होता है, लेकिन वर्तमान युग में यह प्रगति के शुरुआती कारणों में से एक है।

अनगिनत प्रयोग

प्रयोग नवाचरी होने की दिशा का पहला कदम है। जेफ़ बेज़ोस कहते हैं, 'अगर आप प्रति वर्ष अपने किए जाने वाले प्रयोगों की संख्या को दुगुना कर देते हैं तो आप अपनी आविष्कारशीलता को भी दुगुना कर देंगे।'

असफलताओं का सम्मान

जीई के पूर्व प्रमुख जैक वेल्श ने कहा था, 'हम असफलता का सम्मान करते हैं क्योंकि ऐसा न करने से साहस ही खत्म हो जाएगा।' अमेरिका के अग्रणी आविष्कारक के रूप में थॉमस एडिसन के बाद दूसरे स्थान पर माने जाने वाले जनरल मोटर के चार्ल्स केटरिंग कहते थे कि अच्छा शोध करने वाला व्यक्ति हर बार असफल होता है लेकिन

आखिरी बार होता है। उन्होंने कहा, 'वे अपनी असफलताओं को प्रैक्टिस शॉट्स मानते हैं।' केटरिंग ने कहा कि वह खुद भी 99.9 प्रतिशत बार गलत साबित हुए। उनका मानना था कि हर शिक्षित व्यक्ति को यह अवश्य सीखना चाहिए कि 'असफल होना कोई शर्म की बात नहीं है और आपको उसका कारण खोजने के लिए हरेक असफलता का विश्लेषण करना चाहिए। आपको सीखना चाहिए कि बुद्धिमानी से असफल कैसे हुआ जाता है। असफलता दुनिया की सबसे महान कलाओं में शामिल है। सफलता की ओर आगे बढ़ रहा व्यक्ति ही असफल होता है।'

बुद्धिमत्तापूर्ण असफलता को प्रोत्साहित करने के लिए, लोगों का मूल्यांकन केवल नतीजों से ही मत कीजिए, बल्कि उनके प्रयासों की गुणवत्ता से कीजिए। इससे लोग अपने मुआवजे या अपने करियर को जोखिम में डाले बिना बुद्धिमत्तापूर्ण व्यावसायिक जोखिम लेने के लिए प्रोत्साहित होंगे।

अगर आप अब भी आश्वस्त नहीं हैं तो मैं आपकी सुविधा के लिए थॉमस वॉटसन का उदाहरण देता हूँ। उनका मानना था कि 'सफल होने का सबसे तेज तरीका असफलता की दर को दुगुना करना है।'

आप भी किसी मासिक पुरस्कार की स्थापना करके असफलता को पुरस्कृत कर सकते हैं जो उस टीम या व्यक्ति को दिया जाए जो नवाचार करते समय असफल हो गया हो। 'विजेता' को, अपने धन्यवाद भाषण में, असफलता से सीखे गए सबक के बारे में बताना चाहिए।

लोगों को अपनी राय जाहिर करने के लिए प्रोत्साहित कीजिए

यह काम आप मुक्त प्रश्न पूछकर कर सकते हैं जैसे :

- आप क्या सोचते हैं?
- हम इस समस्या का समाधान कैसे कर सकते हैं?
- क्या आप हमें इस समस्या को हल करने का कोई बेहतर तरीका बता सकते हैं?

कार्रवाई योग्य फीडबैक लीजिए

इलॉन मस्क का-र्रवाई योग्य फीडबैक लेने की कोशिश करते हुए कहते हैं : 'मैं खासतौर पर यह पूछता हूँ कि मैं क्या गलत कर रहा हूँ। अगर मैंने कई बार लोगों से यह पूछ लिया तो फिर वे हमेशा, मेरे प्रश्न पूछे बिना ही, अपने आप मुझे

बताना शुरू कर देंगे। तो, मॉडल एस की तरह, मैंने कहा कि मैं वास्तव में यह नहीं जानना चाहता कि कार में क्या-क्या सही है। मैं जानना चाहता हूँ कि कार में क्या खराबी है।'

हार्पर ली ने हैरान करने वाली बात कही कि कई लोगों को सलाह और फीडबैक मिलती है, लेकिन केवल बुद्धिमान लोग ही इससे लाभान्वित होते हैं। बुद्धिमान बनिए और जो गलत है, उस पर सक्रिय रूप से अपने शुभचिंतकों से सलाह और फीडबैक लीजिए। उसे खुले दिमाग से सुनिए। इसके साथ ही, जो गलत है, उसे सुधारने के लिए भी उनके सुझाव लीजिए। इससे आपके उत्पाद को बेहतर बनाने में मदद मिल सकती है।

नवाचार से भटकाने वाले कारक

कुछ चीजें ऐसी हैं जो नवाचार को पटरी से उतार भी सकती हैं। इनसे बचिए। ये चीजें हैं :

- असफलता के प्रति असहिष्णुता। नवाचार के लिए प्रयोग की ज़रूरत होती है, जिसके नतीजे में अक्सर ही असफलता मिलती है। अगर कोई संगठन अफलताओं पर नाराजगी जताता है तो लोग प्रयोग (पढ़ें : नवाचार) में शामिल होने से बचने लगेंगे।
- यह धारणा ही गलत है कि नवाचार अनुसंधान एवं विकास अथवा मार्केटिंग विभाग की जिम्मेदारी है। शायद यह पहले सच था, लेकिन अब तो नहीं है। नवाचार कंपनी में हर किसी की जिम्मेदारी है। इसकी उत्पत्ति किसी भी व्यक्ति से हो सकती है। वॉलमार्ट के मामले में, "स्वागतकर्ता" का नवाचारी विचार एक मामूली स्टोर कर्मचारी से मिला था।

  वॉलमार्ट कारोबार घटने (पढ़ें : शॉपलिफ्टिंग या उठाईगिरी) पर रोक लगाते हुए, भी फ्रेंडली स्टोर के रूप में पहचान बनाना चाहता था। एक स्टोर कर्मचारी ने प्रवेश द्वार पर स्वागत करने वालों को खड़ा कर देने का सुझाव दिया। ये लोग खरीदारों का स्वागत करते और उनकी उपस्थिति से शॉपलिफ्टिंग घटने लगी। 1980 के दशक से ही स्वागतकर्ता वॉलमार्ट संस्कृति का हिस्सा रहे हैं।
- साइलो सोच और अधिकार-क्षेत्र की रक्षा : लोग अपने अधिकार-क्षेत्र की रक्षा करते हैं और अपने दायरे के अंदर ही सोच में लगे रहते हैं। वे कुएँ के

मेंढक की तरह होते हैं। इस दायरे को टुकड़े-टुकड़े कर दीजिए और एक सीमाहीन संगठन की बुनियाद रखिए। विचारों को पूरे संगठन में प्रवाहित होने दीजिए और चर्चाएँ भी निर्बाध रूप से होने दीजिए!

- नवाचार एक घटना है : सत्य नहीं है। यह सतत प्रकिया है। प्रत्येक विचार, चाहे वह कितना भी सरल या सफल क्यों न हो, आखिरकार उसे किसी नए विचार से बदलने की ज़रूरत होगी ही। ऐपल जैसी दुनिया की सबसे नवाचारी कंपनियाँ अपनी उपलब्धियों से संतुष्ट होकर नहीं बैठतीं। इसलिए, 2017 में आईफोन लॉन्च होने के बाद से, नियमित अंतराल पर नया वर्जन लॉन्च करके वे लगातार सुधार करते रहते हैं।
- प्रतिस्पर्धियों को लेकर जुनूनी स्तर तक सोचना : यह सोचना गलत है कि प्रतिस्पर्धियों को कुचल दिया जाए। यह सोच ही त्रुटिपूर्ण है। कोई भी कंपनी अपने प्रतिस्पर्धियों को कुचलने के लिए नहीं बल्कि अपने ग्राहकों की सेवा करने के लिए होती है। इसके अलावा, प्रतिस्पर्धियों के प्रति जुनूनी कंपनियाँ लीडर नहीं बनतीं, बल्कि अनुयायी ही बनती हैं।
- 'नॉट इन्वेंटेड हियर' (एनआईएच) सिंड्रोम से जुड़ाव : ऐसी कंपनियाँ अपने आईपी की सुरक्षा बहुत ज्यादा करती हैं। वे कंपनी की चहारदीवारी के अंदर ही नवाचार की कोशिश करती हैं। ज्यादातर इसका नतीजा शिथिल नवाचार के रूप में सामने आता है। आखिरकार ज़रूरी नहीं कि बेस्ट टैलेंट कंपनी के अंदर रहता हो!

नवाचार के लाभ

लाभ तो अनेक हैं, लेकिन यहाँ कुछेक ही दिए जा रहे हैं :

- मूल्य प्रीमियम को नियंत्रित करने में सहायता
- बहुत तेजी से वृद्धि
- मार्जिन विस्तार
- ब्रांड के प्रति लालसा पैदा होती है
- ब्लाइंडसाइड्स प्रतियोगिता
- गुणवत्ता से समझौता किए बिना लागत कम होती है
- नए और कल्पनाशील बिज़नेस मॉडल सामने आते हैं
- व्यवसाय का स्वास्थ्य मजबूत रहता है
- व्यवसाय करने का स्थायी तरीका मिलता है

- मौजूदा ग्राहक बने रहते हैं और नए ग्राहक आकर्षित होते हैं
- व्यवसाय को फिर से ऊर्जा मिलती है
- व्यवसाय की नई छवि बनती है

उपसंहार

ब्रिटिश औपनिवेशिक काल में, भारत के कुछ हिस्से नाग सर्पदंश से संक्रमित थे। इस खतरे को मिटाने के लिए एक नवाचारी योजना की घोषणा की गई। इसमें मरा हुआ नाग लाने पर इनाम रखा गया। इससे लोग नागों और अन्य सांपों को मारने और पुरस्कार जीतने के लिए प्रेरित हुए।

इससे नागों की आबादी कम होने लगी और इसके साथ ही पैसा कमाने के अवसर भी कम होने लगे। इससे उद्यमशील लोग नाग पालने लगे।

जब अधिकारियों को इसकी जानकारी हुई तो उन्होंने इनाम हटा दिया। अब, लोगों के पास बचे हुए नाग बेकार हो गए। उन्हें पालने वालों ने उन्हें खुला छोड़ दिया। इसके कारण नागों की संख्या और भी ज्यादा हो गई। इस घटना को 'कोबरा प्रभाव' कहा जाने लगा। यह चेतावनी है कि नवाचारी समाधान ऐसा नहीं होना चाहिए जो मूल समस्या से बड़ी समस्या पैदा कर दे।

संक्षेप में नवाचार

नवाचार = रचनात्मकता X निष्पादन X मुनाफा

नवाचार के प्रकार

1. क्रमिक नवाचार
2. सुधारक नवाचार
3. विपरीत नवाचार
4. मुक्त नवाचार
5. मितव्ययी नवाचार
6. अधोनिर्माणात्मक नवाचार

7. अदृश्य (प्रक्रिया) नवाचार
8. आकस्मिक नवाचार
9. विघटनकारी नवाचार
10. क्रांतिकारी (रूपांतरकारी) नवाचार
11. वृत्ताकार नवाचार
12. बिज़नेस मॉडल नवाचार

नवाचार के प्रवर्तक

नवाचार प्रवर्तक—व्यक्तियों के लिए

1. भटकावों को रोकिए।
2. अपने पर्यावरण के प्रति सचेत रहिए।
3. सक्रिय, लगातार, धैर्यवान और लचीला बनने की कोशिश कीजिए।
4. असीमित उत्साह प्रदर्शित कीजिए।
5. सोच-विचार करने के लिए समय को निर्धारित कीजिए।
6. प्रसन्न रहने का प्रयास कीजिए।
7. सकारात्मक विचारों का स्वागत कीजिए।
8. जोखिम सोच-समझकर लें, लापरवाही से नहीं।
9. जिज्ञासु बनिए। सोच-विचार के लिए समय निर्धारित कीजिए।

नवाचार प्रवर्तक—संगठनों के लिए

- मानकर चलिए कि काम करने का बेहतर तरीका भी होता है।
- ग्राहकों की ज़रूरतों और इच्छाओं को समझिए।
- विचारों का सहयोग और आदान-प्रदान कीजिए
- लोगों को सशक्त बनाइए।
- असहमति के विचार लीजिए।
- असफलताओं का जश्न मनाइए।
- लोगों को समय में ढिलाई दीजिए।
- लोगों को अपना मत रखने के लिए प्रोत्साहित कीजिए।
- अनगिनत प्रयोग कीजिए।
- असफलताओं को बरदाश्त कीजिए

नवाचार से भटकाने वाले कारक

1. असफलता के प्रति असहिष्णुता।
2. गलत धारणा कि नवाचार अनुसंधान एवं विकास अथवा मार्केटिंग विभाग की जिम्मेदारी है।
3. साइलो सोच और अधिकार-क्षेत्र की रक्षा।

4. नवाचार एक घटना है।
5. प्रतिस्पर्धी के लिए जुनून।
6. 'नॉट इन्वेंटेड हियर' (एनआईएच) सिंड्रोम।

कौशल 3

क्रिटिकल थिंकिंग

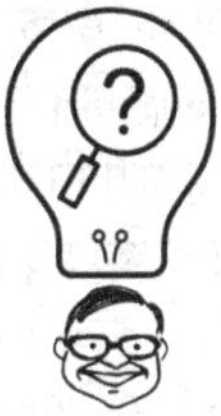

क्रिटिकल थिंकिंग को आगे से इस अध्याय में आलोचनात्मक सोच लिखा जाएगा।

आलोचनात्मक विचारक परंपराओं को चुनौती देते हैं, धारणाओं पर सवाल उठाते हैं और मानदंडों की अवहेलना करते हैं। वे तर्क देते हैं, पूर्वाग्रहों को दूर करते हैं, विचारों में विविधता रखते हैं और अनुमान के शिकार नहीं होते हैं। इससे उन्हें बेहतर निर्णय पर पहुँचने, गहराई से सोचने और कुशल समस्या समाधानकर्ता बनने में मदद मिलती है।

1983 में, स्टीव जॉब्स ने अपनी टीम से कहा था, 'नौसेना में शामिल होने से बेहतर तो समुद्री डाकू बन जाना है।' वे नहीं चाहते थे कि उनकी टीम आँखों पर पट्टी बांधकर ऑफिस आए। इसके बजाय, वे चाहते थे कि वे किसी समुद्री डाकू की मानसिकता पाएँ, मानदंडों की अवहेलना करें, परंपरा को चुनौती दें और धारणाओं पर सवाल उठाएँ। अपनी इसी सलाह पर चलकर उन्होंने कई उद्योगों को उलट-पुलट कर दिया।

1. संगीत : अगर हमें किसी एल्बम का कोई एक गाना पसंद आता है तो हमें पूरा एल्बम खरीदना पड़ता था। जॉब्स ने इस 'चलन' को चुनौती दी और हमारे

लिए यह संभव बनाया कि हम आईट्यून्स पर केवल अपनी पसंद का ही गाना खरीद सकें। इसके बाद सारे संगीत उद्योग में बदलाव आ गया।

2. खुदरा बिक्री : ऐतिहासिक रूप से, खुदरा स्टोर उत्पाद बेचा करते थे। ऐपल स्टोर्स ने इस परंपरा को चुनौती देते हुए इसकी ऐपल उत्पादों को बेचने के लिए नहीं, बल्कि अपने ग्राहकों के साथ टूटे हुए रिश्तों को बनाने और सुधारने तथा लोगों के जीवन को बेहतर बनाने की कोशिश के रूप में फिर से कल्पना की। नतीजतन, ऐपल रिटेल ने दुनिया में प्रति वर्ग फुट सबसे ज्यादा राजस्व अर्जित किया।
3. स्मार्टफोन : आईफोन ने उद्योगों की परंपरा, मानदंडों और अनुल्लंघनीय मान्यताओं को चुनौती दी और समय आने पर उन्हें उलट भी दिया।

- पर्सनल कंप्यूटर (पीसी) हमारे डेस्क पर आए और उन्होंने हमें इंटरनेट तक पहुँच मुहैया कराई। आईफोन ने इंटरनेट हमारे हाथों में ही दे दिया और पर्सनल कंप्यूटरों पर हमारी निर्भरता कम कर दी।
- दूरसंचार व्यवसाय आवाज के इर्द-गिर्द बनाए गए थे। आईफोन ने दूरसंचार प्रदाता कंपनियों को डाटा संचार कंपनियों में बदलने पर मजबूर कर दिया। उन्होंने सूचना और मनोरंजन सेवाओं जैसी सुविधाएँ शामिल कीं और अपने ग्राहकों के लिए कई तरह की डाटा सेवाओं का जरिया बन गए।
- पहले फिल्में थिएटर में देखी जाती थीं या टीवी के सामने बैठकर देखी जाती थीं। आईफोन ने फिल्में और कंटेंट देखना कभी भी, कहीं भी और चलते समय भी देखना संभव बना दिया। इसने प्रमुख फिल्म और टीवी स्टूडियो को मोबाइल उपकरणों पर डाउनलोड और स्ट्रीमिंग सेवाएँ शामिल करने के लिए अपनी वितरण विधियों का विस्तार करने पर मजबूर किया।
- गेम्स को या तो गेम कंसोल, पीसी के जरिए डिलीवर किया गया या फिर डेडिकेटेड हैंडहेल्ड डिवाइस के जरिए। आईफोन ने टच-आधारित गेमप्ले की बिलकुल नई श्रेणी बनाकर मोबाइल गेम्स के बाजार का विस्तार किया।

संभवतः, स्टीव जॉब्स ने इलॉन मस्क को 'समुद्री डाकू' वाली सोच का तरीका दिया था। उन्होंने और उनकी टीम ने इस मानदंड को चुनौती दी कि ऑनलाइन मनी ट्रांसफर संस्थानों के बीच ही सुरक्षित है, व्यक्तियों के बीच सुरक्षित नहीं है। डिजिटल भुगतान प्लेटफॉर्म पेपल ने व्यक्तियों को आपस में सुरक्षित रूप से धन ट्रांसफर करने में सक्षम बनाया। फरवरी 2021 में, इसका मूल्य $ 300 बिलियन से ज्यादा था।

इसके बाद, उन्होंने स्वच्छ परिवहन मुहैया कराने वाले इलेक्ट्रिकल व्हीकल टेस्ला को लॉन्च करके इस धारणा को चुनौती दी कि ऑटोमोबाइल प्रदूषण फैलाते ही हैं। जुलाई 2020 में, टेस्ला इस ग्रह की सबसे मूल्यवान कार कंपनी बन गई।

हाल के दिनों में, उन्होंने अपना ध्यान अंतरिक्ष की ओर लगाया है और वे परंपराओं, मान्यताओं और मानदंडों को फिर से चुनौती दे रहे हैं :

- मनुष्य एक बहुग्रहीय प्रजाति क्यों नहीं हो सकते?
- मनुष्य मंगल ग्रह पर बसने की आकांक्षा क्यों नहीं कर सकते?
- अंतरिक्ष यात्रा एक निश्चित शेड्यूल में ही क्यों होनी चाहिए और इसका भुगतान जनता को क्यों करना चाहिए? इसे निजी तौर पर वित्त पोषित क्यों नहीं किया जा सकता? रॉकेटों का दोबारा इस्तेमाल क्यों नहीं हो सकता?

इसने उन्हें स्पेसएक्स की स्थापना के लिए प्रेरित किया। जुलाई 2020 में, मॉर्गन स्टेनली ने स्पेसएक्स का मूल्य 100 बिलियन डॉलर से अधिक आंका था और इसे उभरती हुई अंतरिक्ष अर्थव्यवस्था में अग्रणी खिलाड़ी बनने का सबसे अच्छा दावेदार बताया था।

स्टीव जॉब्स और इलॉन मस्क के बारे में सबसे अच्छी तरह से कैसे बताया जा सकता है?

दोनों ही आलोचनात्मक विचारकों के रूप में सर्वोत्कृष्ट हैं!

आलोचनात्मक सोच/विचार क्या है?

आलोचनात्मक सोच क्या है, इस पर सहमति बहुत ही कम है। लेकिन इस बात पर आम सहमति है कि इसमें नीचे बताए तत्व शामिल हैं :

- परंपराओं को चुनौती देना जो काम करने का तरीका है और एक व्यक्ति से दूसरे व्यक्ति या पीढ़ी-दर-पीढ़ी आगे बढ़ता है।
- उन धारणाओं पर सवाल उठाना, जिन्हें बिना प्रमाण के सत्य या घटित होना निश्चित मान लिया जाता है।
- उन मानदंडों की अवहेलना करना, जिन्हें सामान्य या विशिष्ट माना जाता है।
- तर्क के जरिए अपनी बात रखना।
- डाटा, सूचना और ज्ञान पर सवाल उठाना।
- जाँच-पड़ताल वाले सवाल पूछकर मुद्दों का वस्तुनिष्ठ रूप से विश्लेषण करना।

- पूर्वाग्रहों को दूर करना।
- अनुमान का शिकार न बनना।
- विचारों की विविधता रखना।

आलोचनात्मक सोच लोगों को बेहतर विचारक बनने, बेहतर निर्णय लेने, तार्किक और बेहतर गुणवत्ता वाले निर्णय लेने तथा समस्या-समाधान में कुशल बनने में सहायता करती है, क्योंकि वे संज्ञानात्मक पूर्वाग्रहों, अपंग भावनाओं, 'बहुत कम समय' होने के बहाने, अस्वस्थ अहंकार और पूर्वाग्रह तथा रेप्टेलियन ब्रेन(स्तनपायी मस्तिष्क का वो प्राचीन हिस्सा जो अस्तित्व रक्षा के लिए जिम्मेवार है) को नियंत्रण सौंपने जैसी बातों के शिकार नहीं होते।

क्या आलोचनात्मक सोच और इंटेलीजेंस कोशेंट (आईक्यू) समान होते हैं?

आईक्यू से आशय अमूर्त तर्क और मानसिक प्रतिनिधित्व जैसी उच्च-स्तरीय क्षमताओं से होता है, मसलन : शब्द प्रवाह, मौखिक समझ, संख्यात्मक क्षमता।

इसमें एक निराशाभरी बात है : आपके पास उच्च बुद्धि हो सकती है लेकिन फिर भी आप खराब निर्णय ले सकते हैं। इसमें 'न केवल निर्णयों में साक्ष्य और तर्कसंगतता लागू करना शामिल है, बल्कि यह पहचानने की क्षमता भी शामिल है कि वे समस्या के लिए अपर्याप्त हैं।' उच्च बुद्धि वाले लोगों का दिमाग अच्छा होता है लेकिन वे अच्छे निर्णय नहीं ले पाते हैं।

आलोचनात्मक विचारक होना कठिन क्यों है?

हमें सामान्य स्थिति, समानता, पूर्वानुमेयता और जानकार होना पसंद है। हालाँकि आलोचनात्मक विचारक समानता, पूर्वानुमेयता और जानकारी को चुनौती देते हैं। ये लक्षण हममें स्वाभाविक रूप से नहीं आते। अच्छी बात यह है कि आलोचनात्मक सोच एक सीखा जाने वाला कौशल है और इसे प्रशिक्षण तथा अभ्यास के जरिए बेहतर बनाया जा सकता है।

आलोचनात्मक सोच में माहिर होने की रणनीतियाँ

इसमें शाश्वत परंपराओं को चुनौती देने, लिखित मान्यताओं पर सवाल उठाने और स्थापित मानदंडों को चुनौती देने में माहिर बनना शामिल होता है। आइए हम हरेक पहलू की जानकारी हासिल करते हैं :

1. परंपरा को चुनौती

टेस्ट क्रिकेट में तिहरा शतक, 300 या इससे ज्यादा रन बनाना। उससे भी बड़ी बात, एक ही दिन में बनाना।

भारतीय टेस्ट क्रिकेटर वीरेंद्र सहवाग ने इस परंपरागत सोच को चुनौती देने का निश्चय किया जो पीढ़ी-दर-पीढ़ी हर क्रिकेटर को मिलती आई थी। उनका तर्क था : किसी टेस्ट मैच में विपक्षी टीम एक दिन में कम-से-कम नब्बे ओवर तो फेंकती ही है। मान लीजिए कि इनमें से दस ओवर बहुत अच्छे रहे और मेडन रहे जिनमें एक भी रन नहीं बना। इसके बाद भी मेरे पास अस्सी ओवर बचते हैं। अगर इन अस्सी ओवरों में हर ओवर में एक चौका मारता हूँ तो एक दिन में तिहरा शतक बनाया जा सकता है।

वीरेंद्र सहवाग दो बार तिहरा शतक बनाने वाले एकमात्र भारतीय खिलाड़ी हैं : पाकिस्तान के विरुद्ध मुल्तान में 309 और दक्षिण अफ्रीका के खिलाफ चेन्नई में 319। चेन्नई का तिहरा शतक टेस्ट क्रिकेट का सबसे तेज तिहरा शतक था जिसमें केवल 278 गेंदों में 300 रन बनाए थे।

वीरेंद्र सहवाग ने इसके लिए क्या किया? उन्होंने सरल तर्क के जरिए परंपरा को चुनौती दी और इस प्रक्रिया में, क्रिकेट के खेल के सबसे विस्फोटक बल्लेबाजों में शामिल हो गए।

- ### कुश्ती

पहलवान महावीर सिंह फोगाट का भारत के लिए पदक जीतने का सपना अधूरा रह गया था। उन्होंने हार मानने के बजाय, अपने अजन्मे बेटे के जरिए इसे पूरा करने का फैसला किया। हालाँकि यह सपना भी तब टूट गया जब उनके घर दो बेटियों का जन्म हुआ।

फिर एक दिन, किस्मत महावीर फोगाट पर तब मेहरबान हुई जब उनके पास कुछ बच्चों के माता-पिता से शिकायत आई कि इन बेटियों ने उनके लड़कों को कूट दिया है।

यह महावीर फोगाट के लिए सौभाग्य का पल था। उन्हें अहसास हुआ कि वे लंबे समय से चली आ रही एक परंपरा के शिकार थे–कि केवल पुरुष ही कुश्ती लड़ सकते हैं! उन्होंने इस परंपरा को चुनौती दी और अपनी बेटियों को पहलवान बनने की ट्रेनिंग देनी शुरू कर दी। नतीजे आए और 2009 राष्ट्रमंडल चैंपियनशिप में उनकी दोनों बेटियों ने भारत के लिए स्वर्ण पदक जीते।

जब परंपराओं को चुनौती दी जाती है, तभी हमें आगे बढ़ने से रोकने वाली मानसिक बाधाओं को तोड़ा जा सकता है।

क्या मैंने परंपरा को चुनौती दी?

मैंने अपना करियर एल्कोहलिक ड्रिंक उद्योग से शुरू किया था। उद्योग की पवित्र परंपरा यह तय करती है कि ब्रांड इक्विटी का निर्माण जीवनशैली के उन विज्ञापनों के जरिए किया जाता है जो ग्लैमर, मनोरंजन, जीवन शक्ति, जोखिम या साहस पैदा करने वाले हों।

हमने खुद से एक सवाल पूछकर इस पारंपरिक सोच को चुनौती दी : लोगों की समस्याओं के समाधान के रूप में एल्कोहलिक ड्रिंक ब्रांडों की मार्केटिंग क्यों नहीं की जा सकती है? एफएमसीजी कंपनियाँ अपने ब्रांड बेचने के लिए 'समस्या-समाधान' रणनीति व्यापक रूप से अपनाती हैं। कोई डिटर्जेंट बार गंदे कपड़ों (समस्या) को धोने और उन्हें चमकदार (समाधान) बनाने का वादा करता है।

हमने कद्रदानों के सामने आने वाली एक समस्या का पता किया। जब वे 'मस्ती भरी शाम' बिता रहे थे तो अगली सुबह के लिए उनकी चिंता यह होती थी कि 'मैं अगले दिन ऑफिस कैसे जाऊँगा?' या 'मैं अगले दिन प्रेजेंटेशन कैसे दूँगा?'

हमने 'मस्ती भरी शामों के बाद अच्छी सुबह' के वादे के साथ व्हिस्की लॉन्च करके इस समस्या का समाधान किया। इससे कद्रदान प्रभावित हुए और उन्होंने ब्रांड की सराहना की।

2. धारणाओं पर प्रश्न उठाना

1954 तक यह सच माना जाता था कि चार मिनट से कम समय में एक मील दौड़ना असंभव है। हालाँकि इसका कोई सबूत नहीं था। रोजर बैनिस्टर ने इस लिखित धारणा को मानसिक बाधा नहीं बनने दिया। उन्होंने दिखाया कि जब धारणाओं की पड़ताल की जाती है तो वे धराशायी हो सकती हैं। 6 मई 1954 को उन्होंने इंग्लैंड के ऑक्सफोर्ड में एक छोटी-सी प्रतियोगिता में कुछ हजार लोगों की भीड़ के सामने, ठंडे दिन में, गीले ट्रैक पर, चार मील की बाधा को तोड़कर दिखा दिया।

बैनिस्टर के बाधा तोड़ने के बाद इंसानी विकास में गति नहीं आई। हालाँकि उनके प्रदर्शन से अन्य धावकों को यह समझ में आ गया कि यह उपलब्धि हासिल की जा सकती है। इसी विश्वास के सहारे इस बाधा को बार-बार पार किया गया।

ठीक छियालीस दिन बाद, एक ऑस्ट्रेलियाई धावक जॉन लैंडी ने न केवल बाधा को फिर से तोड़ा, बल्कि बैनिस्टर के रिकॉर्ड में भी सुधार किया। फिर 'एक साल बाद, तीन धावकों ने एक ही दौड़ में चार मिनट की बाधा को तोड़ दिखाया। पिछली शताब्दी में, हजारों से अधिक धावकों ने ऐसी बाधा पर विजय हासिल कर दिखाई जो एक समय निराशाजनक रूप से पहुँच से बाहर मानी जाती थी।'

3. मानदंडों की अवहेलना

हाई जंपर डिक फॉस्बरी ने हाईस्कूल प्रतियोगिताओं में स्ट्रैडल-रोल जंपिंग शैली का इस्तेमाल किया लेकिन उनका प्रदर्शन अच्छा नहीं रहा था। तब कूदने की यह शैली प्रचलित आदर्श थी और इसे कूदने का सामान्य या आम तरीका माना जाता था। इस तकनीक में बार को पार करते समय जंपर का चेहरा नीचे की ओर होता था और उसके पैर बार से सटे होते थे।

फॉस्बरी ने इस प्रचलित मानदंड का उल्लंघन करने का निर्णय लिया और बार की ओर पीठ करके कूद लगाई। बार के ऊपर पीछे की ओर जाकर, अपने कूल्हों को ऊपर उठाया और फिर अपने पैरों को ऊपर उठाते हुए, उसने बार को पार किया। इस तकनीक को फॉस्बरी फ्लॉप के नाम से ही जाना जाने लगा।

मेक्सिको सिटी में 1968 के ग्रीष्मकालीन ओलंपिक में, फॉस्बरी ने स्वर्ण पदक जीतने के लिए कूदने की अपनी नई और नवाचारी तकनीक, फॉस्बरी फ्लॉप का ही इस्तेमाल किया और ऊँची कूद के तरीके को ही बदलकर रख दिया।

फॉस्बरी फ्लॉप को भ्रष्ट तरीका करार दिया गया क्योंकि इसने स्थापित आदर्श का उल्लंघन किया था। लेकिन जल्द ही, आलोचनाएँ कमजोर पड़ गईं और दुनिया ने फॉस्बरी फ्लॉप की शैली अपना ली।

स्थापित परंपराओं, पत्थर में अंकित मान्यताओं और प्रचलित मानदंडों को कैसे चुनौती दें

यहाँ कुछ संकेत दिए जा रहे हैं :

- ऐसे प्रश्न तैयार कीजिए जो परंपराओं, मान्यताओं और मानदंडों को चुनौती देते हों :
    - लंबे समय से चली आ रही परंपराएँ क्या हैं?
    - धारणाएँ क्या हैं?

  - प्रचलित मानदंड क्या हैं?
  - क्या वे वर्तमान परिस्थितियों में वैध हैं?
- कोई 'चुनौतीपूर्ण' प्रश्न पूछिए :
  - ऐसा क्यों होना चाहिए?
- खुले प्रश्न पूछकर दूसरों की राय लीजिए :
  - आप क्या सोचते हैं?
  - क्या आप मेरी सोच में कुछ और जोड़ सकते हैं?
  - हमने किस बात की अनदेखा की है?
- अतिरिक्त जानकारी हासिल कीजिए :
  - क्या आप मुझे कुछ ऐसा बता सकते हैं जो मैं नहीं जानता?
  - क्या आप मुझे कुछ नया बता सकते हैं?
- ऐसे सुझावों, नए विचारों और सूचनाओं के लिए तैयार रहना जो आपकी अपेक्षा से भिन्न हो सकते हैं।
- आत्म-चिंतन में संलग्न रहिए :
  - क्या इसे करने का कोई और तरीका हो सकता है?
  - किसी काम को पूरा करने के बाद, अपने आप से एक प्रश्न पूछिए : अगर मुझे यही सब दोबारा करना पड़े तो मैं इसे कैसे करूँगा? मैं क्या सुधार करूँगा?
- खुद सोचिए। दूसरों को अपना मार्गदर्शन मत करने दीजिए। लोगों की धारणाओं और निष्कर्षों पर सवाल उठाइए।
- त्वरित निर्णय लेने के बजाय जानबूझकर (सचेत) सोच में संलग्न रहिए। इस आदत से आपको सतर्क रहने में मदद मिलेगी।

आलोचनात्मक सोच में कुशल होने के रास्ते में आने वाली बाधाएँ

जो पहले से सचेत होता है, वह पहले से सबल भी होता है!

नीचे उन बाधाओं की सूची दी गई है जो आलोचनात्मक सोच में कुशल बनने की यात्रा शुरू करते समय आपको परेशान कर सकती हैं।

- संज्ञानात्मक पूर्वाग्रह
- कमजोर करने वाली भावनाएँ
- बहुत थोड़ा समय

- रेप्टिलियन ब्रेन (यानी अस्तित्व रक्षा की प्राचीन आदत) को नियंत्रण हासिल करने की अनुमति देना
- उद्दाम अहंकार को खुली छूट देना
- अपने निर्णय लेने में पूर्वाग्रह को प्रभावित करने की अनुमति देना
- अनैतिक निर्णय लेना

इनकी गहन समझ हासिल करने के लिए आइए, एक-एक पर विस्तार से चर्चा करते हैं।

1. संज्ञानात्मक पूर्वाग्रह

नए उत्पादों को सफलतापूर्वक लॉन्च करने का मेरा शानदार ट्रैक रिकॉर्ड था। बाद में, जब मैं एक स्टार्ट-अप में शामिल हुआ और मैंने एक ब्रांड लॉन्च किया तो वह असफल हो गया। मैं असफलता को पचा नहीं सका।

मुझे पता नहीं चला और मैं संज्ञानात्मक पूर्वाग्रह का शिकार हो गया। ऐसा हमारे मस्तिष्क के सूचना प्रसंस्करण को सरल बनाने की कोशिश के कारण होता है। इसे ऐसी सरल प्रक्रिया समझा सकता है जो हमें कठिन प्रश्नों के पर्याप्त, लेकिन अक्सर अपूर्ण, उत्तर खोजने में मदद करती है। जब मनुष्य शिकार करके जीवन यापन करता था, तब इसी ने हमें जीवित रहने में मदद की। लेकिन अब इसकी ज़रूरत नहीं रह गई है। ऐसे ज्यादातर पूर्वाग्रह अब अप्रभावी हो चुके हैं और हानिकारक की सीमा तक पहुँच चुके हैं। वापस अपनी बात करूँ तो मैं कुछ संज्ञानात्मक पूर्वाग्रहों का जिक्र कर रहा हूँ जिनका मैं अनजाने में शिकार हो गया था।

- अति आत्मविश्वास का पूर्वाग्रह : मैं अपनी क्षमता, प्रतिभा और बुद्धि को बहुत ज्यादा महत्त्व देने लगा था।
- डनिंग-क्रूगर प्रभाव : अपनी पिछली सफलता से मुझे यह विश्वास हो गया था कि मैं अपनी उम्र से कहीं ज्यादा होशियार और काबिल हूँ।
- पुष्टिकरण पूर्वाग्रह : मैं ऐसे डाटा और सबूतों की तलाश करता था जो मेरी धारणा की पुष्टि करते हों कि मेरी निगरानी में लॉन्च किए गए उत्पाद मेरी ही वजह से सफल हुए थे। दरअसल, इस विश्वास का समर्थन करने के लिए कई डाटा पॉइंट थे भी, लेकिन अगर मैंने गहराई से देखा होता तो मुझे कई और डाटा पॉइंट, तथ्य और सबूत भी मिलते जिनका संकेत कुछ अलग भी होता :

- इन-हाउस अनुसंधान एवं विकास और विनिर्माण सुविधाओं की उपस्थिति, जिनके कारण उत्पादों के विकास और विनिर्माण में आसानी हुई।
- विस्तृत वितरण प्रणाली की उपस्थिति जिससे यह सुनिश्चित हुआ कि नया उत्पाद बड़े पैमाने पर वितरित किया गया और खुदरा दुकानों में उन प्रमुख स्थानों पर कब्जा कर लिया गया, जहाँ ग्राहकों की नजर पड़ती थी।
- सुप्रशिक्षित और सुअनुशासित बिक्री टीम की उपस्थिति जिसने चैनल भागीदारों को उत्पाद के अनूठी बिक्री प्रस्ताव के बारे में समझाया।
- ग्राहकों में जागरूकता, दिलचस्पी और इच्छा पैदा करने के लिए आकर्षक विज्ञापन और बिक्री प्रोत्साहन बजट के साथ नए उत्पादों का समर्थन करने की वित्तीय भूख।

इस तरह से मुझे अहसास हुआ कि मेरी पिछली सफलताओं का पूरा-पूरा श्रेय केवल मुझे नहीं दिया जा सकता है। सफलता में योगदान देने वाले कई सारे कारक थे। आखिरकार, भाग्य ने भी तो मेरी सफलता में महत्त्वपूर्ण भूमिका निभाई थी।

इन संज्ञानात्मक पूर्वाग्रहों की तरफ जानबूझकर आँखें मूंदकर, मैं अपने लिए शर्मिंदगी ही सुनिश्चित करता रहा।

संज्ञानात्मक पूर्वाग्रह की बड़ी पहचान यही है कि हम अपने पूर्वाग्रहों के प्रति अंधे बने रहते हैं, जबकि यह भी मानते हैं कि बाकी सभी लोग तो उनके शिकार हैं। यह हमें आलोचनात्मक सोच में कुशल बनने से रोकता है।

हम अपने पूर्वाग्रहों को कैसे मात दे सकते हैं?

- इसे स्वीकार कीजिए और स्वयं प्रमाणित करने से बचिए कि आप पक्षपाती नहीं हैं। समझदारी यही मानने में है कि हर कोई पक्षपाती होता है।
- चुनौतियों का सामना करने के लिए तैयार रहिए।
  - अपने तर्कों में कमियाँ निकालकर अपनी सोच को चुनौती देने से शुरुआत कीजिए। संक्षेप में, अपने ही खिलाफ वकील की भूमिका निभाइए।
  - पेशेवर असहमत लोगों को अपनी सोच और निर्णयों की आलोचना करने के लिए आमंत्रित कीजिए। इससे आपको अपने तर्कों में उन कमियों का भी पता चलेगा जिन पर आपका ध्यान नहीं गया है।
  - अपने समूह या ख़ुद से बाहर के लोगों के विचार आमंत्रित कीजिए।

उनसे एक संतुलित दृष्टिकोण प्रस्तुत करने की संभावना होती है।

- चीजों को विपरीत नजरिए से भी देखिए।
- जब कोई समस्या सामने आए तो एक नियम बनाइए कि किसी एक समाधान को अंतिम रूप देने से पहले आपके पास कम-से-कम तीन समाधान हों, इससे आपको बेहतर निर्णय पर पहुँचने में मदद मिलेगी।
- समाधान चुने जाने के बाद, उस पर एक काल्पनिक शर्त रखिए–कि यह समाधान उपलब्ध नहीं है। इससे आप एक और समाधान के बारे में सोचने पर मजबूर हो जाएँगे।
- अपने विचार के दीवाने होने या उससे भावनात्मक रूप से जुड़ने से बचिए। तब आप के अंदर यह स्वाभाविक इच्छा होगी कि ये विचार सफल हो।
- अपनी टीम के सदस्यों को भी स्वतंत्र रूप से अपनी राय प्रकट करने के लिए प्रोत्साहित कीजिए। आपको जो बताया जा रहा है, उसे समझने के लिए सक्रिय रूप से उनकी बात सुननी चाहिए। जब वे बोल रहे हों तो उन्हें बीच में मत टोकिए। अगर आपको बोलना ही है तो सबसे अंत में बोलिए। इस तरह आपको कई अलग-अलग दृष्टिकोण हासिल होंगे।

अगर यह सब जटिल लग रहा है तो आप अपने पिछले ऐसे निर्णयों की सूची बनाइए जिनमें आप संज्ञानात्मक पूर्वाग्रह के शिकार थे और जिनका आपके करियर पर प्रभाव पड़ा था। मेरे मामले में, सूची लंबी है और मेरे करियर पर इनके परिणाम भी प्रतिकूल थे। लगातार इसका जिक्र करते रहने से दोबारा संज्ञानात्मक पूर्वाग्रहों का शिकार होने की मेरी प्रवृत्ति कम हो गई।

अगर यह भी कठिन लगता है तो आलोचनात्मक विचारकों की संगति में रहने की कोशिश कीजिए और उनसे मिलने वाली चुनौती का सामना करने के लिए भी तैयार रहिए।

2. कमजोर करने वाली भावनाएँ

जब हम कोई नया काम करने का प्रयास करते हैं तो असफलता का डर हमारी भावनाओं को कमजोर कर देता है। यह स्थिति अपने आप से पूछे जाने वाले दो आत्म-पराजित प्रश्नों से और भी गंभीर हो जाती है ।

अ. अगर मैं असफल हो गया तो लोग क्या सोचेंगे?

ब. असफलता से मेरी प्रतिष्ठा पर अपूरणीय प्रभाव पड़ेगा।

हम इनके जो उत्तर देते हैं, वे उत्तर हमें कमजोर करने वाली भावनाओं को जन्म देते हैं और हमें निष्क्रिय बनाकर पंगु बना देते हैं। इससे हमारे अच्छे आलोचनात्मक विचारक बनने में बाधा आती है।

कमजोर करने वाली भावनाओं से कैसे उबरें

जेके हेलेन कर्टिस के प्रेसिडेंट के रूप में मैं डिओडरेंट श्रेणी को नया रूप देना चाहता था। इसमें डिओडरेंट श्रेणी की प्रचलित परंपरा, मान्यताओं और मानदंडों को चुनौती देना शामिल था। इस विचार से मेरे अंदर डर, शंका और चिंता के भाव आ गए। इस श्रेणी पर बहुराष्ट्रीय कंपनियों का वर्चस्व था और मैं मन में सोच रहा था : अगर इसे नया रूप देना संभव होता तो अब तक तो बहुराष्ट्रीय कंपनियाँ यह कर चुकी होतीं।

कमजोर करने वाली भावनाओं पर काबू पाने के लिए, मैंने तीन मोर्चों पर एक साथ काम करने का निश्चय किया :

- अपने अनुभव का लाभ उठाया : 1990 के दशक में, एल्कोहलिक ड्रिंक उद्योग में काम करते हुए, हमने पाया था कि कद्रदान लोग अपने पेय का आनंद लेते हैं, लेकिन जब वो घर पहुँचकर अपनी प्रेमिका के पास जाते हैं तो उन्हें नाराजगी का सामना करना पड़ता है। उनके मुंह की दुर्गंध उनके साथी को नापसंद होती है। इस नाराजगी से हमारे कद्रदान लोग बहुत परेशान थे। इस समझ के आधार पर, हमने वोदका को फिर से लॉन्च किया और वादा किया 'इट लीव्स नो ट्रेस' इसलिए, आप कुछ और करीब आ सकते हैं! वोदका ब्रांड की बिक्री उत्तरोत्तर बढ़ी।

इस अनुभव ने मुझे विश्वास दिलाया कि अगर गंध कम होती है या नहीं रहती तो ग्राहक अपनी जेब पर यह बोझ लेकर उत्पाद का समर्थन करते हैं।

मेरा विश्वास तब और मजबूत हो गया जब मेरी रिसर्च ने संकेत दिया कि टूथपेस्ट के एक प्रसिद्ध ब्रांड ने ग्राहकों को साँसों की दुर्गंध से निजात दिलाने का वादा करके बाजार में प्रमुख हिस्सेदारी हासिल कर ली है।

- आंकड़े और सांख्यिकी : 65 फीसदी भारतीय पच्चीस वर्ष से कम आयु के हैं। युवा विपरीत लिंग के करीब आना चाहते हैं लेकिन शरीर की गंध उन्हें दूर कर देती है। इसने मुझे एक परिकल्पना पर मजबूर कर दिया : क्यों न जेब के अनुकूल कीमतों पर मूड बनाने वाला परफ्यूम लॉन्च किया जाए?

मूड बनाने वाला परफ्यूम युवाओं के मूड को बेहतर बनाएगा और उन्हें करीब आने में सक्षम बनाएगा।

- विचार के सत्यापन के लिए क्राउडसोर्सिंग : मैंने अपनी परिकल्पना के सत्यापन के लिए युवाओं से प्रश्न किया : क्या आप चाहते हैं कि आपका साथी करीब आए? उत्तर, लगभग हमेशा, जोरदार हाँ में ही मिलता था!

इस समझ ने मुझे 'डिओडरेंट' को 'परफ्यूम' के रूप में फिर से पेश करने का आत्मविश्वास दिया!

अब डर, शंका और बेचैनी की जगह आत्मविश्वास, साहस और आत्मविश्वास ने ले ली थी।

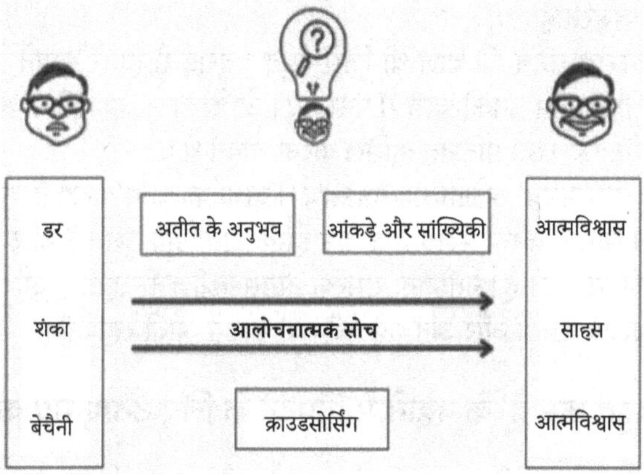

इन सकारात्मक भावनाओं से युक्त, पार्क एवेंयू डिओडरेंट को 'परफ्यूम' के रूप में फिर से लॉन्च किया गया। बिक्री आसमान छूने लगी। उद्योग जगत ने नोटिस किया और तेजी से हमारा अनुसरण (पढ़ें : नकल) भी किया। आज, 'परफ्यूम' व्यापक स्तर पर लाभ दिलाने वाला एक उत्पाद बन चुका है।

3. बहुत थोड़ा समय

कन्फ्यूशियस ने एक युग पहले सलाह दी थी : काम जल्दी से निपटाने के इच्छुक मत बनो। सारे छोटे-छोटे लाभों की तरफ मत देखो। सारे काम जल्दी से निपटा लेने की इच्छा उन कामों को ठीक से करने से रोकती है। छोटे-छोटे लाभों पर नजर बनाए

रखने से, बड़े मामले पूरे होने से रुकते हैं और आलोचनात्मक सोच में भी बाधक बनते हैं, क्योंकि फिर समय कम होने का बहाना मिल जाता है, यथास्थिति बनी रहती है, परंपरा चालू रहती है और धारणाओं को चुनौती मिल ही नहीं पाती है।

हालाँकि हमारी बिक्री टीम ने इस दूरदर्शी सलाह की अनदेखी करने का फैसला किया।

सेल्स टारगेट हासिल करने के लिए बहुत थोड़ा समय

हर महीने के अंतिम सप्ताह के दौरान, हमने बिक्री टीम को लगातार यह कहते हुए सुना : सर, सेल्स टारगेट हासिल करने के लिए बहुत कम समय बचा है। हमें किसी स्कीम की ज़रूरत है!

ये ब्लैकमेल करने की चाल थी जिसे बहुत चतुराई से हमारे सामने पेश किया गया था, लेकिन हम उनकी चाल में फंस गए। आखिरकार, हम भी अपने मासिक सेल्स टारगेट का 100 प्रतिशत हासिल करना चाहते थे।

'बहुत कम समय' आलोचनात्मक सोच में बाधा का काम करता है क्योंकि जब हमें इसका सामना करना पड़ता है तो हम इसके आगे झुक जाते हैं और 'बैंड-एड' समाधान लेकर आते हैं। नतीजन, समस्या अनसुलझी बनी रहती है और बार-बार यह और खराब रूप में और अनचाहे तरीके से सामने आती रहती है।

'समय बहुत कम है' के बहाने से निपटने के लिए उठाए गए कदम

हमने सिस्टम में अतिरिक्त का निर्माण करके और ऐसी प्रक्रिया स्थापित करके आलोचनात्मक सोच की इस बाधा से निपटने का निश्चय किया, जिसने इसे जड़ से खत्म कर दिया।

- कंपनी की वार्षिक योजना बिक्री 'बजट' के आधार पर तैयार की गई थी, लेकिन हमने अपनी बिक्री टीम को सेल्स 'टारगेट' दिया। यह बिक्री बजट से 10 प्रतिशत ज्यादा था। इस तरह, हमने बिक्री बजट में 10 प्रतिशत अतिरिक्त जोड़ा। भले ही सेल्स टारगेट में मामूली कमी हुई थी, फिर भी हम अपना वार्षिक बिक्री बजट हासिल करने में सक्षम रहे थे।
- पहले सेल्स टारगेट को बारह महीनों (पढ़ें : लगभग तीस दिनों के बारह बिक्री चक्र) में विभाजित किया जाता था और बिक्री टीम से हर महीने सेल्स टारगेट हासिल करने की उम्मीद की जाती थी। हमने सीमांत रूप से

प्रत्येक बिक्री चक्र को तीस दिन से घटाकर सत्ताइस दिन कर दिया। अब, वार्षिक सेल्स 'टारगेट' हासिल करने के लिए, हमारे पास तीस दिनों के बारह बिक्री चक्रों के बजाय, लगभग सत्ताइस दिनों के तेरह बिक्री चक्र थे।

हमने बिक्री में किसी भी कमी को पूरा करने के लिए एक अतिरिक्त बिक्री चक्र जोड़ा था। अतिरिक्त बिक्री चक्र ने हमें विश्वास दिलाया कि हम अपना वार्षिक बिक्री 'बजट' हासिल कर लेंगे।

- इससे पहले, मासिक बिक्री समीक्षा के दौरान, हमने खत्म हुए महीने का पोस्टमॉर्टम किया था। अब, हम साप्ताहिक समीक्षा प्रक्रिया की ओर बढ़े थे और हमने अपना ध्यान 'बिक्री' संख्याओं की समीक्षा से हटाकर 'बिक्री की गुणवत्ता' पर केंद्रित कर दिया था। इससे बिक्री टीम ने बिक्री हासिल करने की प्रक्रिया पर ध्यान दिया और बदले में, उन्हें प्रतिक्रियाशील नहीं, बल्कि अति-सक्रिय बना दिया।

इन कदमों से यह सुनिश्चित हुआ कि हम 'बहुत कम समय है' की ब्लैकमेल करने वाली धमकी के आगे झुके नहीं। न ही सेल्स टीम ने हमसे स्कीमें जारी करने के लिए इस बहाने का इस्तेमाल किया।

एयरक्राफ्ट कॉकपिट और चेकलिस्ट

विमानन उद्योग को यह अहसास तो ज़रूर हुआ होगा कि अगर 'बहुत कम समय है' के साधारण बहाने के कारण उड़ान-पूर्व जाँच ईमानदारी से नहीं की गई तो विमान की सुरक्षा खतरे में पड़ जाएगी।

इसलिए, कॉकपिट को इस तरह से डिजाइन किया गया कि उसे दो पायलट चलाएँ जिन्हें चेकलिस्ट से गुजरना होगा। एक चेकलिस्ट से पढ़ता है, जबकि दूसरा उसकी पुष्टि करता है। जब तक यह प्रक्रिया पूरी नहीं हो जाती, विमान उड़ान भर ही नहीं सकता।

कॉकपिट की यह डिजाइन और इसमें लगाई गई प्रक्रिया बहुत कम समय के बहाने को खत्म कर देती है और उड़ान को यात्रा का सबसे सुरक्षित तरीका बनाती है।

4. रेप्टाइल ब्रेन को नियंत्रण हासिल करने की अनुमति देना

रेप्टाइल ब्रेन हमारे मस्तिष्क का सबसे पुराना और सबसे आदिम हिस्सा है जिसे छिपकली का मस्तिष्क भी कहा जाता है। जब किसी खतरे का सामना होता है

तो यह सहज रूप से सक्रिय हो जाता है और 'लड़ो या भागो' वाली प्रतिक्रिया को उकसाने लगता है। ये दोनों प्रतिक्रियाएँ आलोचनात्मक सोच के लिए अभिशाप की तरह हैं। इसीलिए रेप्टाइल ब्रेन(या सरीसृप मस्तिष्क) को कसकर बांधकर रखना चाहिए।

अपने करियर के दौरान, मैंने अपने रेप्टाइल ब्रेन को कसकर बांधकर रखने की कोशिश की। इससे मैं अनावश्यक विवाद में पड़ने से बचता रहा।

ब्ल्यू रिबैंड डुएट

1990 के दशक में ब्ल्यू रिबैंड जिन का मैं प्रभारी था। निर्णय लिया गया कि इस ब्रांड नेम को ब्ल्यू रिबैंड डुएट नाम से लॉन्च करके इसका विस्तार 'जिन एंड लाइम प्री-मिक्स्ड टू परफेक्शन' के वादे के साथ प्रीमिक्स जिन श्रेणी में किया जाए।

मूल ब्रांड, ब्ल्यू रिबैंड की परंपरा को आगे बढ़ाने के लिए, हमने उसी पारदर्शी बोतल का इस्तेमाल करने का फैसला किया। इससे एक और फायदा हुआ : पारदर्शी बोतल होने के कारण लोगों को बीआरडी ब्लैंड का हल्का पीला रंग दिखाई भी देगा और उन्हें यह विश्वास हो जाएगा कि 'लाइम' सच में मिलाया गया है।

सीईओ के सामने बीआरडी की रणनीति प्रस्तुत करने के लिए बैठक निर्धारित की गई। मैंने एक आकर्षक मामला पेश किया कि बीआरडी बाजार में तूफान ला देगा और सीईओ की मंजूरी के लिए असली ब्लैंड से भरी बीआरडी की एक पूरी तरह तैयार बोतल पेश की। मैं इंतजार कर रहा था कि मेरी काफी वाहवाही होने वाली है।

मेरे सीईओ ने बोतल का निरीक्षण किया और तथ्यात्मक आवाज में कहा कि इस ब्लैंड का रंग उन्हें पेशाब की याद दिलाता है।

मुझे ऐसा लगा मानो माइक टायसन ने मेरे चेहरे पर मुक्का मार दिया हो। मेरे अंदर गुस्सा, दर्द और अपमान की भावना उमड़ रही थी। यह इस बात का अग्रिम संकेत था कि मेरा रेप्टाइल ब्रेन मेरे ऊपर नियंत्रण करने के लिए पूरी तरह से तैयार था। यह तब सक्रिय होता है जब हमारे ऊपर आक्रमण होता है या हमें खतरा महसूस होता है। जब यह काम कर रहा होता है तो हमारी तर्कसंगत सोचने की शक्ति कमजोर हो जाती है। मैं उसी दिशा में जा रहा था और अपने सीईओ को स्पष्ट शब्दों में बताना चाह रहा था कि वो मार्केटिंग का 'एम' भी नहीं जानता। अगर मैंने ऐसा किया होता तो मतलब होता कि मैंने अपने रेप्टाइल ब्रेन को खुली छूट दे दी। इससे भारी टकराव हो जाता और मैं मुसीबत में पड़ जाता।

मैंने एक घूंट पानी पिया और कुछ गहरी साँसें लीं। इसका टकराव पर या उड़ान प्रतिक्रिया और मेरे मस्तिष्क पर शांत प्रभाव पड़ा। जब मस्तिष्क शांत होता है तो रेप्टाइल ब्रेन से नियंत्रण वापस ले लेता है और फिर से हमारी तर्कसंगत और विचार क्षमताएँ सक्रिय हो जाती हैं। मेरा तर्कसंगत मस्तिष्क धीरे-धीरे नियंत्रण वापस ले रहा था।

मैंने सीईओ की कमेंट पर गंभीरता से विचार किया और उनके कमेंट पर विचार करते हुए ब्लैंड के रंग की समीक्षा की। अब तो मुझे भी पेशाब की याद आने लगी। अगर ग्राहकों के अंदर भी यही भावना आई तो इस ब्रांड की तो अकाल मौत हो जाएगी। मैंने कमरे में मौजूद लोगों के बीच रायशुमारी करने का फैसला किया। उन सबकी राय भी सीईओ की राय की तरह ही थी।

ताव में आकर, मैंने सुझाव दिया कि ब्ल्यू रिबैंड बोतल को ठंडा कर दिया जाए। जिससे बोतल पारभासी बन जाएगी और ब्लैंड का पीला रंग प्रभावी ढंग से छिप जाएगा। यह समाधान लागत प्रभावी और पर्यावरण-अनुकूल भी साबित हुआ।

ब्ल्यू रिबैंड जिन के बोतल सप्लायरों ने बोतल पर किसी भी दृश्यात्मक दोष से रहित, पारदर्शी बोतल की सप्लाई के लिए हमसे प्रीमियम मूल्य वसूला था। इससे रिजेक्शन रेट बहुत ज्यादा बढ़ी थी। हमने बोतल सप्लायरों को बुलाया और उनसे कहा, 'ब्ल्यू रिबैंड की रिजेक्टेड बोतलें ले जाइए और उन्हें फ्रॉस्ट कीजिए। फिर उन्हें बीआरडी में बोतलबंद करने के लिए हमें सप्लाई कीजिए।' ब्ल्यू रिबैंड जिन और ब्ल्यू रिबैंड डुएट दोनों की बोतलों की लागत कम हो गई—और क्वालिटी से किसी भी तरह का समझौता भी नहीं करना पड़ा।

बीआरडी को बाजार में उत्साहजनक प्रतिक्रिया मिली। बीआरडी के फ्रॉस्टेड रूप की भी तारीफ हुई। ऐसा इसलिए हुआ क्योंकि मैं अपने सरीसृप मस्तिष्क को कसकर बांध रखने में सफल रहा था और बेहतर निर्णय लेने तथा किसी समस्या को हल करने के लिए गंभीर रूप से सोच पाया था।

रेप्टाइल ब्रेन को नियंत्रण में रखने की सलाह

- गहरी साँस लीजिए और घूंट-घूंट करके पानी पीजिए। इससे आपका मस्तिष्क शांत होगा। जब मस्तिष्क शांत होता है तो यह सरीसृप मस्तिष्क से नियंत्रण वापस ले लेता है और हमारी तर्कसंगत और विचार क्षमताओं को सौंप देता है।

- सिस्टम 1 की सोच को अपनी प्रतिक्रियाओं पर नियंत्रण मत रखने दीजिए, जो स्वचालित और सहज है और इसे किसी प्रयास की ज़रूरत नहीं होती है। अगर ऐसा होता है तो सिस्टम 2 सोच को नियंत्रण सौंपने का सचेत प्रयास कीजिए, जो जानबूझकर और प्रयासपूर्ण किया जाता है।

क्या नियंत्रण कभी भी रेप्टाइल ब्रेन को सौंप दिया जाना चाहिए?

ऐसा केवल तब करना चाहिए जब जीवन को खतरे में डालने वाली परिस्थितियों का सामना करना पड़ जाए। जब खतरा टल जाए तो तर्कसंगत दिमाग को वापस नियंत्रण लेने दीजिए, ताकि आप बेहतर निर्णय पर पहुँचने या किसी समस्या को बेहतर ढंग से हल करने के बारे में गंभीर रूप से सोच सकें।

5. अस्वस्थ अहंकार को स्वतंत्र रूप से बढ़ने देना

एक नया ब्रांड लॉन्च किया गया था। बॉस ने इसे सफल बनाने का निश्चय किया था। वितरकों को आकर्षक योजना की पेशकश की गई। इससे उन्हें ऑर्डर देने के लिए प्रोत्साहन मिला। शुरुआती महीने में कंपनी ने अच्छी बिक्री दर्ज की। कंपनी में खुशी की लहर दौड़ गई।

जैसे-जैसे महीना खत्म हुआ, बुरी खबरें आने लगीं। वितरकों ने यह कहते हुए नए ऑर्डर देने से इन्कार कर दिया कि खुदरा विक्रेता दोबारा ऑर्डर दे ही नहीं रहे हैं।

बॉस ने स्थिति का विश्लेषण किया और खुदरा विक्रेताओं के लिए एक योजना का ऐलान किया, लेकिन ये शर्त भी लगा दी कि केवल वितरक से खुदरा विक्रेता के पास जाने वाले स्टॉक ही इस योजना के लिए पात्र होंगे। इस रणनीति से दूसरे महीने में भी हमारी अच्छी बिक्री दर्ज होना सुनिश्चित हुआ। कंपनी में यह धारणा घर करने लगी कि नया ब्रांड बाजार में अपनी जगह बनाता जा रहा है।

तीसरा महीना और ज्यादा दुखद खबर लेकर आया। अब, न तो चैनल भागीदार यानी वितरक और न ही खुदरा विक्रेता, स्टॉक खरीद रहे थे क्योंकि ग्राहक ही खरीदारी नहीं कर रहे थे।

जब यह खबर बॉस तक पहुँची तो अहंकार के कारण उसने यह स्वीकार नहीं किया कि ब्रांड के असफल होने के संकेत मिल रहे हैं। उसने उपभोक्ताओं के लिए आकर्षक पेशकश करते हुए ब्रांड को आगे बढ़ाने का फैसला किया।

इससे वितरकों और खुदरा विक्रेताओं ने 'उपभोक्ता प्रस्ताव' स्टॉक खरीदा। नतीजा यह हुआ कि कंपनी ने तीसरे महीने में भी अच्छी बिक्री दर्ज की। कंपनी में फिर खुशी का माहौल बन गया।

चौथे महीने फिर से बुरी खबर आई : बिक्री लगातार कमजोर बनी रही। अगर पहले बॉस का अहंकार दांव पर था तो अब यह उसका अहंकार और गौरव दोनों दांव पर लग गए। इस वजह से बॉस को कड़ी मेहनत करनी पड़ी और उसे ब्रांड को सफल बनाने का संकल्प लेना पड़ा। नतीजा : एक 'असफल' ब्रांड को आगे बढ़ाने के लिए अच्छा-खासा धन लगाया गया। सच्चाई तभी सामने आई, जब नेतृत्व परिवर्तन हुआ और अस्वस्थ अहंकार और झूठे अभिमान के निर्णय लेने के कारण उस बॉस को बाहर निकाल दिया गया। सच्चाई थी : ब्रांड नाकाम हो चुका था। उसे वापस ले लिया गया और बट्टे खाते में डालकर कंपनी को भारी नुकसान झेलना पड़ा।

उस बॉस को कौन-से गुण प्रदर्शित करने चाहिए थे?

उसने अपने अस्वस्थ अहंकार को अपने ऊपर हावी होने दिया, यह कुछ इस तरह से होता है जैसे किसी खराब तानाशाह को अपनी ओर से निर्णय लेने की अनुमति दे दी हो। उसके शासनकाल के दौरान, आलोचनात्मक सोच को किनारे कर दिया गया। अंत में, जब उस खराब तानाशाह के शासन का अंत हुआ, तब तक बॉस की छवि खराब हो चुकी थी और उसे पेशेवर रूप से नुकसान उठाना पड़ा था।

अस्वस्थ अहंकार को कैसे काबू करें?

यहाँ कुछ सुझाव दिए जा रहे हैं जो आपके अस्वस्थ अहंकार को काबू करने में आपकी सहायता कर सकते हैं :

- अस्वस्थ अहंकार से झूठा अभिमान पैदा होता है, जो हमें अपनी गलतियों को स्वीकार करने से रोकता है। वास्तव में, हम किसी खराब फैसले (पढ़ें : गलती) का बचाव करना जारी रखते हैं। अपनी गलतियों को स्वीकार कीजिए, उनसे सीखिए और उन्हें न दोहराने का संकल्प लीजिए।
- अच्छे विचारों पर हमारा ही एकाधिकार नहीं है, लेकिन हमारा अस्वस्थ अहंकार जोर देता है कि हमारे ही विचारों की जीत हो। यह हमारे अहंकार

के लिए तो अच्छा हो सकता है लेकिन हमारे सीखने और विकास करने के लिए ठीक नहीं है।

मैंने इस बुराई का शिकार बनने की अपनी प्रवृत्ति की पड़ताल की। इसके लिए किसी निर्णय पर पहुँचने या किसी समस्या को हल करने के बाद अपनी टीम से प्रश्न पूछता था : क्या किसी के पास निर्णय पर पहुँचने या समस्या हल करने के लिए कोई और बेहतर विचार है? ज्यादातर बार, वे बेहतर विचार बताते थे। हमने उनके विचारों पर अमल किया तो नतीजे भी बेहतर आए। उन्होंने इसे सफल बनाने के लिए अपना सर्वश्रेष्ठ प्रयास भी किया क्योंकि यह उन्हीं का विचार था। दुनिया की नजरों में कद मेरा बढ़ा।

- विचारों में विविधता रखिए। अपने मित्रों और परिचितों का दायरा बढ़ाकर अपने क्षितिज का विस्तार कीजिए। अपना जुड़ाव केवल उन लोगों तक सीमित मत रखिए जो आपके जैसा सोचते हैं।
- अपनी टीम को श्रेय देना सीखिए। श्रेय खुद हड़पने से बचिए।
- अपनी टीम को निर्णय लेने लायक सशक्त बनाइए।

अगर यह सब अजीब लगता है तो अल्बर्ट आइंस्टीन के सुझाए समाधान का पालन कीजिए : ज्ञान ज्यादा, अहंकार कम और ज्ञान कम, अहंकार ज्यादा। ज्ञानी बनिए!

6. पूर्वाग्रह को अपनी निर्णय प्रक्रिया को प्रभावित होने देना

जोआन रोलिंग का नया-नया तलाक हुआ था और वह अपना गुजारा करने के लिए जूझ रही थी। हालाँकि दुर्भाग्य से घिरी होने के बावजूद, उसने एक उपन्यास पर काम शुरू करने का फैसला किया, जिसकी रूपरेखा वह पाँच सालों से बना रही थी। इस तरह से *हैरी पॉटर एंड द सॉर्सेरर्स स्टोन* की स्क्रिप्ट तैयार हुई। बारह प्रकाशनों ने इसे खारिज कर दिया लेकिन *ब्लूम्सबरी* ने इसे स्वीकार कर लिया। हालाँकि *ब्लूम्सबरी* को भी आशंका थी कि किसी महिला लेखिका का लेखन छोटे लड़कों को पसंद आएगा। उन्होंने सुझाव दिया कि वे लिंग-तटस्थ नाम का इस्तेमाल करें। उसने अपना मध्य नाम कैथलीन जोड़ने का फैसला किया और पुस्तक जे के रोलिंग के नाम से जारी की गई। प्रकाशित होते ही *हैरी पॉटर* ने लड़कों और लड़कियों का समान रूप से दिल जीत लिया।

क्या लड़कों को आकर्षित करने वाली महिला लेखिकाओं के प्रति प्रकाशक पूर्वाग्रह से ग्रस्त थे? सही उत्तर तो "हाँ" ही होगा!

पूर्वाग्रह खराब होता है। इसके कारण लोगों के प्रति हमारा व्यवहार भेदभावयुक्त हो जाता है और हमें आलोचनात्मक सोच में कुशल बनने में बाधा आती है।

आलोचनात्मक विचारक अपने पूर्वाग्रह पर काबू रखते हैं और इस असुविधाजनक सत्य का साहसपूर्वक सामना करके बेहतर निर्णय पर पहुँचते हैं।

संगीतकारों का चयन

एक सिंफनी सर्वश्रेष्ठ संगीतकारों का चयन करना चाहती थी। हालाँकि उन्होंने एक असुविधाजनक सत्य स्वीकार किया : कि महिला संगीतकारों के प्रति पूर्वाग्रह है। इससे यह सुनिश्चित हो गया कि केवल पुरुष संगीतकार ही लिए जाते हैं और ज़रूरी नहीं कि सर्वश्रेष्ठ संगीतकार ही चुने जाते हों। इस 'पूर्वाग्रह' को दूर करने के लिए, उन्होंने ऑडिशन 'पर्दे के पीछे' से करने का फैसला किया।

एक सभागार में एक विविधतापूर्ण चयन समिति बिठाई गई थी, जहाँ इच्छुक उम्मीदवारों को अपनी संगीत प्रतिभा दिखाने के लिए आमंत्रित किया गया था। पैनल के सदस्यों को हरेक उम्मीदवार का विवरण दिया गया, लेकिन नाम और लिंग को अक्षरों से बदल दिया गया था। प्रत्येक अक्षर को अपनी प्रतिभा दिखाने के लिए आमंत्रित किया गया। लेकिन इसमें एक और बदलाव था–उम्मीदवारों को पर्दे के पीछे रखकर परफॉर्म कराया गया और पैनल के सदस्यों ने लिंग के आधार पर निष्पक्ष रहते हुए संगीत प्रतिभा के आधार पर अंक दिए। जब नतीजे घोषित हुए तो अंतिम सूची में महिला संगीतकारों को भी जगह मिली।

जब निर्णय लेने की प्रक्रिया में पूर्वाग्रह को खत्म न भी किया जाए, पर अंकुश ही लगा दिया जाए तो भी आलोचनात्मक सोच सक्रिय हो जाती है, जिसके कारण बेहतर निर्णय और ठोस निर्णय लेने की क्षमता पैदा होती है।

आप बेहतर आलोचनात्मक विचारक कैसे बन सकते हैं?

जो आलोचनात्मक विचारक माहिर होते हैं, वे अल्बर्ट आइंस्टीन (पढ़ें : वैज्ञानिक) और शर्लक होम्स (पढ़ें : जासूस) होने के मिलान बिंदु पर काम करते हैं।

किसी वैज्ञानिक की तरह सोचते समय, आलोचनात्मक विचारकों की प्रवृत्ति नीचे बताए अनुसार होती है :

- उन कारणों की तलाश करते हैं जिनके कारण वे गलत हो सकते हैं। केवल उन कारणों की तलाश नहीं करते हैं जिनके लिए उन्हें सही होना चाहिए।

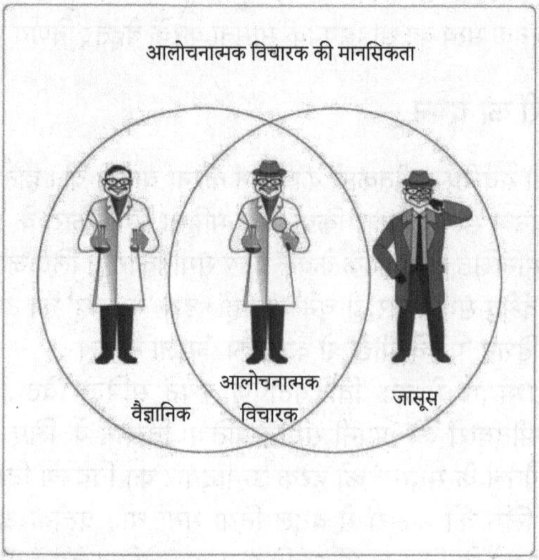

- नए दृष्टिकोणों को सुनते हैं
- नई चीजों की खोज में उत्सुक होते हैं।
- ऐसे आइडिया सुनते हैं जो उन्हें कठोरता से सोचने पर मजबूर करते हैं। ऐसा नहीं कि केवल उन विचारों को सुनें जो उन्हें सुहाने लगते हैं।
- जिज्ञासा को दृढ़ विश्वास से ऊपर रखते हैं।
- उन प्रमाणों की तलाश करते हैं जो उनके मत का खंडन करते हों।
- अपने मत को उन परिकल्पनाओं के रूप में देखते हैं जिन्हें पुष्टि या खंडन की ज़रूरत है।
- विश्वास करते हैं कि उनका मन बदलना उनके मानसिक रूप से चंचल होने का नहीं, बल्कि प्रगति का संकेत है।
- निर्णय लेते समय अपने अभिमान और अहंकार को एक तरफ रखते हैं।
- अभिमान के स्थान पर नम्रता और दृढ़ विश्वास के स्थान पर जिज्ञासा को प्राथमिकता देते हैं।

- मजबूत राय रखते हैं, विनम्रता से रखते हैं। नए प्रमाण सामने आने पर वे अपनी राय बदलने के लिए तैयार रहते हैं।
- दुनिया को देखने के नए तरीके खोजते हैं।
- अपने आप को ऐसे लोगों के बीच रखते हैं जो उनके विचारों को चुनौती देते हैं, न कि केवल उनको जो उनके निष्कर्षों का समर्थन ही करते रहते हैं।

जासूस की तरह सोचते समय आलोचनात्मक विचारकों की प्रवृत्ति नीचे बताए अनुसार होती है :

- हर बात पर शंका करते हैं।
- मुक्त जवाब वाले प्रश्न करते हैं।
- सक्रिय रूप से पर्यवेक्षण करते हैं
- सक्रिय रूप से सुनते हैं।
- लगे रहते हैं।
- आंकड़ों, प्रमाणों और तथ्यों को उनके विचार को रूप और स्वरूप देने का मौका देते हैं।

परिणामस्वरूप, उनकी प्रवृत्ति नीचे बताए अनुसार हो जाती है :

- दिमाग खुल जाता है।
- उनकी मानसिकता शुरुआतकर्ता वाली हो जाती है, जिससे वे हर चीज को इस तरह से देखते हैं जैसे वे उसे पहली बार ही देख रहे हों।
- असीमित जिज्ञासा का प्रदर्शन करते हैं।
- जमीनी हकीकत से जुड़े रहते हैं।

आलोचनात्मक सोच के कौशल को निखारने के कुछ और तरीके

आलोचनात्मक सोच एक सीखा जाने वाला कौशल है और सचेत प्रयास करके इसे निखारा भी जा सकता है। यहाँ कुछ और तरीके दिए जा रहे हैं :

- अपने आपको ऐसे आलोचनात्मक विचारकों के बीच रखिए जो समानता, पूर्वानुमेयता और परिचित होने की भावना को चुनौती देते हों और स्वतंत्र रूप से अपने विचार व्यक्त करते हों और अपनी राय साझा करते हों। इस तरह, आप ज्ञान और नजरिए के अधिक स्रोतों से परिचित होंगे और

आपकी पहुँच बेहतर विचारों तक होगी, भले ही वे विचार आपके हों या किसी और के।

- अपनी समझ को लगातार संशोधित करने के लिए तैयार रहिए और और उस समस्या पर पुनर्विचार कीजिए जिसके बारे में आपको लगता था कि उसका समाधान तो हो चुका है।
- नए दृष्टिकोण, नई जानकारी, नए विचारों, विरोधाभासों और अपने सोचने के तरीके की चुनौतियों के प्रति खुला दिमाग रखिए।

आपको आलोचनात्मक सोच में कुशल क्यों बनना चाहिए

जब आप आलोचनात्मक सोच में कुशल हो जाएँगे तो आप नीचे बताए अनुसार प्रेरित होंगे :

- वास्तविकता की सटीक तस्वीर पर पहुँचें, भले ही वह अप्रिय क्यों न हो।
- सत्य तक पहुँचना चाहेंगे, चाहे वह कितना भी अप्रिय क्यों न हो।
- जितना संभव हो सके वास्तविकता को स्पष्ट रूप से देखना चाहेंगे, अपने पूर्वाग्रहों, गहराई में निहित पूर्वाग्रहों और अन्य चीजों से अछूता रहना चाहेंगे।
- जब आपके मत या विश्वास को चुनौती दी जाएगी तो आप खतरा महसूस नहीं करेंगे। आप तब भी परेशान नहीं होंगे जब आप गलत साबित हो जाएँ और तब भी निराश नहीं होंगे जब आपके फैसले गलत साबित हो जाएँ।
- आप 'समय बहुत कम है' के चालू बहाने का शिकार नहीं बनेंगे और इसलिए बेहतर निर्णय भी लेंगे।
- आप नए विचारों के लिए दिमाग को खुला रखेंगे, भले ही वे आपके विचारों से भिन्न हों और जब आपको नई जानकारी मिलेगी तो आप खुश होंगे क्योंकि उनके आधार पर आप नई राय बना सकते हैं।

इससे आपको अच्छे फैसले लेने और बेहतर निर्णय पर पहुँचने में मदद मिलेगी।

उपसंहार

माइकल एंजेलो ने संगमरमर के एक बड़े टुकड़े से डेविड की सुंदर प्रतिमा बनाई।

यह पूछे जाने पर कि उन्होंने संगमरमर के उस टुकड़े को क्यों चुना, उसने जवाब दिया कि वह डेविड को संगमरमर के टुकड़े में रहने की कल्पना कर पा रहा था। करना तो बस इतना था कि डेविड को संगमरमर के टुकड़े से बाहर निकालने के लिए सभी गैरज़रूरी संगमरमर को हटाना था।

एक आलोचनात्मक विचारक आधुनिक समय के माइकल एंजेलो की तरह होता है। वे जिस समस्या का सामना कर रहे हैं, उसे संगमरमर के टुकड़े की तरह देखते हैं। संगमरमर के टुकड़े के अंदर गहराई में सत्य छिपा होता है। संगमरमर की मोटाई कालातीत परंपराओं, पत्थर में लिखी गई धारणाओं और अच्छी तरह से स्थापित मानदंडों से बनी होती है। संगमरमर में मोटाई की अतिरिक्त परतें जोड़ने से संज्ञानात्मक पूर्वाग्रह, लुंज-पुंज भावनाएँ, रेप्टाइल ब्रेन का नियंत्रण, शक्तिशाली अहंकार, गहराई तक पैठ बनाए पूर्वाग्रह और अनैतिक निर्णय लेने का शिकार हो रहे हैं।

ये परतें सामान्य व्यक्ति को सत्य तक पहुँचने से रोकती हैं और वे कामचलाऊ जवाबों और समाधानों तक ही पहुँच पाते हैं। हालाँकि आलोचनात्मक विचारक सारी गैरज़रूरी उलझनें दूर कर देते हैं और सत्य को सामने आने देते हैं। इस सुविधाजनक बिंदु से, वे बेहतर निर्णय पर पहुँचते हैं, तार्किक तथा बेहतर गुणवत्ता वाले निर्णय लेते हैं और समस्याओं को ज्यादा प्रभावी ढंग से हल करते हैं।

आलोचनात्मक सोच संक्षेप में

आलोचनात्मक सोच

आलोचनात्मक विचारक परंपराओं को चुनौती देते हैं, धारणाओं पर सवाल उठाते हैं और मानदंडों की अवहेलना करते हैं। वे तर्क देते हैं, पूर्वाग्रहों को दूर करते हैं, विचारों में विविधता रखते हैं और अनुमान के शिकार नहीं होते हैं। इससे उन्हें बेहतर निर्णय पर पहुँचने, गहराई से सोचने और कुशल समस्या समाधानकर्ता बनने में मदद मिलती है।

आलोचनात्मक विचारक क्या करते हैं?

1. परंपराओं को चुनौती देते हैं।
2. धारणाओं पर सवाल उठाते हैं।
3. मानदंडों कीअवहेलना करते हैं।
4. तर्क के जरिए अपनी बात रखते हैं।
5. डाटा, सूचना और ज्ञान पर सवाल उठाते हैं।
6. जाँच-पड़ताल वाले सवाल पूछकर मुद्दों का वस्तुनिष्ठ रूप से विश्लेषण करते हैं।
7. विचारों की विविधता रखते हैं।

आलोचनात्मक सोच की राह में बाधाएँ

1. संज्ञानात्मक पूर्वाग्रह
2. कमजोर करने वाली भावनाएँ
3. बहुत थोड़ा समय
4. सरीसृप (छिपकली) के मस्तिष्क को नियंत्रण हासिल करने की अनुमति देना
5. अस्वस्थ अहंकार को खुली छूट देना
6. अपने निर्णय लेने में पूर्वाग्रह को प्रभावित करने की अनुमति देना
7. अनैतिक निर्णय लेना

आलोचनात्मक विचार में कुशल होने के लाभ

1. वास्तविकता की सटीक तस्वीर पर पहुँचें, भले ही वह अप्रिय क्यों न हो।

2. सत्य तक पहुँचना चाहेंगे, चाहे वह कितना भी अप्रिय क्यों न हो।

3. जितना संभव हो सके वास्तविकता को स्पष्ट रूप से देखना चाहेंगे, अपने पूर्वाग्रहों, गहराई में निहित पूर्वाग्रहों और अन्य चीजों से अछूता रहना चाहेंगे।

4. जब आपके मत या विश्वास को चुनौती दी जाएगी तो आप खतरा महसूस नहीं करेंगे।

5. आप तब भी परेशान नहीं होंगे जब आप गलत साबित हो जाएँ और तब भी निराश नहीं होंगे जब आपके फैसले गलत साबित हो जाएँ।

6. आप 'समय बहुत कम है' के चालू बहाने का शिकार नहीं बनेंगे और इसलिए बेहतर निर्णय भी लेंगे।

7. आप नए विचारों के लिए दिमाग को खुला रखेंगे, भले ही वे आपके विचारों से भिन्न हों।

8. जब आपको नई जानकारी मिलेगी तो आप खुश होंगे क्योंकि उनके आधार पर आप नई राय बना सकते हैं।

कौशल 4
सही प्रश्न तैयार करना

सही प्रश्न से ही सही उत्तर मिलेगा, जिससे नए व्यावसायिक अवसरों का खजाना खुलेगा, जो सही प्रश्न तैयार न करने पर छिपा ही रह जाता।

मार्च 2020 तक दुनिया कोविड-19 की चपेट में थी। व्यापार जगत पर प्रतिकूल प्रभाव पड़ा था, नतीजतन बड़े पैमाने पर छंटनी हुई और निवेश में भारी गिरावट आई।

माइक्रोसॉफ्ट के सीईओ सत्य नडेला से पत्रकारों ने पूछा कि वे इस संकट से कैसे निपट रहे हैं। उन्होंने एक पल के लिए सोचा और बोले, 'मैं बड़े पैमाने पर छंटनी या निवेश में भारी गिरावट से चिंतित नहीं हूँ। ***मेरा ध्यान इस बात पर लगा है कि घर से काम करने वाले लाखों-करोड़ों लोग जो "नई मांग" पैदा कर रहे हैं, उसे कैसे पूरा किया जाए।'***

सही प्रश्न तैयार करके, सत्य नडेला ने अपनी टीम का ध्यान सही उत्तर की खोज पर लगा दिया, जिससे नए व्यावसायिक अवसरों का खजाना खुल गया, जो सही प्रश्न तैयार न करने पर छिपा ही रह जाता।

सही प्रश्न की ताकत

सही प्रश्न यह तय कर सकता है कि हम किसी चीज के बारे में कैसा अनुभव करते हैं या सोचते हैं—और यह बदलाव लाने के लिए उत्प्रेरक का काम कर सकता है।

यह मानव स्मृति में सेंध लगाता है, जिसे इस तरह से स्थापित किया जाता है कि जानकारी का एक टुकड़ा संबंधित जानकारी निकालने के लिए संकेत के रूप में काम कर सके, जो किसी समाधान पर पहुँचने में सहायक हो सकता है।

यहाँ एक उदाहरण दिया जा रहा है : अगर मैं आपसे किसी कॉकटेल के बारे में सोचने को बोलूँ तो आप तुरंत इसके बारे में जानकारी प्राप्त कर लेंगे और बारटेंडर, स्पिरिट, जूस, मॉडिफायर, ग्लास, स्टिरर, मार्गरीटा, डाइक्विरी के बारे में सोचेंगे और अपने बिताए अच्छे समय के बारे में सोचेंगे। इस जानकारी को ताजा करने के लिए आपको ज्यादा कोशिश नहीं करनी पड़ेगी। शुरुआती संकेत के कारण यह अनायास ही सामने आ जाती है।

अगर आप स्मृति से कुछ और हासिल करना चाहते हैं तो आपको संकेत बदलना होगा। अगर मैं अब आपसे क्रिकेट के बारे में सोचने के लिए बोलूँ तो आपके दिमाग में विराट कोहली, टी20, इंडियन प्रीमियर लीग (आईपीएल) या महेंद्र सिंह धोनी के बारे में कोई जानकारी याद आएगी, भले ही आप कुछ समय पहले कॉकटेल के बारे में सोच रहे थे।

सही प्रश्न उन लोगों की सामूहिक स्मृति में भी आते हैं जो किसी समस्या पर काम कर रहे हैं, और यह मान रहे हैं कि समस्या को हल करने के लिए काम करने वाला कोई व्यक्ति कुछ जानता है जो उन्हें समाधान खोजने में मदद करेगा। उन्हें अभी तक यह अहसास ही नहीं हुआ है कि वे इसे जानते हैं।' यह सबसे ज्यादा लागत प्रभावी और दोहराए जाने योग्य समस्या-समाधान दृष्टिकोणों में से एक है।

लोग प्रश्न तैयार करने से क्यों बचते हैं?

इसके कई कारण हैं। इनमें कुछ नीचे दिए जा रहे हैं :

- बहुत से लोगों का मानना है कि उन्हें उत्तर पहले से ही पता है। कभी-कभी वे सही भी होते हैं, लेकिन ज्यादातर गलत होते हैं।
- बहुत से लोग उन फायदों से भी अनजान हैं जो अच्छी तरह से तैयार किए गए प्रश्न से हो सकते हैं। इसलिए वे सही प्रश्न तैयार करने की कला सीखने की कोई कोशिश नहीं करते।

- शिक्षा प्रणाली छात्रों को सही प्रश्न तैयार करने की कला नहीं सिखाती है। इसके बजाय, प्रश्न शिक्षा प्रणाली तैयार करती है और छात्रों से अपेक्षा की जाती है कि वो उत्तर दें।
- बहुत से लोग डरते हैं कि उनका पूछा प्रश्न गलत न हो जाए और उनका मजाक बन जाए और उनकी छवि खराब हो जाए।
- लीडरशिप की 'कमांड और कंट्रोल' शैली कॉरपोरेशनों में असर रखती है। 'शीर्ष' निर्णय लेता है और 'नीचे' वाले अमल करते हैं। यह शैली कर्मचारियों को बॉस या सिस्टम पर सवाल उठाने के लिए प्रोत्साहित नहीं करती है। जो लोग ऐसा करते हैं, वे झुकने पर मजबूर कर दिए जाते हैं। इसलिए, ज्यादातर कर्मचारी सही प्रश्न तैयार करने की कला और कौशल हासिल करते ही नहीं हैं।

सही प्रश्न कैसे तैयार करें

प्रश्न को स्पष्ट और पारंपरिक तरीकों से तैयार करने से समाधान अक्सर स्पष्ट और पारंपरिक मिलते हैं। ज्यादा दिलचस्प प्रश्न तैयार करने से टीमों को ज्यादा मौलिक विचार खोजने में सहायता मिल सकती है।

यहाँ सही और ज्यादा दिलचस्प प्रश्न तैयार करने के तरीके बताए जा रहे हैं :

1. कोई ऐसा प्रश्न बनाइए जो उद्योग के नियम-कायदों को चुनौती देता हो क्योंकि किसी उद्योग का प्रचलित नियम समस्या को कायम रखने वाला होता है।
2. ऐसा प्रश्न बनाइए जो किसी विशेषज्ञ की राय को चुनौती देता हो। अगर उनके पास समाधान होता तो समस्या का समाधान अब तक हो चुका होता।
3. बाधाओं को रचनात्मक चुनौती के रूप में देखिए। यह मस्तिष्क को रचनात्मक समाधान निकालने के लिए अलग तरीके से सोचने के लिए प्रेरित करेगा।
4. प्रश्न को इस प्रकार तैयार करने की कोशिश कीजिए कि वह विस्तृत, स्पष्ट और खुला हो। ऐसे प्रश्न क्रमिक नहीं बल्कि रूपांतरकारी समाधान पेश करते हैं। किसी प्रश्न को स्पष्ट और पारंपरिक तरीकों से तैयार करने से स्पष्ट और पारंपरिक समाधान हासिल होंगे।

5 ग्राहकों का कष्ट महसूस कीजिए। इससे आपको महत्त्वाकांक्षी प्रश्न तैयार करने के लिए प्रेरणा मिलेगी जिसके नतीजे में वो समाधान निकल सकता है जो कष्ट को जड़ से खत्म कर देगा।

6. प्रश्न इस तरह बनाइए कि यह लोगों को उत्तर खोजते समय कई दिशाओं का पता लगाने के लिए प्रेरित करे।

7. 'कर सकते हैं' और 'चाहिए' वाले प्रश्न बनाने से बचिए क्योंकि वे निर्णय का संकेत देते हैं :
   - हम यह कैसे कर सकते हैं?
   - हमें यह कैसे करना चाहिए?

   इसके बजाय, 'हो सकता है' : 'कैसे हो सकता है' वाले प्रश्न बनाइए?'

   - हमें यह कैसे करना चाहिए?
   - यह कैसे किया जाना चाहिए?

'चाह' ही संभावनाओं के रास्ते खोलती है और बेहतर समाधान पैदा कर सकती है।

8. 'कैसे' का इस्तेमाल करके प्रश्न तैयार करने की संभावना का पता लगाइए। इससे बातचीत की प्रकृति बदल जाएगी और हमें उस समस्या का कारण समझने में सहायता मिलेगी जिसका समाधान करना है।

9. प्रश्न तैयार करने की कोशिश करते समय, समूह में नए लोगों को जोड़िए क्योंकि नए लोग किसी भी मुद्दे को नई नजरों से देख सकते हैं और प्रश्न तैयार करने का कोई नया, अलग, साहसिक और 'अप्रत्याशित' तरीका सुझा सकते हैं।

10. समस्या को प्रश्न के रूप में तैयार कीजिए। यह किसी समाधान पर पहुँचने के लिए काम शुरू करने के लिए दिमाग को सक्रिय कर देगा।

11. प्रश्न इस प्रकार तैयार किया जाना चाहिए कि इससे वह बात सतह पर आ जाए जो अभी तक ज्ञात नहीं थी।

12. किसी प्रश्न को तैयार करना कोई बेहतरीन कृति तैयार करने के समान है। रचना इस पर ध्यान आकर्षित करती है। इसी तरह, प्रश्न को इस तरह बनाइए कि यह संबोधित किए जाने वाले मुद्दे पर ध्यान आकर्षित करे।

13. प्रश्न तैयार करने के बाद, अब कठोर आलोचक की भूमिका में आ जाइये और पूछिए कि क्या सही प्रश्न तैयार किया गया है?

यहाँ एक उदाहरण दिया जा रहा है। एक कंपनी बाजार की साठ प्रतिशत हिस्सेदारी पर कब्जा करती है। वह चाहती है कि उसकी टीम पाँच प्रतिशत अतिरिक्त बाजार हिस्सेदारी हासिल करने की भी रणनीति विकसित करे। वांछित नतीजे हासिल करने के लिए प्रश्न तैयार करने के यहाँ दो विकल्प दिए गए हैं :

- ○ विकल्प 1 : हमारे पास बाजार की हिस्सेदारी पर साठ प्रतिशत कब्जा पहले से ही है। पाँच प्रतिशत अतिरिक्त हिस्सेदारी हासिल करने की रणनीति बनाइए।
- ○ विकल्प 2 : हम प्रतिस्पर्धा में बाजार की चालीस प्रतिशत हिस्सेदारी गंवा चुके हैं। हम उसने पाँच प्रतिशत अतिरिक्त हिस्सेदारी कैसे हासिल करें?

संभावना है कि विकल्प 2 टीम को प्रभावी रणनीति बनाने के लिए प्रेरित करेगा, क्योंकि इसमें 'नुकसान' शब्द गढ़ा गया है। डेनियल काह्नमैन का कहना है कि हानि, लाभ से बड़ी होती है, क्योंकि ऐसा माना जाता है कि मनोवैज्ञानिक रूप से खोने का दर्द पाने की खुशी से लगभग दोगुना ताकतवर होता है। ऐसे ही 'चाह' में बेहतर विचार पैदा करने की ताकत होती है।

अगर आप अब भी प्रश्न तैयार करने में जूझ रहे हैं तो भौतिक विज्ञानी एडवर्ड विटन की सलाह का पालन कीजिए : 'ऐसा प्रश्न बनाइए जो इतना कठिन (और दिलचस्प) हो कि यह उत्तर देने लायक हो और इतना आसान भी हो कि आप वास्तव में इसका उत्तर दे सकें।'

अगर इससे भी सहायता नहीं मिलती है तो अपने आप से पूछिए कि कोई दस साल का बच्चा इसे कैसे तैयार करेगा। इसके उत्तर में आपको वही प्रश्न मिल जाएगा जिसके लिए आप जूझ रहे थे।

सही प्रश्न तैयार करने की राह से भटकाने वाले कारक

यहाँ राह से भटकाने वाले कारकों में से कुछ की सूची दी गई है जो सही प्रश्न तैयार करने के प्रयासों को नाकाम कर सकती है।

- किसी प्रश्न में उत्तर अंतर्निहित नहीं होना चाहिए। उदाहरण के लिए, 'हम दुनिया के नंबर-1 ब्रांड बनेंगे।' यहाँ, प्रश्न में ही उत्तर मौजूद है। ऐसे प्रश्न बहस की ज़रूरत को समाप्त कर देंगे। हालाँकि जब इसे 'हम दुनिया का

नंबर-1 ब्रांड कैसे बन सकते हैं?' के रूप में तैयार किया जाता है तो यह चर्चा और बहस को जन्म देगा और सुझाव आमंत्रित करेगा।

- ऐसा प्रश्न जो यह पता करने के लिए तैयार किया गया हो कि 'किस गलती पर विरोध का सामना करेगा'। उदाहरण के लिए, 'क्या हम पता लगा सकते हैं कि गलती किसने की?' या 'इस गलती के लिए कौन जिम्मेदार है?'

सर्वश्रेष्ठ उत्तर कैसे पाएँ?

एक बार जब आप सही प्रश्न तैयार करने का कठिन काम पूरा कर लेते हैं तो यह सुनिश्चित करने के लिए दिशा-निर्देशों से परिचित हो जाइए कि आपको सर्वश्रेष्ठ जवाब मिल जाएँ।

- प्रश्न को औपचारिक शैली के बजाय सामान्य तरीके से पूछिए। इससे लोग उत्तर देने के लिए और अधिक तत्पर होने के लिए प्रेरित होंगे।
- लोगों को बताइए कि वे किसी भी समय अपना उत्तर बदल सकते हैं। इससे उन्हें ईमानदारी से सवालों के जवाब देने और ऐसी बातें कहने के लिए प्रोत्साहित किया जाएगा जो वे अन्यथा कहते नहीं। इससे वे और अधिक खुलने लगेंगे—भले ही वे अपना उत्तर बदलें या न बदलें।
- जब लोग उत्तर दे रहे हों तो उन्हें बीच में मत रोकिए।
- उन्हें जवाब देने के बजाय उन्हें समझने के इरादे से सुनना सीखिए।
- पूरी तरह मौन रहकर मत सुनिए। हाँ या हम्म कहकर यह बताते रहिए कि आप वास्तव में सुन रहे हैं। अगर आपको कोई बात समझ में न आए तो उनसे दोबारा समझाने के लिए कहिए। आखिर में बातचीत के अहम तत्वों को संक्षेप में बताइए ताकि यह सुनिश्चित हो सके कि आपको जो बताया गया था, वह आप समझ गए हैं।
- बॉडी लैंग्वेज का इस्तेमाल करके उन्हें बताइए कि आप उनका उत्तर सुनने में दिलचस्पी रखते हैं। इसे आप नीचे बताए तरीकों से हासिल कर सकते हैं :
  - उत्तर देने वाले व्यक्ति के करीब रहिए।
  - वक्ता की ओर झुकिए। इससे लगेगा कि आप उन्हें सुनने में रुचि रखते हैं। दूसरी ओर, पीछे की ओर झुकना यह दर्शाता है कि आप उस व्यक्ति और उसके विचारों को नापसंद करते हैं।

- ○ उत्तर देने वाले व्यक्ति का सामना कीजिए और उससे आँखों का संपर्क बनाए रखिए। इससे लगेगा कि आपको उसके उत्तर में दिलचस्पी है।
- ○ सिर हिलाइए और सिर झुकाइए। इन दोनों इशारों से पता चलेगा कि आप उसकी बात सुन रहे हैं।
- ○ अपने पैरों को क्रॉस करने के बजाय अलग रखकर अपना आसन खोलिए; अपनी बांहें खुली रखिए और अपनी हथेली ऊपर की ओर रखिए। इन इशारों से दिखता है आप उनसे अपने विचार साझा करने के लिए कह रहे हैं।
- ○ सुनते समय मुस्कुराने का ध्यान रखिए। इससे उन्हें और अधिक खुलकर बोलने के लिए प्रोत्साहन मिलेगा।

अगर यह आपको ग्रीक और लैटिन जैसा लगता है तो डेल कार्नेगी की सलाह का पालन कीजिए और ऐसे प्रश्न पूछिए जिनका उत्तर देने में दूसरे व्यक्ति को आनंद आए।

सही प्रश्न तैयार करने में निहित शक्ति को दर्शाने वाले कुछ मामले

नीचे ऐसे कुछ मामले पेश किए गए हैं जो सही प्रश्न तैयार करने की ताकत को प्रकट करेंगे।

1. आमदनी और मुनाफे में सुधार की ओर ले जाने वाले 'अनदेखे' राजस्व स्रोतों की पहचान

लो कॉस्ट करियर (एलसीसी) बहुत कम मार्जिन पर काम करते हैं, जिससे वो मुनाफा और नुकसान के बीच झूलते रहते हैं—और मुनाफे से ज्यादा नुकसान का सामना करते हैं।

एक एलसीसी के संस्थापक ने सभी 'फालतू' लगने वाली लागतों को समाप्त कर दिया लेकिन तब भी मुनाफे के करीब नहीं पहुँच सके। लागत में और कमी करने से विमान की सुरक्षा खतरे में पड़ सकती थी। इन असहनीय कठिनाइयों का सामना करते हुए, उसने एक महत्त्वाकांक्षी प्रश्न तैयार करने का निश्चय किया, जो उद्योग की यथास्थिति को चुनौती देने वाला था : हम लागत को राजस्व में कैसे बदल सकते हैं?

उसकी टीम ने लागत के तहत वर्गीकृत किए गए सभी तत्वों की नए सिरे से समीक्षा करना और उन्हें राजस्व में बदलने की संभावना तलाशना शुरू किया। उन्होंने पाया कि अतिथियों को हल्का नाश्ता परोसने में लागत लग रही है। उन्हें एक

अवसर समझ में आया और उन्होंने इसे राजस्व में बदलने के लिए प्रश्न तैयार किया : *हम हल्के नाश्ते की लागत को राजस्व में कैसे बदल सकते हैं?*

उत्तर तो स्वतः ही स्पष्ट था। इसे मुफ्त में परोसना बंद करके विमान के अंदर इसकी बिक्री शुरू की जाए। और बात बन गई—विमान की सुरक्षा को किसी भी तरह से खतरे में डाले बिना वो लागत राजस्व बन गई।

सफलता का स्वाद चखने के बाद, प्रबंधन को उद्योग की यथास्थिति को चुनौती देने वाले व्यापक और महत्त्वाकांक्षी प्रश्नों की श्रृंखला तैयार करने के लिए प्रोत्साहित किया गया : *हम अतिरिक्त लाभदायक राजस्व के स्रोत पैदा करने के लिए अपनी संपत्ति कैसे खर्च कर सकते हैं?*

एक चीनी दार्शनिक और सैन्य जनरल सैन त्ज़ु ने कोई एक युग पहले कहा था कि जब अवसर जब्त कर लिए जाते हैं तो वे कई गुना बढ़ जाते हैं। इसके उत्तर ने कई अवसर और कई राजस्व के स्रोत मुहैया कराए।

- आइल और विंडो सीट के लिए चार्ज।
- बोर्डिंग प्राथमिकताओं के लिए चार्ज।
- केबिन बैगेज के रूप में ले जाए जा सकने वाले सामान के वजन पर सख्ती लागू करना। अतिरिक्त वजन पर अतिरिक्ता भुगतान।

इससे टीम का हौसला बढ़ा। उन्होंने एक और 'उद्योग चुनौतीपूर्ण' प्रश्न पेश किया : *हम 'डेड स्पेस' को राजस्व के स्रोतों में कैसे बदल सकते हैं?*

इसके उत्तर से अतिरिक्त राजस्व के स्रोत खुल गए :

- विमान के बाहर और अंदर की जगह विज्ञापनों के लिए पेश की जाए।
- बैगेज टैग के पीछे विज्ञापन लगाए जाएँ।

सही प्रश्नों से राजस्व के नए स्रोत खोजने में मदद मिली, नतीजतन मुनाफे में सुधार हुआ।

1. ग्राहक के पेन पॉइंट को मेगाहिट उत्पाद में बदलना

नौजवान लोग ज्यादा देर तक सोते हैं। समय पर ऑफिस पहुँचना है तो उन्हें नाश्ता करने के लिए समय नहीं मिल पाता। जब उनसे पूछा जाए कि वे ऐसा क्यों नहीं करते कि नाश्ता साथ ले जाएँ और ऑफिस जाते समय रास्ते में खा लें तो उनका जवाब होता है, 'हम फ्राइड एग, दूध और कॉर्नफ्लेक्स या पराठा-सब्जी को अपनी

जेब या बैग में कैसे ले जा सकते हैं और कैसे इसे रास्ते में खाएँ? गंदा लगेगा और दूसरों को परेशानी भी होगी।'

इससे एक महत्त्वाकांक्षी प्रश्न तैयार हुआ : *ऐसा भोजन कैसे बनाया जा सकता है जिसे जेब या पर्स में रखा जा सके और दूसरों को दिक्कत पहुँचाए बिना, आसानी से चलते-फिरते भी खाया जा सके?*

इससे एक नवाचारी उत्पाद, एनर्जी बार का निर्माण हुआ, जिसमें नियमित नाश्ते या भोजन की तरह अनाज और उच्च ऊर्जा वाले खाद्य पदार्थ शामिल होते हैं। इसे जेब या पर्स में रखा जा सकता है और चलते-फिरते आसानी से खाया जा सकता है और किसी को इससे परेशानी भी नहीं होगी।

2. अपने तकलीफदेह अनुभव को यूनिकॉर्न में बदलना

टेविस केलानिक और डेरेट कैंप पेरिस की सड़कों पर खड़े थे, कुदरत का नजारा देख रहे थे और टैक्सी उन्हें मिल नहीं रही थी।

इस तकलीफदेह अनुभव से उन्हें एक प्रश्न तैयार करने की प्रेरणा मिली : *अगर आप फोन का बटन दबाकर ही वाहन का अनुरोध कर सकें तो कैसा रहेगा?*

इसके उत्तर ने उबर को जन्म दिया। घर में बैठे-बैठे आराम से, स्मार्टफोन के जरिए उबर को बुक किया जा सकता है और देखते-ही-देखते, डबल क्लिक में लगने वाले समय के अंदर, उबर का वाहन आपके दरवाजे आ जाता है और सटीक समय में आपको आपकी मंजिल तक छोड़ आता है। आज यह सवारी सेवाओं (राइड हेलिंग सर्विस) का पर्याय बन चुकी है।

ज़ूम

ज़ूम के संस्थापक एरिक युआन बताते हैं कि चीन में जब वे कॉलेज के छात्र थे, तब वे अपनी पत्नी से मिलने के लिए दस घंटे की ट्रेन यात्रा करके थक जाते थे। थका देने वाले अनुभव ने उन्हें वीडियो कॉन्फ्रेंसिंग की तकनीक पर ध्यान देने के लिए प्रेरित किया, जिससे आखिरकार उन्हें कम्युनिकेशन प्लेटफॉर्म ज़ूम का आविष्कार करने की प्रेरणा मिली।

अल्बर्ट आइंस्टीन ने ठीक ही कहा था, 'कठिनाई में ही अवसर छिपा होता है।' इसलिए परेशान होने के बजाय इसका समाधान करने वाला प्रश्न पूछिए। समाधान से सोने की खान तक का पता चल सकता है।

3. ग्राहकों के साथ रिश्ते कैसे बनाएँ

एक प्रमुख कॉफी शॉप में बैरों को अपने नियमित ग्राहकों का अभिवादन उनके नाम से करने के लिए ट्रेंड किया गया था। उन्हें यह भी सिखाया गया कि नियमित ग्राहकों के पिछले ऑर्डर को याद रखें। इस छोटी-सी वजह से ग्राहक अपने को महत्त्वपूर्ण और काबिल महसूस करता है। अगर कोई ग्राहक नया है तो बैरे उत्साहपूर्वक उसका स्वागत करते हैं और उनसे बातचीत करने की कोशिश करते हैं। बातों से ही तो रिश्ते बनते हैं। बैरा इसके लिए खुलकर बातचीत करते हैं और कई तरह से चर्चा करते हैं।

उदाहरण के लिए, मुझसे एक बार स्टारबक्स में पूछा गया था, 'मैंने आपको मेनू बोर्ड पर जाते हुए देखा था। *आपको किस तरह की कॉफी पसंद है?*' यह 'क्या आप कॉफी लेंगे?' की तुलना में कहीं बेहतर प्रश्न है। इसका उत्तर तो बस एक शब्द 'हाँ' हो सकता है और बातचीत वहीं खत्म हो जाएगी।

जैसे ही मैंने पूछे गए प्रश्न का जवाब दिया, बैरे ने मुझसे मेरी पसंद की कॉफी की चर्चा छेड़ दी और बातचीत शुरू कर दी। उसी के हिसाब से कॉफी भी बनाई गई।

जब मैं जा रहा था तो मुझसे एक सवाल किया गया, 'आपसे जल्द मिलने की उम्मीद करें?'

यह ज्यादा उद्देश्यपूर्ण प्रश्न है। अगर मेरा अनुभव बुरा होता तो मैं पलटकर जवाब दे देता, 'कभी नहीं।' ऐसी स्थिति में, बैरा मुझे बिना किसी अतिरिक्त भुगतान के, दोबारा कॉफी पिलाने का ऑफर करता।

इससे मुझे खुशी होती क्योंकि मेरे फीडबैक को स्वीकार किया था और उस पर तुरंत कार्रवाई की गई। अब मैं एक असंतुष्ट ग्राहक के रूप में नहीं, बल्कि इसके ब्रांड समर्थक के रूप में कॉफी शॉप से निकलता।

हालाँकि मैंने मुस्कराते हुए जवाब दिया, 'जल्द ही।' बैरे ने मुस्कराते हुए हाथ हिलाया।

ग्राहकों के साथ संबंध बनाना सुनिश्चित करने के लिए आप भी एक 'उद्देश्यपूर्ण' प्रश्न तैयार कर सकते हैं; अगर ये रिश्ते टूट जाते हैं तो उन्हें जल्द-से-जल्द सुधारने वाला सिस्टम तैयार कीजिए।

4. किसी सुपरस्टार को टीम में शामिल होने के लिए कैसे आकर्षित करें

अब मैं उबर के संस्थापक टैविस केलानिक का उदाहरण देता हूँ। उन्होंने भी एक प्रश्न तैयार किया और उसे उन लोगों के सामने रखा जिन्हें वे प्रभावित करना चाहते

थे : *क्या आप दुनिया के हर शहर में परिवहन को सभी के लिए निरंतर गतिशील परिवहन व्यवस्था के रूप में आकार दे सकते हैं जो अत्यधिक भरोसेमंद हो?* उनका प्रलोभन था कि उबर दुनिया के परिवहन के तरीके को बदल देगा। जिन लोगों से उन्होंने यह प्रश्न पूछा उन्हें यह बात दमदार लगी और उन्होंने अपनी सहमति दे दी।

लोग अंदर से अच्छा करना चाहते हैं, खुद को बेहतर बनाने की इच्छा रखते हैं और दूसरों की मदद करने की भी इच्छा रखते हैं। स्टीव जॉब्स और ट्रैविस केलानिक ने ऐसा प्रश्न तैयार किया जिसने आशा जगाई और अच्छा करने, खुद को बेहतर बनाने या सार्थक तरीके से दूसरों की मदद करने का अवसर मुहैया कराया। वास्तव में, इसने लोगों को स्पष्ट राह दिखाई कि वे कैसे खुद को सर्वश्रेष्ठ न सही, पर सबसे अच्छे स्वरूप में बदल सकते हैं। इस प्रलोभन के सामने ज्यादातर लोग टिक नहीं पाते।

अब मैं इस चर्चा को आपकी ओर ले आता हूँ। आप लोगों की भर्ती कैसे करते हैं? उन्हें आकर्षक वेतन, मोटी प्रोत्साहन राशि और शानदार करियर का वादा करके? यह प्रलोभन भाड़े के सैनिकों को तो आकर्षित करेगा, लेकिन अगर आप ऐसे लोगों को आकर्षित करना चाहते हैं जो आपके मिशन को हासिल करने में आपकी मदद करना चाहते हों तो कोई ऐसा प्रश्न पूछिए जिससे उन्हें अहसास हो कि आपके साथ जुड़कर, वे खुद को बेहतर स्वरूप में बदलने की दिशा में कदम उठाने जा रहे हैं। यह उन्हें आपके साथ जुड़ने के लिए प्रभावित करने के लिए पर्याप्त रहेगा।

5. किसी उत्पाद का एकाधिकार होने पर भी अपनी टीम को आक्रामक सेल्स टारगेट के लिए प्रेरित कीजिए

एक कोला ब्रांड का बाजार में एकाधिकार था। इससे उसकी टीम संतुष्ट रहने लगी और उसने ब्रांड को कछुए की रफ्तार से बढ़ाने का प्लान किया। उन्होंने यह कहकर इस बात को उचित ठहराया कि वे बाजार की वृद्धि दर से बढ़ रहे हैं और इसलिए अपनी एकाधिकार स्थिति को बरकरार रखे हुए हैं—उन्होंने यह महसूस नहीं किया कि उनकी एकाधिकार की स्थिति के कारण, बाजार उसी दर से बढ़ रहा है, जिस दर से उन्होंने बढ़ाने का विकल्प चुना था।

उनके बॉस को यकीन था कि विकास की पर्याप्त गुंजाइश है। इसलिए उसने अपनी टीम से एक प्रश्न पूछने का फैसला किया : 'हम एक पेय ब्रांड हैं। इसलिए,

हमारी प्रतिस्पर्धा केवल अन्य कोला ब्रांडों या अन्य कार्बोनेटेड ड्रिंक्स के साथ नहीं है। इसके बजाय, हमारी प्रतिस्पर्धा पानी, कॉफी, जूस, स्मूदी, दूध जैसे उन सभी ड्रिंक्स से है जो हमारे उपभोक्ता पीते हैं। अब इसकी गणना कीजिए कि **पेय पदार्थ का इस्तेमाल करने वाले उपभोक्ताओं के संदर्भ में हमारे ब्रांड की बाजार में कितनी हिस्सेदारी है।**

पुनर्निर्धारित बाजार में, उस कोला ब्रांड की बाजार में हिस्सेदारी घटकर एकल अंक में आ गई। जाहिर है, यहाँ विकास की काफी गुंजाइश थी। इस अहसास ने टीम को कोला ब्रांड को दोहरे अंक की वृद्धि तक बढ़ाने की अपनी योजना पर फिर से काम करने के लिए प्रेरित किया।

टीम को ऊर्जावान बनाने के लिए किसी कैरट एंड स्टिक (लाभ और दंड) नजरिए की ज़रूरत नहीं थी! केवल सही प्रश्न तैयार करने मात्र से ही टीम में नई ऊर्जा आ गई और ब्रांड को मजबूती से विकसित करने की प्रेरणा मिली।

6. किसी कठिन समस्या का समाधान कैसे करें

पुराने ज़माने में, जहाज की लोडिंग तब शुरू होती थी, जब वह बंदरगाह पर खड़ा होता था। इस दौरान इससे कोई कमाई नहीं होती थी। आखिरकार, कोई जहाज धन तो तभी कमाता है जब वह अंतरराष्ट्रीय खुले समुद्र में चल रहा होता है, न कि तब जब वह बंदरगाह पर खड़ा होता है। इस उद्योग ने एक व्यापक लेकिन विरोधाभासी प्रश्न तैयार करने का निर्णय लिया जिसने उद्योग की परंपराओं, मान्यताओं और मानदंडों को चुनौती दी : *जब जहाज अंतरराष्ट्रीय खुले समुद्र में हों तो हम उन पर माल कैसे लाद सकते हैं?*

इससे बड़े और फिर से इस्तेमाल किए जा सकने वाले स्टील कंटेनरों को डिजाइन करने का मार्ग प्रशस्त हुआ, जो जहाज के खुले अंतरराष्ट्रीय समुद्र में चलने के दौरान माल से लदे होते थे। जब जहाज बंदरगाह पर खड़ा होता है तो कंटेनरों को तेजी से उस पर लाद दिया जाता है। भरे हुए कंटेनर को जहाज पर लोड करने में लगने वाला समय जहाज के बंदरगाह पर रुकने के बाद माल लोड करने में लगने वाले समय से काफी कम था। नतीजतन जहाजों का बंदरगाह में खर्च होने वाला समय कम हो गया और उनकी लाभप्रदता उत्तरोत्तर बढ़ती गई। इसकी शुरूआत के बाद से, शिपिंग कंटेनर माल की आवाजाही के लिए उद्योग मानक बन गए।

7. दुनिया की कठिन समस्याओं का समाधान करें

मोहम्मद यूनुस गरीबी उन्मूलन के महान उद्देश्य से प्रेरित थे। उनका मानना था कि अगर गरीब लोगों, खासकर महिलाओं को छोटे-छोटे ऋण उपलब्ध कराए जा सकें तो पूरे परिवार का जीवन बेहतर हो सकता है और उन्हें गरीबी के चंगुल से बाहर निकाला जा सकता है।

हालाँकि बैंक गरीब लोगों, खासकर महिलाओं को छोटे ऋण नहीं देते थे, क्योंकि :

- बैंकों के पास 'गरीब' उधारकर्ताओं की ऋण-योगयता का आकलन करने के लिए संसाधनों की कमी थी।
- गरीब लोगों के पास गिरवी रखने लायक संपत्ति नहीं थी।
- भले ही बैंक गरीबों को छोटी ऋण राशि ऑफर करना चाहता हो, लेकिन इसके वितरण की लागत संभावित मुनाफे से ज्यादा होगी।

इससे गरीब लोग स्थानीय ग्रामीण साहूकारों के चंगुल में फंसते थे, जो उन्हें बहुत ज्यादा ब्याज दरों पर ऋण देते थे। एक बार जब उन्होंने ऋण ले लिया तो उनके लिए उसके चंगुल से बाहर निकलना मुश्किल हो जाता था।

इन जानकारियों और अन्य सांख्यकी आंकड़ों से मोहम्मद यूनुस ने अनुमान लगाया कि कोई भी व्यक्ति अपने दायित्व से मुकर सकता है। लेकिन जब उसके व्यवहार से उसके साथियों को दिक्कत होती है तो वे ऐसा कुछ करने से पहले दो बार सोचते हैं। इसलिए, *क्यों न ऐसे समूह को ऋण दिया जाए जहाँ प्रत्येक सदस्य अपने साझेदार के ऋण के लिए भी जिम्मेदार हो और उसके पास अपना साझेदार चुनने का विकल्प भी हो?*

इन परिस्थितियों में ऐसी संभावना नहीं होगी कि समूह के सदस्य किसी जोखिम वाले साथी को चुनें। चुने गए भागीदार भी समूह में शामिल होने से पहले ऐसे ही मापदंडों का इस्तेमाल करके निर्णय लेंगे। इस प्रकार गठित समूह के सुरक्षित रहने की संभावना रहेगी। इसके अलावा, समूह के सदस्य शीघ्र पुनर्भुगतान सुनिश्चित करने के लिए चेक और बैलेंस के रूप में काम करेंगे। वे यह सुनिश्चित करने के लिए एक-दूसरे को मनाएँगे और सहायता करेंगे कि समूह के रूप में, वे ऋण चुकाने से न चूकें।

ऋण किसी व्यक्ति को नहीं, बल्कि एक समूह को दिया गया था। समूह के सदस्यों को एक-दूसरे को ढूँढ़ने और ऋण हासिल करने के लिए एक साथ बैंक

आने के लिए कहा गया। भागीदार के सगा रिश्तेदार न होने की भी शर्त रखी गई। साथ ही, बैंक ने समूह में कोई सदस्य नियुक्त करने से भी परहेज किया। समूह के व्यक्तिगत सदस्यों को दिए गए संपूर्ण ऋण के लिए समूह सामूहिक रूप से उत्तरदायी था।

इस रणनीति पर सफल अमल के कारण माइक्रोक्रेडिट और माइक्रोफाइनेंस की अवधारणा को आगे बढ़ाने के लिए मोहम्मद यूनुस को नोबेल पुरस्कार मिला।

8. अपने निवेश पर असीमित रिटर्न पाएँ

स्टैनफोर्ड स्कूल ऑफ इंजीनिरिंग की प्रोफेसर टीना सीलिंग ने अपने विद्यार्थियों को 5 डॉलर की चुनौती दी : *अगर तुम सबके पास पाँच-पाँच डॉलर हों तो तुम लोग 2 घंटे के अंदर धन कमाने के लिए क्या करोगे?* हर टीम को कक्षा के सामने अपना प्रोजेक्ट पेश करने के लिए तीन मिनट दिए गए।

जिन टीमों ने अधिकतम धनराशि अर्जित की, उन्होंने 5 डॉलर का कुछ भी इस्तेमाल नहीं किया। उन्होंने महसूस किया कि 5 डॉलर तो बहुत छोटी राशि है और इसलिए उन्होंने समस्या को फिर से परिभाषित करने का फैसला किया : *अगर हम बिल्कुल कुछ भी नहीं से शुरू करते हैं तो हम धन कमाने के लिए क्या कर सकते हैं?*

उन्होंने मुफ्त में साइकिल के टायर का दबाव मापने के लिए एक स्टैंड स्थापित किया। अगर टायरों में हवा भरने की ज़रूरत होती तो वे $1 चार्ज करते थे। जल्द ही, उन्होंने अपनी रणनीति बदल दी। उन्होंने कोई खास पेमेंट नहीं मांगा; इसके बजाय, उन्होंने डोनेशन का अनुरोध करना शुरू किया। उनकी आय तेजी से बढ़ी, क्योंकि उन्होंने पारस्परिक सिद्धांत को लागू किया था—जब आप लोगों के साथ अच्छा करते हैं तो वे उससे ज्यादा न सही, लेकिन उसके बराबार तो करते ही हैं। इस टीम ने तब कुछ सौ डॉलर कमाए।

हालाँकि जीतने वाली टीम ने एक खुला प्रश्न किया : *'हमारे पास सबसे मूल्यवान और बहुमूल्य संपत्ति क्या है?'* इससे उन्हें अहसास हुआ कि यह चीज पाँच डॉलर की राशि नहीं थी और न ही आवंटित दो घंटे थे। इसके बजाय, तीन मिनट की प्रस्तुति का वह समय सबसे बहुमूल्य था जिसके दौरान वे स्टैनफोर्ड विश्वविद्यालय के विद्यार्थियों का ध्यान आकर्षित कर पाए। उन्होंने 'तीन मिनट' की प्रस्तुति का समय एक ऐसी कंपनी को बेच दिया जो कक्षा में आकर विद्यार्थियों की भर्ती करना चाहती थी। उन्होंने उस कंपनी के लिए तीन मिनट का 'विज्ञापन' बनाया और अपनी प्रस्तुति

के दौरान छात्रों के सामने इसका प्रीमियर किया। वे जीत गए, क्योंकि सही प्रश्न तैयार करने से उनके लिए 'असीमित' रिटर्न हासिल करना संभव हो गया।

9. बिज़नेस के निर्णय लेने के लिए एक केंद्रीय प्रश्न

क्या आपने कभी सोचा है कि स्टीव जॉब्स निर्णय कैसे लेते थे? मैंने आप लोगों में से कई को यह कहते सुना है कि उनकी सोच और निर्णय प्रक्रिया बहुत विचित्र थी और हमारी समझ के बाहर थी।

जब तक मैंने उनके फलसफे को नहीं समझा था, तब तक मैं भी ऐसा ही सोचता था। उनका मानना था कि हर चीज की शुरुआत किसी महान उत्पाद से होती है।

उन्होंने कहा, 'मेरा जुनून ऐसी स्थायी कंपनी बनाने का रहा है जिसमें लोगों को बेहतरीन उत्पाद बनाने के लिए प्रेरित किया जाए।'

इस समझ के आधार पर, मैंने अंदाजा लगाया कि स्टीव जॉब्स खुद से और अपनी टीम से एक प्रश्न पूछकर निर्णय लेते थे :

- क्या इससे ऐपल ग्राहकों के लिए कोई महान उत्पाद बना सकेगी? अगर हाँ तो आगे बढ़िए। अगर ना तो इसे छोड़ दीजिए।

ऐपल को बेहतर उत्पाद बनाने पर केंद्रित कई छोटे-बड़े निर्णयों का सम्मिलित प्रभाव यह रहा कि ऐपल के ग्राहकों को ऐसा अद्भुत अनुभव दिया गया जिससे उनका जीवन समृद्ध बना। 2018 में, ऐपल को दुनिया की सबसे मूल्यवान कंपनी का ताज हासिल हुआ।

'एक केंद्रीय प्रश्न' कैसे तैयार करें?

निर्णय प्रक्रिया के केंद्र में हमेशा ग्राहक को रखिए और प्रश्न इस तरह से तैयार कीजिए कि जब भी उसका जवाब दिया जाए तो वह कंपनी के हितों को नहीं, बल्कि ग्राहकों के हितों को बढ़ावा देने वाला हो। खुशखबरी यह है कि जब कंपनियाँ लगातार ग्राहकों के हित में निर्णय लेती हैं तो ग्राहक उस व्यवसाय के प्रति सांस्कृतिक निष्ठा दिखाकर जवाब देते हैं।

मैंने जो उपदेश दिया उस पर अमल भी किया

पुस्तक के पहले भाग में, अवधारणाओं की श्रृंखला को चित्रित करने के लिए ब्ल्यू रिबैंड डुएट (बीआरडी) के उदाहरणों का इस्तेमाल किया गया था। अब इसकी चर्चा

यह बताने के लिए की जा रही है कि सही प्रश्न तैयार करने से कैसे एक नई उत्पाद श्रेणी की खोज हुई।

1990 के दशक में, ब्ल्यू रिबैंड जिन मेरी निगरानी में थी। हम मार्केट के लीडर थे, लेकिन कुल एल्कोहलिक ड्रिंक्स मार्केट में जिन श्रेणी की हिस्सेदारी बहुत कम थी और यह मंथर गति से बढ़ रही थी। व्यवसायिक चुनौती जिन सेगमेंट को लाभप्रद रूप से विकसित करने की थी।

विश्लेषण से संकेत मिला कि हमें अपना उद्देश्य हासिल करने के लिए दोहरी रणनीति अपनानी चाहिए :

- समाधान 1 : जिन पीने वालों को ज्यादा पीने के लिए प्रेरित किया जाए।
- समाधान 2 : व्हिस्की पीने वालों को जिन का सेवन करने के लिए प्रेरित किया जाए। चूंकि एल्कोहलिक ड्रिंक्स के बाजार में व्हिस्की सेगमेंट का दबदबा है, लेकिन व्हिस्की पीने वालों का एक अंश ही जिन की ओर आ जाए तो जिन बाजार का आकार बढ़ जाएगा।

हमने दोनों मोर्चों पर काम शुरू कर दिया।

सबसे पहले, हमने यह समझने के लिए जिन पीने वालों से बात करके जानना चाहा कि किस कारण से वे ज्यादा जिन का सेवन कर सकते हैं। जिन पीने वाले ज्यादातर लोग जिन को लेमन जूस कॉर्डियल (एलजेसी) के साथ मिलाते हैं। इसकी अनुपलब्धता के कारण जिन पसंद करने वाले लोग इसका अधिक सेवन नहीं कर पाते। जिन पीने वाले अक्सर शिकायत करते हैं : मैं जिन पीने के मूड में हूँ, लेकिन इन तीन कारणों में से एक-न-एक के कारण घर पर एलजेसी उपलब्ध नहीं होता और वो जिन नहीं पी पाते :

- ○ बच्चों ने एलजेसी का इस्तेमाल करके ड्रिंक्स बना लिया है और खत्म कर दिया है।
- ○ बोतल का ढक्कन ठीक से बंद नहीं था जिसके कारण बोतल पर फफूंदी उग आई और वह पीने लायक नहीं रही।
- ○ मैंने इसे अभी-अभी खत्म किया है।

कद्रदान बेबस होकर बोलते थे : मैं और ज्यादा जिन ले सकता हूँ, लेकिन यह तो सुनिश्चित करो कि एलजेसी कभी खत्म न हो।

इसके बाद, हमने यह जानने के लिए व्हिस्की पीने वालों से बात की कि किस कारण से वे जिन का सेवन करेंगे। उन्होंने बताया : इसे रखना असाधारण रूप से असुविधाजनक होता है। सबसे पहले, जिन डालो, फिर एलजेसी डालो। कभी-कभी जिन ज्यादा होती है और कभी-कभी एलजेसी ज्यादा हो जाती है। जब तक जिन-और-एलजेसी मिश्रण सही होता है, तब तक इसे पीने की इच्छा ही मिट जाती है। दूसरी ओर, व्हिस्की पीना बहुत सुविधाजनक है - व्हिस्की डालो, सोडा या पानी डालो। और ड्रिंक तैयार! वे चाहते थे कि जिन को व्हिस्की की तरह सुविधाजनक बनाया जाए ताकि वे कभी-कभार इसका भी मजा ले सकें!

इस समझ के आधार पर, हमने प्रश्न तैयार किए :

- हम कैसे सुनिश्चित करें कि एलजेसी कभी खत्म न हो?
- हम जिन को व्हिस्की की तरह सुविधाजनक कैसे बनाएँ?

अब, जवाब स्वयं-स्पष्ट लग रहा था। कोई ऐसा ब्लेंड लाइए जिसमें परफेक्शन के लिए जिन और नींबू को पहले से मिश्रित किया गया हो। इससे एक तीर से दो शिकार होंगे :

- जिन पीने वालों के लिए, एलजेसी कभी खत्म नहीं होगा।
- व्हिस्की पीने वालों के लिए, इससे वही सुविधा मिलेगी जिसके वे आदी हैं। वे इसे गिलास में डाल सकते हैं, स्वाद के लिए पानी या सोडा मिला सकते हैं और बस! ड्रिंक तैयार। चीयर्स!

इससे एक नई श्रेणी, प्रीमिक्स का निर्माण हुआ और ब्ल्यू रिबैंड डुएट (बीआरडी) का जन्म हुआ। बीआरडी में, जिन और लाइम को परफेक्शन के साथ पहले से मिश्रित किया गया था। इसकी कीमत मूल ब्रांड, ब्ल्यू रिबैंड जिन से ज्यादा थी, जिससे मुनाफे में भी सुधार हुआ।

बाजार में बीआरडी का जोरदार स्वागत हुआ। इसके लॉन्च के कारण जिन का बाजार तेजी से बढ़ा और हमारे लाभांश का विस्तार हुआ।

सही प्रश्न तैयार करने के फायदे

सही प्रश्न तैयार करने के कई फायदे हैं। यहाँ उनमें से कुछ बताए जा रहे हैं :

- आमदनी और मुनाफा बढ़ता है।

- नवाचारी उत्पादों का पता लगता है।
- ग्राहकों का या अपना पेन पॉइंट किसी मेगा प्रोडक्ट आइडिया में बदलता है।
- ग्राहकों के साथ संबंध बनते हैं और मजबूत होते हैं।
- अपनी टीम में शामिल होने के लिए किसी सुपरस्टार को प्रभावित करता है।
- लाभदायक पोर्टफोलियो बनाने में मदद मिलती है।
- किसी जटिल समस्या का समाधान होता है।
- आपकी टीम को प्रेरित करता है।
- संभावित तूफान को खत्म करने के लिए सक्रिय कार्रवाई करता है।
- निर्णय लेने के लिए कोई आदर्श प्रस्तुत करता है।
- निवेश पर असीमित रिटर्न हासिल होता है।
- दुनिया की कठिन समस्याओं को सुलझाने में आपकी सहायता करता है।

उपसंहार

यूनानी दार्शनिक सुकरात का मानना था कि विचारशील प्रश्नों के नतीजे में विचारशील जवाब मिलते हैं, जिनसे लोग बेहतर तरीके से सीखने में सक्षम बनते हैं। इसने उन्हें सुकरात की प्रश्नोत्तरी तकनीक को डिजाइन करने की प्रेरणा मिली।

प्रक्रिया

'शिक्षक' प्रश्न बनाता है और उसे 'छात्र' के सामने रखता है और छात्र को उसका जवाब देना होता है। सवाल और जवाब की प्रक्रिया के दौरान संवाद, चर्चा, बहस और विश्लेषण किया जाता है, जिससे यह सुनिश्चित होता है कि प्रश्न का जवाब देने वाले व्यक्ति को विषय का गहरा ज्ञान और समझ हासिल हो।

सुकरात की प्रश्नोत्तरी तकनीक को प्रभावी बनाने के लिए यहाँ कुछ दिशानिर्देश दिए जा रहे हैं :

- ऐसे प्रश्न बनाइए जो संवाद को दिशा दें।
- व्यक्ति को जवाब देने के लिए तीस सेकंड का समय दीजिए।
- जवाब के आधार पर आगे के प्रश्न तैयार कीजिए।

- नियमित अंतराल पर, चर्चा के मुख्य बिंदुओं को संक्षेप में प्रस्तुत करते रहिए।

सुकरात की प्रश्नोत्तरी तकनीक में तमाम प्रकार के सवाल शामिल होते हैं।

- स्पष्टीकरण प्रश्न :
    - जब आप ऐसा कहते हैं तो आपका मतलब क्या है?
    - क्या आप अपना विचार किसी दूसरे तरीके से रख सकते हैं?
- धारणा प्रश्न :
    - आप क्या धारणाएँ बना रहे हैं?
    - आपने ये धारणाएँ क्यों बनाई हैं?
    - क्या ये धारणाएँ मान्य हैं?
- कारण और साक्ष्य प्रश्न :
    - क्या आप हमें ऐसे प्रमाण दे सकते हैं जो आपकी बात का समर्थन करते हों?
    - आपको ऐसा क्यों लगता है कि आप जो कहते हैं, उसे मान लिया जाना चाहिए?
    - आप इस नतीजे पर क्यों पहुँचे?
- वैकल्पिक नजरिए की तलाश :
    - कोई वैकल्पिक नजरिया?

संक्षेप में 'सही प्रश्न तैयार करना'

सही प्रश्न तैयार करना

सही प्रश्न से ही सही उत्तर मिलेगा, जिससे नए व्यावसायिक अवसरों का खजाना खुलेगा, जो सही प्रश्न तैयार न करने पर छिपा ही रह जाता।

सही प्रश्न तैयार करने के मुख्य नियम

1. उद्योग के मानदंडों को चुनौती दीजिए।
2. विशेषज्ञों के मत को चुनौती दीजिए।
3. विस्तारयोग्य, साहसिक और मुक्त प्रश्न तैयार कीजिए।
4. बाधाओं को रचनात्मक चुनौती के रूप में देखिए।
5. ऐसा प्रश्न तैयार कीजिए जो टीम को प्रेरित करे।

6. 'हो सकता है', 'कैसे हो सकता है' वाले प्रश्न बनाइए।
7. प्रश्न तैयार करते समय बिलकुल बच्चे बन जाइए।
8. ऐसा प्रश्न तैयार कीजिए जो ग्राहक की तकलीफों को कम करे।
9. प्रश्न ऐसा तैयार कीजिए जिसका जवाब खोजते समय लोग कई तरह के आयामों का पता करने को प्रेरित हों।
10. प्रश्न ऐसा नहीं होना चाहिए जिसका सीधा एक ही जवाब हो।

प्रश्न तैयार करने के बाद, शैतान कटु आलोचक की भूमिका निभाइए और पूछिए कि क्या सही प्रश्न तैयार किया गया है?

सर्वश्रेष्ठ उत्तर कैसे पाएँ

1. प्रश्न को सामान्य अनौपचारिक तरीके से पूछिए।
2. लोगों को बता दीजिए कि वे किसी भी समय अपना जवाब बदल सकते हैं।
3. लोगों को जवाब देते वक्त टोकिए मत।
4. जवाब देने के बजाय समझने के इरादे से सुनना सीखिए।
5. पूरी तरह मौन रहकर मत सुनिए। हाँ या हम्म कहकर यह बताते रहिए कि आप वास्तव में सुन रहे हैं।

6. जवाब देने वाले व्यक्ति के निकट रहिए।
7. वक्ता की ओर झुकिए।
8. वक्ता के सामने रहिए और उससे आँखों का संपर्क बनाए रहिए।
9. बीच-बीच में सिर हिलाइए और गर्दन झुकाते रहिए।
10. मुक्त मुद्रा में रहिए।
11. सुनते समय मुस्कराते रहिए।

सही प्रश्न से मिलने वाली सहायता

1. आमदनी और मुनाफे में मजबूती।
2. ग्राहकों की अतार्किक मांगों को नवाचारी उत्पाद में बदलना।
3. ग्राहक के पेन पॉइंट को मेगा हिट प्रोडक्ट में बदलना।
4. एक दुखदायी अनुभव को यूनिकॉर्न में बदलना।
5. अपनी उपयोगिता खो चुकी रणनीति का त्याग।
6. टीम के सदस्यों के विवाद सुलझाना।
7. ग्राहकों के साथ रिश्ते बनाना।
8. किसी सुपरस्टार को अपनी टीम में शामिल होने के लिए आकर्षित करना।
9. किसी मुनाफेदार प्रोडक्ट पोर्टफोलियो का निर्माण।

10. जटिल समस्या का खात्मा।
11. टीम को प्रेरित करना।
12. आप किस बिज़नेस में हैं?
13. आने वाले तूफान का अनुमान लगाना।
14. निवेश पर असीमित रिटर्न।
15. व्यापारिक निर्णयों के लिए मार्गदर्शक की पहचान।
16. दुनिया की कठिन समस्याओं का समाधान।
17. विश्वस्तरीय व्यापार निर्माण के लिए एक केंद्रीय प्रश्न तैयार करना।
18. न टलने वाली समस्याओं का समाधान।

कौशल 5

समस्या का स्मार्ट समाधान

व्यापार जगत तो समस्याओं से भरा ही पड़ा है। स्मार्ट समस्या-समाधान कौशल आपको स्मार्ट समाधान देने के लिए नजरिए, औजार, तकनीक और रूपरेखा मुहैया कराते हैं।

इज़रायल के राजा सोलोमन के सामने एक दुविधा आन पड़ी थी। दो महिलाएँ एक ही बच्चे को अपना बता रही थीं। उसे यह फैसला करना था कि असली माँ कौन है। उसने एक तलवार मंगवाई और बच्चे को दो बराबर भागों में काटने का हुक्म दिया और दोनों महिलाओं को एक-एक हिस्सा देने को कहा। उनमें से एक महिला ने राजा के फैसले का समर्थन करते हुए कहा कि अगर उसे बच्चा नहीं मिलता तो दूसरी महिला को भी नहीं मिलना चाहिए। हालाँकि, दूसरी महिला हार मान गई और वह राजा से बच्चे को न मारने और उसे दूसरी महिला को सौंपने का अनुरोध करने लगी। वह चाहती थी कि बच्चा जीवित बना रहे।

राजा सोलोमन ने अपना फैसला सुनाते हुए कहा कि यही दूसरी महिला ही असली माँ है क्योंकि कोई माँ ही ऐसा चाह सकती है कि उसके बच्चे को कोई नुकसान न पहुँचे। राजा ने समस्या-समाधान के लिए अप्रत्यक्ष तरीका अपनाया

जिसमें ऐसे तर्क का इस्तेमाल किया जो तुरंत नजर नहीं आ रहा था। इसमें ऐसी सोच शामिल थी कि चरणबद्ध तर्क से लक्ष्य हासिल नहीं किया जा सकता। इसके विपरीत, हम में से कई लोग 'ऊर्ध्व' विचारक होते हैं—अपनी सोच में कठोर होते हैं—और परंपरागत तथा आजमाए जा चुके तरीकों से ही समस्याओं का समाधान करते हैं। ये ज्यादा उलझी समस्याओं के समाधान तलाशने में बाधक का काम करते हैं।

समस्या-समाधान की स्मार्ट तकनीकें

पार्श्व सोच ऐसी तकनीकों में शामिल है जो समय की कसौटी पर खरी उतरी हैं और, स्मार्ट समस्या-समाधान तकनीकें हैं। नीचे स्मार्ट समस्या-समाधान की कुछ और चुनी हुई तकनीकों की सूची दी जा रही है।

1. 5 क्यों

हमारी सेल्स टीम का एक सदस्य पर्याप्त बिक्री न होने के हमेशा बहाने बनाता था। उसका कहना रहता था कि ये सब ऐसी 'परिस्थितियों' के कारण हुआ जो उसके नियंत्रण में नहीं थीं। वास्तविकता इसके विपरीत थी। मैं चाहता था कि वो इसका अहसास करे और इसलिए मैंने उससे बात करने का निश्चय किया।

- मैं (1) : तुमने सेल्स टारगेट पूरा क्यों नहीं किया?
- *वह : डिस्ट्रीब्यूटर के पास स्टॉक ही नहीं था।*

- मैं (2) : स्टॉक क्यों नहीं था उसके पास?
- वह : हमारी कंपनी ने ही उसके पास स्टॉक नहीं पहुँचाया था।
- मैं (3) : हमारी कंपनी ने उसके पास स्टॉक क्यों नहीं पहुँचाया?
- वह : डिस्ट्रीब्यूटर ने ने कंपनी का पेमेंट नहीं किया था।
- मैं (4) : डिस्ट्रीब्यूटर ने कंपनी का पेमेंट क्यों नहीं किया था?
- वह : क्योंकि उसका पैसा भी बाजार में फंसा पड़ा है।

- मैं (5) : उसका पैसा बाजार में क्यों फंसा पड़ा है?
- वह : मेरा ध्यान सेलिंग पर रहता है, बाजार से धन जुटाने पर नहीं!

मैं इस अहसास को समझने के लिए पल भर के लिए रुका और फिर एक सवाल दागा : अब तुम क्या करोगे?

'अब मैं दोनों ही करूँगा—सेल भी और मनी कलेक्शन भी,' वह बोला। उसने अपना वादा निभाया और वह स्टार सेल्सपर्सन बन गया।

मैंने '5 क्यों' तकनीक अपनाकर उस सेल्सपर्सन को अहसास कराया कि अपने कमजोर परफॉर्मेंस के लिए वह खुद जिम्मेदार है और उसे अहसास भी नहीं होने दिया कि उसे घेरा गया है।

यह '5 क्यों' तकनीक समस्या-समाधान का औजार है। इसमें पहले से ही मान लिया जाता है कि समस्या की पहचान हो चुकी है, लेकिन उसका और उसके मूल कारण का खुलासा करने के लिए गहरी समझ की ज़रूरत है। पाँच बार क्यों पूछने से, समस्या की प्रकृति और उसका समाधान निकलकर आ जाता है।

जब आप यह तकनीक अपनाएँ तो नीचे बताई बातें ध्यान में रखिए :

- इसका इस्तेमाल तब किया जा सकता है जब समस्या की कठिनाई का स्तर मध्यम हो।
- यह सबसे ज्यादा प्रभावी तब होती है, जब उस व्यक्ति की तरफ से जवाब आ रहा हो जिसे एक्शन लेना है।
- इसमें संबंधित व्यक्ति को आइना दिखाया जाता है और समस्या के स्रोत को संवेदनशील और गैर-निर्णयात्मक तरीके से प्रकट किया जाता है।
- एक बार जब समस्या का मूल कारण की पहचान कर ली जाए तो टीम के सदस्यों पर दोष मढ़ने से बचना चाहिए। अन्यथा अगली बार आपको जवाब ही ईमानदारी से नहीं मिल पाएँगे।

'5 क्यों' तकनीक को कारण-प्रभाव विश्लेषण भी कहा जाता है क्योंकि यह हमें उस कारण को समझने में मदद करती है जिसके कारण वह प्रभाव पैदा हुआ है।

इस सरल किंतु शक्तिशाली समस्या-समाधान तकनीक का अभ्यास करने में आपकी सहायता के लिए यहाँ एक छोटा-सा ट्यूटोरियल दिया जा रहा है :

- ऐसे लोगों को बुलाइए जो समस्या के लिए जिम्मेदार हो सकते हैं। यह कोई एक व्यक्ति भी हो सकता है।
- समस्या को स्पष्ट रूप से परिभाषित कीजिए।
- फिर पहले क्यों का प्रश्न पूछिए।
- 'क्यों' को पाँच बार दोहराने से समस्या की प्रकृति और उसका समाधान भी स्पष्ट हो जाएगा।

- अगर आपको लगता है कि पाँचवें कारण से पहले ही आप मूल कारण तक पहुँच गए हैं तो रुक जाइए।
- एक बार जब आप मूल कारण पर पहुँच जाएँ तो सुनिश्चित कीजिए कि इसे मजबूती से हल किया जाए। इसके लिए आप उन लोगों से भी पूछ सकते हैं कि 'क्या' किया जाना चाहिए। चूंकि जवाब (पढ़ें : समाधान) उन्हीं से आता है तो उसे लागू करने की प्रतिबद्धता भी उनकी ही ज्यादा होगी।

मैं एक उदाहरण बताना चाहता हूँ जिनमें मैं केवल दो क्यों में ही समस्या के मूल तक पहुँचा था।

अपने वेंडरों के साथ बातचीत के दौरान मैंने उनसे वादा किया कि हमारी कंपनी समय पर पेमेंट करेगी। बदले में, उन्होंने कीमत कम कर दी।

जल्द ही, मुझे वेंडरों से शिकायतें मिलने लगीं कि पेमेंट में देरी हो रही है।

मैं चकरा गया। मैं पेमेंट रिलीज करने की मंजूरी दे रहा था—तो फिर यह शिकायत क्यों आ रही है? मैंने समस्या की जड़ तक जाने का निर्णय लिया। मैंने अकाउंटेंट को बुलाया और उससे बातचीत की।

- मैं (1) : वेंडरों का पेमेंट क्यों रिलीज नहीं किया जा रहा है?
- अकाउंटेंट : हम बैंक में नकदी बचाए रखना चाहते हैं।
- मैं (2) : तुम बैंक में नकदी क्यों बचाए रखना चाहते हो?
- अकाउंटेंट : ताकि बैंक से ज्यादा ब्याज मिले और आपको अच्छा लगे।

इस मामले में, मैं दो ही क्यों में समस्या के मूल तक पहुँच गया कि वेंडरों का पेमेंट क्यों रिलीज नहीं किया जा रहा था, जबकि हमारे पास पर्याप्त फंड था। ये ब्याज अर्जित करने और मुझे खुश करने के लिए किया जा रहा था!

मैंने अकाउंट्स वालों को बता दिया कि मैं उनके इस काम से बेहद नाराज हूँ। अगली बार उन्होंने इस वजह से पेमेंट रोका तो सारी जिम्मेदारी उनकी होगी। उसके बाद से पेमेंट समय पर रिलीज होने लगा।

2. विपरीत सोच

हमारी टीम का मानना था कि उन्होंने अपने ग्राहकों को खुश रखने के लिए हर संभव प्रयास किया है। मैं उन्हें यह समझाना चाहता था कि अब भी सुधार की

पर्याप्त गुंजाइश है और इसके लिए मैंने एक विपरीत दृष्टिकोण अपनाया और उनसे हमारे ग्राहकों को हमारे ब्रांड से नाखुश करने के तरीकों की पहचान करने के लिए कहा।

वे स्तब्ध थे। हर अवसर पर, मैं तो उन्हें यही समझाता आया था कि हमारा काम ग्राहकों को अपने ब्रांड से खुश करना है। और अब मैं उनसे उलटी बात कह रहा था!

विरोध के सुर गूंजने लगे। हालाँकि, मेरे जोर देने पर, उन लोगों ने हमारे ग्राहकों को अपने ब्रांड से नाखुश करने वाले सुझाव दिए :

- खराब गुणवत्ता वाला उत्पाद पेश किया जाए।
- वादे बड़े-बड़े किए जाएँ और उन्हें पूरा कम किया जाए।
- ग्राहकों की शिकायतों का समाधान कभी न किया जाए।
- जो ग्राहक हम तक पहुँचने की कोशिश करें, उनके लिए हमेशा अनुपलब्ध रहा जाए।
- उनसे असभ्यता से बात की जाए।
- उनसे बहस करें और उन्हें गलत साबित किया जाए।

अब मैंने उनसे अपना पसंदीदा प्रश्न पूछा : हमें ऐसा क्या करना चाहिए कि हमारे ग्राहक हमारे ब्रांड के लिए पागल हो जाएँ?

जवाब तो स्पष्ट ही था : बस इसके विपरीत किया जाए!

I. हर बार बेहतरीन गुणवत्ता वाले उत्पाद मुहैया कराए जाएँ।

II. वादा कम का कीजिए लेकिन दिया जाए ज्यादा।

III. चौबीस घंटे के भीतर ग्राहकों की शिकायतों का समाधान किया जाए।

IV. ग्राहकों के लिए हम तक पहुँचना और हमसे बात करना आसान बनाया जाए।

V. ग्राहकों से विनम्रता से बात की जाए।

VI. हमारा काम अपने ग्राहकों के साथ बहस में जीतना नहीं है।

इसके बाद मैंने उनसे ऊपर बताई छह बातों के हिसाब से अपनी मौजूदा सेवा की 1 (बहुत खराब) से 5 (बेहतरीन) के स्केल पर रेटिंग करने को कहा ।

विपरीत सोच					
कथन	रेटिंग				
	1	2	3	4	5
	बहुत खराब	खराब	ठीक	अच्छा	बहुत अच्छा
बेहतरीन गुणवत्ता की उपलब्धता। हमेशा।				✓	
वादे कम और डिलीवरी ज्यादा।				✓	
ग्राहकों की शिकायतों का हमेशा जवाब देना-24 घंटे।			✓		
ग्राहकों की हम तक पहुँच और बात करने की सुविधा को आसान बनाना।			✓		
ग्राहकों से विनम्रता से बात करना।				✓	
ग्राहकों से बहस में जीतना हमारा काम नहीं।			✓		

वाह! ग्राफ ने चित्र सहित दिखाया कि सुधार की पर्याप्त गुंजाइश है। टीम अपने ग्राहकों को हमारी तरफ से दी जाने वाली सेवाओं को बेहतर बनाने में जुट गई। जल्द ही, हमारे कई ग्राहक हमारे ब्रांडों के और ज्यादा दीवाने हो गए।

3. क्या बदलने वाला नहीं है?

जेफ़ बेज़ोस ने निवेश निर्णय लेने के लिए 'क्या नहीं बदलेगा' तकनीक का इस्तेमाल किया, जिससे एमेज़ॉन का पहिया तेजी से आगे बढ़ने लगा। मैं बेज़ोस को ही उनकी रणनीति समझाने के लिए बुलाता हूँ। 'ज्यादातर लोग इस सवाल के आधार पर निर्णय लेते हैं : अगले पाँच से दस सालों में क्या बदलाव होने वाला है। लेकिन वे यह शायद ही कभी पूछते हैं : अगले पाँच से दस सालों में क्या नहीं बदलने वाला है? एमेज़ॉन के लिए, तीन चीजों के बदलने की संभावना नहीं है और ये हैं–व्यापक चयन की पेशकश, कम कीमत और तेज़ डिलीवरी। ज्यादातर लोग मानेंगे कि मैं ये कल्पना नहीं करूँगा कि अब से दस साल बाद ग्राहक कहेंगे–मुझे एमेज़ॉन बहुत पसंद है, लेकिन मैं चाहता हूँ कि उसके सामानों की कीमतें कुछ ज्यादा हों और चयन के विकल्प कुछ कम हैं और डिलीवरी में ज्यादा समय लेते हैं। अगर ये ऐसी चीजें

हैं जिन्हें ग्राहक अगले दस सालों तक महत्त्व देना जारी रखेंगे तो हम इनके बारे में ठीक तरह से फैसला करेंगे।'

अपने व्यवसाय की बात करें तो अपने व्यवसाय की उन विशेषताओं की पहचान कीजिए जिन्हें ग्राहक अगले दस सालों तक नहीं चाहेंगे। फिर उन पर अच्छा नतीजा लाने वाले फैसले लीजिए।

4. लेबल बदलिए

विश्व युद्ध के दौरान, दोनों पक्षों ने जर्मन शेफर्ड का बड़े पैमाने पर इस्तेमाल किया था। जब युद्ध खत्म हुआ तो यह माना गया कि उस समय प्रचलित जर्मन विरोधी भावनाओं के कारण, 'जर्मन' शब्द उस नस्ल की लोकप्रियता को नुकसान पहुँचाएगा। इसलिए उन्होंने नाम बदलकर अल्सेशियन रख दिया। जब नकारात्मक भावनाएँ खत्म हो गईं तो 1977 में उसका नाम वैश्विक स्तर पर बदलकर 'जर्मन शेफर्ड' कर दिया गया।

यही रणनीति वे आतंकवादी संगठन अपनाते हैं जिन्हें लगातार प्रतिबंधों का सामना करना पड़ता है। जब उन पर प्रतिबंध लगता है तो वो कोई विरोध-प्रदर्शन नहीं करते हैं। वे चुपचाप अपना साइन बोर्ड हटा देते हैं, अपने कार्यालय पर ताला लगा देते हैं और नए परिसर में शिफ्ट हो जाते हैं। इस तरह से वे नए नाम से नए परिसर से अपना काम शुरू कर देते हैं।

किसी समस्या का समाधान करने के लिए, उस कारण की पहचान कीजिए जो उसके लिए जिम्मेदार है। इस तरह से स्मार्ट तरीके से समस्या का समाधान कर लिया जाता है।

5. समस्या को नया रूप दीजिए

ऑफिस के कर्मचारियों ने शिकायत की कि लिफ्ट रेंगती है, चढ़ती नहीं और उन्हें इसके लिए काफी देर तक इंतज़ार करना पड़ता है।

एचआर टीम ने प्रस्ताव दिया कि एक नया और तेज एलिवेटर लगाया जाना चाहिए। लेकिन इस प्रस्ताव को वीटो कर दिया गया क्योंकि इसमें बड़ा पूंजीगत व्यय होना था।

मार्केटिंग टीम को रचनात्मक समाधान पेश करने के लिए कहा गया। उन्होंने इस मुद्दे को नया रूप देने का फैसला किया : क्यों न लिफ्ट के अंदर संगीत बजाकर और आइना लगाकर सवारियों का ध्यान दूसरी तरफ लगाया जाए?

नतीजतन, लिफ्ट का इंतज़ार करते समय और उसमें चढ़ते समय, लोग संगीत की धुन और गीत गुनगुनाने लगे और आइने में खुद का चेहरा देखने लगे। अब इंतज़ार और यात्रा का समय पल भर में बीतने लगा।

नई हाई-स्पीड एलिवेटर स्थापित करके समस्या के समाधान का शुरुआती उपाय गलत नहीं था, लेकिन यह था तो महंगा समाधान। समस्या को फिर से परिभाषित करने से एक बिल्कुल नया ही दृष्टिकोण मिल गया। इससे ज्यादा सुंदर समाधान की खोज हुई।

जब कोई ऐसी समस्या हो जिसका कोई समाधान न मिले तो उसका रूप बदल दीजिए। इससे आपको कोई चतुराई भरा समाधान मिल जाएगा।

6. पीछे की ओर सोचिए

एमेज़ॉन में नए उत्पादों को विकसित करने के लिए काम करने वाली किसी भी टीम को भविष्य की प्रेस विज्ञप्ति या पीआर लिखने के लिए कहा जाता है, जो लॉन्च होने से पहले ही तैयार उत्पाद के बारे में घोषणा करती है। पीआर घोषणा से टीम को पहले से ही पता चल जाता है कि उनसे क्या अपेक्षा की जा रही है और उन्हें क्या परिणाम देना चाहिए। एक बार लक्ष्य स्पष्ट हो जाए तो टीम उसे हासिल करने के लिए अपनी ऊर्जा को पीछे की तरफ लगा सकती है। यह दस्तावेज जनता के लिए नहीं, बल्कि आंतरिक इस्तेमाल के लिए होता है।

भविष्य की प्रेस विज्ञप्तियों को चुनने के और भी फायदे हैं जो यहाँ दिए जा रहे हैं :

- इससे वह समय सीमा निर्धारित होती है जब पहल बाजार को हिट करनी चाहिए।
- इसमें उत्पाद के जरिए दी जाने वाली सुविधाओं और संबंधित फायदों का जिक्र होता है।
- इसमें बताया जाता है कि वह उत्पाद ग्राहकों के अनुभवों को बेहतर क्यों बनाएगा।
- इसमें उन बाधाओं के बारे में बताया जाता है जिन्हें इस पहल को सफल बनाने के लिए दूर किया गया।
- इसमें स्पष्ट किया जाता है कि नई पहल ग्राहकों के लिए मूल्य क्यों सृजित करेगी।

उबर

जब मैं उबर ऐप खोलता हूँ तो वह पूछता है, 'व्हेयर टू?' मैं अपना गंतव्य स्थल टाइप करता हूँ। यह पीछे की दिशा में काम करता है और मुझे किराया, गंतव्य तक पहुँचने में लगने वाला समय और रूट के बारे में जानकारी दिखाता है।

सिर्फ एमेज़ॉन और उबर ही नहीं, स्टीव जॉब्स तक इस रणनीति के प्रस्तावक थे। वे कहते थे, 'आपको ग्राहक अनुभव से शुरुआत करनी होगी और प्रौद्योगिकी की ओर पीछे की दिशा में काम करना होगा।'

'मस्ती भरी शामों के बाद सुहानी सुबह' देने वाला ब्लेंड बनाने के लिए अनुसंधान और विकास (आर एंड डी) टीम को जानकारी देना

हमने इसी रणनीति का पालन करते हुए, एक एल्कोहलिक ब्लेंड तैयार करने के लिए अपनी आर एंड डी टीम को पीछे की दिशा में काम करने के लिए कहा और इससे वह वादा पूरा हुआ जो हम ग्राहकों से करने जा रहे थे।

हमारी रिसर्च में एक जटिल समस्या का खुलासा हुआ जिसका सामना कद्रदान लोगों को करना पड़ता है : जब वे एक 'मस्त शाम' बिता रहे होते थे तो उनको अगली सुबह की चिंता होती थी! हमने विज्ञापन एजेंसी को इस लाभ के बारे में बताने के लिए जानकारी दी। उन्होंने एक बेहद रचनात्मक टैगलाइन पेश की : मस्त शाम के बाद सुहानी सुबह!

हमने अपनी आर एंड डी टीम को कोई ऐसा ब्लेंड विकसित करने के लिए कहा जो कद्रदान लोगों को 'मस्त शाम के बाद सुहानी सुबह' मुहैया करा सके।

ब्रीफिंग की इस नवाचारी शैली से आर एंड डी टीम चकित रह गई। हालाँकि इससे उसे प्रेरणा ज़रूर मिली होगी। टीम ने पीछे की दिशा में काम किया और ऐसा ब्लेंड विकसित किया जो वास्तव में 'मस्त शाम के बाद सुहानी सुबह' मुहैया कराता है।

गोल्ड रिबैंड प्रेस्टीज व्हिस्की को 'मस्त शाम के बाद सुहानी सुबह' के वादे के साथ लॉन्च किया गया था। बाजार को ब्रांड से दिए जा रहे लाभ का वादा पसंद आया और ब्रांड की अच्छी शुरुआत हुई।

7. सतत बीटा

कंपनियाँ गोपनीय रूप से नए ब्रांड बनाती हैं, ताकि प्रतिस्पर्धियों को इसकी भनक न लग पाए। लॉन्चिंग से पहले वे इसे चुने हुए ग्राहकों को दिखाती हैं और उनका

फीडबैक लेती हैं। हालाँकि इस फीडबैक को शामिल करना मुश्किल होता है क्योंकि उत्पाद लॉन्च होने के लिए तकरीबन तैयार हो चुका होता है। कोई आश्चर्य नहीं कि 95 प्रतिशत नए उत्पाद फेल हो जाते हैं। स्टार्ट-अप के साथ भी यही होता है : उनमें से 75 प्रतिशत फेल हो जाते हैं।

इस समस्या से निपटने के लिए कंपनियों ने अपनी रणनीति में बदलाव किया है। वे उपयोगकर्ताओं का ध्यान खींचने के लिए पर्याप्त सुविधाओं वाला एक 'न्यूनतम व्यावहारिक उत्पाद (एमवीपी)' लॉन्च करते हैं। वास्तविक उपयोगकर्ता उस उत्पाद का उपयोग करते हैं। कंपनी लगातार उनका फीडबैक इकट्ठा करती जाती है और उसे प्रोडक्ट में शामिल कर उसे बेहतर से बेहतर बनाती रहती है। इस रणनीति को 'सतत बीटा की अवस्था में रहना' भी कहा जाता है जिसमें निरंतर सुधार किया जाता है। सतत बीटा की अवस्था में रहने से कई फायदे हैं :

- इससे निर्णय प्रक्रिया अनुमान के भरोसे नहीं रहती है।
- इससे संज्ञानात्मक पूर्वाग्रह के निर्णय भी साफ होते हैं।
- यह विस्तृत योजना की जगह प्रयोग और अंतर्ज्ञान की जगह कस्टमर फीडबैक को बेहतर मानता है।
- समस्या-समाधान की गति बढ़ती है।
- बाजार में पहुँचने का समय कम होता है।
- इसमें लागत की कम अग्रिम प्रतिबद्धता शामिल होती है।

8. खेल में शामिल होना

टाटा समूह ने ट्रकों और बसों के निर्माण के लिए पुणे के पास एक कारखाना स्थापित किया। एक रात गुस्साए ग्रामीणों का झुंड कारखाने के गेट पर इकट्ठा हुआ। उन्होंने दावा किया कि फैक्ट्री से निकलने वाले कचरे को उनके गाँव के पास बहने वाली नदी में बहा दिया गया जिससे पानी जहरीला हो गया और उसे पीकर उनकी भैंसें मर रही थीं।

मैनेजमेंट ने फुर्ती से काम किया। उन्होंने ग्रामीणों को उनके जानवरों के नुकसान के लिए पूरा मुआवजा दिया और गड़बड़ी की पहचान करने के लिए जाँच का आदेश दिया। जाँच के बाद, कचरा निपटान प्रणाली में सुधार किया गया। सिस्टम को फूलप्रूफ बनाने के लिए पूरी तरह से उपचारित पानी की दिशा बदलने का निश्चय किया गया। इसे गाँवों से होकर गुजरने वाली धारा की ओर बहाने के बजाय कंपनी की झील में बहाया जाने लगा।

साथ ही अधिकारियों की मासिक बैठक झील के पास स्थित गेस्ट हाउस में करने का भी फैसला किया गया। दोपहर के भोजन के दौरान अधिकारियों को झील से पकड़ी गई मछलियाँ परोसी गईं। अब उस टीम को दोगुना आश्वस्त होना था कि ऐसे हानिकारक अपशिष्ट पदार्थ न बहाए जाएँ जो मछलियों को और फिर उन्हें खुद को नुकसान पहुँचा सकते हैं। समस्या ने फिर कभी अपनी बदसूरत शक्ल नहीं दिखाई।

- **फैमिली फर्स्ट**

मैं एक एफएमसीजी कंपनी का प्रेसिडेंट था। वित्तीय वर्ष की अंतिम तिमाही चल रही थी और हम चाहते थे कि रिकॉर्ड बिक्री के साथ वर्ष का खात्मा हो। हमने सेल्स टीम के लिए एक योजना लाने का फैसला किया जो उन्हें अपना सर्वश्रेष्ठ प्रयास करने के लिए प्रेरित करे।

हमने सेल्स टीम के लिए नहीं, बल्कि उनके परिवारों के लिए ये योजना तैयार की और इसे 'फैमिली फर्स्ट' नाम दिया।

फैमिली फर्स्ट योजना में, कंपनी के पोर्टफोलियो में प्रत्येक उत्पाद पर अंक दिए जाते थे। ज्यादा मार्जिन देने वाले और प्रीमियम-मूल्य वाले उत्पाद पर ज्यादा अंक दिए जाते थे, जबकि कम मार्जिन और कम कीमत वाले उत्पादों पर कम अंक दिए जाते थे। फिर हमने घरेलू वस्तुओं और गैजेट का एक ऐसा मिश्रण चुना जो किसी परिवार को पसंद आए :

- टोस्टर
- फूड प्रोसेसर
- थाली
- टीवी सेट
- पर्सनल कंप्यूटर

एक आकर्षक ब्रोशर तैयार किया गया था जिसमें इनमें से प्रत्येक वस्तु को उनके आगे के बिंदुओं के साथ प्रमुखता से दिखाया गया था, जो उन्हें हासिल करने के लिए चाहिए थे।

हमने सेल्स टीम को इस योजना के बारे में बताया और उन्हें ब्रोशर दिखाया। वे उत्साहित हुए और उसकी कॉपी मांगने लगे।

हमने उनसे कहा, कॉपी आप लोगों को जल्द मिल जाएगी।

'फैमिली फर्स्ट' ब्रोशर उन्हें देने का हमारा कोई इरादा नहीं था। ब्रोशर उनके घरों पर कोरियर से भेजे गए। जब ब्रोशर उनके घर पहुँचे तो उन्हीं की चर्चा होने लगी। जब तक सेल्स पर्सन घर पहुँचे, तब तक परिवार का हर सदस्य तय कर चुका था कि उन्हें ब्रोशर से कौन-सा उत्पाद चाहिए।

- पत्नी : फूड प्रोसेसर, टोस्टर, डिनर सेट
- बेटा : पर्सनल कंप्यूटर
- बेटी : टीवी सेट

परिजन सेल्सपर्सन को अपनी-अपनी मनमर्जी बताने लगे। घर वालों को शांत करने के लिए वह मान गया, जिसे उन्होंने उसकी सहमति मान लिया।

सेल्सपर्सन को समझ में आ गया कि सेल्स नंबर हासिल करने के लिए उसे बहुत ज्यादा प्रयास करना होगा ताकि वह उन सामानों को हासिल करने लायक अंक जुटा पाए जो उसके परिवार के सदस्य चाहते थे। उस दिन के बाद से जब वे घर पहुँचते तो परिवार के लोग रोजाना सेल्स की समीक्षा करने लगते। खुदा न खास्ता, अगर किसी दिन सेल्स में कमी होती तो घर वाले उनसे साफ कह देते थे कि टारगेट पूरा करना ही पड़ेगा। वे अब कंपनी के लिए काम नहीं कर रहे थे। अब तो वे अपने परिवार के लिए काम कर रहे थे।

हमारा काम हमारी सेल्स टीम के परिवारों ने अपने हाथ में ले लिया और पारिवारिक समीक्षा प्रणाली हमारी बिक्री समीक्षा प्रणाली की तुलना में ज्यादा दमदार साबित हुई।

हमारे साल का समापन बेहतरीन सेल्स नंबर के साथ हुआ।

अगर आप भी कोई समस्या सुलझाना चाहते हैं तो कोई ऐसा प्रोग्राम तैयार कीजिए जिसमें उन लोगों का हित जुड़ा हो जिन्हें नतीजे देने हैं।

यह रणनीति प्राचीन काल में रोमन भी अपनाते थे। जब वे किसी मेहराब का निर्माण कराते थे तो मचान बनाने वाले नीचे का सहारा हटाने के बाद उसके नीचे खड़े होते थे।

9. प्री-मॉर्टम

पोस्टमार्टम से स्वास्थ्य पेशेवरों और परिवारों को पता चलता है कि मरीज की मौत किस कारण से हुई। निश्चित ही, रोगी को छोड़कर इससे सभी को लाभ होता है।

व्यापार जगत ने एक ऐसा सिस्टम विकसित किया है जिससे 'रोगी' (पढ़ें : व्यवसाय) को लाभ होता है। इसे 'प्री-मॉर्टम' कहा जाता है।

एक सामान्य प्री-मॉर्टम अपनी टीम को बड़े आइडिया के बारे में बताने से शुरू होता है।

फिर लीडर सभी को बताता है कि वह बड़ा आइडिया कितनी बुरी तरह से फेल रहा। अगले कुछ मिनटों में, लोगों को स्वतंत्र रूप से हर उस कारण को लिखकर बताना होगा कि उनके हिसाब से बड़ा आइडिया लागू होने से पहले ही क्यों फेल हो गया।

इसके बाद, लीडर प्रत्येक सदस्य से उसके कारणों की सूची में से एक कारण पढ़ने के लिए कहता है कि बड़ा आइडिया क्यों फेल हुआ। इससे सुनिश्चित होता है कि असफलता के कई संभावित कारणों की पहचान उनके घटित होने से पहले ही कर ली जाए, बजाय इसके कि व्यवसाय का पोस्टमॉर्टम करने के बाद ये सब कुछ तब जाना जाए, जब करने को कुछ न बचा हो। सेशन समाप्त होने के बाद, लीडर सूची की समीक्षा करता है और नाकामी के संभावित कारणों को खत्म करने के लिए योजना बनाता है।

प्री-मॉर्टम इस सिद्धांत पर काम करता है कि पहले से चेतावनी का मतलब पहले से तैयारी होता है। इससे बड़े आइडिया की सफलता की संभावना बढ़ जाती है।

10. मूल्य परिवर्तन

अभी ज्यादा समय नहीं हुआ जब ग्राहक सबसे तेज और सबसे किफायती परिवहन चाहते थे। लेकिन अब नहीं। अब लोग, विशेषकर नई पीढ़ी, 'स्वच्छ' तरीके का परिवहन चाहते हैं।

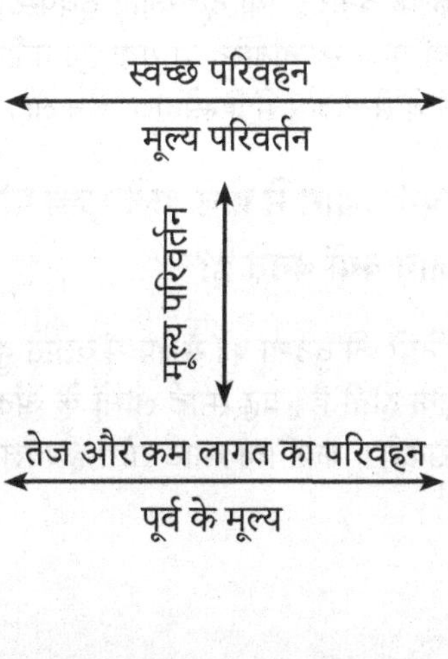

पारंपरिक ऑटोमोबाइल कंपनियाँ वहाँ काम करती हैं, जहाँ मूल्य होते थे, ऐसे ऑटोमोबाइल का निर्माण करती हैं जो जीवाश्म ईंधन पर चलते हैं और पर्यावरण को नुकसान पहुँचाते हैं। हालाँकि टेस्ला वहाँ काम करती है जहाँ मूल्य पहुँच चुके हैं और इसलिए, यह पारंपरिक ऑटोमोबाइल कंपनियों को पीछे छोड़कर दुनिया की सबसे मूल्यवान ऑटोमोबाइल कंपनी बनने में कामयाब रही है।

पतंजलि दंत कांति टूथपेस्ट

कुछ समय पहले तक, ग्राहक रासायनिक घटकों से बने टूथपेस्ट खरीदते थे। अब, ग्राहक प्राकृतिक सामग्रियों से बना टूथपेस्ट चाहते हैं।

बाबा रामदेव द्वारा सह-स्थापित पतंजलि आयुर्वेद ने प्राकृतिक और आयुर्वेदिक घटकों का इस्तेमाल करके बनाया गया दंत कांति टूथपेस्ट लॉन्च किया और यह वहीं काम करता है जहाँ मूल्य स्थानांतरित हो गया है। नतीजतन, इसने बहुराष्ट्रीय कंपनियों की नाक के नीचे से बाजार में हिस्सेदारी छीन ली।

बाजार के लीडर अपने उद्योग में होने वाले मूल्य परिवर्तन के प्रति जान-बूझकर अनजान क्यों बनते हैं?

बिल गेट्स ने इन कंपनियों की दुर्दशा को संक्षेप में बताते हुए कहा था, 'सफलता एक बहुत खराब शिक्षक होती है। यह स्मार्ट लोगों के अंदर ये सोच पैदा करती है कि वे हार ही नहीं सकते।' कंपनियाँ स्मार्ट लोग ही चलाते हैं जो मानते हैं कि

पिछली सफलता ही भविष्य की सफलता की गारंटी है और उन्हें यह अहसास नहीं है कि यह पीछे के दृश्य दर्पण में देखते हुए गाड़ी चलाने के जैसा होता है। हादसे तो होंगे ही।

आइए, इस चर्चा को आपके सामने लाते हैं। क्या आपकी कंपनी वहीं काम कर रही है जहाँ मूल्य था या जहाँ मूल्य पहुँच चुके हैं? अगर वहीं काम कर रही है जहाँ मूल्य था तो तुरंत कदम उठाइए और वहाँ ले जाइए जहाँ मूल्य पहुँच चुके हैं। अन्यथा, समझ जाइए, आप पर अप्रासंगिक होने का खतरा मंडरा रहा है।

11. उन आंकड़ों की तलाश कीजिए जो किसी समस्या को हल करने के लिए ज़रूरी हैं

द्वितीय विश्व युद्ध के दौरान, जर्मनी के ऊपर से उड़ान भरने वाले कई बमवर्षक जहाज मार गिराए जा रहे थे। शोधकर्ताओं ने इस समस्या के समाधान के लिए आंकड़े जुटाने शुरू किए। प्रत्येक मिशन के बाद, उन्होंने कमजोरी वाले क्षेत्रों की पहचान करने के लिए प्रत्येक बमवर्षक में गोलियों के छेद और नुकसान को दर्ज किया। आंकड़ों से एक स्पष्ट पैटर्न पता चला (चित्र देखें) कि सबसे ज्यादा नुकसान विमान के पंखों और बॉडी को हुआ।

समाधान स्पष्ट था : पंखों और बॉडी पर कवच बढ़ाने थे, जहाँ बमवर्षकों पर सबसे ज्यादा निशाने लगे थे।

इस निर्णय को लागू करने से पहले, अब्राहम वाल्ड नाम के हंगेरियन-यहूदी सांख्यिकीविद् ने आंकड़ों की जाँच की। उसने विश्लेषण में एक घातक कमी का पता लगाया। शोधकर्ताओं ने उन बमवर्षकों से उपलब्ध आंकड़ों का विश्लेषण किया था जो बचकर ठिकानों पर वापस लौट आए थे। मार गिराए गए विमानों के आंकड़े तो गायब थे।

आंकड़ों से पता चला कि जो बमवर्षक बचकर वापस लौटे थे, उनमें टेल सेक्शन, कॉकपिट और इंजन क्षेत्रों में सबसे कम क्षति हुई थी। ऐसा इसलिए नहीं था क्योंकि ये क्षेत्र बम हमले झेलने के लिए कुछ ज्यादा मजबूत थे। असल में तो वे सबसे कमजोर क्षेत्र थे। अगर इन हिस्सों पर निशाना लगाया जाता तो वे बच ही नहीं सकते थे। विडंबना यह थी कि जुटाए गए आंकड़ों ने बमवर्षक विमानों के सबसे मजबूत हिस्सों की पहचान की थी, जो बम की मार झेल सकते थे। बमवर्षक विमानों के अन्य क्षेत्र ही असुरक्षित थे।

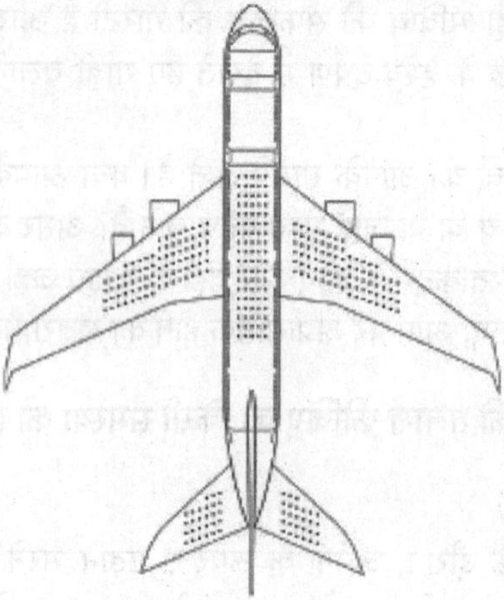

विमानों के कमजोर क्षेत्रों के बारे में नई समझ के साथ, टेल सेक्शन, कॉकपिट और इंजन के आसपास के क्षेत्रों को मजबूत किया गया। इस कार्रवाई के बाद, बमवर्षक विमान ज्यादा संख्या में अपने मिशन को सफलतापूर्वक पूरा करने के बाद ठिकानों पर लौटने लगे।

कई बार ऐसा होता है कि समस्या का समाधान उपलब्ध आंकड़ों से नहीं, बल्कि गायब आंकड़ों से होता है। इनकी खोज कीजिए और निर्णय लेने से पहले इन पर विचार कीजिए। अन्यथा आपको तो लगेगा कि आपने समस्या सुलझा ली है, लेकिन असल में वह अनसुलझी ही रह जाएगी।

12. 'क्या होगा यदि' (संवेदनशीलता) विश्लेषण

हमें आगामी त्यौहारी सीजन के दौरान रिकॉर्ड बिक्री का भरोसा था। इसके लिए, हमें स्टॉकआउट स्थिति से बचने के लिए विस्तृत सूची बनानी थी। हालाँकि इसमें एक जोखिम था : अगर हमने सूची बनाई और अपेक्षित बिक्री नहीं हुई तब क्या होगा? तब हम कुछ मुश्किल में पड़ जाएँगे। इसलिए, मुझे अपने बॉस को उस जोखिम के बारे में सूचित करना पड़ा जो हम उठाने जा रहे थे।

उन्होंने मेरी बात ध्यान से सुनी और दो प्रश्न किए :

- आपके आत्मविश्वास का स्तर क्या है कि अपेक्षित बिक्री पूरी हो जाएगी?

- अगर बिक्री नहीं हुई तो 'क्या होगा'? तो फिर आप अतिरिक्त स्टॉक का क्या करेंगे?

'सर, हमारा विश्वास का स्तर 80 प्रतिशत से ज्यादा है कि हम अपेक्षित बिक्री कर ही लेंगे। अगर हम कामयाब नहीं होते हैं तो हम अपने चैनल भागीदारों को अतिरिक्त स्टॉक लेने के लिए प्रोत्साहित करेंगे और इसके लिए अतिरिक्त योजनाएँ पेश करेंगे। योजना की अतिरिक्त लागत उस मात्रा में छूट से कवर की जाएगी जो हमने इस "अतिरिक्त" स्टॉक की आपूर्ति के लिए अपने निर्माता के साथ तय की है,' मैंने बताया और अपनी बात जारी रखी, 'अगर बिक्री में अपेक्षित वृद्धि होती है तो हमारी टीम का मनोबल ऊँचा होगा ही। अगर ऐसा नहीं होता है तो हम बिना किसी अतिरिक्त लागत के स्टॉक निपटा सकते हैं।'

मेरे बॉस ने योजना को हरी झंडी दिखा दी।

किस्मत की बात कि हमारा सबसे बुरा सपना ही सच हुआ। बिक्री हमारी उम्मीद के मुताबिक नहीं हुई। संकट के इस क्षण में, मेरे बॉस के 'क्या होगा यदि?' प्रश्न ने हमारा बचाव किया। उनके कारण हमने इस आकस्मिकता के लिए मानसिक रूप से योजना बना रखी थी। अपने चैनल भागीदारों को आकर्षक योजनाओं की पेशकश करके, कंपनी की आय पर प्रतिकूल प्रभाव डाले बिना, अतिरिक्त स्टॉक को समाप्त कर दिया गया।

13. परिदृश्य की योजना

'क्या होगा अगर' विश्लेषण कमजोरी और असुरक्षा के क्षेत्रों की पहचान करता है और उन क्षेत्रों पर काबू पाने के लिए सक्रिय रूप से योजना बनाता है और ऐसे परिदृश्य को बुलेटप्रूफ कर सकता है जिसमें गलत होने की संभावना न रह जाए। हालाँकि जब ब्लैक स्वान घटना की आशंका की बात आती है तो यह विश्लेषण काफी ज्यादा नाकाफी हो जाता है। ब्लैक स्वान शब्द नासिम निकोलस तालेब की किताब *द ब्लैक स्वान : द इंपैक्ट ऑफ द हाइली इंप्रोबेबिल* से लोकप्रिय हुआ है। इसकी तीन विशेषताएँ हैं :

अ. इसका पूर्वानुमान नहीं लगाया जा सकता है।
ब. इसके नतीजे दूरगामी होते हैं।
स. घटना के बाद, लोग मानते हैं कि इसका पूर्वानुमान लगाया जा सकता था और यह होती दिख रही थी।

द. पूर्व की कोई घटना ऐसी नहीं जो हमें इसके लिए तैयार कर सकने में सहायक हो सके।

परिदृश्य योजना की कवायद ब्लैक स्वान घटना की आशंका के लिए तकनीक मुहैया कराती है।

यह हमें अविश्वसनीय परिदृश्य बनाने और फिर उन पर संभावित प्रतिक्रिया देने का निर्देश देती है। इसके कई फायदे हैं।

- इस घटना से निपटने का कोई पूर्व उदाहरण मौजूद नहीं है, क्योंकि ये घटना तो घटित हुई ही नहीं। यह लोगों को गंभीरता से और नए सिरे से सोचने के लिए मजबूर करता है। विचारों का प्रवाह अधिक मुक्त और आदान-प्रदान ज्यादा होता है।
- विचार-मंथन सत्रों के दौरान, विरोधी आवाजों की ज्यादा स्वीकार्यता होती है।
- इससे टीम की सोच का विस्तार होता है।
- इससे टीम 'प्रतिक्रियाशील नहीं, बल्कि सक्रिय' बनती है।
- इससे लोग ब्लैक स्वान घटना की प्रतिक्रिया के लिए तैयार होते हैं ताकि अगर ऐसा होता भी है तो वे निष्क्रियता में न फंसे रह जाएँ।
- समूह चिंतन को टाल दिया जाता है।

ब्लैक स्वान की घटना की संभावना के लिए परिदृश्य योजना की कवायद

पहले चरण के तौर पर, अपने व्यवसाय के केंद्रबिंदु की पहचान कीजिए, जो आपके व्यवसाय के लिए अद्वितीय है और इसे प्रतिस्पर्धात्मक लाभ देता है। अब अपने आप से और टीम से एक प्रश्न पूछिए : क्या होगा अगर हमारे व्यवसाय का 'केंद्रबिंदु' बिना किसी चेतावनी के रातोंरात गायब हो जाए?

इस प्रश्न का उत्तर आपको ब्लैक स्वान परिदृश्य का अनुमान लगाने में मदद करेगा और आप इससे निपटने के लिए सक्रिय रूप से योजना बनाना शुरू करने के लिए प्रेरित होंगे!

ब्लैक स्वान की घटना के लिए हमने योजना कैसे बनाई?

हमारे एफएमसीजी व्यवसाय का केंद्र हमारी व्यापक वितरण शक्ति थी। बिक्री में इसका योगदान लगभग 95 प्रतिशत था। मैंने अपने आप से एक काल्पनिक प्रश्न

किया : क्या होगा यदि हमारी व्यापक वितरण प्रणाली रातोंरात गायब हो जाए? इसका मतलब यह होगा कि रातोंरात हमारी 95 प्रतिशत बिक्री खत्म हो जाएगी। इससे हमारी कंपनी का अस्तित्व खतरे में पड़ जाएगा। इस ब्लैक स्वान परिदृश्य की संभावना में, हमने मौजूदा वितरण प्रणाली से अलग, राजस्व के नए स्रोतों की पहचान करने का फैसला किया। ये इस तरह के थे :

- कैंटीन स्टोर्स डिपार्टमेंट (सीएसडी) में मौजूद उत्पादों की सूची बनाई जाए। यह रक्षा मंत्रालय के तहत भारत सरकार के स्वामित्व वाली खुदरा श्रृंखला है। इसकी भारत के सभी प्रमुख सैन्य अड्डों में उपस्थिति है और यहाँ सूचीबद्ध होने से यह सुनिश्चित हो जाएगा कि हमारे उत्पाद सीएसडी स्टोरों पर बिक्री के लिए उपलब्ध हैं।
- हमारे उत्पादों को बिग बाजार और रिलायंस रिटेल जैसे आधुनिक व्यापार स्टोरों में सूचीबद्ध किया जाए। इससे यह सुनिश्चित होगा कि हमारे उत्पाद देश भर में उनके स्टोरों में बिक्री के लिए उपलब्ध हैं।
- 'संस्थागत' व्यवसाय विकसित किया जाए जिसके जरिए हम अपने उत्पादों को सीधे फार्मास्युटिकल और एल्कोहलिक ड्रिंक्स कंपनियों को बेच सकें, जो अपने हितधारकों के बीच अपने उत्पादों को बढ़ावा देने के लिए हमारे उत्पादों का इस्तेमाल करके प्रचार योजनाएँ चलाएँ।
- सार्क और मध्य पूर्वी देशों में निर्यात बाजारों पर ध्यान दिया जाए।
- आधुनिक व्यापार स्टोर और होटल उद्योग आदि के लिए एक 'निजी लेबल' विकसित किया जाए। इसमें खुदरा विक्रेता या होटल कंपनी के ब्रांड नाम के तहत उत्पाद बनाना और उन्हें इसकी आपूर्ति करना शामिल था।

ब्लैक स्वान घटना होने का इंतज़ार करने के बजाय हमने पहचानी गईं इन नई राजस्व धाराओं को लागू करने के लिए सक्रिय रूप से कदम उठाए। नतीजतन हमने अपने व्यवसाय को जोखिम से मुक्त किया और अपनी कंपनी को मजबूत बनाया।

समस्या-समाधान की मानसिकता

मैकिंसे क्वार्टरली ने बहुत अनिश्चित समय के लिए समस्या-समाधान मानसिकता की पहचान की है। इसकी शुरुआत अच्छी खबर से होती है। महान समस्या समाधानकर्ता जन्मजात नहीं होते, बल्कि बनाए जाते हैं। आप भी ऐसी मानसिकता विकसित करके समस्या-समाधान करने में महान बन सकते हैं जिसमें जिज्ञासा को प्रोत्साहित किया जाता है, अस्पष्टता को सहन किया जाता है और विनम्रता कायम रखी जाती है, समस्या को ड्रैगनफ्लाई की नजर से देखा जाता है और भीड़ की सामूहिक बुद्धिमत्ता का इस्तेमाल किया जाता है।

आइए हम इनमें से सभी के बारे में गहन जानकारी हासिल करते हैं।

जिज्ञासु बनिए और 'क्यों' के साथ सही प्रश्न तैयार कीजिए

अधिक जिज्ञासा पैदा करने के लिए, शुरुआती परिकल्पना या दिमाग में सबसे पहले आए जवाब के बाद प्रश्नवाचक चिह्न लगाइए।

- ऐसा क्यों है?
- यही समाधान क्यों बेहतर है? वह क्यों नहीं है?

मैकिंसे क्वार्टरली में 'सिक्स प्रॉब्लम-सॉल्विंग माइंडसेट्स फॉर वेरी अनसर्टेन टाइम्स' में चार्ल्स कॉन और रॉबर्ट मैकलीन कहते हैं, 'छोटी चालाकी आश्चर्यजनक रूप से शक्तिशाली होती है : यह समाधान के कई रास्तों को प्रोत्साहित करती है और सही ढंग से प्रमाण जुटाने पर ध्यान देती है।'

अस्पष्टता को सहन कीजिए और विनम्र बने रहिए

समस्या-समाधानकर्ताओं को पता रहता है कि उनका ज्ञान 'हमेशा अस्थायी और अधूरा है और इसमें नए साक्ष्यों पर विचार करते हुए संशोधन की ज़रूरत पड़ सकती है,' चार्ल्स कॉन और रॉबर्ट मैकलीन ने आगाह किया है।

विनम्र लोग जानते हैं कि समस्या-समाधान में बहुत अधिक प्रयोग करने पड़ते हैं और त्रुटियाँ भी बहुत होती हैं। वे ऐसे समाधानों को चुनौती देते हैं जो निश्चितता का संकेत देते हैं और इस तरह के प्रश्न करते हैं कि "इसे सच होने के लिए हमें किस पर विश्वास करना होगा?" इससे संभावनाओं के बारे में अंतर्निहित धारणाएँ सामने आती हैं और विकल्पों का आकलन करना आसान हो जाता है।'

ड्रैगनफ्लाई की नजर से देखना

'ड्रैगनफ्लाई की आँखें बड़ी और संयुक्त होती हैं, जिनमें लगे हजारों लेंस और फोटोरिसेप्टर प्रकाश की विभिन्न तरंग दैर्ध्य के प्रति संवेदनशील होते हैं... इससे उनकी आँखें 360 डिग्री की संकल्पना ग्रहण कर सकती हैं।' चार्ल्स कॉन और रॉबर्ट मैकलीन बताते हैं।

कोई समस्या-समाधानकर्ता 'किसी समस्या पर छिद्र (एपर्चर) को चौड़ा करके या इसे कई लेंसों के जरिए देखकर ड्रैगनफ्लाई के नजरिए को अपनाता है। इसका उद्देश्य परिचित रेखाओं से परे देखना होता है जिसमें हमारे पैटर्न-पहचानने वाले दिमाग धारणाओं को एकत्र करना चाहते हैं। एपर्चर चौड़ा करके, हम नजर की परिधि से परे मौजूद खतरों या अवसरों की पहचान कर सकते हैं।'

○ भीड़ की सामूहिक समझ और बुद्धिमत्ता का इस्तेमाल कीजिए

स्ट्रेटेजी बियॉन्ड द हॉकी स्टिक के सह-लेखक क्रिस ब्रैडली ने कहा है, 'यह सोचना गलत है कि आपकी टीम के लोग ही सबसे चतुर हैं। ऐसा नहीं है। वे हमेशा कहीं और ही होते हैं। अगर आप अन्य माध्यमों से उनकी खुफिया जानकारी तक पहुँच सकते होते तो वे उस जगह होते ही नहीं। लगातार बदलती दुनिया में स्थितियाँ अप्रत्याशित रूप से विकसित हो सकती हैं, इसलिए क्राउडसोर्सिंग के जरिए आप दुनिया के सबसे बुद्धिमान लोगों को अपने साथ काम करने के लिए आमंत्रित कर सकते हैं।'

○ समस्या-समाधान में भटकाने वाले तत्व

सतर्क रहिए : ये न दिखाई देने वाले दुश्मन होते हैं जो समस्या-समाधान करने के आपके प्रयासों को चुपके से नाकाम कर सकते हैं!

• अनुमान या ह्यूरिस्टिक्स

ह्यूरिस्टिक्स एक दिमागी शॉर्टकट की ओर इशारा करता है जो किसी इंसान को निश्चय करने, निर्णय पारित करने या किसी समस्या को जल्द और न्यूनतम मानसिक प्रयास के साथ हल करने का मौका देता है। यह निर्णय लेने के लिए हमारे दिमाग में इस्तेमाल किया जाने वाला मार्गदर्शक नियम है। हालाँकि जब व्यक्ति महत्त्वपूर्ण जानकारी चूक जाए या पक्षपातपूर्ण तरीके से काम करे तो यह महंगा भी पड़

सकता है। यहाँ एक उदाहरण दिया जा रहा है : मसलन, दूरी का आकलन करने में हमारा दिमाग अक्सर अनुमान पर भरोसा करता है जो स्पष्टता को निकटता से जोड़कर देखता है। कोई वस्तु जितनी ज्यादा स्पष्ट दिखाई देती है, हम उसे उतना ही निकट मानते हैं। वस्तु जितनी ज्यादा धुंधली दिखाई देगी, हम मानते हैं कि वो उतनी ही दूर होगी। यह सरल मानसिक शॉर्टकट हमें दुनिया में आवाजाही करने के लिए आवश्यक दूरी के बारे में फैसला लेने में मदद करता है। फिर भी, ज्यादातर अनुमानों की तरह, यह फूलप्रूफ नहीं है। जिन दिनों में सामान्य से ज्यादा धुंध होती है, तब हमारी नजरें हमारे दिमाग को धोखा दे देती हैं और हमें लगता है कि चीजें बहुत दूर हैं, जबकि वो पास होती हैं।

- **अवचेतन निर्णय प्रक्रिया**

ज्यादातर वक्त, हमारा दिमाग अवचेतन रूप से फैसले लेता है। हम यह भी नहीं जानते कि फैसला लेने के लिए हमारा दिमाग किस प्रक्रिया को अपनाता है।

ऐसा लगता है कि हमारा दिमाग फैसला लेने के लिए किसी चरणबद्ध प्रक्रिया का पालन नहीं करता है। इसलिए, हम दिमाग की प्रक्रिया की समीक्षा नहीं कर पाते। कई मामलों में, यह हमारी अच्छी सेवा करता है, लेकिन कभी-कभी, यह हमें निराश भी कर सकता है। कई बार, हम अपर्याप्त फैसला ले लेते हैं। फैसला सही निकला या गलत, यह फैसला लेने और लागू होने के बाद ही स्पष्ट हो पाता है।

- **पैटर्न की पहचान का आग्रह**

पैटर्न की पहचान हमारे डीएनए में गहराई से समाई हुई रहती है। इसी से हमें जीवित रहने में मदद मिली। जैसा कि हम किस्सागोई के अध्याय (कौशल 7) में पढ़ेंगे, हमारे पूर्वजों का मानना था कि घास का हिलना इस बात का सूचक है कि कोई शिकारी उन पर घात लगाने के लिए घास के पीछे छिपा है। इसके बाद, जब भी उन्हें हिलती घास दिखती तो वे अनुमान लगाते कि कोई शिकारी हो सकता है और वे विपरीत दिशा में चले जाते थे। ज्यादातर मामलों में, शिकारी मौजूद नहीं भी रहते होंगे। हवा के कारण भी घास हिल सकती है।

बिज़नेस में भी, हम अपने पिछले अनुभवों के आधार पर फैसला लेते हैं (पढ़ें : पैटर्न पहचान)। पैटर्न पहचान के आधार पर फैसला लेना रियर-व्यू मिरर में देखकर कार चलाने जैसा होता है। हादसे होने की आशंका रहती है।

- **कंट्रोल में सिस्टम 1**

सिस्टम 1 सोच वह सोच होती है जो स्वचालित रूप से और तेजी से काम करती है। इसमें प्रयास बहुत कम या बिलकुल नहीं लगता है। यह संदर्भ और पिछले अनुभवों से काफी प्रभावित होता है। इसलिए, इसमें त्रुटि होने की संभावना रहती है।

- **जानबूझकर अनदेखी**

हम जान बूझकर उस जानकारी से अनजान बने रहना चाहते हैं जो हमारे नाजुक अहंकार को अस्थिर कर सकती है, हमारे लंबे समय से चले आ रहे विश्वासों या हमारे वैश्विक दृष्टिकोण को चुनौती दे सकती है। सबसे महत्त्वपूर्ण बात यह है कि यह परिवर्तन के प्रति हमारे डर को पैदा करती है। हम इस रणनीति को चुनते हैं क्योंकि इससे हमें न जानने का बेहतर अनुभव महसूस होता है।

- **सीमित तर्कसंगतता**

सीमित तर्कसंगतता एक मानवीय निर्णय प्रक्रिया होती है जिसमें हम कोई ऐसा निर्णय चाहते हैं जो सर्वोत्तम संभव निर्णय के बजाय काफी अच्छा हो। इसलिए, संज्ञानात्मक और सांसारिक सीमाओं के कारण, हम तर्कसंगत निर्णय लेने के लिए ज़रूरी सभी आवश्यक जानकारी एकत्र नहीं करते।

सीमित तर्कसंगतता हमें संतोषजनक विकल्प चुनने के लिए तो प्रेरित करती है, लेकिन इसका मतलब यह नहीं है कि वे विकल्प पर्याप्त होते हैं। हम सर्वोत्तम निर्णयों के बजाय 'ठीक-ठाक अच्छे' फैसले लेते हैं।

संज्ञानात्मक पूर्वाग्रह

हम स्पष्टता के प्रति अंधे बन जाते हैं और हम अपने अंधेपन के प्रति भी अंधे रहते हैं, डेनियल कानमैन चेतावनी देते हैं। यह अंधापन संज्ञानात्मक पूर्वाग्रह के रूप में प्रकट होता है। हम में से ज्यादातर लोग दो संज्ञानात्मक पूर्वाग्रहों के शिकार होते हैं :

- आत्म-प्रेम का पूर्वाग्रह : हममें से ज्यादातर लोग अपने ही समाधानों से प्यार करते हैं और चाहते हैं कि उनकी ही जीत हो। यह सोच हमें अन्य विकल्पों का मूल्यांकन करने या अन्य विचारों को सुनने से रोकती है। हम अपने विचारों और समाधानों के उत्साही विक्रेता बन जाते हैं। हम बुलडॉग की दृढ़ता से

उनका बचाव करते हैं। अतिरिक्त आंकड़े उपलब्ध कराए जाने पर भी हम अपना रुख बदलने को तैयार नहीं होते हैं। हमारा मकसद इसकी रक्षा करना होता है और अगर फिर भी काम न बने तो इसका दोष दूसरों पर डाल देते हैं। हम असहमति या फीडबैक पसंद नहीं करते हैं।

- स्वामित्व पूर्वाग्रह : हमारा मानना है कि हमारे समाधान अन्य लोगों से कहीं बेहतर हैं और हम अपने ही समाधानों को लागू करने के लिए जी-जान से कोशिश करते हैं।
- ध्यान का भ्रम : हम मानते हैं कि जब हम समस्या का समाधान करते हैं तब कुछ भी हमारे ध्यान से नहीं छूटता। जबकि हकीकत बहुत अलग होती है, जैसा कि हार्वर्ड विश्वविद्यालय में किए गए इस प्रयोग से साबित भी होता है।

इस प्रयोग में लोगों को बास्केटबॉल खेल का एक वीडियो दिखाया गया और ये गिनने को बोला गया कि गेंद को कितनी बार पास किया गया। इस वीडियो में, छह लोग थे–तीन लोग सफेद शर्ट में थे और तीन काली शर्ट में थे, जो आपस में बास्केटबॉल पास कर रहे थे। जब खेल चल रहा था, तभी गोरिल्ला कोर्ट के बीच में घुसा, उसने अपनी छाती पर हाथ मारा और बाहर निकल गया; इस प्रक्रिया में, उसने कोर्ट पर लगभग नौ सेकंड बिताए।

जब प्रयोग में शामिल लोगों से पूछा गया कि क्या उन्हें गोरिल्ला दिखा तो चौंकाने वाले नतीजे मिले। मालूम चला कि केवल आधे प्रतिभागियों को ही गोरिल्ला दिखा था! अन्य लोग पास की संख्या गिनने के काम में इतने ज्यादा लगे थे कि उन्हें कोर्ट पर गोरिल्ला जैसी कोई विशिष्ट चीज नजर ही नहीं आई।

इस प्रयोग से पता चला कि जब लोग किसी लक्ष्य पर एकाग्रचित्त होते हैं तो वे परिवेश में जो कुछ भी हो रहा है, उसे भूल जाते हैं। मजेदार बात यह है कि उन्हें इस बात का पता ही नहीं चलता कि वो किसी स्पष्ट चीज से चूक गए हैं।

- नतीजे का पूर्वाग्रह : हम किसी समाधान पर ध्यान देते हैं और इसके लिए ज़रूरी प्रणालियों और प्रक्रियाओं की ही अनदेखी कर देते हैं।
- कौशल का भ्रम : हमारा स्वभाव यह मानने का होता है कि हमारे पास समस्या-समाधान का पर्याप्त अनुभव है। जबकि हकीकत इसके विपरीत हो सकती है।

उपसंहार

अगर आपको यह सब बहुत जटिल लगता है तो समस्याएँ हल करने के लिए प्राचीन फारसियों की रणनीति अपनाना ही आपके लिए समझदारी का काम होगा। ग्रीक इतिहासकार हेरोडोटस ने बताया कि प्राचीन फारस के लोग महत्त्वपूर्ण समस्याओं पर विचार-विमर्श करने और समाधान निकालने के समय नशे में रहते थे। फिर अगले दिन जब वे सामान्य हो जाते थे तो वे अपने समाधान पर पुनर्विचार करते थे। वे उसी समाधान को चुनते थे जिसे उन्होंने नशे में और शांत अवस्था में दोनों अवस्थाओं में मंजूरी दी थी। जिन समाधानों को दोनों अवस्थाओं में से किसी एक में भी पारित नहीं किया गया तो उसे हटा दिया जाता था।

समस्या का स्मार्ट समाधान संक्षेप में

समस्या का स्मार्ट समाधान

व्यापार जगत तो समस्याओं से भरा ही पड़ा है। स्मार्ट समस्या-समाधान कौशल आपको स्मार्ट समाधान देने के लिए नजरिए, औजार, तकनीक और रूपरेखा मुहैया कराते हैं।

समस्या-समाधान की तकनीकें

1. लेटरल थिंकिंग
2. 5 क्यों
3. विपरीत सोच
4. क्या बदलने वाला नहीं है?
5. समस्या का पुनर्निर्धारण
6. पीछे की दिशा में सोच
7. सतत बीटा
8. समरूपता के जरिए सोच
9. प्रथम सिद्धांतों के जरिए तर्क
10. खेल में शामिल होना
11. प्री-मॉर्टम
12. मूल्य परिवर्तन
13. उन आंकड़ों की तलाश करना जो हमारे पास नहीं हैं
14. 'क्या होगा अगर' (संवेदनशीलता) विश्लेषण
15. परिदृश्य योजना
16. डिजाइन थिंकिंग

समस्या-समाधान की मानसिकता

1. जिज्ञासु बनिए और प्रश्न तैयार कीजिए
2. अस्पष्टता को सहन कीजिए और विनम्र बने रहिए
3. ड्रैगनफ्लाई की नजर रखिए
4. भीड़ की सामूहिक समझ और बुद्धिमत्ता का इस्तेमाल कीजिए

समस्या-समाधान में भटकाने वाले तत्व

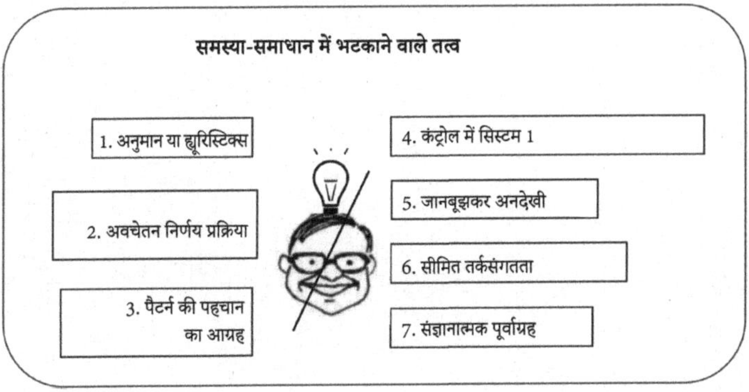

स्व-प्रबंधन कौशल

कौशल 6

लाइफलॉन्ग लर्निंग

प्रौद्योगिकी से बाधित अस्थिर, अनिश्चित और जटिल दुनिया में, लोगों को आजीवन सीखते रहने की ज़रूरत है। इससे रोजगार क्षमता बढ़ती है, करियर में रफ्तार मिलती है, आत्मविश्वास बढ़ता है और प्रासंगिक बने रहने तथा आत्मविश्वास के साथ अप्रत्याशित परिस्थितियों का सामना करने में मदद मिलती है। संक्षेप में कहें तो, यह आजीवन विजेता बने रहने का पासपोर्ट है।

मैंने गोदरेज समूह के प्रेसिडेंट आदि गोदरेज को गर्व के साथ अपनी किताब *द न्यू रूल्स ऑफ बिज़नेस* की कॉपी भेंट की।

जब हम चाय का इंतज़ार कर रहे थे, तभी मैंने अनुरोध किया, 'सर, प्लीज अपने जीवन के किसी ऐसे सबक के बारे में बताइए जिसने आपको अच्छी स्थिति में खड़ा किया है।'

'सीखना कभी बंद मत करना,' उन्होंने धीरे से कहा।

ग्रोथ माइंडसेट

सतहत्तर साल की उम्र में गोदरेज सीखने की अदम्य इच्छा दिखा रहे थे और इस तरह से वे आजीवन सीखने वाले के रूप में मिसाल बने थे। ऐसे लोगों में विकास की मानसिकता होती है, जो उन्हें यह विश्वास दिलाती है कि वे कितना भी जान लें, वह कम ही है। अपर्याप्तता की यह भावना उन्हें सीखते रहने के लिए प्रेरित करती है। वे स्मार्ट दिखने की चिंता कम करते हैं और सीखने में अधिक ऊर्जा लगाते हैं। वे निश्चित मानसिकता वाले ऐसे लोगों की तुलना में ज्यादा हासिल करते हैं, जो मानते हैं कि वे तो जन्मजात रूप से प्रतिभाशाली हैं और लगभग सब कुछ जानते ही हैं। नतीजतन, वे यह साबित करने की कोशिश में अपनी ऊर्जा बर्बाद करते रहते हैं कि वे हमेशा सही होते हैं।

माइक्रोसॉफ्ट के सीईओ सत्य नडेला ने बिलकुल ठीक कहा था, 'सब कुछ सीखते रहने वाला इंसान (पढ़ें : विकास की मानसिकता) सब कुछ जानने वाले (पढ़ें : निश्चित मानसिकता) से हमेशा बेहतर करेगा।'

इसके अलावा, ऐसे लोगों के पास और भी कई सराहनीय गुण होते हैं :

- उनका मानना रहता है कि सभी जवाब पता न होना ठीक है और वे यह कहने में सहज रहते हैं, 'मुझे नहीं पता!' वे यह कहकर इसे तर्कसंगत बनाते हैं कि 'अभी' का मतलब 'कभी नहीं' नहीं है। बाद में, वे अपने ज्ञान की कमी को पूरा करने के लिए जवाब खोजने (पढ़ें : सीखने) की दिशा में अपने प्रयासों को बढ़ाते हैं। नए ज्ञान से उनका आत्मविश्वास बढ़ता है।
- वे पाँच घंटे के नियम का सचेत रूप से पालन करके निरंतर सीखने की आदत विकसित करते हैं। चाहे वे कितने भी व्यस्त क्यों न हों, वे दिन में कम-से-कम एक घंटा—या सप्ताह में पाँच घंटे—सीखने, सोच-विचार करने या अभ्यास करने में लगाते हैं। ऐसा वे जीवन भर करते हैं। इस सरल लगने वाले नियम का लगातार पालन करते हुए, उन्होंने उत्तरोत्तर वृद्धि (कंपाउंडिंग) के नियम को लागू किया, जिसके अनुसार : हम हर दिन लगातार कई छोटे-छोटे काम करते हैं, जो अपने आप में कोई ध्यान देने योग्य नहीं होते हैं, लेकिन जब वे समय के साथ नियमित रूप से किए जाते हैं तो कंपाउंडिंग प्रभाव बहुत ज्यादा पड़ता है। मसलन, अगर आप एक वर्ष तक प्रत्येक दिन 1 प्रतिशत बेहतर होते जाते हैं तो काम पूरा होने तक आप सैंतीस गुना बेहतर हो जाएँगे।

मैं एक उदाहरण के जरिए समझाता हूँ। आप अपने दौड़ने का स्टेमिना बढ़ाने का निर्णय लेते हैं। आप दौड़ना शुरू करेंगे, लेकिन पहले दिन आपको अपने स्टेमिना में कोई बढ़ोतरी नहीं दिखेगी। यहाँ तक कि पहले सप्ताह के अंत तक भी, आपको कोई अंतर नजर आने की संभावना नहीं है। लेकिन अगर आप छह महीने तक लगातार दौड़ते रहें तो आपको फर्क ज़रूर नजर आएगा। तब तक तो कंपाउंडिंग का नियम लागू हो गया होगा!

हम आजीवन सीखने वाला बनना क्यों बंद कर देते हैं?

बचपन के दौरान, हमारी सीखने की प्रक्रिया कठिन होती है क्योंकि हमारे 70-80 प्रतिशत संवाद में प्रश्न होते हैं : 'क्यों', 'कैसे' और 'क्या'।

जैसे-जैसे हम बड़े होते जाते हैं, वैसे-वैसे सवाल पूछने की दर घटकर 15 प्रतिशत से 25 प्रतिशत के बीच रह जाती है।

वयस्क लोग जानते हैं कि प्रश्न पूछने से मिलने वाले उत्तर से उनके ज्ञान की कमी पूरी होती है, लेकिन फिर भी वे प्रश्न पूछने से क्यों बचते हैं?

मजाक बनाए जाने और शर्मिंदगी का डर रहता है! ऐसे लोग जानबूझकर कन्फ्यूशियस की बुद्धिमानी भरी सलाह की अनदेखी कर देते हैं : एक प्रश्न पूछने से, आप एक मिनट के लिए ही मूर्ख दिख सकते हैं, लेकिन प्रश्न न पूछने से तो आप जीवन भर मूर्ख बने रहेंगे।

आजीवन शिक्षार्थी बनने की रणनीतियाँ

यहाँ आजीवन शिक्षार्थी के रूप में रूपांतरित होने के लिए एक विशेष सूची दी जा रही है।

1. पढ़िए-चिंतन कीजिए-सिखाइए

प्रतिष्ठित भारतीय प्रौद्योगिकी संस्थान (आईआईटी) में सीट पाने के लिए, मुझे संयुक्त प्रवेश परीक्षा (जेईई) पास करनी थी। मैं सलाह लेने के लिए अपने चाचा के पास गया, जो उस समय आईआईटी बॉम्बे में प्रोफेसर थे। उन्होंने कहा कि मुझे उस विषय के बारे में पढ़ना चाहिए जिसे मैं समझना चाहता हूँ। 'फिर अपनी आँखें बंद करो और जो कुछ तुमने पढ़ा है, उस पर मनन करो और याद करो। अगर तुम

याद कर पा रहे हो कि तुमने अभी क्या पढ़ा है तो तुम कह सकते हो कि तुमने विषय को समझ लिया है।'

मैंने उनकी सलाह मानी और मुझे लाभ मिलना शुरू कर हो गया। हालाँकि मुझे लगा कि जेईई में अच्छी रैंक पाने के लिए मुझे उन विषयों में महारत हासिल करने की भी ज़रूरत है।

एक बार फिर मैंने अपने चाचा से सलाह ली। उनका मंत्र था : जो सीखा है, उसे दूसरों को सिखाओ।

मैंने तुरंत उनकी सलाह पर अमल किया। मेरी बहन कॉलेज में मुझसे एक साल सीनियर थी। मैंने उसे और उसके दोस्तों को भौतिकी, गणित और रसायन विज्ञान पढ़ाने की पेशकश की। हालाँकि वे ऊँची कक्षा में थे, लेकिन मेरी समझ का स्तर बेहतर था और इसलिए, मैं उन्हें अवधारणाओं को धाराप्रवाह रूप से समझाने लायक था। अगर उन्होंने कोई ऐसा प्रश्न पूछा भी जिसका मैं उत्तर नहीं दे पाया तो मुझे कोई शर्मिंदगी या निराशा नहीं हुई। मैं उत्तर खोजने के लिए अपने नोट्स पर वापस जाता, तुरंत वापस आता और उन्हें समझाता। इस रणनीति से मुझे उन विषयों पर महारत हासिल हो गई।

शिक्षण कुछ भी सीखने के लिए एक मजबूत माध्यम हो सकती है। इससे हम पर विषय की गहरी और ज्यादा ठोस समझ हासिल करने के लिए दबाव पड़ता है। इससे हमें अपने ज्ञान में कमियाँ खोजने में भी मदद मिलती है। हम जो कुछ भी कर रहे हैं उसमें आत्मविश्वास पैदा होता है, जिससे उसे हम और अच्छे से सीख पाते हैं।

पढ़ने–चिंतन करने–याद करने–सिखाने की रणनीति अपनाकर, मैं आईआईटी कानपुर में सीट हासिल करने के अपने सपने को साकार कर सका। मैंने आईआईटी में अपने प्रवास के दौरान और बाद में, आईआईएम बैंगलोर में सीट पाने के लिए कॉमन एडमिशन टेस्ट (कैट) देने की तैयारी करते समय भी यही रणनीति अपनाई!

अल्बर्ट आइंस्टीन ने इसी रणनीति का एक रूप प्रस्तावित किया था : छह साल के बच्चे को बताइए कि आपने क्या सीखा है। अगर आपने यह काम सफलतापूर्वक कर लिया तो आप खुद को उस विषय में दक्ष होने के रूप में प्रमाणित कर सकते हैं।

2. खूब सारा पढ़िए

मस्तिष्क एक मांसपेशी है। पढ़ने से इसका विकास होता है और यह स्वस्थ तथा मजबूत रहता है।

वॉरेन बफेट इसी रणनीति पर चलते हैं। वे अपने कार्य दिवस का 80 प्रतिशत हिस्सा पढ़ने और सोचने में बिताते हैं। वे कहते हैं, 'मैं पूरे दिन बस अपने ऑफिस में बैठता हूँ और पढ़ता रहता हूँ। इसी तरह ज्ञान का निर्माण होता है, चक्रवृद्धि ब्याज की तरह।'

पढ़ने के और भी कई फायदे हैं :

- ये हमें तथ्यों, सूचनाओं, विचारों और ज्ञान से भरपूर कर देता है।
- पढ़ने के लिए फोकस, एकाग्रता और ध्यान की ज़रूरत होती है। ये सीखने के महत्त्वपूर्ण कौशल हैं। जब हम पढ़ने में लगे होते हैं तो उनमें सुधार होता है।
- ये हमारी विश्लेषणात्मक सोच में सुधार करता है क्योंकि ये हमारे मस्तिष्क को असामान्य तरीकों से सोचने के लिए प्रेरित करता है।
- ये हमें सोचने और चिंतन करने के लिए प्रेरित करता है।

हमें कितना पढ़ना चाहिए?

'जब तक हमारे बच्चे हमें पैरों वाली किताब न कहने लगें,' वॉरेन बफेट के लंबे समय से बिज़नेस एसोसिएट रहे चार्ली मंगेर जवाब देते हैं।

3. आपको जो आता है, वही नई बातें सीखने की कुंजी है

काम के सिलसिले में मुझे फ्रांस और रूस जाना पड़ा। पेरिस में रहने के दौरान, मेरे शब्द भंडार में कई फ्रेंच शब्द और वाक्य शामिल हो गए। मैं मॉस्को में भी इतने ही दिन रहा, लेकिन वहाँ रूसी शब्द मैं कम सीख पाया। ऐसा इसलिए हुआ क्योंकि स्कूल में मैंने बेसिक फ्रेंच भाषा सीखी थी। इसलिए, मुझे फ्रेंच के पहले से ही, कुछ शब्द पता थे, हालाँकि उनकी संख्या ज्यादा नहीं थी। इसी पुरानी सीख ने चुंबक का काम किया जिससे नए फ्रेंच शब्द और वाक्यांश मैं सीखता गया। उधर, रूसी भाषा से मेरा पहले से कोई परिचय नहीं था। इसलिए, वहाँ ज्ञान का कोई मौजूदा आधार नहीं था (पढ़ें : चुंबक) जिस वजह से नए शब्द या वाक्यांश नहीं जुड़ पाए।

इसमें सीखने की एक समझ छिपी है–आपको जो आता है, वही नई बातें सीखने की कुंजी है, क्योंकि नई सीख आपके मौजूदा सीखने से 'जुड़' जाएगी। इस तरह, आपकी सीखने की क्षमता बढ़ती रहेगी।

आप इस रणनीति पर इस तरह से अमल कर सकते हैं :

- ऑनलाइन कोर्स से।
- पुस्तकों के प्रति उदार रुचि पैदा करके।
- विभिन्न तरह के लोगों से परिचय करके और उनके साथ चर्चाओं में शामिल होकर।
- नए अनुभवों की तलाश कर।
- करियर रोटेशन का विकल्प चुनकर।

ये सारी गतिविधियाँ आपके 'जानने' के दायरे का विस्तार करेंगी।

अब, जब भी आप किसी नई सीख के संपर्क में आएँगे तो वे उस छोटी-सी चीज से जुड़ जाएँगे जो आप पहले से जानते हैं। इस तरह, आप जो थोड़ा-बहुत जानते हैं, उसमें बढ़ोतरी होती रहेगी।

4. अवलोकन से सीखना

हमारी कंपनी ने भारत और वेस्टइंडीज के बीच मुंबई में आयोजित एक क्रिकेट टेस्ट मैच को प्रायोजित किया था। नतीजा यह हुआ कि मुझे मैच का वीआईपी पास मिल गया। वेस्टइंडीज ने डेढ़ दिन तक बल्लेबाजी की और फिर भारत की बल्लेबाजी की बारी आई। एक के बाद एक तीन भारतीय खिलाड़ी भारत की ओपनिंग करने उतर रहे थे। मैं चकित था कि तीन बल्लेबाज भारत के लिए ओपनिंग कैसे कर सकते हैं? जल्द ही, पहेली सुलझ गई–दो खिलाड़ी बीच में क्रीज़ पर चले गए, जबकि तीसरा खिलाड़ी, पूरा क्रिकेट गियर पहनकर, चिलचिलाती धूप में ही बाउंड्री के पास एक कुर्सी पर बैठ गया। मैंने एक अधिकारी से पूछ लिया, 'वो खिलाड़ी कौन है जो चिलचिलाती धूप में बैठा है?'

'सचिन तेंदुलकर!' उसने जवाब दिया। मुझे आश्चर्य हुआ। टेस्ट मैचों में सचिन चौथे नंबर पर बल्लेबाजी करते थे।

'वह चौथे नंबर पर बल्लेबाजी करता है तो अभी वह पूरा क्रिकेट गियर पहनकर चिलचिलाती धूप में क्यों बैठा है?' मैंने अधिकारी से फिर पूछा।

'खुद को अभ्यस्त बनाने के लिए!' उसने उदासीनता से जवाब दिया।

मैं सचिन तेंदुलकर की कार्य नीति से स्तब्ध था। उनकी बल्लेबाजी की बारी बाद में आनी थी, लेकिन वह खुद को अभ्यस्त कर रहे थे, जबकि जिस बल्लेबाज को

उनसे पहले बल्लेबाजी करनी थी, वह खिलाड़ियों के ड्रेसिंग रूम के एसी कमरे में बैठा था।

सचिन तेंदुलकर की वो छवि मेरे दिल में बस गई। इससे मुझे उनकी कार्य नीति को अपनाने की प्रेरणा मिली। तब से, मैं निर्धारित तारीखों से बहुत पहले ही बैठकों और प्रेजेंटेशन की तैयारी शुरू करने लगा। नियत दिन पर, मैं बैठकों और प्रेजेंटेशन के लिए अच्छी तरह से तैयार होकर समय से पहले पहुँच जाता था। मैं काम करने का तरीका देखकर सीखा, जिसके बारे में मुझे पहले पता नहीं था। इसमें ध्यानपूर्वक दूसरों के व्यवहार का अवलोकन करके सीखना शामिल है।

5. शैडो द लीडर

कई संगठनों ने 'शैडो द लीडर' नामक कार्यक्रम शुरू करके अवलोकन के जरिए सीखने की प्रक्रिया को संस्थागत रूप देने का प्रयास किया है। इसमें किसी युवा को कंपनी के किसी सीनियर सदस्य के साथ उसके कामकाज को देखते रहने के लिए लगा दिया जाता है। इससे युवाओं को यह देखकर सीखने का अवसर मिलता है कि लीडर कैसे निर्णय लेता है, लोगों के साथ कैसे जुड़ता है और आम तौर पर खुद कैसे काम करता है। युवा इन व्यवहारों या उनके स्वरूपों को याद रखना और फिर अपने व्यवहार में दिखाना चाहता है। इस रणनीति से सुनिश्चित होता है कि सीनियरों की कार्य शैली और सबक जूनियरों तक पहुँचते रहें।

6. खोज के जरिए सीखना

मैं और मेरा बेटा कौतुक 2006 फीफा विश्व कप का फाइनल मैच देख रहे थे। फ्रांस के कप्तान जिनेदिन जिदान ने गुस्से में इटेलियन डिफेंडर मार्को मटेराजी को सिर से टक्कर मार दी। उसे लाल कार्ड दिखा दिया गया। कौतुक का दिमाग भन्ना गया।

'उसे लाल कार्ड नहीं दिखाना था!' वह चिल्ला पड़ा, जबकि जिदान मैदान से बाहर आ रहा था।

जब मैच खत्म हुआ तो मैंने उससे पूछा, 'ये लाल कार्ड का विचार आया कहाँ से है?'

'मुझे नहीं पता,' उसने जवाब दिया। लेकिन इस सवाल से वह इतना परेशान हो गया कि वह मुझसे ही पूछने लगा, 'आप ही बताओ, कहाँ से आया।'

'मैं तो बताऊँगा ही,' मैंने कहा, 'लेकिन पहले, इसे खुद पता करने की कोशिश करो। अगर तुम पता नहीं कर पाए तो मैं बता दूँगा।'

उसने फटाक से जवाब खोज लिया और उसकी पुष्टि के लिए मेरे साथ साझा किया।

'एक रेफरी ने एक इटेलियन खिलाड़ी को बाहर निकाल दिया था, लेकिन भाषा की दिक्कत के कारण वह खिलाड़ी समझ ही नहीं पाया कि उसे मैदान छोड़ने के लिए कहा जा रहा है। इससे रेफरी बहुत परेशान हुआ था। एक दिन, जब वह लंदन में गाड़ी चला रहा था और उसने ट्रैफिक लाइट को लाल होते देखा। वह रुक गया। आकस्मिकता के उस क्षण में, उसके दिमाग में बात आई - पीली लाइट का अर्थ है सावधानी, 'आराम से' और लाल का अर्थ है 'रुको–ठहर जाओ'। उसने समझदारी से इस विचार को फुटबॉल के खेल में अपनाया और इसे फुटबॉल की गवर्निंग बॉडी फीफा के सामने रखा। इसे स्वीकार कर लिया गया और अब यह खेल का एक अभिन्न अंग बन चुका है,' कौतुक ने विजयी भाव से बताया। अब यह बात उसे हमेशा याद रहती है क्योंकि इसका उत्तर उसने खुद ही खोजा था।

जब आत्म-खोज के जरिए सीखा जाता है तो हमें सीखने में ज्यादा दिलचस्पी पैदा होती है क्योंकि :

- हम सीखने से बोर नहीं होते क्योंकि हम वही सीख रहे होते हैं जिसमें हमारी दिलचस्पी होती है।
- इस मानसिक अवस्था में हम केवल याद ही नहीं करते, बल्कि समझते भी हैं।
- हम अपनी ही रफ्तार से सीखते हैं। इसलिए, हम सामग्री को बेहतर ढंग से समझ पाते हैं।
- सेल्फ-लर्निंग के जरिए सीखने में टेढ़ा-मेढ़ा रास्ता अपनाया जाता है। इस यात्रा में, हम कई अन्य विषयों से परिचित हो जाते हैं जो पहले से एजेंडे में नहीं थे।

इसलिए, अगर आप कोई उत्तर नहीं जानते हैं और कोई आपको बताने की पेशकश करता है तो उससे अनुरोध कीजिए कि वो पहले उसका उत्तर खोजने के लिए आपको समय दे। इस आसान काम से, आप 'आत्म-खोज के जरिए सीखने' पर अमल कर रहे होंगे। इस प्रक्रिया के जरिए आप जो सीख हासिल करेंगे, वह अधिक टिकाऊ होगी और इस यात्रा के दौरान आप कई नए विषयों से भी परिचित होंगे।

7. बिना एजेंडे के सीखना

'मैंने रीड कॉलेज के बाद पढ़ाई छोड़ दी थी और मुझे सामान्य कक्षाओं में नहीं जाना पड़ा। इसलिए, मैंने कैलिग्राफी की क्लास लेने का फैसला किया। इसकी मेरे जीवन में कभी काम आने की कोई आशा नहीं थी। हालाँकि 10 साल बाद, जब हम पहला मैकिंटोश कंप्यूटर डिजाइन कर रहे थे तो वह सब कुछ मेरे काम आ गया और हमने मैक में ये सब शामिल किया। यह खूबसूरत टाइपोग्राफी वाला पहला कंप्यूटर था,' स्टैनफोर्ड यूनिवर्सिटी में 2005 के उद्घाटन भाषण में स्टीव जॉब्स ने याद दिलाया था और कहा था, 'इसके अलावा, आप आगे देखकर बिंदुओं को कनेक्ट नहीं कर सकते; आप उन्हें केवल पीछे देखकर ही जोड़ सकते हैं। इसलिए, आपको भरोसा रखना चाहिए कि आपके भविष्य में बिंदु किसी-न-किसी तरह जुड़ ही जाएँगे। इस नजरिए से मुझे कभी निराशा नहीं मिली और इसने मेरे जीवन में काफी बदलाव किया।'

मैंने भी बिना किसी एजेंडे के सीखने की रणनीति का सहजता से पालन किया है और यह विश्वास किया है कि ये सबक आने वाले सालों में किसी-न-किसी तरह मेरे काम आएँगे।

आईआईटी कानपुर में मनोविज्ञान के कोर्स का चयन

आईआईटी कानपुर में हम इंजीनियरिंग की पढ़ाई कर रहे थे। कार्यक्रम के एक भाग के रूप में, हमें मानविकी और सामाजिक विज्ञान (एचएसएस) के भी कोर्स लेने थे। मैंने मनोविज्ञान का कोर्स चुना। जब मेरे दोस्तों ने मुझसे इस कोर्स को चुनने का कारण पूछा तो मैं कोई ठीक-ठाक जवाब नहीं दे सका, सिवाय यह कहने के कि मैं यह समझना चाहता हूँ कि लोग कोई व्यवहार क्यों करते हैं। वे अविश्वास में अपना सिर हिलाते रहते, कुछ बुदबुदाते हुए सोचते थे कि लोगों के व्यवहार को समझने से मैं बेहतर इंजीनियर कैसे बन जाऊँगा।

बाद में, मैं आईआईएम बैंगलोर पहुँच गया और मार्केटिंग प्रबंधन में विशेषज्ञता हासिल करने लगा। आईआईटी कानपुर में मैंने जो मनोविज्ञान का कोर्स किया था, उससे मुझे काफी फायदा हुआ। उससे मुझे उपभोक्ता व्यवहार के बारे में गहरी समझ मिली कि वे कैसे सोचते हैं, कैसा महसूस करते हैं और क्या खरीदते हैं, खरीद के बारे में कैसे निर्णय लेते हैं और नए उत्पादों पर कैसे प्रतिक्रिया देंगे। इन जानकारियों से मुझे कई सफल व्हिस्की ब्रांड बनाने में मदद मिली, जिन्होंने ग्राहकों का दिल जीता। एक उदाहरण यहाँ दिया जा रहा है।

पीने वाले केवल ब्लेंड का ही नहीं, बल्कि ब्रांड की छवि का भी मजा लेते हैं

एल्कोहलिक ड्रिंक्स उद्योग में काम करते समय, मुझे व्हिस्की ब्रांडों के प्रबंधन का जिम्मा सौंपा गया। उन्हें प्रतिस्पर्धात्मक बढ़त दिलाने के लिए, मैंने इस उत्पाद श्रेणी के बारे में उपभोक्ताओं की सोच और भावनाओं की गहरी समझ हासिल करने का सचेत प्रयास करना शुरू किया।

मैंने एक मिनी-डिपस्टिक अध्ययन आयोजित करने का निश्चय किया।

मैंने भारतीय व्हिस्की का एक लोकप्रिय ब्रांड और दुनिया की सबसे अधिक बिकने वाली स्कॉच खरीदी और दोनों बोतलों की सील तोड़कर उनके अंदर की शराब की अदला-बदली कर दी। मैंने भारतीय व्हिस्की को दुनिया की सबसे ज्यादा बिकने वाली स्कॉच व्हिस्की की बोतल में डाल दिया और सबसे ज्यादा बिकने वाली स्कॉच को भारतीय व्हिस्की की बोतल में डाल दिया। उस समय तक, जालसाजी रोकने की पहली कतार, यानी वन-वे पौरर कैप का चलन भारत में शुरू नहीं हुआ था।

अब, मैंने व्हिस्की के तीन स्वयंभू पारखी मित्रों को टेस्टिंग सेशन के लिए आमंत्रित किया।

उनके सामने खाली गिलास, पनीर, सोडा, पानी और बर्फ रखे हुए थे।

मैंने भारतीय व्हिस्की की बोतल से सबसे अधिक बिकने वाली स्कॉच व्हिस्की को सभी के गिलास में डालना शुरू किया। उन्होंने अपनी ड्रिंक में स्वाद के अनुसार पानी या सोडा और बर्फ को मिक्स किया। अपना ड्रिंक तैयार करने के बाद, उन सभी ने एक साथ 'चीयर्स' बोला और एक सिप लिया!

मैंने उनसे फीडबैक मांगा। उन सबने एक राय से उसे नकार दिया और बोले कि व्हिस्की बहुत हार्ड है और इससे उनका गला तक जल गया।

मैंने उनसे उनके तालु साफ करने के लिए पनीर का टुकड़ा खाने को कहा।

अब, दुनिया की सबसे ज्यादा बिकने वाली स्कॉच व्हिस्की की बोतल से, मैंने भारतीय व्हिस्की डाली। उन्होंने स्वाद के लिए सोडा या पानी और बर्फ को मिक्स किया, अपना गिलास उठाया और 'चीयर्स' किया।

'इस पर फीडबैक क्या है?' मैंने पूछा।

सभी ने एक राय से से इसे बेहतरीन क्वालिटी वाला बताया।

इस डिपस्टिक से पता चला कि शराब पीने वाले किसी ब्लेंड का नहीं, बल्कि ब्रांड का मजा लेते हैं।

इस उपभोक्ता समझ के आधार पर, मैंने निष्कर्ष निकाला कि ब्लेंड की क्वालिटी बेहतर करने के लिए तो निवेश करना ही चाहिए, लेकिन ब्रांड की छवि बनाने के लिए भी उतना ही या उससे ज्यादा निवेश किया जाना चाहिए। आखिरकार, कद्रदान लोग केवल ब्लेंड का ही नहीं, ब्रांड का भी मजा लेते हैं।

मैंने इस समझ का फायदा अपने अधीन आने वाले एल्कोहलिक ब्रांडों को प्रतिस्पर्धात्मक लाभ देने के लिए उठाया।

8. अपनी असफलताओं से सीखना

प्रत्येक असफलता हमें सीखने का एक क्षण मुहैया कराती है तो फिर हम असफलताओं से डरते क्यों हैं?

असफलता के साथ कलंक जुड़ा होता है। जो लोग असफल होते हैं, उन्हें हारा हुआ और कम प्रतिभाशाली मान लिया जाता है और लोग नहीं चाहते कि इस तरह का ठप्पा उन पर लगे। असफलता से कोर्टिसोल जैसे तनाव पैदा करने वाले हार्मोन का स्राव भी होने लगता है। इसलिए, लोग अपनी असफलताओं के लिए बदनसीबी से लेकर गैर-तैयारी जैसे कारणों का हवाला देते हैं–खुद को छोड़कर बाकी सबको दोष देते हैं। इस रणनीति को अपनाकर, वे सीखने के अनमोल अवसर गंवा देते हैं।

हेनरी फोर्ड ने बहुत ही सही बात कही थी कि हम केवल वही गलतियाँ (पढ़ें : असफलता) करते हैं जिनसे हम कुछ नहीं सीखते।

- **मेरी असफलता के सबक**

हमने 750 मिलीलीटर पैक आकार में एक प्रीमियम व्हिस्की लॉन्च की थी। यह फैसला ठोस आंकड़ों पर आधारित था कि प्रीमियम सेगमेंट में 750 मिलीलीटर आकार का पैक सबसे ज्यादा बिकता है। लेकिन बाजार में हमारे नए ब्रांड को फीकी प्रतिक्रिया मिली। फीकी प्रतिक्रिया का कारण समझने के लिए किए गए रिसर्च से पता चला कि प्रीमियम व्हिस्की पीने वालों ने वास्तव में 750 मिलीलीटर पैक आकार को तो प्राथमिकता दी, लेकिन अपने पसंदीदा ब्रांड को ही चुना। वे किसी नए ब्रांड का जोखिम नहीं लेना चाहते थे और 375 मिलीलीटर या 180 मिलीलीटर के छोटे पैक खरीदना पसंद करते थे। ट्रायल के बाद, अगर नई व्हिस्की अच्छी लगी तो वे बड़े पैक को खरीदने लगते थे। इस असफलता ने मुझे एक महत्त्वपूर्ण सबक मिला : आंकड़ों का इस्तेमाल आँख बंद करके नहीं करना चाहिए।

• दूसरों की असफलता के सबक

जीवन इतना छोटा है कि इसमें सारी गलतियाँ (पढ़ें : असफलताएँ) नहीं की जा सकतीं। अन्य लोगों की असफलताओं से भी सीखने का फायदा मिलता है। मैंने दूसरों की असफलताओं से भी सीखा है। अपने बॉस की असफलताओं से भी सीखा है।

मैं एक समूह में काम कर रहा था। एक बैठक में प्रमुख कंपनी में नकदी संकट पर चर्चा हुई कि उससे कारोबार पर प्रतिकूल प्रभाव पड़ रहा है।

चेयरमैन ने ग्रुप सीएफओ की तरफ देखा और समस्या दूर करने के लिए सुझाव मांगे।

'ग्रुप की एक कंपनी ने हाल ही में बाजार से पैसा जुटाया है। इसे अब भी लगाया नहीं गया है क्योंकि जिस परियोजना के लिए इसे जुटाया गया था, उसमें देरी हो रही है,' ग्रुप सीएफओ ने बताया और फिर एक समाधान सुझाया, 'उससे हमारी प्रमुख कंपनी को ब्रिज लोन दिया जा सकता है।'

चेयरमैन को यह विचार पसंद आया; उसने धन जुटाने वाली कंपनी के प्रेसिडेंट की तरफ देखा और उनसे पूछा, 'क्या आप ब्रिज लोन दे पाएँगे?'

प्रेसिडेंट ने चेयरमैन की तरफ देखते हुए कहा, 'सॉरी, सर। यह जनता का पैसा है। इसे एक खास प्रोजेक्ट के लिए जुटाया गया है। इसे किसी अन्य मकसद के लिए इस्तेमाल करने का मतलब इसकी शर्तों का उल्लंघन करना होगा।'

चेयरमैन थोड़ा निराश दिखा और उसने प्रमुख कंपनी की मदद के लिए धन जुटाने के अन्य तरीकों की खोज करने की दिशा में चर्चा बढ़ाई।

बैठक समाप्त होने के बाद, मैं प्रेसिडेंट के पास गया, जो मेरे गुरु भी थे और कहा, 'सर, आपको हम सभी के सामने चेयरमैन को सीधे तौर पर मना नहीं करना चाहिए था। आपको ये काम अकेले में करना चाहिए था।'

'हाँ, राजेश, मुझे अपनी गलती का अहसास है।' उन्होंने कहा, 'बैठक के बाद मैं उनके ऑफिस गया था और उनसे माफी मांग चुका हूँ।'

'हालाँकि तब तक नुकसान हो चुका था,' मैंने कहा। उन्होंने सहमति में सिर हिलाया।

जल्द ही उनका किसी दूसरे कम जिम्मेदारी वाले पद पर ट्रांसफर (पढ़ें : पदावनत) कर दिया गया।

इस घटना ने मुझे एक महत्त्वपूर्ण सबक मिला। सार्वजनिक रूप से अपने सीनियरों से असहमति नहीं दिखानी चाहिए। अगर ज़रूरी ही हो तो ये काम अकेले में करना चाहिए। इसके अलावा, मैंने टीम के सदस्यों के साथ व्यवहार करते समय भी इसका एक प्रकार का इस्तेमाल किया, जो था : सार्वजनिक रूप से प्रशंसा करने का। अकेले में डांटना। मैंने इन सीखों का सख्ती से पालन किया है और अपने काम से लोगों का समर्थन पाया है।

9. संगत से सीखना

इटेलियन कहावत है कि अगर हम अपंगों के साथ रहेंगे तो जल्द ही लंगड़ाना सीख जाएँगे। अनुभवजन्य शोध इस सिद्धांत को विश्वसनीयता देता है–हम अपने साथ रहने वाले पाँच लोगों का औसत बन जाते हैं।

इस समझ से प्रेरित होकर, मैं अपने दोस्तों के नेटवर्क में कई आयामों पर विविधता लाने का सजग प्रयास करता रहता हूँ जिनमें अलग-अलग लिंग, राष्ट्रीयता, उम्र, पेशे के लोग शामिल हैं और वे लोग भी हैं जो मुझसे अधिक जानकार और होशियार हैं। वे सब अलग-अलग पृष्ठभूमियों से आए थे, इसलिए उनके अनुभव और दृष्टिकोण ताजा और अलग-अलग थे। विभिन्न दृष्टिकोणों को स्वीकार करना सीखने का अहम हिस्सा है।

उनकी संगत में रहते हुए, मुझे यह स्वीकार करने में कोई शर्म या कमी महसूस नहीं होती कि :

- आइ एम सॉरी, लेकिन मुझे पता नहीं है। प्लीज मुझे समझाइए।
- प्लीज मुझे कुछ नया बताइए। ऐसा लगता है कि आप हमेशा दिलचस्प बातें जानते हैं।
- आप क्या सोचते हैं? मुझे इस पर आपकी राय सुनना अच्छा लगेगा।
- यह बहुत दिलचस्प बात है। प्लीज आगे बताइए।

ये प्रश्न लोगों को संकेत देते हैं कि मैं क्या सीखना चाहता हूँ। चूंकि मैंने ही वे प्रश्न किए हैं तो लोग मान लेते हैं कि मुझे सच में सीखने में रुचि है। इससे उन्हें खुलकर जवाब देने का मन करता है।

मैं बोलने वाले के नजरिए को समझने के एकमात्र इरादे से सक्रिय रूप से सुनता हूँ। नियमित अंतराल पर, मैं उनसे कुछ-कुछ प्रश्न भी करता हूँ जो उन्हें

चुनौती देने के लिए नहीं, बल्कि उनके दृष्टिकोण को बेहतर ढंग से समझने के लिए होते हैं।

अगर मैं तब भी नहीं समझ पाता हूँ तो यह कहने में मुझे कोई शर्म नहीं आती : आई एम सॉरी, लेकिन मैं समझ नहीं पाया हूँ। क्या आप इसे दोबारा समझा सकते हैं?

सावधान रहें—प्रश्न इस तरह से पूछिए कि वो अनुरोध की तरह लगे, आदेश की तरह नहीं। इसके लिए आप 'प्लीज' या कोई अन्य सकारात्मक शब्द लगा सकते हैं।

प्रश्न करने और स्पष्टीकरण मांगने से होने वाले फायदों की फेहरिस्त बहुत लंबी है, लेकिन नतीजा एक ही है–यह हमारे ज्ञान की कमी को पूरा कर देता है और हम उत्तरोत्तर बेहतर होते जाते हैं।

अगर इतना ज्यादा लाभ है तो लोग विविध प्रकार के मित्रों और परिचितों का समूह बनाने से बचते क्यों हैं?

क्योंकि वे आत्मीयता वाले पूर्वाग्रह के शिकार होते हैं, जो हमें अपने ही जैसे लोगों से जोड़ता है, यानी जिनकी रुचियाँ, अनुभव और पृष्ठभूमि समान हों। इससे हम टकराव और अप्रिय स्थितियों से बचते हैं, लेकिन यह सीखने के काम में बाधा का काम करता है।

10. सभी से सीखना

गैलीलियो गैलिली ने एक युग पहले कहा था कि उन्हें इतना अज्ञानी इंसान कभी नहीं मिला जिससे वे कुछ न सीख सकें।

'विनम्र लोग पहचानते हैं कि आप किसी से भी और हर किसी से सीख सकते हैं,' एडम ग्रांट भी इसका समर्थन करते हैं और इसे एक उदाहरण के साथ समझाते हैं। '...येल में एडमिशन पाने वाले एक छात्र ने अपने स्कूल के चौकीदार से अपना रिकमंडेशन लेटर लिखने को कहा। उस छात्र ने हाईस्कूल में सबसे निचले पद पर काम करने वाले कर्मचारी के प्रति जो सम्मान और जिज्ञासा दिखाई थी, वही विनम्रता कहलाती है।'

मैं भी यह मानता हूँ कि हर कोई, किसी-न-किसी रूप में, मुझसे ज्यादा जानता है। इसलिए मैं हर किसी से सीख सकता हूँ। मैंने अपने ड्राइवर, केयरटेकर, उबर ड्राइवर, परिचारिका और अन्य लोगों से काफी कुछ सीखा है।

- **ड्राइवर से : कभी लेट न होना**

अपने कॉर्पोरेट करियर के दौरान, मुझे हवाई अड्डे से छोड़ने और ले जाने और समय पर बैठकों में ले जाने की जिम्मेदारी मेरे ड्राइवर पर थी। उसे एक बार भी देर नहीं हुई। वास्तव में, वह समय से पहले ही आ जाता था। उत्सुकतावश, मैंने उससे इसका राज़ पूछा।

'सर, जब आप मुझे सुबह 6 बजे रिपोर्ट करने के लिए कहते हैं तो आप पहले ही आधा घंटा पहले का टाइम देते हैं। इसके ऊपर, मैं एक और आधे घंटे का पहले का टाइम मानकर चलता हूँ। मुझे 5.30 बजे तक पहुँचना है। अगर कुछ दिक्कत भी हुई और होती ही है तो भी मैं एक घंटे पहले चलकर सुनिश्चित करके रखता हूँ कि समय से पहले पहुँच जाऊँ।'

मैंने उसकी रणनीति को अपनाया और अपॉइंटमेंट्स के लिए समय से पहले मौजूद होने के लिए नाम कमाया।

- **केयरटेकर से : मुस्कराते हुए काम करना**

मेरा अक्सर दुबई जाना होता था। मैं होटल में रहने के बजाय अपार्टमेंट में रुका करता था। अपार्टमेंट का केयरटेकर अभिवादन करते समय, खाना परोसते समय या कोई काम करने के लिए कहे जाने पर हमेशा मुस्कराता रहता था। एक दिन मैंने उससे पूछ लिया कि वह कोई भी काम करते समय हमेशा कैसे मुस्कराता रहता है।

उसने जवाब दिया, 'सर, मेरे पास दो विकल्प हैं : आपका काम करूँ, या तो भौंहें चढ़ाकर करूँ या मुस्कराकर करूँ। अगर मैं नाक-भौं सिकोड़कर आपका काम करूँगा और आप नाराज होकर मेरी शिकायत कर दें तो मेरी नौकरी जा सकती है। यह मेरे और मेरे परिवार के लिए भारी त्रासदी हो जाएगी। लेकिन अगर मैं मुस्कराते हुए आपका काम करूँ तो संभावना है कि आप मेरे सीनियरों से मेरे बारे में अच्छी बातें कहें। इससे उन्हें खुशी होगी और मेरी नौकरी बची रहेगी।'

तब से, मैं भी मुझे सौंपे गए किसी भी काम को हमेशा मुस्कराते हुए करता हूँ।

11. दूसरों के अनुभवों से सीखना

खुदरा खाद्य व्यवसाय सिमटता जा रहा है। इसका कारण, बर्बादी, कर्मचारी द्वारा चोरी, दुकान से चोरी या सप्लायरों के किसी तरह का धोखा दिया जाना होता है।

हालाँकि पौष्टिक भोजन बेचने के लिए मशहूर "होल फूड्स" ने सही तरीके से इस पर ध्यान नहीं दिया। उनका मानना था कि यह व्यापार की लागत ही है।

2017 में एमेज़ॉन ने होल फूड्स को खरीद लिया। एमेज़ॉन के पास आंकड़े जुटाने और उसके आधार पर फैसले लेने का भारी अनुभव है। उसने होल फूड्स में कारोबार सिमटने की पूरी निगरानी करने और विभिन्न दुकानों में इसकी तुलना करने पर ज़ोर दिया ताकि यह पता करने के लिए आंकड़े मिल सकें कि समस्याएँ कहाँ हैं और तब उन समस्याओं को कम करने का प्रयास किया जाए। होल फूड्स ने इस सलाह पर अमल किया और कारोबार सिमटना कम होने लगा। इसका निचले स्तर पर सकारात्मक प्रभाव पड़ा।

12. रिवर्स मेंटरिंग

हम प्रौद्योगिकी से संचालित दुनिया में रह रहे हैं। इस दुनिया में, बुजुर्ग लोग ऐसा महसूस करते हैं जैसे बिन पानी की मछली हों। लेकिन नई पीढ़ी, डिजिटली सक्षम लोग, इस दुनिया में एकदम सहज हैं। उन्हें सब पता है कि बुज़ुर्गों को दुनिया में चलना कैसे सिखाना है।

कई संगठन युवा लोगों को कंपनी के सीनियर सदस्यों का शिक्षक बनाकर इस समझ का फायदा उठा रहे हैं। इसे 'रिवर्स मेंटरिंग' कहा जाता है।

मैं रिवर्स मेंटरिंग का लाभार्थी रहा हूँ।

2009 तक मैं सोशल मीडिया पर सक्रिय नहीं था। इसके विपरीत, मेरा बेटा कौतुक बहुत ज्यादा सक्रिय था। उसने मेरी मदद करने की पेशकश की। मैं उसका छात्र बन गया और वो मेरा ट्यूटर। पल भर में, उसने मेरा बंद पड़ा फेसबुक अकाउंट खोल दिया और मुझसे किसी ऐसे मुद्दे की पहचान करने को बोला जिसके बारे में मैं गहराई से महसूस करता था।

इंडियन प्रीमियर लीग चल रही थी और एक मार्केटिंग का आदमी होने के कारण मुझे यह समझ में नहीं आ रहा था कि सीएट टायर्स स्ट्रैटेजिक टाइम आउट को क्यों प्रायोजित कर रहा है। उसके ब्रांड और जिस प्रॉपर्टी को वह प्रायोजित कर रहा था, उनमें कोई संबंध ही नहीं था। इसका एकमात्र फायदा ब्रांड को फिर से ताजा करना ही हो सकता था। उसने मेरी बात सुनी और बिजली की रफ्तार से मेरे विचारों को समझ लिया और उन्हें पोस्ट कर दिया। तुरंत, उस पर रिएक्शन आने लगे। मेरे अंदर तुरंत ही खुशी के हार्मोन डोपामाइन भर गए। मुझे अच्छा लगा। तभी से मैं

सोशल मीडिया पर एक्टिव हूँ। नतीजतन, मैं दुनिया भर में अपने छात्रों से संपर्क करने लगा। इसका श्रेय रिवर्स मेंटरिंग को जाता है।

13. उद्देश्यपूर्ण और सुविचारित अभ्यास के जरिए सीखना

मैल्कम ग्लैडवेल *आउटलायर्स* समेत *न्यू यॉर्क टाइम्स* के कई बेस्टसेलर किताबों के लेखक हैं। *आउटलायर्स* में उन्होंने किसी भी क्षेत्र में विशेषज्ञ बनने के लिए '10,000 घंटे के अभ्यास' की अवधारणा पेश की थी। उनकी अवधारणा को भारी स्वीकार्यता मिली। लेकिन उसमें एक चेतावनी भी थी–अभ्यास सुविचारित, उद्देश्यपूर्ण हों और उच्च गुणवत्ता वाले फीडबैक प्रतिक्रिया के साथ जुड़े हों।

यहाँ एक उदाहरण दिया जा रहा है। अगर मैं कार चलाना सीखना चाहूँ और 10,000 घंटों तक खाली सड़क पर गाड़ी चलाने का अभ्यास करूँ तो क्या मैं कुशल ड्राइवर बन जाऊँगा? शायद नहीं, क्योंकि जब मैं शहर की सड़कों पर गाड़ी चलाऊँगा तो वहाँ सड़क खाली होने की संभावना नहीं होगी। सड़क पर अन्य वाहन और पैदल यात्री भी होंगे जो हर तरफ से आ रहे होंगे। ऐसी परिस्थितियों में, केवल 10,000 घंटों का अभ्यास करने से मैं वास्तविक दुनिया की परिस्थितियों में वाहन चलाने में दक्ष नहीं हो पाऊँगा।

इसलिए, मुझे सड़क पर सामने आने वाली विभिन्न परिस्थितियों में सुविचारित और उद्देश्यपूर्ण अभ्यास करना चाहिए और उच्च गुणवत्ता वाला फीडबैक लेना चाहिए और उसे अभ्यास के अगले दौर में शामिल भी करना चाहिए। तब, 10,000 घंटों के अंत में, मैं खुद को कुशल कार ड्राइवर के रूप में साबित कर पाऊँगा।

सीखने के मामले में भी यही बात होती है। उच्च गुणवत्ता वाले फीडबैक के साथ 10,000 घंटे के सुविचारित और उद्देश्यपूर्ण अभ्यास के लिए खुद को प्रतिबद्ध कीजिए। ऐसा करके आप थक तो जाएँगे लेकिन आपको क्षेत्र में विशेषज्ञ होने के रूप में खुद को साबित करने की संतुष्टि भी मिलेगी।

14. शारीरिक और मानसिक अभ्यास के जरिए सीखना

जब सुविचारित और उद्देश्यपूर्ण अभ्यास, उच्च स्तर के फीडबैक के साथ–शारीरिक और मानसिक–दोनों स्तरों पर किया जाता है तो सीखने की गुणवत्ता आसमान छूने लगती है।

अब मैं विशिष्ट टेनिस खिलाड़ियों का उदाहरण देता हूँ।

जब वे 'शारीरिक रूप से' अभ्यास करते हैं तो उनके कोच उन्हें उच्च गुणवत्ता वाला फीडबैक देते हैं। होटल के कमरे में वापस आकर, बिस्तर पर लेटते समय, वे होटल के कमरे की छत पर खेल खेलकर 'मानसिक' अभ्यास (पढ़ें : मन में) भी करते हैं । यहाँ तक कि जब वे मानसिक रूप से खेल खेलते हैं, तब भी मस्तिष्क वैसा ही तंत्रिका संबंध बनाता है जैसा कि उनके शारीरिक रूप से अभ्यास करते समय बनाता है। शारीरिक और मानसिक दोनों तरह के अभ्यास करने की इस दोहरी रणनीति के कारण मांसपेशियों की स्मृति का निर्माण होता है। रिय मैच के दौरान, वे शॉट्स को अपने आप उसी तरह से मार पाते हैं।

जो बात विशिष्ट खिलाड़ियों के लिए सच है, वही तो हमारे लिए भी सच है। सुविचारित और उद्देश्यपूर्ण अभ्यास के शारीरिक और मानसिक दोनों स्तरों पर मेल से सीखने में ज्यादा सुधार होगा।

आईआईएम इंदौर में ब्रांड मैनेजमेंट कोर्स पढ़ाते समय मैंने इस रणनीति का पालन किया। मैं शाम को शिक्षण सामग्री (शारीरिक रूप से) पढ़ता था। रात में, बिस्तर पर लेटते समय, मैं अपनी आँखें बंद कर लेता था और विषय-वस्तु को (मानसिक रूप से) दोहराता रहता था शारीरिक और मानसिक रूप से अभ्यास करके, मैं कक्षा में बेहतरीन तरीके से परफॉर्म कर सका। मुझे लगभग हमेशा शानदार स्टूडेंट फीडबैक मिला!

15. लर्निंग, अनलर्निंग और रीलर्निंग

1985 में, आईआईएम बैंगलुरु में पढ़ते समय, हमने प्रबंधन के कई सिद्धांत ('डार्लिंग्स') सीखे थे, जो पत्थर की लकीर के समान थे। लंबे समय तक, वे सच भी साबित हुए। लेकिन जैसे-जैसे इक्कीसवीं सदी का आगमन हुआ, उनमें से कई बेअसर होने लगे। प्रासंगिक बने रहने के लिए, मुझे उन डार्लिंग्स को खत्म करना पड़ा जिनकी उपयोगिता खत्म हो चुकी थी और नए 'डार्लिंग्स' हासिल करने पड़े।

- **डार्लिंग 1 : लीडर पहले बोलता है**

समय के साथ-साथ, मुझे पता चला कि मेरी टीम के कुछ लोग, मुझे खुश करने के लिए, मेरी राय सुनते तो रहते थे और जब उनसे राय मांगी जाती थी तो वे मेरी बात को ही दोहरा देते थे।

उनकी ईमानदार राय जानने के लिए, मैंने आदेश उलट दिया। सबसे पहले टीम के सदस्य बोलते। मैं सबसे अंत में बोलता।

- **डार्लिंग 2 : लीडर के पास सभी जवाब होते हैं**

कई अवसरों पर, मैं अपने सामने आने वाली कई व्यावसायिक चुनौतियों का उत्तर नहीं दे पाया। मैंने अपनी टीम के सामने स्वीकार किया कि मेरे पास कोई जवाब नहीं हैं और मैंने उनसे ही समाधान मांगा। मेरी टीम ने मौके को जतन से संभाल लिया और समाधान सुझाए जिससे हमें उन चुनौतियों से निपटने में मदद भी मिली।

- **डार्लिंग 3 : ग्राहकों को खुश रखिए**

हमने सीखा था कि हमारा काम ग्राहकों को खुश रखना है। हालाँकि यह जानकर मुझे बड़ा आश्चर्य हुआ कि असल में मुझे कर्मचारियों को खुश रखना चाहिए, क्योंकि वे ही ग्राहकों को खुश रखते हैं और खुश ग्राहक दोबारा बिज़नेस देते हैं। इसलिए मैंने ग्राहकों को खुश रखने की जगह कर्मचारियों को खुश रखना शुरू कर दिया।

तो इस तरह उन 'डार्लिंग्स' को त्यागने में महारत हासिल कीजिए जिनकी उपयोगिता खत्म हो चुकी है। उनके स्थान पर नए डार्लिंग्स बनाइए। इस प्रक्रिया को दोहराते रहिए।

16. अपने आपको अनेक माध्यमों से अभिव्यक्त कीजिए

जो कुछ आपने सीखा है, उसे अनेक माध्यमों से अभिव्यक्त कीजिए।

- ट्विटर : यह आपको आपके सबक 280 करेक्टरों में प्रस्तुत करने पर बाध्य करेगा।
- इंस्टाग्राम : इस पर आप अपने सबक दृश्यों के जरिए प्रस्तुत करेंगे।
- पोडकास्ट : इस पर आप अपने सबक ऑडियो मीडियम से साझा करेंगे।
- यूट्यूब : अपने सबकों को ऑडियो-विज़ुअल प्रारूप में पेश करने के लिए अपने दिमाग का इस्तेमाल कीजिए।
- फेसबुक : आपको ऐसी पोस्ट रचनी होगी ताकि उसमें शामिल सबक आपको मित्रों को आकर्षित कर सके।
- लिंक्डइन : आपको ऐसी पोस्ट रचनी होगी ताकि उसमें शामिल सबक प्रोफेशनल्स को आकर्षित कर सके।

जब आप ऊपर बताए माध्यमों के जरिए अपने सबक साझा करते हैं, तब आप किसी विषय के विशेषज्ञ कहलाने का हक हासिल कर लेते हैं।

लाइफलॉन्ग लर्नर बनने के प्रवर्तक

ऐसे बहुत से प्रवर्तक मौजूद हैं जो आपको लाइफलॉन्ग लर्नर बनने में सहायता करेंगे। यहाँ कुछ चुने हुए प्रवर्तकों की सूची दी जा रही है :

- जिज्ञासु बनिए। इससे आपका दिमाग सबकों के लिए ज्यादा ग्रहणशील बनता है।
- प्रश्न करने की अपनी प्रवृत्ति को दोबारा हासिल कीजिए : 'क्यों', 'कैसे' और 'क्या'। इससे आपके सबक मजबूत होंगे।
- ये दिखावा मत कीजिए कि आपको सबकुछ आता है। अपर्याप्तता की यही भावना आपको सीखते रहने के लिए प्रेरित करेगी।
- चुनौतियों का सामना करने के लिए तैयार रहिए।
- आप कितना भी क्यों न जानते हों, अपने अंदर और जानने की अतृप्त इच्छा बनाए रहिए!
- अगर आप कोई बात नहीं जानते तो अपने आपको कोसना बंद कीजिए। वास्तव में, आपको सहजता से कहना चाहिए कि 'मुझे नहीं पता'। इसके बाद यह पूछिए कि 'क्या आप इसे समझा सकते हैं, प्लीज?'
- अपने कंफर्ट जोन से बाहर निकलने में सहज बनिए और हर दिन नहीं तो नियमित अंतराल पर तो कुछ-न-कुछ ज़रूर नया आजमाते रहिए। संक्षेप में कहें, तो नए अनुभव लीजिए; वे सीखने के महत्त्वपूर्ण और मूल्यवान स्रोत होते हैं।
- सीखते समय, जब आप ध्यान एकाग्र करते हैं तो आपका दिमाग बहुत ज्यादा ऊर्जा की खपत करता है। इससे आप तनावग्रस्त महसूस करने लगते हैं। इस अस्त-व्यस्त अवस्था में, सबक आत्मसात करने और बनाए रखने की आपकी क्षमता कम हो जाती है। थोड़े-थोड़े अंतराल में और समय-समय पर ब्रेक लेते हुए सीखने की सलाह माननी चाहिए। सामान्य नियम तो यही है कि डेढ़ घंटे तक सीखिए और फिर पंद्रह मिनट का ब्रेक लीजिए।
- सीखने का काम तब सबसे अच्छी तरह से होता है जब यह काम धीमी गति से और रुक-रुककर किया जाए, ताकि बीच-बीच में आप उस पर विचार कर सकें जो आपने सीखा है।
- पढ़ना और चिंतन करना सीखने के महान तरीके हैं।

- बहस और चर्चा के जरिए सीखिए, जहाँ आपके विचारों को चुनौती दी जाती है।
- आप कितने भी व्यस्त क्यों न हों, हर सप्ताह में पाँच दिन एक-एक घंटा सीखने के काम में ज़रूर लगाएँ।
- सीखने के लिए बैठते समय, सकारात्मक मानसिकता बना लीजिए। जब आप सकारात्मकता महसूस करते हैं तो सीखने का काम ज्यादा अच्छी तरह से होता है।
- स्व-खोज के जरिए सीखना, सीखने का सबसे प्रभावी तरीका होता है।
- बिना किसी एजेंडे के सीखिए।
- असफलता पर शर्मिंदा मत होइए। इसे सीखने के मौके के रूप में लीजिए। साथ ही, दूसरों की भी असफलता से सीखिए।
- साथियों से सीखने की आदत डालिए। साथ ही, उच्च गुणवत्ता का नेटवर्क तैयार कीजिए। इसके बाद इस नेटवर्क से सीखने का सचेत प्रयास कीजिए।
- जब सीखने की तारीफ की जाती है तो आप और अधिक सीखने के लिए प्रेरित होंगे। ऐसे लोगों की संगत कीजिए जो आपकी सीखने की प्रवृत्ति का समर्थन करते हों और उसकी तारीफ करते हों।
- सीखना एक बार-बार दोहराई जाने वाली प्रक्रिया है। आपने जो सीखा है, उस पर आगे बढ़ते रहिए और जो सीखा है, उस पर चिंतन करते रहिए। इस तरह, आपने जो सीखा है, उसे आप आत्मसात कर लेंगे और सबक को अपना बना लेंगे।
- उद्देश्यपूर्ण और सुविचारित अभ्यास कीजिए और सक्रिय रूप से फीडबैक लीजिए। सीखने के अगले चरण में उसे शामिल कीजिए।
- जो कुछ आपने सीखा है, उसका दो स्तर पर अभ्यास कीजिए : शारीरिक और मानसिक।
- अगर नई जानकारी आपके सामने आती है तो आप अपने विचार भी बदलने को तैयार रहिए।
- सीखने का काम आंतरिक तभी हो पाएगा, जब इसे लागू किया जाए। इसलिए हर मौके पर इसे लागू करने का अभ्यास कीजिए। यहाँ कुछ तरीके दिए जा रहे हैं :
    - अपनी योग्यता के क्षेत्रों में कार्यशालाएँ आयोजित कीजिए।
    - अपने इंडस्ट्री जर्नल में ब्लॉग और लेख लिखिए।

- ○ उद्योग मंचों पर वक्ता बनने के मौकों की तलाश कीजिए।
- ○ आप जो सीखते हैं, उसे अपने नेटवर्क के लोगों को सिखाइए। बच्चों को पढ़ाना सबसे अच्छा तरीका हो सकता है। आप उन्हें जो सिखाते हैं, वह उनकी समझ में आता है तो आप स्वयं को साबित कर सकते हैं कि आपने उस विषय पर सही में महारत हासिल कर ली है।

- इंटरनेट के युग में, आप यूट्यूब पर दिए गए ट्यूटोरियल से या गूगल सर्च से तकरीबन सब कुछ सीख सकते हैं। इससे आपको अपने ज्ञान में कमी की पूर्ति करने में मदद मिलेगी। सीखने की जिम्मेदारी अपने आपको सौंपिए।
- कोई शिक्षण समुदाय बनाइए या किसी ऐसे क्लब या संगठन में शामिल हो जाइए जो उन विषयों पर केंद्रित हो जिन्हें आप सीखना चाहते हैं। यहाँ तक कि किसी डिग्री प्रोग्राम को ही ज्वाइन कर लीजिए। मैसिव ओपन ऑनलाइन पाठ्यक्रम (एमओओसी) में दुनिया के सर्वश्रेष्ठ शिक्षकों से सीखने का मौका मिलता है। इसके अलावा, पॉडकास्ट और ऑडियोबुक सुनने के लिए भी समय निकालिए।
- हर किसी का सीखने का तरीका अलग-अलग होता है। कुछ सुनकर सीखते हैं, कुछ पढ़कर, कुछ करके और कुछ डेमो देखकर सीखते हैं। अपने लिए सबसे उपयुक्त सीखने की शैली को पहचानिए और उसे अपनाइए।
- युवाओं को अपना शिक्षक बनाकर रिवर्स मेंटरिंग हासिल कीजिए।
- 'किसी प्रतिष्ठित व्यक्ति के करीब रहने' या 'शेडो' बनने के मौकों की तलाश कीजिए और उसके कामकाज के अवलोकन तथा अनुकरण से सीखिए।

आजीवन शिक्षार्थी बनने की राह से भटकाने वाले तत्व

जब आप खुद को आजीवन सीखने वाले के रूप में बदलने के सफर पर निकलेंगे तो आपको कई बाधाओं का सामना करना पड़ेगा। उनसे सावधान रहिए।

- कई शिक्षार्थी सीखने का सफर तब शुरू करते हैं, जब उनका अस्तित्व खतरे में होता है। ऐसे मामलों में, सीखने का एकमात्र मकसद खतरे को दूर करना होता है। इसका नकारात्मक पक्ष यह है कि खतरा टलते ही सीखा हुआ सब कुछ गायब हो जाता है।

यहाँ दबाव में सीखने के कुछ उदाहरण दिए जा रहे हैं :

- ○ परीक्षा पास करना।
- ○ डिग्री हासिल करना क्योंकि इसके बिना नौकरी पाना कठिन होता है।
- ○ नौकरी के लिए इंटरव्यू में सफल होना क्योंकि इसका मतलब नौकरी मिल जाना होता है।

खतरा टलते ही यह सीखा हुआ सब कुछ गायब हो जाता है।

सबक को दिमाग में बनाए रखने के लिए, खतरे में सीखने से बचिए। आप इसलिए सीखिए क्योंकि आप सीखना चाहते हैं और अपनी इच्छा से सीखना चाहते हैं।

- एक जड़ मानसिकता का पोषण करना जो आपको विश्वास दिलाती है कि आप तो पैदाइशी प्रतिभाशाली हैं और तकरीबन सब कुछ जानते ही हैं और आपको सीखने की कोई ज़रूरत नहीं है। इस बुराई से छुटकारा पाने के लिए विकास की मानसिकता अपनाइए।
- मोबाइल फोन और लैपटॉप जैसे भटकाने वाले साधनों को अपने करीब आने देना। मोबाइल फोन को एयरप्लेन मोड पर रखिए और सभी नोटिफिकेशन बंद करके ध्यान भटकाने वाली चीजों से दूरी बनाइए।
- कामों की अदला-बदली करके मल्टीटास्किंग में शामिल होना। इससे ध्यान भटकता है और सीखने में बाधा आती है। इस बुराई से छुटकारा पाने के लिए एक समय में एक ही काम पर ध्यान लगाने के लिए खुद को तैयार कीजिए।
- अनलर्निंग और रीलर्निंग के बिना सीखते जाना। इस भटकाऊ कारक को दूर रखने के लिए, 'लर्न। अनलर्न। रीलर्न' मंत्र को अपनाइए।

अगर हम अचेतन पूर्वाग्रहों से बचाव नहीं करते हैं तो सीखने की ये सभी रणनीतियाँ बेकार हो जाएँगी। ये सब पूर्वाग्रह सीखने के रास्ते में बाधा बनते हैं। यहाँ ऐसे ही कुछ पूर्वाग्रहों के बारे में बताया जा रहा है :

- ○ ज्ञान का अभिशाप : एक बार जब हमें लगता है कि हम कुछ जानते हैं तो फिर न जानने के बारे में सोचना ही कठिन हो जाता है। इसका नतीजा पेशेवर स्तर पर गिरावट हो सकता है।
- ○ लैंगिकता संबंधी पूर्वाग्रह : हम दूसरे लिंग की अपेक्षा एक लिंग से ही सीखना चाहते हैं।

- ब्लाइंड स्पॉट पूर्वाग्रह : यह मानना कि आप में तो कोई भी पूर्वाग्रह नहीं है, लेकिन अन्य लोगों के ज़रूर पूर्वाग्रह ग्रस्त होने की संभावना है।

उपसंहार

चार्ली मुंगर ने अपना करियर वकील के रूप में शुरू किया था जिससे उसे प्रति घंटे 20 डॉलर की आमदनी होती थी। उसने मन-ही-मन सोचा, 'मेरा सबसे मूल्यवान ग्राहक कौन है?' और उसने पाया कि वह स्वयं ही अपना सबसे मूल्यवान ग्राहक है। इसलिए उसने हर दिन खुद को एक घंटा बेचने का फैसला किया।

उसने उस एक घंटे का इस्तेमाल पढ़ने और सीखने के लिए किया। आज वह वॉरेन बफेट का दाहिना हाथ है और बर्कशायर हैथवे का वाइस प्रेसिडेंट है।

आइए, चर्चा शुरू करते हैं। आप ही अपने सबसे मूल्यवान ग्राहक हैं। अपने आपको दिन में एक घंटा बेचिए, लेकिन उस एक घंटे को सोशल मीडिया पर या नेटफ्लिक्स देखते हुए बर्बाद मत कीजिए। इसके बजाय, इसे सीखने में लगाइए। आप खुद को सीखने की एक मशीन में बदल देंगे और चार्ली मुंगर के इस अवलोकन को सही साबित कर देंगे : 'मैं लगातार ऐसे लोगों को जीवन में उभरते देखता हूँ जो सबसे चतुर नहीं हैं, लेकिन वे सीखने की मशीन हैं।'

अगर इसका पालन करना कठिन लगता है तो चार्ली मुंगर की एक आसान सलाह का पालन कीजिए, 'सुबह की तुलना में कुछ अधिक समझदार बनकर ही रात में सोइए।'

लाइफलॉन्ग लर्निंग संक्षेप में

लाइफलॉन्ग लर्नर

प्रौद्योगिकी से बाधित अस्थिर, अनिश्चित और जटिल दुनिया में, लोगों को आजीवन सीखते रहने की ज़रूरत है। इससे रोजगार क्षमता बढ़ती है, करियर में रफ्तार मिलती है, आत्मविश्वास बढ़ता है और प्रासंगिक बने रहने तथा आत्मविश्वास के साथ अप्रत्याशित परिस्थितियों का सामना करने में मदद मिलती है। संक्षेप में कहें तो, यह आजीवन विजेता बने रहने का पासपोर्ट है।

लाइफलॉन्ग लर्नर बनने की रणनीतियाँ

1. पढ़िए-चिंतन कीजिए-सिखाइए।
2. खूब सारा पढ़िए।
3. आपको जो आता है, वही नई बातें सीखने की कुंजी है।
4. अवलोकन के जरिए सीखिए।
5. शेडो द लीडर।
6. खोज के जरिए सीखिए।
7. बिना एजेंडे के सीखिए।
8. अपनी और दूसरों की असफलताओं से सीखिए।
9. संगत से सीखिए।
10. सभी से सीखिए।
11. रिवर्स मेंटरिंग।
12. उद्देश्यपूर्ण और सुविचारित अभ्यास।
13. शारीरिक और मानसिक अभ्यास।
14. लर्न, अनलर्न और रीलर्न।
15. विभिन्न माध्यमों पर अभिव्यक्त कीजिए।

लाइफलॉन्ग लर्नर बनाने वाले प्रवर्तक

1. जिज्ञासु बनिए।
2. प्रश्न कीजिए।
3. सब कुछ जानने का दिखावा मत कीजिए।
4. चुनौती दिए जाने के लिए तैयार रहिए।
5. 'मुझे नहीं पता' कहने के प्रति सहज रहिए। इसके बाद यह पूछिए कि 'क्या आप इसे समझा सकते हैं, प्लीज?'
6. अपने कंफर्ट जोन से बाहर निकलने में सहज बनिए।
7. सीखने के दौरान छोटे-छोटे ब्रेक लीजिए।
8. सीखिए, विचार कीजिए और सिखाइए।
9. तेजी से सीखने के बजाय, धीमे-धीमे, सुविचारित और मननशील तरीके से सीखिए।
10. सप्ताह में हर दिन एक घंटा सीखने में लगाइए।
11. सीखने से पूर्व सकारात्मक मानसिकता बनाइए।
12. स्व-खोज के जरिए अपने आप सीखिए।
13. सीखने की जिम्मेदारी अपने ऊपर डालिए।
14. सीखने के लिए स्व-प्रेरित बनिए।
15. सीखना बार-बार की जाने वाली प्रक्रिया है। दोहराते रहिए।
16. अपने विचार बदलने के लिए तैयार रहिए।

लाइफलॉन्ग लर्नर बनने की राह में भटकाने वाले तत्व

1. खतरे के कारण सीखना
2. जड़ मानसिकता
3. भटकाने वाले साधनों से घिरे रहना
4. सीखने के विरोधी पूर्वाग्रहों से ग्रस्त रहना
5. अनलर्न किए बिना सीखते जाना
6. मल्टीटास्किंग

सामाजिक कौशल

कौशल 7

किस्सागोई

किस्सागोई या कहानी सुनाना, अपने विचारों को दुनिया के सामने रखने का सबसे ताकतवर तरीका है। जो लोग कहानी कहने की कला में महारत हासिल कर लेते हैं, उनकी जीत होती है।

2009 में, एक 'सिग्निफिकेंट ऑब्जेक्ट' (यानी महत्त्वपूर्ण वस्तु) नाम का प्रयोग किया गया था ताकि तय किया जा सके कि क्या 'महत्त्वहीन' वस्तुओं के साथ कुछ कहानियाँ जोड़ने से उनका मूल्य बढ़ जाता है।

इस प्रयोग के लिए, छोटे-छोटे गहनों (ट्रिंकेट) का एक गुच्छा 129 डॉलर में खरीदा गया। हरेक किस्सागो से संपर्क करके हरेक गहने के लिए एक-एक कहानी बनाने को कहा गया। ये ट्रिंकेट, आविष्कृत कहानियों के साथ, ईबे पर डाल दिए गए। वही गुच्छा 3612 में बिका और 2700 प्रतिशत का आश्चर्यजनक रिटर्न हासिल हुआ।

महत्त्वहीन वस्तुओं के साथ कहानियाँ जोड़ देने भर से वे मूल्यवान हो जाती हैं क्योंकि कहानियाँ हमें भावनात्मक रूप से उत्तेजित करती हैं। इस अवस्था में, तर्कसंगत सोच शिथिल हो जाती है और भावनाएँ प्रबल हो जाती हैं और हम ऐसे तरीके से काम करने लगते हैं जो भावनात्मक रूप से संतुष्टि देने वाले होते हैं।

मनोवैज्ञानिक भी इस अनुभवजन्य साक्ष्य का समर्थन करते हैं। वे कहते हैं कि हमारे मस्तिष्क के दो पक्ष होते हैं : भावनात्मक पक्ष और तर्कसंगत पक्ष। भावनात्मक पक्ष को हाथी माना जा सकता है, जबकि तर्कसंगत पक्ष को हाथी के ऊपर बैठा सवार मान लीजिए। हमारी भावनाओं को छूने वाली कहानियाँ हाथी को उत्तेजित करती हैं। तब सवार (पढ़ें : मस्तिष्क का तर्कसंगत हिस्सा) का इस पर बहुत कम नियंत्रण रह जाता है। हाथी लगभग हमेशा अपने रास्ते आगे बढ़ जाता है (पढ़ें : भावना जीतती है!)।

किस्सागोई क्यों प्रभावकारी होती है?

हम 20,000 से ज्यादा सालों से कहानियों के जरिए संवाद करते आ रहे हैं। मुंह-जबानी कहानियों के जरिए बुद्धि और ज्ञान एक पीढ़ी से दूसरी पीढ़ी तक स्थानांतरित किया जाता रहा है। इसने कई रूप लिए, जैसे गीत, कविताएँ, मंत्र, प्रार्थनाएँ, कहावतें और भी बहुत कुछ। इसने हमें कहानियाँ सुनने, याद रखने और दोबारा सुनाने में माहिर बना दिया है। उन्हें लिखा तो बाद में जाने लगा और उनका मुद्रण तो और भी बहुत बाद में, प्रिंटिंग प्रेस के आविष्कार के बाद हो सका।

कहानी सुनाने के फायदे

कहानी सुनाने से बहुत सारे फायदे होते हैं। यहाँ कुछ फायदों की सूची दी जा रही है।

- **किस्सागो के अनुभव श्रोताओं तक पहुँचते हैं**

मैं आपको उस दौर में लिए चलता हूँ जब हमारे पूर्वज रात में आग तापते हुए अपने दिन भर के अनुभव एक-दूसरे से साझा किया करते थे।

आज एक शिकारी अपने दिन का अनुभव (पढ़ें : अपनी कहानी) सुना रहा है। 'मैंने घास में हल्की-सी हलचल देखी। करीब से देखने पर मुझे एक शेर दिखा। मैंने उसकी तरफ तीर चला दिया। हैरान होकर, वह अपनी जान बचाने के लिए भागा और मैं अपनी जान बचाने के लिए। जहाँ मुझे शेर दिखा था, वहाँ अकेले मत जाना कभी। कई शेर वहाँ शिकार की तलाश में वहाँ घूमते रहते हैं।'

जब ये कहानी सुनाई जा रही थी, तब सुनाने वाले और श्रोताओं के दिमाग के बीच तंत्रिका मेल हुआ। इससे उसका अनुभव श्रोताओं तक पहुँच गया और उन्हें ऐसा लगने लगा मानो उन्होंने खुद ही उस घटना का अनुभव कर लिया हो।

- **श्रोताओं के बीच एकाग्रता, ध्यान, विश्वास और सार्थक जुड़ाव**

तंत्रिका मेल के कारण श्रोताओं के दिमाग में उसी तरह के हार्मोन जारी होते हैं जो घटना के समय शिकारी के मस्तिष्क में जारी हो रहे थे।

आइए, हम कहानी पर वापस चलते हैं और श्रोताओं के दिमाग में हार्मोन के स्राव होने पर नजर डालते हैं :

- जब शेर का कहानी में प्रवेश हुआ तो तनाव वाले हार्मोन कोर्टिसोल का स्राव हुआ होगा। इसके कारण कहानी पर एकाग्रता और ध्यान भी बढ़ गया होगा।
- जब शिकारी सावधान हुआ होगा तब उड़ान या लड़ाई वाले हार्मोन एड्रेनालाइन का स्राव हुआ होगा। इस हार्मोन के स्राव का कारण बनने वाली घटनाएँ अच्छी तरह से याद रहती हैं।
- जब शिकारी अपने कबीले के पास दोबारा आ जाता है और कहानी का सुखद अंत होता है तो खुशी वाले हार्मोन डोपामाइन का स्राव होता है, जो हमें अधिक आशावादी महसूस कराता है।
- कहानी आगे बढ़ने पर अच्छा महसूस कराने वाला, विश्वास जगाने वाला हार्मोन ऑक्सीटोसिन स्रावित हो जाएगा जिससे सुनाने वाले और श्रोताओं के बीच सहानुभूति, संबंध और विश्वास का निर्माण होता है।

- **लोगों को उन पैटर्न को याद रखने में मदद करता है जिनका इस्तेमाल वे बाद में फैसले लेने के लिए करते हैं।**

शिकारी ने बताया कि घास में हलचल (पढ़ें : पैटर्न) का मतलब है कि कोई शिकारी जानवर घास में छिपा हो सकता है। यह पैटर्न श्रोताओं की स्मृति में जमा हो जाएगा। भविष्य में, जब वे घास को लहराते हुए देखेंगे (पढ़ें : पैटर्न) तो वे यह निष्कर्ष निकालेंगे कि कोई शिकारी जानवर उन पर घात लगाने के लिए इसके पीछे छिपा हो सकता है। वे उस दिशा में कदम उठाने से बचेंगे।

पैटर्न पहचान में स्मृति और हासिल की जा रही जानकारी के बीच संबंध बनाना शामिल होता है। इससे यह अनुमान लगाने में मदद मिलती है कि क्या होने की संभावना है।

• कहानियाँ लंबे समय तक याद रखी जाती हैं

जब हम बहुत ज्यादा भावनात्मक कहानियाँ सुनते हैं तो एड्रेनालाइन और डोपामाइन जैसे हार्मोन स्रावित होते हैं। इससे स्पष्ट स्मृतियों के निर्माण की सुविधा मिलती है, जिन्हें सचेत रूप से याद किया जा सकता है या घोषित किया जा सकता है। ये यादें काफी समय तक बनी रहती हैं और दीर्घकालिक यादें मानी जाती हैं।

• तथ्य उबाऊ होते हैं। कहानियाँ उन्हें दिलचस्प और यादगार बनाती हैं

मैं एक ही कहानी दो तरह से पेश करता हूँ।

प्रस्तुति 1 : मालिक का निधन हो गया। उसके बाद जल्द ही उसका पालतू अलसेशियन कुत्ता भी मर गया।

प्रस्तुति 2 : मालिक का निधन हो गया। उसके दुख में उसके पालतू अलसेशियन कुत्ते ने भी अपनी जान दे दी।

कौन-सी प्रस्तुति आपको पसंद आई? ज्यादातर लोगों को दूसरी प्रस्तुति पसंद आएगी क्योंकि इसमें भावुकता का तत्व शामिल कर दिया गया है। भावनाओं से कहानियाँ यादगार बन जाती हैं। प्रस्तुति-1 में केवल तथ्य बताया गया है, जो नीरस और उबाऊ है।

इंसान के तौर पर हम न तो तथ्यों को याद रख पाते हैं और न ही तर्क को लंबे समय तक समझ पाते हैं। हालाँकि कहानियों को समझते भी हैं, याद रखते हैं और वे याद भी आ जाती हैं क्योंकि कहानियाँ हमें भावनात्मक रूप से उत्तेजित करती हैं और भावनात्मक उत्तेजना तथा स्मृति निकटता से जुड़ी हुई होती हैं। कहानियाँ वहाँ भी पहुँच जाती हैं जहाँ तर्क और तर्कसंगत सोच का प्रवेश नहीं हो पाता है, यानी हमारे दिल तक पहुँच जाती हैं। इसलिए, जब तथ्यों को किसी दिलचस्प कहानी के रूप में संप्रेषित किया जाता है तो उनके याद रखे जाने की संभावना बाइस गुना ज्यादा हो जाती है, क्योंकि हमारा दिमाग दृश्यात्मक जानकारी को सादा पाठ (पढ़ें : आंकड़े) की तुलना में 60,000 गुना तेजी से डिकोड करता है।

लोगों को प्रभावित करने के लिए आंकड़ों और तर्कों को प्रस्तुत करने के बजाय कहानी कहने की ताकत का इस्तेमाल कीजिए। इससे अच्छा लाभ मिलेगा।

• कहानियों के जरिए जटिल विचार भी समझाए जा सकते हैं

कहानी सुनाना जटिल विचारों को संप्रेषित करने की ऐसी पुरानी तकनीक है जिससे उन विचारों को आसानी से समझा जा सकता है और उन पर अमल कराया जा

सकता है। कई श्रोता ऐसे भी होंगे जिन्हें कहानी समझ नहीं भी आती होगी, लेकिन इसकी संभावना तो रहती ही है कि सभी को वह संदेश याद रहेगा जिसे कहानी संप्रेषित करना चाहती है और उस पर अमल करना चाहती है।

किस्सागोई की ताकत बताने वाले केस स्टडी

अपने कॉरपोरेट करियर में और बाद में शिक्षक, प्रशिक्षक और लेखक के रूप में, मैंने कॉरपोरेट टीम के सदस्यों, छात्रों और पाठकों को अपनी सोच से प्रभावित करने के लिए केवल आंकड़ों, तर्कों, 'लाभ और दंड' नजरिये या अपनी कुर्सी की ताकत पर भरोसा नहीं किया। इसके बजाय, मैंने उन्हें प्रभावित करने के लिए कहानी कहने की सॉफ्ट पावर पर भरोसा किया। इससे बहुत फायदा हुआ।

नीचे कुछ ऐसे केस अध्ययन दिए जा रहे हैं जो आपको कहानी कहने की शक्ति के बारे में बताएँगे।

1. किसी वस्तु को ब्रांड में बदलना

मैं आईआईएम इंदौर में ब्रांड मैनेजमेंट का कोर्स पढ़ा रहा था। एक छात्र ने हाथ उठाकर मुझसे पूछा, 'सर, हम किसी वस्तु को ब्रांड में कैसे बदल सकते हैं?'

जब उसने हाथ उठाया तो मैंने देखा कि उसने इंगेजमेंट रिंग पहन रखी है।

'क्या तुम अपनी इंगेजमेंट रिंग पहने हो?' मैंने पूछा।

'हाँ,' उसने जवाब दिया।

'इंगेजमेंट रिंग एक वस्तु है। शानदार आभूषण डिजाइनर लुइस कार्टियर ने इसके साथ एक भावनात्मक कहानी जोड़कर इसे ब्रांड में बदल डाला,' मैंने बताया और कहानी सुनानी शुरू कर दी।

'ट्रिनिटी डी कार्टियर अंगूठी में सोने के तीन अलग-अलग रंग होते हैं, जो एक शाश्वत आलिंगन में गुंथे हुए होते हैं। हर रंग किसी-न-किसी कालातीत भावना का प्रतिनिधित्व करता है :

- प्यार के लिए गुलाबी।
- वफादारी के लिए पीला।
- दोस्ती के लिए सफेद।'

जब यह 'कहानी' पुरुषों को सुनाई जाती है तो वे भावनात्मक रूप से उत्तेजित हो जाते हैं। इस अवस्था में, वे इसे अपनी महिला मित्र को उपहार देने के लिए खरीदते

हैं, कामना करते हैं कि उनका रिश्ता प्यार, वफा और दोस्ती के शाश्वत आलिंगन में तब तक बंधा रहे जब तक कि मौत ही उन्हें अलग न कर दे। जिस महिला को ये रिंग मिलती है, उसमें भी समान भावनाएँ जगती हैं। नतीजतन, ट्रिनिटी रिंग एक सामान्य अंगूठी से बढ़कर भावनाओं को प्रेरित करने में सक्षम ब्रांड बन गई।

2. किसी ब्रांड के लिए प्राथमिकता बनाइए

नेस्ले ने कोको किसानों के जीवन में सुधार लाने और अच्छी गुणवत्ता वाले कोको की निर्बाध आपूर्ति सुनिश्चित करने के दोहरे उद्देश्य से 'कोको प्लान' शुरू किया।

इस योजना ने महिलाओं और बच्चों के लिए साक्षरता योजनाएँ शुरू कीं। नेस्ले का मानना था कि जब कोको किसानों की महिलाओं और बच्चों को शिक्षा मिलेगी तो उनका भविष्य उज्ज्वल होगा।

इन योजनाओं से नेस्ले को किसानों की सद्भावना हासिल हुई और इसने अच्छी गुणवत्ता वाले कोको की निर्बाध आपूर्ति सुनिश्चित की, जिसका इस्तेमाल किटकैट समेत चॉकलेट के विभिन्न ब्रांडों के निर्माण में किया गया।

जब उपभोक्ताओं को यह कहानी सुनाई जाती है कि किटकैट बनाने में जिस चॉकलेट का इस्तेमाल किया जाता है, वह 'कोको प्लान' से है, जो कोको समुदाय के भविष्य को उज्ज्वल करने में उत्प्रेरक की भूमिका निभा रहा है तो वह केवल चॉकलेट ब्रांड नहीं रह जाता है। वह एक संवेदनशील ब्रांड में बदल गया है और नेस्ले भी एक संवेदनशील कंपनी में बदल गई।

खरीदार किटकैट खरीदना पसंद करते हैं क्योंकि उन्हें विश्वास रहता है कि इसे खरीदने के छोटे से कार्य के जरिए वे कोको किसानों और उनके परिवारों को बेहतर जीवन जीने में भी सहायता कर रहे हैं।

नेस्ले ने अपने ब्रांड के लिए प्राथमिकता पैदा करने के लिए 'भलाई करके लाभ कमाने' की कहानी को अपने ब्रांड के साथ जोड़ा।

3. कैसे मैनेज करें?

मेरी वर्कशॉप में शामिल होने वाले छात्र और प्रतिभागी अक्सर मुझसे 'मैनेज करने' (पढ़ें : बॉस को मैनेज करने) के लिए टूलकिट का सुझाव देने के लिए कहते हैं। हालाँकि मैंने उन्हें जो टूलकिट मुहैया कराई, वह बेअसर साबित हुई। इससे मुझे प्रेरणा मिली कि मैं उन्हें कहानी सुनाकर प्रबंधन के लिए अनुसरण करने का रास्ता दिखाऊँ। मैं उन्हें नीचे बताई कहानी सुनाता हूँ।

माइकल एंजेलो ने डेविड की संगमरमर की मूर्ति बनाई। जब मूर्ति पूरी होने वाली थी तो फ्लोरेंस गणराज्य के प्रमुख लोगों को इसका पूर्वावलोकन करने के लिए बुलाया गया। कला के संरक्षक पिएरो सोडारिनी भी उनमें शामिल थे। उन्होंने मूर्ति की नाक के अनुपात के बारे में अपनी शंका जता दी।

माइकल एंजेलो तो मनमौजी के रूप में जाना जाता था। हालाँकि इस मामले में अजीब तरीके से, वह सुधार के लिए मान गया। वह हथौड़ा और छेनी उठाने के लिए नीचे झुका और अजीब बात यह रही कि उसने फर्श पर पड़े संगमरमर के कुछ टुकड़े और उसका पाउडर उठाया।

उसने उचित स्थानों पर टैप करके और संगमरमर के टुकड़े तथा संगमरमर की धूल गिराने के लिए हाथों को थोड़ा खुला रखते हुए, नाक को सही करने का दिखावा शुरू कर दिया। इससे आभास हुआ कि माइकल एंजेलो सुझाए गए बदलावों को लागू कर रहा था। ये चालाकी करके पिएरो सोडारिनी को विश्वास हो गया कि मूर्ति एकदम सही हो गई है।

मैं यह कहकर कहानी समाप्त करता हूँ, 'सार्वजनिक रूप से अपने बॉस से असहमत मत होइए। इससे वह और ज्यादा प्रतिशोधी हो जाएगा। इसके बजाय, अपने प्रयास की प्रामाणिकता की रक्षा करते हुए उसके अहंकार को मैनेज करने की किसी चतुर रणनीति के बारे में सोचिए।'

छात्रों और प्रतिभागियों ने खुशी से अपना सिर हिलाकर यह बताया कि उन्हें 'मैनेज' करने की टूलकिट मिल चुकी है।

4. अपने करियर में कोई विशिष्ट छाप छोड़िए

मेरे कई छात्र मुझसे एक ही सवाल करते हैं : 'सर, मुझे अपने कॉरपोरेट करियर में विशिष्ट छाप छोड़ने के लिए क्या करना चाहिए?'

मैं उन्हें बॉलीवुड स्टार ऋषि कपूर की जिंदगी का एक किस्सा सुनाया करता हूँ।

फिल्म बॉबी की शूटिंग के पहले दिन 'मैं शायर तो नहीं' गाने का फिल्मांकन होना था। ऋषि कपूर कैमरे के सामने आने से पहले स्टेप की प्रैक्टिस करने के लिए सेट पर जल्दी पहुँच गए। उन्होंने पूछा कि क्या कोरियोग्राफर (उस समय डांस मास्टर कहलाते थे) आ गए हैं।

उन्हें जवाब मिला कि अभी तक कोई डांस मास्टर नहीं आया है! इससे वे घबरा गए। जल्द ही, ऋषि कपूर के पिता और फिल्म के निर्माता और निर्देशक राज कपूर

सेट पर पहुँच गए और उन्होंने निर्देश दिया कि लाइटें चालू कर दी जाएँ। ऋषि कपूर की ओर मुड़ते हुए, उन्होंने कहा कि वे अपनी पॉजिशन लें और गाने की पहली पंक्ति पर लिप-सिंक करते हुए वहाँ से आगे बढ़ना शुरू करें।

ऋषि ने घबराकर डांस मास्टर के बारे में पूछा।

राज जी गुस्सा हो गए और बोले, 'तुम्हें डांस मास्टर की क्या ज़रूरत है?'

ऋषि ने जवाब दिया, 'मैंने अपने जीवन में कभी कोई गाना नहीं किया है।'

राज जी ने उनकी बात सुनी और बोले, 'ठीक है। अब वहीं खड़े हो जाओ और गाने पर परफॉर्म करना शुरू कर दो।' उन्होंने वैसा ही किया।

शॉट के बाद राज जी ऋषि कपूर से बोले, 'अगर मैंने किसी डांस मास्टर को बुलाया भी होता तो वह तुम्हें वही स्टेप बताता जो वह धर्मेंद्र और राजेश खन्ना जैसे मौजूदा सुपरस्टारों को बताता है। तुम भी वैसा ही करते। जनता कहती कि तुम उनकी नकल कर रहे हो। तुम अपनी छवि बनाओ–अपनी विशिष्ट पहचान बनाओ।'

मैं छात्रों को यह सलाह देकर कहानी समाप्त करूँगा कि, 'विशिष्ट बनने की कोशिश करो और अपनी विशिष्ट पहचान स्थापित करो। यह इतनी मौलिक होनी चाहिए कि दूसरे आपकी नकल करने लगें। तब आप निश्चित रूप से अपने करियर में अपनी छाप छोड़ेंगे।'

5. रातोंरात सफलता तो भ्रम है

छात्र तो रातोंरात सफलता हासिल करना चाहते हैं। मैं उन्हें आगाह करता हूँ कि धीरज रखो, लेकिन मेरी सलाह को वे चिकने घड़े की तरह लेते हैं। इससे मुझे अपनी रणनीति बदलने पर मजबूर होना पड़ा। मैंने पाब्लो पिकासो की कहानी सुनाना शुरू किया ताकि यह उजागर किया जा सके कि रातोंरात सफलता एक भ्रम ही है और स्थायी सफलता में तो समय लगता है।

एक दिन, एक रेस्टोरेंट में शाम को भोजन का लुत्फ लेते समय पाब्लो पिकासो को एक प्रशंसक ने रोककर एक रुमाल देते हुए कहा, 'क्या आप मेरे लिए कुछ स्केच कर सकते हैं? मैं आपको इसके लिए पे करूँगा। आप तो अपनी कीमत बताइए।'

जवाब में, पिकासो ने अपनी जेब से एक चारकोल वाली पेंसिल निकाली और जल्दी से एक बकरी का चित्र बना दिया।

वह आदमी रुमाल लेने के लिए आगे बढ़ा, लेकिन पिकासो ने उसे रोकते हुए कहा, 'तुम पर मेरे 100,000 डॉलर बकाया हैं।'

वह आदमी गुस्सा गया। '100,000 डॉलर? क्यों? आपको चित्र बनाने में 30 सेकंड से ज्यादा समय तो लगा नहीं है!'

तब पिकासो ने रुमाल मोड़कर अपनी जैकेट की जेब में रख लिया। 'तुम गलत कह रहे हो,' उन्होंने कहा। 'इसमें मुझे चालीस साल लगे हैं।'

मैं अपने छात्र-छात्राओं की ओर देखकर उनसे एक प्रश्न पूछता हूँ : 'अगर पिकासो को अपने हस्ताक्षर करने में चालीस साल लगे तो क्या हम जैसे मामूली लोगों को सफलता हासिल करने में कुछ समय नहीं लगेगा?'

वे सहमति में सिर हिलाते हैं।

पिकासो की कहानी ने छात्रों के बीच भावनात्मक जुड़ाव पैदा किया। उन्होंने सफलता पाने के लिए लगन और धैर्य से काम करने का संकल्प लिया।

6. काम से संबंधित तनाव को दूर कैसे रखें

काम से संबंधित तनाव जीवन का अभिन्न अंग बन चुका है। अगर इस पर रोक न लगाई जाए तो यह अनिद्रा, अवसाद, चिंता जैसी कई समस्याएँ पैदा कर सकता है।

'हमें क्या करना चाहिए?' मुझसे अक्सर लोग पूछते हैं।

यह पूछने वाले लोगों को मैं भारतीय क्रिकेट टीम के पूर्व कप्तान महेंद्र सिंह धोनी की कही बात याद दिलाता हूँ। क्रिकेट के मैदान पर सबसे तनावपूर्ण क्षणों के दौरान भी, शांत रहने के कारण उन्हें "कैप्टन कूल" कहा जाता था।

'नतीजों के बारे में मत सोचो। नतीजे ही हम पर दबाव डालते हैं। हमें सोचने पर मजबूर कर देते हैं, "अगर हम मैच न जीत पाए तो क्या होगा?" "अगर हमारा सिलेक्शन नहीं हुआ तो क्या होगा?" जैसे ही हम नतीजे के बारे में चिंता करना शुरू कर देते हैं तो हम डर की चपेट में आ जाते हैं। जब हम डर के कारण काम करते हैं तो संभावित नतीजा असफलता का ही होता है।

'सोचना तो यह चाहिए कि हमारे नियंत्रण में क्या है। अगर हम इसका ध्यान रखें तो हमें मनचाहा नतीजा मिल सकता है। अगर हमें अपेक्षित नतीजे नहीं मिलते हैं तो हम असफलता से सीखकर सुधार कर सकते हैं। दोनों ही मामलों में हमें फायदा ही होता है,' धोनी कहते हैं।

मैं *भगवद्गीता* का उद्धरण देकर धोनी की सलाह का समर्थन करता हूँ कि हमारा अपने कर्मों पर नियंत्रण है, लेकिन उन कर्मों के फल पर हमारा नियंत्रण नहीं है। इसलिए हमें कर्म करना चाहिए न कि फल की चिंता करनी चाहिए।

महेंद्र सिंह धोनी की सलाह और *भगवद्गीता* की सीख अचूक साबित होती है। बहुत से लोग इस सलाह को अपनाते हैं और काम से संबंधित दबाव को सफलतापूर्वक अपने से दूर रखते हैं।

7. दूसरों को नाराज किए बिना, अप्रिय सत्य बताना

मुझे एक बहुराष्ट्रीय कंपनी ने एक अनुकूलित प्रशिक्षण कार्यक्रम आयोजित करने के लिए बुलाया था। इसके लिए, प्रतिभागियों के सामने आने वाली चुनौतियों की गहरी समझ हासिल करने के लिए उनसे बात करना ज़रूरी था। हालाँकि जब भी मैं उन्हें फोन करता, वे बैठकों में व्यस्त मिलते। मुझे लगा कि यह कोई अच्छा संकेत नहीं है। मैं यह कड़वी सच्चाई उन्हें बताना चाहता था, लेकिन यह अप्रिय फीडबैक देंने से मैं डर भी रहा था। मुझे डर था कि इसके कारण रिश्तों में तनाव न आ जाए। इस परिस्थिति में मुझे इस अप्रिय सत्य को कहने के लिए कहानी कहने का जरिया चुनने के लिए प्रेरित किया। कार्यक्रम के आखिरी दिन मैंने प्रतिभागियों को एक कहानी सुनाई।

एक घोड़ा बहुत तेज रफ्तार से दौड़ रहा था। जब घोड़ा एक मोड़ पर मुड़ा, एक बूढ़े व्यक्ति ने उस पर सवार आदमी से पूछा, 'तुम कहाँ जा रहे हो, नौजवान?'

'मुझे क्या पता, घोड़े से पूछो!' सवार चिल्लाया।

मैंने कमरे में चारों तरफ देखा। मुझे कई चेहरे मुस्कराते हुए दिखे। 'आप लोग मुस्करा क्यों रहे हैं?' मैंने एक प्रतिभागी से पूछ लिया।

'हममें से ज्यादातर लोग उस घुड़सवार की तरह ही हैं। हम उसी घोड़े पर सवार हैं जो पूरे दम से दौड़े जा रहा है। बदकिस्मती से वह हमारे काबू में नहीं है,' उसने जवाब दिया।

एक अन्य प्रतिभागी ने कहा, 'हमारे पास सबसे कीमती संसाधन 'समय' है और उस पर हमारा नियंत्रण होना चाहिए। बदकिस्मती से, हम किसी और को इसे नियंत्रित करने दे रहे हैं।'

जब और ज्यादा प्रतिभागियों ने अपनी बातें रखीं तो, एक आम सहमति बनती दिखी–उन्हें अपने समय पर नियंत्रण फिर से हासिल करना होगा।

मैंने प्रतिभागियों को एक कड़वी सच्चाई बताई थी। हालाँकि इससे कोई नाराज नहीं हुआ क्योंकि मैंने इसके लिए कहानी का माध्यम चुना था और जो संदेश मैं देना चाहता था, वह तो पहुँच ही चुका था।

8. बुरी आदतें छोड़िए

अपने कॉरपोरेट करियर के दौरान मैंने पाया कि बड़ी संख्या में सेल्सपर्सन भारी डिस्काउंट, विस्तारित क्रेडिट अवधि और बाजार में अंधाधुंध माल भेजकर सेल्स 'खरीदने' के आदी थे। जब उनसे बात की जाती तो वे कहते कि किसी भी कीमत पर सेल्स हासिल करना उनकी आदत बन चुकी है।

मैंने उनसे स्पष्ट तौर पर कहा कि अगर वे सेल्स खरीदना जारी रखेंगे तो हमारी कंपनी का मरना निश्चित है। पर, इससे कोई फायदा नहीं हुआ। आखिरकार, मैंने उनकी इस गहरी जड़ें जमा चुकी हानिकारक आदत से छुटकारा दिलाने के लिए कहानी सुनाने की ताकत का सहारा लिया। सभी गलती करने वाले सेल्सपर्सन की मौजूदगी में मैंने एक कहानी सुनाई :

एक बिच्छू नदी पार करना चाहता था, लेकिन बहाव तेज होने के कारण उसे पार करना मुश्किल हो रहा था। इधर-उधर देखने पर उसकी नजर एक पक्षी पर पड़ी।

'क्या तुम मुझे अपनी पीठ पर बैठाकर नदी पार करा दोगे?' उसने पूछा।

पक्षी ने जवाब दिया, 'अगर मैं ऐसा करूँ और तुम मुझे काट लो तो मैं तो मर ही जाऊँगा न।'

'इसका मतलब मैं भी तो मर जाऊँगा,' बिच्छू ने तर्क दिया और बोला, 'मैं खुद को क्यों मारना चाहूँगा?'

पक्षी को उसके तर्क में दम नजर आया और उसने बिच्छू को अपनी पीठ पर बैठा लिया। तुरंत ही वे उड़ चले।

जब वे नदी पर से गुजर रहे थे, तभी बिच्छू ने पक्षी को काट लिया। पक्षी बेहोश होने लगा और गिरकर मरने लगा। अर्धबेहोशी की हालत में उसने बिच्छू से पूछा, 'तुमने मुझे क्यों काटा? मैं तो मरूँगा ही, लेकिन मरोगे तो तुम भी।'

बिच्छू उदास होकर पक्षी की तरफ देखते हुए बोला, 'काटना तो मेरी आदत है। मैं इसमें कुछ कर ही नहीं सकता।' दोनों गिरे और मर गए।

'आपको इस कहानी से क्या सबक मिला?' मैंने मौजूद सेल्स टीम से पूछा।

'हमारी बुरी आदत ही हमारे पतन का कारण बनेगी।' एक सेल्सपर्सन ने कहा,

'यह उस कंपनी के पतन का कारण भी बन सकता है जिसके लिए हम काम करते हैं।' टीम के ज्यादातर सदस्य उससे सहमत थे। इसके बाद सेल्स टीम ने सेल्स खरीदने की इस बुरी आदत को छोड़ने का संकल्प लिया।

किस्सागोई से वह भी हासिल हो सकता था जो दंड और इनाम की नीति से भी हासिल नहीं हो सका!

9. लोगों को काम में अपना सर्वश्रेष्ठ करने के लिए प्रेरित करें

मुझे कंपनी के कर्मचारियों को काम में अपना सर्वश्रेष्ठ देने के लिए प्रेरित करने के इरादे से एक वर्कशॉप करने के लिए बुलाया गया था। वर्कशॉप के दौरान, मैंने ऐसी रूपरेखाएँ, उपकरण और तकनीकें साझा कीं जो प्रतिभागियों को हर दिन बेहतरीन परफॉर्मेंस देने में मदद कर सकती हैं। मैंने समापन से पहले एक कहानी सुनाई।

हर सुबह एक शेर उठता है और नाश्ते के लिए एक हिरण को मारना चाहता है। हर सुबह, एक हिरण भी उठता है, अपने शिकारियों को पछाड़कर जीवित रहना चाहता है।

'क्या आप जानते हैं कि इस दौड़ में कौन जीतता है?' मैंने प्रतिभागियों से पूछा।

'शेर,' एक प्रतिभागी बोला।

'क्यों?' मैंने उससे पूछा।

प्रतिभागी ने कहा, 'शेर हिरण से ज्यादा मजबूत और शक्तिशाली है।'

'हाँ, शेर ज्यादा शक्तिशाली और मजबूत तो है। उसे जीतना चाहिए, लेकिन ज्यादातर हिरण ही जीतता है। क्योंकि हिरण अपनी जान के लिए भाग रहा होता है, जबकि शेर अपने नाश्ते के लिए भाग रहा होता है।'

कमरे में स्तब्ध कर देने वाला सन्नाटा छा गया। मैंने प्रतिभागियों की ओर देखा और उनसे एक प्रश्न किया, 'हर दिन, काम पर, क्या आप हिरण की तरह ही अपनी जान बचाने के लिए दौड़ते हैं (पढ़ें : काम करते हैं) या शेर की तरह केवल अपना वेतन कमाने के लिए काम करते हैं? आप हर दिन कार्यस्थल पर जो मानसिकता दिखाते हैं, वही यह निर्धारित करती है कि आप अपने करियर के आखिर में कहाँ खड़े हैं।'

'शेर और हिरण की मानसिकता' प्रतिभागियों के बीच चर्चा का विषय बन गई। जब वो लोगों को कमर कसने या किसी सहकर्मी के काम की तारीफ करते हैं तो वे इसकी याद दिलाते हैं। लोगों की परफॉर्मेंस में निश्चित तौर पर सुधार हुआ।

10. स्थानीय प्रतिस्पर्धा का मुकाबला करना

स्थानीय प्रतिस्पर्धा बढ़ चुकी थी। हमारी ग्रोथ के लिए खतरा हो रहा था। उन पर अंकुश लगाने की राष्ट्रीय रणनीति बेअसर साबित हो रही थी। इसका समाधान स्थानीय टीम को ही रणनीति तैयार करके और उसे तत्परता से लागू करके निकालना था। मैं टीम तक यह संदेश पहुँचाना चाहता था। मैं इसके लिए कहानी सुनाने का रास्ता चुनता हूँ।

एक आदमी भारी कर्ज में डूबा हुआ था। साहूकार ने उसके सामने एक उदार प्रस्ताव रखा कि यदि वह अपनी बेटी का विवाह उससे कर दे तो कर्जा छोड़ देगा।

पिता की इच्छा नहीं थी। यह देखते हुए, साहूकार ने प्रस्ताव में सुधार किया। उसने कहा, 'जमीन–सफेद और काले–दो रंगों के कंकड़ों से अटी पड़ी है। मैं दो कंकड़ चुनूँगा–एक सफेद और एक काला और उन्हें एक थैले में रखूँगा। तुम्हारी बेटी इसमें से एक कंकड़ चुने। अगर वह काले कंकड़ को चुनती है तो उसे मुझसे विवाह करना होगा; अगर वह सफेद कंकड़ को चुनती है तो आपका कर्जा माफ कर दिया जाएगा और तुम्हारी बेटी को भी मुझसे शादी नहीं करनी पड़ेगी।'

बेटी ने उसका प्रस्ताव मान लिया।

चतुर साहूकार ने झुककर दो काले कंकड़ उठा लिए। अब उसे विश्वास था कि चाहे वह कोई भी कंकड़ उठाए, वह काला ही निकलेगा। बेटी ने उसकी चालबाजी देख ली।

साहूकार ने उसे थैले से एक कंकड़ निकालने के लिए कहा। उसने एक कंकड़ उठाया, लेकिन जानबूझकर उसे नीचे गिरा दिया। यह पहचान पाना नामुमकिन था कि कौन सा कंकड़ गिरा है।

अपने चेहरे पर पश्चाताप के भाव दिखाते हुए वह बोली, 'मैं कितनी अनाड़ी हूँ! लेकिन थैले में बचे कंकड़ का रंग देखकर हम जान सकते हैं कि मैंने कौन से रंग का कंकड़ उठाया था। मैंने जो उठाया था, उसके विपरीत वाला ही तो बचा होगा।'

थैले में काला कंकड़ ही मिला। यह माना गया कि लड़की ने सफेद कंकड़ ही उठाया था। साहूकार इस पर कुछ नहीं बोल पाया। लड़की ने चालाक साहूकार को मात दे दी!

'स्थानीय प्रतिस्पर्धी चालाक साहूकार की तरह होते हैं। वे हमें हराना चाहते हैं, लेकिन आप उन्हें मात देने के लिए सरल रणनीतियाँ बना सकते हैं, जैसे इस कहानी में लड़की ने किया,' मैंने कहा और पूछा, 'क्या आप लोग ऐसा कर सकते हैं?'

'बिलकुल,' उन्होंने जोर की आवाज में जवाब दिया!

उन लोगों ने ऐसी रणनीतियाँ बनाईं जिन पर अमल करके स्थानीय प्रतिस्पर्धा से सफलतापूर्वक निपटा जा सका। हमारा विकास वापस पटरी पर आ गया।

कहानी 2.0 : मंचीय नाटक जिसमें श्रोता 'सक्रिय रूप से डूब' जाएँ

कहानी सुनाना अपने विचारों को दुनिया के सामने पेश करने और श्रोताओं को प्रभावित करने का एक शक्तिशाली साधन है। कई बार, इसमें श्रोता निष्क्रिय रूप से शामिल होते हैं। हालाँकि जब कहानियों का नाटक के रूप में मंचन किया जाता है तो इसमें श्रोताओं को 'सक्रिय रूप से डुबोने' की शक्ति होती है, जिससे कहानी और ज्यादा यादगार बन जाती है।

एक एल्कोहलिक ड्रिंक्स कंपनी ने कभी न भुलाए जा सकने वाले नाटक के रूप में एक कहानी सुनाई।

ऐसा सुनने में आ रहा था कि इस बार वार्षिक बिक्री सम्मेलन की पूर्व संध्या पर किसी क्रांतिकारी विचार का अनावरण किया जाना है, जो बाजार में तूफान ला देगा।

सम्मेलन सुबह 9 बजे शुरू होने वाला था। सुबह 8.55 बजे तक लोग अपनी सीटों पर बैठ चुके थे। घड़ी में 9 बजने से कुछ मिनट पहले प्रेसिडेंट आया और मेज के सामने पर अपने स्थान पर बैठ गया। उसके साथ सेल्स और मार्केटिंग और मैनुफैक्चरिंग जैसे विभागों के हेड भी थे।

प्रेसिडेंट के सामने सबसे ज्यादा बिकने वाले व्हिस्की ब्रांडों की बोतलें डिस्प्ले की गईं।

बिक्री सम्मेलन ठीक सुबह 9 बजे शुरू हुआ, लेकिन एक रीजनल मैनेजर (आरएम) देर से आया। वह कार्यक्रम स्थल में देर से पहुँचने के खतरे को समझता था। इसलिए वो होशियारी से धीरे से हॉल में घुसा कि कोई उसे देख न पाए। हालाँकि प्रेसिडेंट की तेज नजरों ने उसे हॉल में आते हुए देख ही लिया।

'आपको देर हो गई!' प्रेसिडेंट तेज आवाज में बोला। यह कहते हुए, उसने अपने सामने डिस्प्ले से व्हिस्की की एक बोतल उठाई और उसे आरएम पर फेंक दी। आरएम ने फेंकी गई मिसाइल से बचने की कोशिश की। ज्यादातर लोगों ने मिसाइल के लक्ष्य पर लगने की उम्मीद में अपनी आँखें बंद कर लीं। हालाँकि किस्मत की बात कि निशाना चूक गया और जोरदार धमाके के साथ बोतल फर्श पर गिर गई। लोग सोच रहे थे कि व्हिस्की की बोतल के हजारों टुकड़े हो जाएँगे लेकिन यह देखकर सब

चकित रह गए कि बोतल टूटी ही नहीं।

'बोतल उठा लाओ,' प्रेसिडेंट ने हुक्म दिया। आरएम ने बोतल उठाई और प्रेसिडेंट को दे दी।

प्रेसिडेंट के चेहरे पर खिलखिलाती मुस्कान थी। बोतल को हाथ में पकड़ते हुए उसने कहा, 'यह पीईटी बोतल है। काँच की बोतल की तरह नहीं है जो टूट जाए। इसे ले जाना सुविधाजनक है' वह काँच की बोतल के बजाय पीईटी पैक के फायदे बताता रहा। टीम उसके हर शब्द को ध्यान से सुन रही थी।

सेल्स टीम के सामने जो 'नाटक' खेला गया था, उसने उन्हें पीईटी पैक के फायदों के बारे में असरदार तरीके से समझा दिया था। उन्होंने तुरंत ही पीईटी पैक को बाजार में पेश किया और उन्हें सकारात्मक प्रतिक्रिया मिली।

नाटक का मंचन करके कहानी पेश करने से श्रोता सक्रिय रूप से डूब जाते हैं। किसी कहानी सुनाने की तुलना में इसे ज्यादा याद रखा जाएगा क्योंकि कहानी सुनते समय श्रोता निष्क्रिय रूप से शामिल होते हैं।

मैंने अपनी योग्यता स्थापित करने और अपना ड्रीम जॉब पाने के लिए कहानी कहने की 'सॉफ्ट पावर' का फायदा उठाया

'रिक्रूटर्स को लग सकता है कि वे पूरी तरह से तर्क के आधार पर फैसला करते हैं, लेकिन उनकी भावनाओं की भी उतनी ही बड़ी भूमिका होती है।

यह इंसानी स्वभाव है। भावनाओं से ही यह तय होता है कि हम अन्य लोगों से कितना जुड़ा हुआ महसूस करते हैं और उन्हीं संबंधों के आधार पर हम किसी को सकारात्मक या नकारात्मक दृष्टि से देखते हैं। उस समीकरण के "सकारात्मक" पक्ष पर पहुँचने का सबसे तेज तरीका आसान है : अपने बायोडाटा में, अपने कवर लेटर में और अपने इंटरव्यू के दौरान कोई अच्छी कहानी पेश कीजिए,' *हार्वर्ड बिज़नेस रिव्यू* में जेनिन कुर्नॉफ और ली लैज़रस ने कहा। अपने कॉरपोरेट करियर के दौरान मैंने उनकी सलाह पर अमल किया और अपने ड्रीम जॉब्स पाने के लिए कहानियाँ पेश कीं। बाद में, शिक्षक, कॉरपोरेट ट्रेनर और लेखक के रूप में, मैंने अपनी पेशेवर योग्यता स्थापित करने के लिए कहानियाँ सुनाईं। यह रणनीति मेरी दक्षताओं को स्थापित करने के लिए ठोस आंकड़े प्रस्तुत करने की तुलना में अधिक प्रभावी साबित हुई।

मैंने जो कहानियाँ सुनाईं, उनमें से तीन यहाँ दी जा रही हैं :

कहानी 1 : मैं रचनात्मक हूँ

मैकडॉवेल एंड कंपनी के मार्केटिंग हेड के तौर पर मुझे एक प्रीमियम व्हिस्की के लिए नाम प्रस्तावित करने की जिम्मेदारी दी गई थी। एक पत्रिका पलटते समय मेरी नजर सिग्नेचर बिंदी के विज्ञापन पर पड़ी। मेरे मन में आया, 'सिग्नेचर' किसी बिंदी के लिए कितना अनुचित नाम लगता है, लेकिन व्हिस्की के लिए सटीम नाम रहेगा। इस प्रकार, 'मैकडॉवेल सिग्नेचर' को उसका नाम मिला।

रचनात्मकता में स्वतंत्र या यहाँ तक कि एक-दूसरे के साथ टकराव में लगने वाले अलग-अलग विचारों के बीच नए और सार्थक तरीके से संबंध बनाना भी शामिल होता है। मैंने महिलाओं के सौंदर्य प्रसाधनों और व्हिस्की के बीच सफलतापूर्वक संबंध स्थापित किया और इसलिए मेरा मानना है कि मैं रचनात्मक हूँ।

कहानी 2 : बाजार को 100 गुना बढ़ाइए

2002 में डियोडरेंट श्रेणी के बाजार का आकार 100 करोड़ रुपए से भी कम था। मैं इस श्रेणी को फिर से सक्रिय करना चाह रहा था। अपने अनुभव, आंकड़ों के विश्लेषण और निर्णय के आधार पर, मैंने डियोडरेंट को परफ्यूम के रूप में देखा। इससे डियोडरेंट श्रेणी फिर से सक्रिय हो गई और तब से इसका बाजार 100 गुना से ज्यादा बढ़ गया है। आज, परफ्यूम डियोडरेंट श्रेणी का एक जेनेरिक लाभ बन चुका है। मेरा मानना है कि मुझमें बाजार को तेजी से विकसित करने की काबिलियत है।

कहानी 3 : नई सेगमेंट तैयार कीजिए

1990 में, हमने एक प्रीमिक्स ब्ल्यू रिबैंड डुएट को लॉन्च किया, जिसमें जिन को लाइम के साथ प्रीमिक्स किया गया था। इससे एक नए सेगमेंट यानी प्रीमिक्स जिन का जन्म हुआ और इसकी कीमत ब्ल्यू रिबैंड जिन से अधिक रखी गई।

अपनी बात समाप्त करने से पहले मैं कहूँगा कि मैं अपने बारे में ऐसा मानता हूँ :

- मैं रचनात्मक हूँ।
- किसी बाजार को उसके आकार से 100 गुना बड़ा करने का कौशल मेरे पास है।
- मेरे पास नया और लाभदायक सेगमेंट बनाने की विशेषज्ञता है।

मैं अपनी व्यावसायिक योग्यता स्थापित करने में अच्छी तरह से सफल रहा।

आप भी अपनी ड्रीम जॉब पाने और अपनी योग्यता स्थापित करने के लिए कहानी कहने की शक्ति का फायदा उठा सकते हैं।

किसी आकर्षक कहानी का डीएनए

- आकर्षक कहानी बनाने में ऐसी अनगिनत सामग्रियाँ होती हैं जो लोगों को कुछ करने के लिए प्रेरित और उत्तेजित कर सकती हैं। यहाँ उनमें से कुछ के बारे में बताया जा रहा है :
- कहानियाँ प्रासंगिक और भावनात्मक रूप से आकर्षक होनी चाहिए ताकि वे ऐसी हों जो किसी हाथी को इस तरह से उत्तेजित करें कि वो अपने ऊपर बैठे सवार पर कम ध्यान दें।
- भावनात्मक रूप से आकर्षक कहानियाँ उन कहानियों की तुलना में ज्यादा याद रहती हैं जिनमें केवल तथ्य बताए जाते हैं।
- रूपकों और उपमाओं से सजी कहानियाँ भाषा के साथ-साथ दिमाग के अन्य हिस्सों को भी सक्रिय करती हैं। एक उदाहरण है। जब मैं कहता हूँ कि स्टारबक्स में कॉफी की सुगंध मंत्रमुग्ध कर देने वाली होती है तो आपके दिमाग के भाषा वाले हिस्से के साथ-साथ सुगंध वाला हिस्सा भी सक्रिय हो जाता है।
- घिसे-पिटे शब्दों और मौत से जुड़े अन्य शब्दों और वाक्यों के इस्तेमाल से बचिए। दिमाग उनका इतना आदी हो जाएगा कि वह उन्हें नजरअंदाज भी करने लगेगा।
- सबसे अच्छी कहानियाँ वे होती हैं जो उपदेशात्मक नहीं होतीं। व्याख्या के लिए पर्याप्त गुंजाइश छोड़िए ताकि लोग खुद भी कहानी पर विचार करें, किसी निष्कर्ष पर पहुँचें और उन पर काम करें।
- अपनी कहानी को प्रासंगिक बनाइए। तभी संदेश ज्यादा प्रभावी तरीके से लक्ष्य तक पहुँचेगा।
- आकर्षक कहानियाँ झूठी मत बनाइए। एक बार धोखाधड़ी का पता चलने पर श्रोता उससे अलग होने लगते हैं। स्पष्ट करने के लिए एक लोकप्रिय कहावत दे रहा हूँ, गुमराह किए गए लोगों से ज्यादा गुस्सा किसी को नहीं आता।

- किसी जटिल कहानी की तुलना में कोई सरल, सीधी और मर्मस्पर्शी कहानी ज्यादा प्रभावशाली होगी। इसलिए, कहानी में बहुत ज्यादा तथ्य, आंकड़े और किरदार भरने से बचिए।
- प्रत्येक कहानी सार्थक और असरदार होनी चाहिए।

मंत्रमुग्ध कर देने वाला किस्सागो कैसे बनें

यहाँ कुछ उपाय दिए जा रहे हैं जो आपको मंत्रमुग्ध कर देने वाला किस्सागो बनने में मदद कर सकते हैं :

- विश्वास कीजिए कि आपके अंदर मंत्रमुग्ध कर देने वाला किस्सागो बनने की क्षमता है। आखिरकार, हम सभी जन्मजात किस्सागो ही होते हैं।
- किसी की कथन शैली की नकल करने की कोशिश मत कीजिए। इसमें आपके बुरी तरह नाकाम होने की संभावना है। अपनी कथन शैली को ही बेहतर बनाइए।
- हर अवसर पर कहानियाँ सुनाने का अभ्यास कीजिए। आप जितना ज्यादा अभ्यास करेंगे, आप उन्हें सुनाने में उतने ही अधिक स्वाभाविक लगने लगेंगे।
- सफल किस्सागो अक्सर श्रोताओं के दिमाग को किसी एक ही महत्त्वपूर्ण विचार पर केंद्रित करते हैं।
- एक स्टोरी बैंक बनाना शुरू कीजिए। इसमें अपने व्यक्तिगत अनुभवों की कहानियों को जमा कीजिए। श्रोता व्यक्तिगत कहानियाँ सुनना पसंद करते हैं।
- कहानी को आकर्षक बनाने के लिए विराम, आँखों की गति, हाथों के संचालन, शारीरिक मुद्राएँ और आवाज के मेल का इस्तेमाल कीजिए।
- कहानियाँ सुनाते समय नाटकीय शैली अपनाइए। आप निश्चित रूप से कामयाब रहेंगे।

उपसंहार

1999 में स्टैनफोर्ड के दो छात्र, लैरी पेज और सर्गेई ब्रिन ने जॉन डोएर नाम के मशहूर सिलिकॉन वैली उद्यम पूंजी निवेशक को ग्यारह शब्दों की एक कहानी

सुनाई : गूगल 'दुनिया की जानकारी को व्यवस्थित करने और इसे सार्वभौमिक रूप से सुलभ और उपयोगी बनाने के लिए मौजूद है'।

इस कहानी ने जॉन डोएर को गूगल कंपनी में 11.8 मिलियन डॉलर में 12 प्रतिशत हिस्सेदारी खरीदने के लिए प्रेरित किया। आज इसकी कीमत अरबों में हो चुकी है।

किस्सागोई संक्षेप में

किस्सागोई

किस्सागोई या कहानी सुनाना अपने विचारों को दुनिया के सामने रखने का सबसे ताकतवर तरीका है। जो लोग कहानी कहने की कला में महारत हासिल कर लेते हैं, उनकी जीत होती है।

कहानी सुनाने के फायदे

1. ज्ञान बांटने और संरक्षित करने का त्वरित तरीका।
2. कहानियाँ किस्सागो के अनुभवों को श्रोताओं तक पहुँचाती हैं।
3. श्रोताओं के बीच एकाग्रता, ध्यान, विश्वास और सार्थक जुड़ाव रहा है।
4. कहानियाँ सहानुभूति और करुणा पैदा करती हैं।
5. कहानियाँ लोगों को वे पैटर्न याद करने में सहायता करती हैं, जिनके आधार पर वे निर्णय लेते हैं।
6. कहानियाँ ज्यादा लंबे समय तक याद रखी जाती हैं।
7. तथ्य उबाऊ होते हैं। कहानियाँ उन्हें दिलचस्प और यादगार बनाती हैं।
8 कहानियों के जरिए जटिल विचार भी समझाए जा सकते हैं।

कहानी सुनाने की शक्ति

1. किसी वस्तु को ब्रांड में बदलना।
2. किसी ब्रांड के लिए प्राथमिकता बनाना।
3. टीम को प्रेरित करना।
4. मैनेज करना!
5. अपने करियर में कोई विशिष्ट छाप छोड़ना।
6. रातोंरात सफलता एक भ्रम है।
7. काम से संबंधित तनाव को कैसे दूर रखें।
8. दूसरों को नाराज किए बिना, अप्रिय सत्य बताना।
9. बुरी आदतें छोड़ना।
10. लोगों को सर्वोत्तम प्रयास करने के लिए प्रेरित करना।
11. कर्मचारियों के अपेक्षित व्यवहार के लिए दिशानिर्देश।
12. जटिल विचारों का संप्रेषण।
13. स्थानीय प्रतिस्पर्धा से मुकाबला।
14. मंचीय नाटक जिसमें दर्शक डूब जाएँ।

आकर्षक कहानी का डीएनए

1. कहानियों को जोड़ने लायक, भावनात्मक रूप से बांधने लायक और प्रेरित करने वाला होना चाहिए।
2. रूपकों और उपमाओं का इस्तेमाल कीजिए।
3. घिसे-पिटे शब्दों और मौत से जुड़े अन्य शब्दों और वाक्यों के इस्तेमाल से बचिए।
4. सबसे अच्छी कहानियाँ वे होती हैं जो उपदेशात्मक नहीं होतीं। व्याख्या के लिए पर्याप्त गुंजाइश छोड़िए।

5. किसी संदर्भ में कही गई कहानियाँ निशाने पर लगती हैं।
6. आकर्षक कहानियाँ गढ़ने के लिए झूठ का सहारा मत लीजिए, न ही मनगढ़ंत कहानियाँ बनाइए।
7. सीधी, सपाट और प्रामाणिक कहानियाँ चुनिए जिनसे श्रोता खुद को जोड़ सके।
8. कहानी संक्षिप्त और सरल होनी चाहिए।
9. हर कहानी सार्थक और असरदार होनी चाहिए।

मंत्रमुग्ध कर देने वाला किस्सागो कैसे बनें

1. विश्वास कीजिए कि आपके अंदर मंत्रमुग्ध कर देने वाला किस्सागो बनने की क्षमता है।
2. किसी की कथन शैली की नकल करने की कोशिश मत कीजिए। अपनी शैली तैयार कीजिए।
3. हर मौके पर कहानियाँ सुनाने का अभ्यास कीजिए।
4. हरेक कहानी में किसी एक महत्त्वपूर्ण विचार पर जोर दीजिए।

5. स्टोरी बैंक बनाना शुरू कीजिए। अपने अनुभवों की कहानियाँ इसमें जमा करते रहिए।
6. देहभाषा और आवाज के आरोह-अवरोह का इस्तेमाल करके कहानी को आकर्षक बनाइए।
7. कहानी का वर्णन नाटकीय रूप से कीजिए।
8. कहानी सुनाने का मजा लीजिए और लाजवाब उत्साह के साथ कहानी सुनाइए।

कौशल 8

बिना अधिकार के प्रभावित करना

यह आपको अपनी विचार शैली में सोचने के लिए दूसरों को प्रेरित करने लायक बनाएगा, उन्हें आपकी पहल का समर्थन करने और अपनी स्वतंत्र इच्छा से आपके विचार को अपनाने के लिए प्रेरित करेगा। इससे आपकी तरफ सभी का ध्यान जाएगा, आपकी पदोन्नति होगी और आपको जीवन में आगे बढ़ने में सहायता मिलेगी।

1990 के दशक के आरंभ तक बैगपाइपर व्हिस्की भारत का ब्लेंडेड व्हिस्की का सबसे ज्यादा बिकने वाला ब्रांड था। अब, हमारा संकल्प इसे ब्लेंडेड व्हिस्की का दुनिया का सबसे ज्यादा बिकने वाला ब्रांड बनाने का था।

इसके लिए ब्रांड को फिर से ऊर्जावान बनाने के लिए बड़े पैमाने पर निवेश करना था। मेरे तत्काल बॉस के पास इसका अधिकार नहीं था। यह अधिकार केवल हमारे प्रेसिडेंट डॉ विजय माल्या को ही था। मुझे उन्हें प्रभावित करने की जिम्मेदारी सौंपी गई।

उस वर्ष बेंगलुरु में आयोजित वार्षिक बजट की बैठक में, मैंने डॉ विजय माल्या के सामने प्रेजेंटेशन दिया। मैंने उनकी ओर देखते हुए कहा, 'सर, हम बैगपाइपर को ब्लेंडेड व्हिस्की का दुनिया का सबसे ज्यादा बिकने वाला ब्रांड बनाएँगे।'

मुझे उनसे सकारात्मक प्रतिक्रिया की उम्मीद थी, लेकिन वहाँ ऐसा कुछ नहीं था। इससे मुझे निराशा नहीं हुई। मैंने अपना प्रस्ताव दोबारा तैयार किया और

ज्यादा जोश के साथ उनके सामने पेश किया : 'सर, हम बैगपाइपर को ब्लेंडेड व्हिस्की का दुनिया का सबसे ज्यादा बिकने वाला ब्रांड बना देंगे। क्या आप जानते हैं कि इसका आप पर क्या असर होगा?'

इस सवाल ने उन्हें थोड़ा परेशान किया। उन्होंने भौंहें चढ़ाकर मेरी ओर देखा, मानो मुझसे पूछ रहे हों, 'क्या होगा?'

मैंने स्क्रीन पर अगली स्लाइड रख दी। इसमें *टाइम* मैगजीन के कवर पर डॉ विजय माल्या की तस्वीर थी। शीर्षक में लिखा था, 'विजय माल्या, दुनिया में सबसे ज्यादा बिकने वाली व्हिस्की का मालिक'।

बैठक में मौजूद समूह के वरिष्ठ सदस्यों ने सहज तालियाँ बजाईं। डॉ माल्या शर्मा गए। वे *टाइम* का कवर देखने में डूबे हुए थे। धीरे-धीरे, उसकी नजर मेरी तरफ मुड़ी और उन्होंने लाखों डॉलर का प्रश्न किया जिसका मैं इंतज़ार ही कर रहा था : 'क्या ऐसा हो सकता है?'

'यस, सर,' मैंने आत्मविश्वास से कहा।

'क्या करना होगा?' उन्होंने पूछा।

मैंने उन्हें निवेश का वह आंकड़ा बताया जो 'उनके' सपने को साकार करने के लिए ज़रूरी था। उन्होंने हमारे प्रेसिडेंट की ओर मुड़कर पूछा, 'आपका क्या सोचना है?'

प्रेसिडेंट के सामने तो अब और कुछ रास्ता ही नहीं था। उन्होंने यही कहा, 'हम इसे कर दिखाएँगे।'

इस प्रकार बैगपाइपर के ब्लेंडेड व्हिस्की का दुनिया का सबसे ज्यादा बिकने वाला ब्रांड बनने का सफर शुरू हुआ, क्योंकि मैं डॉ विजय माल्या को बड़ा भारी निवेश करने के लिए प्रभावित करने में सफल रहा था।

प्रभावित करना का मतलब किसी के चरित्र, विकास या व्यवहार को उन भावनाओं का दोहन करके असर डालने की क्षमता माना जा सकता है जो लोगों को एक्शन के लिए प्रेरित करती हैं और साथ ही उनके साथ एक मजबूत भावनात्मक संबंध विकसित करती हैं।

बिना अधिकार के लोगों को प्रभावित करना एक महत्त्वपूर्ण कौशल क्यों है?

अगर आपके अंदर लोगों का नेतृत्व करने या बदलाव लाने की इच्छा है तो आपको प्रभावित करने की कला में महारत हासिल करने की ज़रूरत होगी—जो ऐसा

कौशल है जिसे किसी भी अन्य कौशल की तरह सीखा जा सकता है। जब आप इस कौशल में महारत हासिल कर लेंगे तो आप बिना किसी दबाव के, लोगों को प्रभावित करने में सक्षम होंगे जिसके नतीजे नीचे बताए मुताबिक होंगे :

- आपके सोचने के तरीके को लोग समझेंगे।
- लोग आपके विचारों का समर्थन करने के लिए प्रेरित होंगे।
- लोग आपके सोचने का तरीका अपनाएँगे।
- लोग आपको अपने लक्ष्यों को हासिल करने में सहायता करेंगे।

इससे आपकी तरफ सबका ध्यान जाएगा, आपकी पदोन्नति होगी और आप जीवन में ऊँचे उठेंगे।

लोगों को प्रभावित कैसे करें

लोगों को प्रभावित करने के अनगिनत तरीके हैं। कुछ चुने हुए तरीकों की सूची यहाँ दी जा रही है :

1. 'इनसाइड–आउटसाइड' रणनीति

आइए फिर से चर्चा मेरे प्रेजेंटेशन की करते हैं। मैंने डॉ माल्या को प्रभावित करने के लिए 'इनसाइड-आउटसाइड' की रणनीति अपनाई थी। इसे समझने के लिए, आपको हमारे दिमाग की कार्यप्रणाली के बारे में जानकारी हासिल करनी होगी। ये तीन परतों से बना हुई मानी जा सकती है :

- अंदर की परत : लिंबिक ब्रेन, जहाँ भावनाएँ और संवेदनाएँ रहती हैं।
- मध्य परत : विस्तारित लिंबिक, जहाँ व्यवहार रहता है।
- बाहरी परत : नियोकॉर्टेक्स, जहाँ तर्कसंगत सोच और बुद्धि होती है।

चलिए, फिर से प्रेजेंटेशन की बात करते हैं। मैंने एक आलंकारिक प्रश्न तैयार किया था जिसका उत्तर हमेशा 'हाँ' ही होना था क्योंकि यह डॉ माल्या के पक्ष में ही था : क्या आप *टाइम* पत्रिका के कवर पर आना चाहते हैं? इस प्रश्न ने उनकी भावनाओं (पढ़ें : लिम्बिक ब्रेन) को स्पर्श कर लिया होगा। भावनाएँ ही तय करती हैं कि हम कैसा सोचते हैं। सोच यह तय करती है कि हम कैसा महसूस करते हैं। भावना यह निर्धारित करती है कि हम कैसा व्यवहार और काम करते हैं।

अपने लिए उनका सहज उत्तर होगा, 'हाँ, बिल्कुल!' जिस क्षण ऐसा हुआ, उसी क्षण मैंने लड़ाई जीत ली थी। मेरे प्रति उनका व्यवहार (पढ़ें : विस्तारित लिंबिक लेयर) बदल गया और उन्होंने मुझसे पूछा : करना क्या है?

मैंने उन्हें निवेश का वह आंकड़ा बताया, जिसने उनके दिमाग के तर्कसंगत और विश्लेषणात्मक हिस्से (नियोकोर्टेक्स) को सक्रिय कर दिया होगा। सहज रूप से उन्होंने निवेश के आंकड़े को हरी झंडी दिखा दी होगी क्योंकि उनकी भावनाएँ उनकी सोचने की प्रक्रिया पर नियंत्रण करती होंगी। हालाँकि उन्होंने प्रेसिडेंट से उनकी राय लेने के प्रोटोकॉल का भी पालन किया।

अब मैं डॉ विजय माल्या को डाटा, तथ्य और आंकड़े पेश करने की पारंपरिक रणनीति का पालन करके उन्हें प्रभावित करने का प्रयास करता हूँ। इस रणनीति ने उनके दिमाग के तर्कसंगत हिस्से यानी नियोकोर्टेक्स को सक्रिय कर दिया होगा और उसने उन्हें सतर्क रहने के लिए आगाह किया होगा। उनका जवाब कुछ इस तरह का था, 'निवेश का आंकड़ा बड़ा है। मेरा ऑफिस इसका अध्ययन करके जवाब देगा।'

उनके ऑफिस ने भी तर्कसंगत विश्लेषण किया होगा और उसी हिसाब से उन्हें सलाह दी होगी : बैगपाइपर को ब्लेंडेड व्हिस्की का दुनिया का सबसे ज्यादा बिकने वाला ब्रांड बनाने की कोशिश करने के बजाय ऐसी जगह धन का निवेश करना बेहतर होगा जहाँ रिटर्न सुनिश्चित हो, जो कि हो भी सकता है और नहीं भी हो सकता है। इस सौदे में हमारा सपना अकाल मौत मर जाता।

सफल राजनेता भी मतदाताओं को प्रभावित करने के लिए 'इनसाइड-आउटसाइड' की रणनीति अपनाते हैं।

अच्छे दिन आने वाले हैं। चाहिए?

अब हम भारत के प्रधानमंत्री के एक वक्तव्य का उदाहरण लेते हैं।

2014 के चुनाव अभियान के दौरान, प्रधानमंत्री पद के दावेदार के तौर पर उन्होंने मतदाताओं से एक आलंकारिक प्रश्न किया जो उनके हित में था : अच्छे दिन आने वाले हैं। चाहिए?

इसने लोगों की भावनाओं को और सहज रूप से छुआ होगा, लोगों ने खुद से कहा होगा, 'हाँ, बिल्कुल!' जिस क्षण ऐसा हुआ, उसी क्षण मोदी जी ने लड़ाई जीत ली। उनके प्रति लोगों का व्यवहार बदल गया और वे उनसे पूछने लगे : हमें क्या करना है?

उन्होंने कह दिया, 'मेरे लिए वोट कीजिए!' मतदाताओं ने वही किया और वे जीत गए।

2. विश्वास अर्जित कीजिए

2008 में, मुझे आईआईएम इंदौर ने ब्रांड मैनेजमेंट कोर्स पढ़ाने के लिए आमंत्रित किया था। एक शुभचिंतक ने मुझे आगाह किया था कि मैं छात्रों को संभाल नहीं पाऊँगा। हालाँकि मेरे मन में एक रूपरेखा थी जिससे मुझे यकीन था कि उससे मुझे उन्हें प्रभावित करने में मदद मिलेगी।

पहले दिन मैंने अपना परिचय देते हुए कहा, 'दोस्तो, मैं भाग्यशाली था कि मुझे आईआईटी कानपुर में सीट मिल गई थी। लेकिन थर्ड इयर तक मुझे यह समझ आ गया था कि मैं एक बेकार इंजीनियर ही बनूँगा। मैंने भी वही करने का फैसला किया जो आप सभी ने किया है—आईआईएम में आने का। मैंने आईआईएम बेंगलुरु से स्नातक की उपाधि हासिल की और ब्रांडों को बनाने और उनका निर्माण करने के लिए बेजोड़ जुनून के साथ काम किया। मुझे आशा है कि इससे आपका मनोरंजन हुआ होगा और आपको असीमित आनंद मिला होगा। क्या मैं इनमें से कुछ के बारे में बताऊँ?'

'जी हाँ,' छात्रों ने कहा।

'मैकडॉवेल्स सिग्नेचर—ये नाम मैंने ही दिया है,' मैंने कहा।

छात्रों ने गर्मजोशी से इस खुलासे का स्वागत किया।

मैंने शोर खत्म होने का इंतज़ार किया और फिर कहना शुरू किया, 'दोस्तो, मैं एक विज्ञापन से लिए तीन शब्द कहने जा रहा हूँ। अगर आप इसे पूरा कर दें तो मैं ब्रांड मैनेजमेंट कोर्स पढ़ाने लायक हूँ।'

पूरा कक्षा मौन होकर उन तीन सुनहरे शब्दों का इंतज़ार कर रही थी :

'खूब जमेगा रंग...' मैंने कहा।

'...जब मिल बैठेंगे तीन यार—आप, मैं और बैगपाइपर,' पूरी कक्षा एक साथ बोल पड़ी।

अब, मैंने उनसे तीसरा प्रश्न किया, 'क्या आप लोग डियोडरेंट का इस्तेमाल करते हैं?'

'हाँ,' उन्होंने कहा।

'दोस्तो, मैंने ही डियोडरेंट श्रेणी को परफ्यूम के रूप में फिर से पेश करने का सोचा था। तब से, यह श्रेणी कई गुना बढ़ चुकी है!'

कक्षा में एकदम सन्नाटा छा गया। इससे मुझे पता चला कि मैंने उनकी प्रशंसा हासिल कर ली है।

मैंने किस रूपरेखा को अपनाया था?

नीचे दिए गए ग्राफ को देखिए। अपने परिचय के दौरान, मैंने बारीकी से बताया था कि मैं काबिलियत में ऊँचा हूँ। और, अपनी देह भाषा, शब्दों के चयन और बोलने की शैली के जरिए, मैं एक 'जोशीले' इंसान के रूप में सामने आया। नतीजतन, मैं 'प्रशंसित' चतुर्थांश में प्रवेश कर गया।

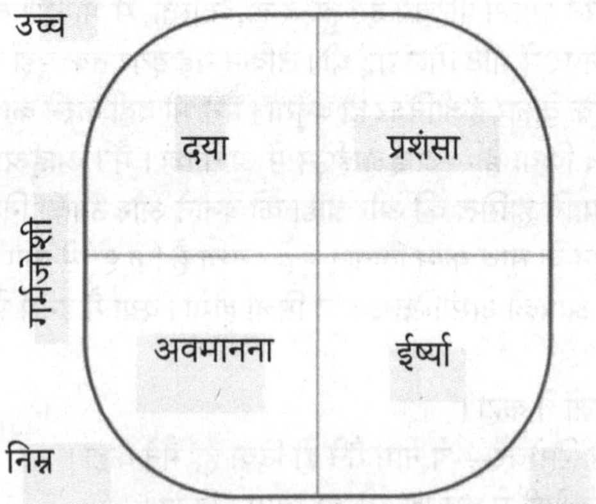

पूरे कोर्स के दौरान, मैं नीचे बताई बातों में उच्च अंक हासिल करता रहा :

- मेरे द्वारा उनके सामने पेश की गई सामग्री की उच्च गुणवत्ता और उनसे पूछे गए प्रश्नों के मेरे ठोस उत्तरों के कारण 'काबिलियत' में।

- गर्मजोशी में, इसलिए क्योंकि मैंने विद्यार्थियों को उनके नाम से संबोधित किया। अगर मुझे उनके नाम नहीं पता होते थे तो मैं उन्हें 'सर' या 'मैडम' कहकर संबोधित करता था । मैं हमेशा उनके प्रति विनम्र और सम्मानजनक था, धीरज के साथ उनकी बात सुनता था और फिर जवाब देता था। मेरा जवाब भी उन्हें गलत साबित करने के लिए नहीं होता था, बल्कि अपना नजरिया पेश करने के लिए होता था। आखिर में, मैंने हमेशा ईमानदारी से तारीफ भी की!

कोर्स आगे बढ़ता गया और प्रशंसा सम्मान में और फिर विश्वास में बदल गई। एक बार जब मैंने उनका विश्वास जीत लिया तो मैं उन्हें प्रभावित करने लायक हो गया।

3. संपर्क और आत्मीयता बढ़ाना

विशिष्ट सेना से संबंधित एक उच्च सम्मानित अधिकारी ने सेना में नौकरी की और फिर निजी क्षेत्र में अपना करियर बनाने का फैसला किया।

उनकी शानदार प्रतिष्ठा पहले से थी ही और निजी क्षेत्र की एक बड़ी कंपनी ने उन्हें अपने साथ ले लिया। कंपनी का चेयरमैन उन्हें नियुक्ति पत्र सौंपने वाला था। नियत समय पर, कर्नल को चेयरमैन के सामने बुलाया गया। चाय के समय चेयरमैन ने कहा, 'मैं सेना और निजी क्षेत्र के बीच अंतर बताना चाहता हूँ। पहले तो लोग आपके आदेश का पालन करते हैं क्योंकि हेडऑफिस का आपको समर्थन मिला होता है। बदकिस्मती से यहाँ, हेड ऑफिस से आपको कोई समर्थन नहीं मिलेगा। इसलिए, हो सकता है कि लोग आपके आदेश का पालन न करें।' कर्नल ने एक पल के लिए सोचा और फिर चेयरमैन की आँखों में देखते हुए जवाब दिया, 'सर, सेना में लोग मेरे आदेश का पालन इसलिए नहीं करते थे क्योंकि मुझे हेड ऑफिस का समर्थन प्राप्त था। मेरे आदेश का वे इसलिए पालन करते थे क्योंकि उन्हें विश्वास था कि मैं उनकी जान जोखिम में डालने से पहले अपनी जान जोखिम में डालूँगा। अगर वे घायल हो जाते तो मैं उन्हें छोड़ता नहीं, बल्कि उन्हें सुरक्षित निकालने के लिए अपनी जान जोखिम में डाल देता। सबसे अहम बात यह है कि अगर उन्होंने देश के लिए सर्वोच्च बलिदान दिया है तो मैं उनको अमर बनाने के लिए धरती-आसमान एक कर देता था और उनका पार्थिव शरीर उनके परिवारों तक पहुँचाता था।'

जैसा कि अपेक्षित था, नियुक्ति पत्र वापस ले लिया गया।

हालाँकि कर्नल ने जो जवाब दिया था, उसमें वो सारी रणनीतियाँ निहित थीं जो अधिकारी अपने अधीन काम करने वाले लोगों को प्रभावित करने के लिए अपनाते थे। वे फील्ड मार्शल चेटवोडे के निर्धारित आदर्श वाक्य के अनुसार जीते हैं।

आपके देश की सुरक्षा, सम्मान और कल्याण हमेशा और हर समय सबसे पहले आता है।

जिन लोगों को आप आज्ञा देते हैं उनका सम्मान, कल्याण और आराम इसके बाद आते हैं।

आपकी अपनी सहजता, आराम और सुरक्षा हमेशा और हर समय सबसे अंत में आते हैं।

यह आदर्श वाक्य अधिकारियों को अपने लोगों के हितों को अपने हितों से पहले रखने के लिए प्रेरित करता है, न केवल शब्दों से, बल्कि काम के जरिए भी। इससे उन्हें अपने लोगों के साथ गहरा संबंध और तालमेल बनाने में सहायता मिलती है। एक बार ये संबंध और तालमेल बन जाए तो वे अपने संकीर्ण स्वार्थ पूरा करने के लिए इसका दुरुपयोग करने से बाज आते हैं। अगर उन्होंने ऐसा किया भी और इसके बारे में सबको पता चल गया तो फिर ये विश्वास दोबारा हासिल करना मुश्किल हो जाता है।

चीनी दार्शनिक लाओ त्ज़ू ने भी इसी तरह की सलाह दी थी : अपने आपको दूसरों से पहले रखने से बचो तो ही आप लोगों के बीच लीडर बन सकते हो।

मैं आपके मन में एक प्रश्न उठता हुआ महसूस कर पा रहा हूँ : *आपको अपनी टीम के साथ संबंध और तालमेल बनाने के लिए किस रणनीति का पालन करना चाहिए ताकि आप अधिकार का इस्तेमाल किए बिना उन्हें प्रभावित कर सकें? यहाँ कुछ संकेत दिए जा रहे हैं :*

- *अपनी टीम के हर सदस्य के बारे में गहरी समझ हासिल कीजिए। आप उनसे ओपन एंडेड सवाल पूछकर ऐसा कर सकते हैं :*
    - *एक शब्द में अपने बारे में बताइए।*
    - *आपको सबसे अच्छी प्रशंसा क्या मिली है?*
    - *आपकी कौन-सी प्रतिभा अभी तक खोजी नहीं जा सकी है?*
    - *आप घर पर किन चुनौतियों का सामना कर रहे हैं?*
    - *आप आराम कैसे करते हैं?*
    - *आपको किस बात का दुख है?*

- *कोई ऐसा यादगार अनुभव जिसे आप गर्व के साथ याद करते हैं।*
- *आपके मित्र आपके बारे में क्या बोलते हैं?*
- *आप अपनी समाधि के पत्थर पर कौन-से शब्द अंकित करवाना चाहेंगे?*
- *आप अपनी सफलता का श्रेय किसे देते हैं?*
- *कौन-सी चीज आपको खास बनाती है?*
- *आपको कार्यस्थल पर क्या प्रेरित करता है?*
- *किस कारण से आप काम से विमुख हो जाते हैं?*
- *आपको काम में किन बाधाओं का सामना करना पड़ रहा है?*

उनके जवाब आपको उनके साथ संबंध और आत्मीयता बनाने के लिए दिशा-निर्देश दे देंगे।

क्या मैं अपनी टीम के साथ गहरे संबंध और आत्मीयता बना सका?

एक शाम मैं कुछ थका हुआ महसूस कर रहा था। अपना मोबाइल फोन साइलेंट मोड पर करके मैं सो गया। जल्द ही, मेरी पत्नी ने मुझे जगाया और बोली, 'दस मिस्ड कॉल पड़ी हैं। कोई आप से बात करने की कोशिश कर रहा है। कुछ अर्जेंट ही होगा।'

मिस्ड कॉल मेरे कलकत्ता (अब कोलकाता) स्थित पूर्वी भारत के रीजनल मैनेजर मिस्टर एम के थे। मैंने उन्हें कॉलबैक किया। 'सर, मेरा बेटा बंगलौर (अब बेंगलुरु) में है और उसे डेंगू हो गया है। उसका बुखार नहीं उतर रहा है। मुझे बहुत डर लग रहा है। मुझे उसके पास रहना होगा।' उनकी आवाज में दर्द, डर और बेबसी बराबर-बराबर झलक रही थी।

'प्लीज बंगलौर जाइए। मैंने आपकी छुट्टी मंजूर कर ली है,' मैंने जवाब दिया।

'सर, यह कलकत्ता में पूजा का समय है। सभी फ्लाइट्स फुल चल रही हैं। प्लीज मुझे बंगलौर पहुँचने में मदद कीजिए,' उन्होंने अनुरोध किया।

'मैं बैंगलोर के लिए आपके हवाई टिकट का इंतजाम कराता हूँ,' मैंने उनसे वादा किया। वे राहत महसूस कर रहे थे।

फोन काटने के बाद, मैंने अपने ट्रैवल एजेंट से बात करके टिकट का इंतजाम करने और मिस्टर एम को डिटेल शेयर करने को कहा। इसके बाद, मैंने अपने बेंगलुरु के वितरक से बात की और उसे नीचे बताए अनुसार निर्देश दिए :

- किसी अच्छे डॉक्टर को बुलाइए और उसे मिस्टर एम के बेटे की जाँच के लिए ले जाइए।
- कल सुबह मिस्टर एम को हवाई अड्डे से ले आइए और उनके बेटे के हॉस्टल पहुँचा दीजिए।
- बेंगलुरु में रहने के दौरान मिस्टर एम को जो भी ज़रूरत हो, वो सहायता कीजिए।

मैंने उन्हें आश्वासन दिया कि कंपनी इन खर्चों का ख्याल रखेगी। वितरक ने सहर्ष सहमति दे दी।

अगली सुबह, मिस्टर एम बैंगलोर पहुँचे। उनको देखकर उनके बेटे को भी अच्छा महसूस हुआ।

दो दिन बाद, मुझे मिस्टर एम का फोन आया। 'सर, मैं अपने बेटे के साथ कलकत्ता लौटना चाहता हूँ। मुझे टिकट नहीं मिल रहा है। क्या आप हेल्प कर सकते हैं?' उन्होंने अनुरोध किया।

मैंने अपने ट्रैवल एजेंट से मिस्टर एम और उनके बेटे के लिए कलकत्ता लौटने के लिए दो टिकटों का इंतजाम करने को कह दिया।

इस एपिसोड की ये कहानी कंपनी में जंगल की आग की तरह फैल गई। लोगों ने देखा कि कंपनी ने मिस्टर एम की मदद करने के लिए नियम-कायदे से हटकर काम किया। खर्चे की परवाह किए बिना न केवल उन्हें, बल्कि उनके परिवार के सदस्य को भी सहायता पहुँचाई। दरअसल, कंपनी ने पूरा खर्च उठाया था। इस घटना से मुझमें और कंपनी में विश्वास पैदा हुआ। लोगों को विश्वास होने लगा कि मेरे नेतृत्व में, अगर उनके सामने कोई संकट आया भी तो उनको ऐसे ही नहीं छोड़ दिया जाएगा। इस घटना से टीम को यह भी संकेत मिला कि मेरे लिए कंपनी और अपने हितों से ज्यादा महत्त्वपूर्ण मेरे लोगों के हित हैं।

कुछ सप्ताह बाद, मैं कलकत्ता के बाजार गया। मिस्टर एम मेरे साथ बाजार जाने के लिए मेरे होटल आए थे। जैसे ही मैं लिफ्ट से बाहर आया, वे मेरी ओर आए। मेरे पास पहुँचकर वे मेरे पैर छूने के लिए झुकने लगे और कहने लगे, 'आपने मेरे बेटे की जान बचाई। आप मेरे और मेरे परिवार के लिए भगवान की तरह हैं।'

मेरे आंसू निकलने वाले थे। मैंने उनका हाथ थामा और बोला, 'मुझे बहुत खुशी है कि आपका बेटा सुरक्षित है! मुझे बहुत खुशी है कि मैं आपकी हेल्प कर सका।'

मेरे इस काम से और इसी तरह के अन्य कामों से मुझे अपनी टीम का विश्वास हासिल हुआ और मैं उनके साथ गहरे संबंध और आत्मीयता बना सका। इसलिए, मैं उन्हें प्रभावित करने में सक्षम हुआ।

4. लेन-देन का विश्लेषण

मेरा बेटा कौतुक लेखक और स्टैंड-अप कॉमेडियन है। उसके काम का समय शाम 7 बजे से शुरू होता है और आधी रात तक चलता है। वीक एंड में, वह लगभग 1 बजे घर पहुँचता है। माता-पिता के रूप में, हम उसकी सुरक्षा को लेकर बहुत चिंतित रहते थे। उसका एक मैसेज पाकर ही हम आश्वस्त हो जाते थे, लेकिन, बदकिस्मती कहिए कि मैसेज नहीं आता। चिंता की हालत में ही हम गहरी नींद में सो जाते।

आखिरकार, दरवाजे की घंटी बजी। गुस्से से उबलते हुए, मैंने दरवाजा खोला और उससे पूछा, 'यह कोई घर आने का टाइम है?'

कौतुक एक शब्द भी न बोला। हालाँकि उसके हाव-भाव बोल रहे थे : 'पापा, आप क्या चाहते हैं, मैं आपकी नींद के लिए अपना सपना छोड़ दूँ?'

वह गुस्से में अपने कमरे की ओर बढ़ा और मेरे सामने ही दरवाजा बंद कर लिया। अब तनाव अगले दिन भी बना रहेगा!

मैंने अपनी रणनीति बदलने का फैसला किया और कौतुक को उसके व्यवहार में बदलाव लाने के लिए प्रभावित करने की कोशिश की।

अब जब कौतुक घर पहुँचा तो मैंने मुस्कराते हुए दरवाजा खोला और उससे पूछा, 'तुम्हारा शो कैसा रहा?'

वह अप्रत्याशित सहानुभूति से चकित हो गया। फिर सहज होकर वह उत्साहपूर्वक बताने लगा, 'पापा, कई तालियाँ बजीं और तीन बार तो सीटियाँ भी बजीं। एक बार तो, मुझे तालियों का शोर कम होने का काफी देर तक इंतज़ार भी करना पड़ा।'

'मुझे बहुत अच्छा लगा, कौतुक,' मैंने कहा और फिर मुझे लगा कि अब सही मौका है तो मैंने कहा, 'क्या मैं एक अनुरोध करूँ?'

'बेशक,' कौतुक ने मुस्कराते हुए कहा जो उसके पूरे चेहरे पर फैल गई थी।

'माता-पिता के रूप में, हम तुम्हारी भलाई के लिए चिंतित रहते हैं। हमें अनावश्यक चिंता से बचाने के लिए, क्या तुम हमें अपना एड्रेस मैसेज कर दिया करोगे?' मैंने कहा।

'जैसे ही शो खत्म होता है, दर्शक मुझे घेर लेते हैं और फिर बाद में हम सभी कॉमिक्स (कॉमेडियन) डिनर के लिए बैठ जाते हैं। इसी सब में मैं आपको मैसेज करना भूल गया था। लेकिन अब से, मैं पूरी कोशिश करूँगा,' उसने वादा किया।

उसके बाद, कौतुक हमें ज्यादातर अपने पते के बारे में सूचित करने लगा था।

मैंने कौतुक को प्रभावित करने के लिए लेन-देन संबंधी विश्लेषण का इस्तेमाल किया। इसमें कहा गया है कि हमारे व्यक्तित्व में तीन 'अहम अवस्थाएँ' निवास करती हैं : माता-पिता या पेरेंट्स (पी), वयस्क या एडल्ट (ए) और बच्चा या चाइल्ड (सी)।

हमारा व्यवहार इस बात से तय होता है कि दूसरे लोगों के साथ बातचीत में हमारा कौन-सा व्यक्तित्व हावी हो जाता है।

मैंने कौतुक के साथ अपनी बातचीत में लेन-देन का विश्लेषण लागू किया था। शुरू में, जब मैं दरवाजा खोलता था तो मेरी 'माता-पिता' वाली अवस्था हावी थी, जिसके कारण मैंने उससे माता-पिता जैसा प्रश्न किया, 'यह कोई घर आने का टाइम है?'

इसी तरह, कौतुक में तीन अहम अवस्थाएँ (पढ़ें : व्यक्तित्व) हैं। जैसे ही मेरे अंदर के 'माता-पिता' ने उससे सवाल किया, उसके व्यक्तित्व पर उसके अंदर का 'बच्चा' हावी हो गया और उसने जवाब दिया :'चाहे मैं कुछ भी करूँ, आप कभी संतुष्ट नहीं होंगे। असल में, आप मेरे हर काम में गलतियाँ निकालते हैं। आपकी नींद और मन की शांति के लिए, आप चाहते हैं कि मैं अपना सपनों का करियर छोड़ दूँ।'

जब 'क्रॉस' कम्युनिकेशन होता है तो टकराव होता है।

लेन-देन का विश्लेषण

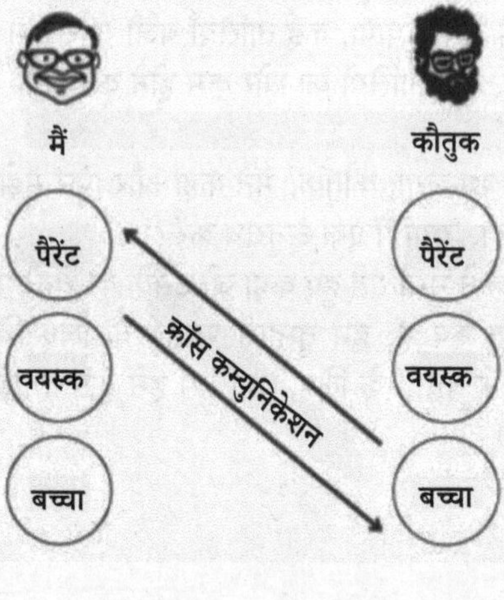

कौतुक के साथ टकराव से बचने के लिए मैंने अपनी रणनीति बदल दी। अब, जब मैंने दरवाजा खोला तो मेरे ऊपर 'वयस्क' व्यक्तित्व हावी हो गया और मैंने उससे पूछा कि उसका शो कैसा रहा। इससे कौतुक का भी 'वयस्क' व्यक्तित्व सामने आ गया और उसने हमें मैसेज करते रहने का वादा किया। अब, हमारी बातचीत 'वयस्क से वयस्क' वाली थी और इसमें किसी तरह का टकराव नहीं था। इसके अलावा, यह काम की भी रही।

लोगों को प्रभावित करने के लिए, उनके साथ 'वयस्क से वयस्क' वाली बातचीत बनाए रखने की कोशिश कीजिए। इस तरह, लोगों को प्रभावित करने की आपकी संभावना बढ़ जाती है।

5. अपेक्षित व्यवहार को आसान बनाइए

मेरे सीईओ मित्र ने मुझे अपनी व्यथा सुनाई : 'हमारी सेल्स टीम में प्रतिबद्धता से काम करने वाले और बेहतरीन परफॉर्म करने वाले बहुत कम लोग हैं। ज्यादातर लोग तो कम-से-कम ही मेहनत करते हैं।'

कुछ देर बाद उसने अपनी वह समस्या बताई जिसका वह मुझसे समाधान चाहता था, 'मैं टीम के ज्यादातर लोगों को कैसे प्रभावित करूँ जो बेहतर परफॉर्मेंस के लिए लगातार ही न्यूनतम प्रयास करते हैं?'

मैंने उससे मुझे उन उच्च परफॉर्म करने वालों से मिलाने के लिए बोला जिनकी वह बात कर रहा था। मैंने उनसे अनुरोध किया कि वो अपनी दस रणनीतियाँ मुझे बताएँ जिनका इस्तेमाल वे उच्च परफॉर्मेंस देने के लिए करते हैं।

अब, पूरी सेल्स टीम के लिए एक वर्कशॉप बुलाई गई। मैंने उनसे कई आम प्रश्न किए :

- क्या आप लोग प्रमोशन चाहते हैं? क्या आप अपने परिवार को छुट्टियों पर ले जाना चाहते हैं? क्या आप विदेश में पोस्टिंग चाहते हैं?

'हाँ,' वे हर बार ऊँचे स्वर में जवाब देते थे।

'आपको प्रमोशन कैसे मिलेगा?' मैंने पूछा।

'उच्च गुणवत्ता वाला परफॉर्मेंस देकर,' उन्होंने जवाब दिया।

'क्या आप उच्च गुणवत्ता वाले प्रदर्शन के लिए कोई आसान रोडमैप जानना चाहते हैं?' मैंने पूछा।

'हाँ,' तेज आवाज में उनका जवाब आया।

'आपके बीच ही आपके वे सहकर्मी भी बैठे हैं जो उच्च परफॉर्मेंस करने वाले हैं। वे आपके जैसे ही माहौल में काम करते हैं, आपके जैसी ही कठिनाइयों और चुनौतियों का मुकाबला करते हैं। इसके बावजूद, वे शीर्ष स्तर का परफॉर्मेंस करते हैं।' मैं इस विचार को उनके दिमाग में जमने देने के लिए एक पल के लिए रुका।

'उनके सहयोग से, मैंने ऐसी दस सामान्य रणनीतियों की पहचान करने के लिए एक विश्लेषण किया है जो उन्हें शीर्ष परफॉर्मेंस देने में मदद करती हैं। क्या मैं उनके बारे में आप लोगों को बताऊँ?' मैंने पूछा।

एकदम सन्नाटा छा गया था। जिज्ञासा उन पर हावी हो गई थी। उन्होंने जवाब दिया 'हाँ!'

मैंने स्लाइड पर स्टार परफॉर्मर्स की दस विजयी बिक्री रणनीतियों को शामिल किया है :

I. ग्राहकों की ज़रूरतों की गहरी समझ।
II. असाधारण रूप से प्रतिक्रियाशील होना।
III. ग्राहकों के सामने आकर्षक मूल्य प्रस्ताव पेश करने की क्षमता।
IV. बाजार की पल-पल की जानकारी।
V. स्वामित्व और जवाबदेही की भावना का प्रदर्शन।
VI. आंतरिक सहयोग में अनुकरणीय होना।
VII. अनुकरणीय श्रवण कौशल।
VIII. लीक से हटकर सोचने में कुशल होना।
IX. सूक्ष्म निष्पादन।
X. ग्राहकों से मजबूत संदर्भ हासिल करना।

अब, मैंने सभी के बीच बैठे टॉप परफॉर्मर्स को अपनी कहानियाँ साझा करने के लिए आमंत्रित किया कि वे आएँ और बताएँ कि उन्होंने कैसे बाजार में जीतने के लिए इन विजयी रणनीतियों को लागू किया था।

पूरी टीम ने एकदम चुपचाप रहकर उनकी बातें सुनीं। फिर मैंने उनसे एक प्रश्न किया, 'क्या आप मानते हैं कि इन रणनीतियों को लागू करके, आप बाजार में बेहतरीन परफॉर्मेंस कर सकते हैं?'

ज्यादातर लोगों ने सहमति में सिर हिलाया।

'क्या आप भी इनमें महारत हासिल करना चाहते हैं?' मैंने पूछा।

कमरे में मौजूद लगभग सभी लोगों ने एक स्वर में कहा, 'हाँ!'

इसलिए एक ट्रेनिंग प्रोग्राम आयोजित किया गया जहाँ सभी को इन दस रणनीतियों में कुशल बनने के बारे में ट्रेनिंग दी गई। इसके साथ ही, इन विजयी रणनीतियों का अमल करने पर एक पुरस्कार कार्यक्रम भी शुरू किया गया।

उनमें कुशलता हासिल कर, सेल्स टीम के कई और सदस्यों ने भी बाजार में बेहतरीन परफॉर्मेंस देना शुरू कर दिया।

सेल्स टीम को प्रभावित करने के लिए मैंने कौन-सी रणनीति अपनाई थी?

मैंने पिछड़ने वालों को धमकी देने से परहेज किया और ये नहीं कहा :

सुधर जाओ वरना भगा दिए जाओगे। न ही मैंने उनके साथ केस अध्ययनों के बारे में बताया कि एमेज़ॉन और ऐपल में सेल्सपर्सन कैसे बेहतरीन परफॉर्मेंस करते हैं। वे तो उन्हें यह कहकर खारिज कर देते कि उन तरीकों को उनके संगठन में लागू नहीं किया जा सकता।

इसके बजाय, मैंने उनके साथ प्रमाणित रणनीतियों की एक सूची साझा की, जिनको उनके अपने ही साथी बाजार में बेहतरीन परफॉर्मेंस देने के लिए अपना रहे थे। इसलिए मेरी सिफारिश में विश्वसनीयता थी। कई लोगों ने इसे समझा और इसका अभ्यास करना शुरू कर दिया।

लोगों को अपना व्यवहार बदलने के लिए प्रभावित करने के लिए ये काम कीजिए :

- उन्हें बताइए कि उनका व्यवहार बदलना उनके लिए क्यों फायदेमंद रहेगा।
- उन नए व्यवहारों की सूची बनाइए जिन्हें उन्हें अपनाना चाहिए।
- अपेक्षित व्यवहार अपनाने के लिए उन्हें जो सरल कदम उठाने की ज़रूरत हो, उनकी रूपरेखा तैयार कीजिए।
- उन अपेक्षित व्यवहारों को अपनाना आसान बनाइए और अवांछनीय व्यवहारों को अमल में लाना कठिन बनाइए।
- नए व्यवहारों को पुरस्कृत कीजिए।

6. संदर्भ बदलिए

ग्रामीण क्षेत्रों में, लोग शौच के लिए के लिए खेतों में जाते हैं, यहाँ तक कि महिलाएँ भी यही तरीका अपनाती हैं! इस चलन के कायम रहने का एक कारण था कि इसमें

कोई बुराई नहीं मानी जाती है। हालाँकि यह सदियों पुरानी प्रथा जोखिम से भरी है, खासकर महिलाओं के लिए। इससे बीमारियाँ भी फैलती है और महिलाओं को शर्मनाक स्थिति का भी सामना करना पड़ता है। इन कमियों के बावजूद यह आदत बहुत गहरे से जमी है और बदस्तूर जारी है।

चुनौती यह थी कि लोगों को कैसे प्रभावित किया जाए कि :

- वे खुले में शौच जाने की आदत छोड़ दें।
- घर में शौचालय बनवाएँ और खासकर परिवार की महिला सदस्यों को उनका इस्तेमाल करने के लिए कहें।

एक अध्ययन से पता चला है कि ग्रामीण घरों में सास का ही हुक्म बहुओं और बेटियों पर चलता है। अगर घर में बदलाव की बयार चलानी है तो सास को ही सकारात्मक रूप से प्रभावित करना होगा।

आइए, मैं आपको ग्रामीण भारत के किसी सामान्य परिवार से मिलाता हूँ और सास से एक सवाल पूछता हूँ : आपके परिवार की महिला सदस्य अब भी शौच के लिए खेतों में क्यों जा रही हैं? क्या यह गलत नहीं है?

उनका जवाब : पीढ़ियों से यही चलन रहा है। अगर यह तब गलत नहीं था तो अब कैसे गलत हो गया?

जब वह बोल रही थी, तभी स्मार्टफोन पर उनकी फोटो खींच ली गई। जब वह रुकी तो उसे उसकी फोटो दिखाई गई।

वह हैरान थी। उसके चेहरे पर मुस्कान चमक उठी और उसने कहा, 'तुमने मेरी फोटो कब खींची? मैंने तो देखा ही नहीं।'

'माताजी, आपकी तस्वीर इस सस्ते मोबाइल फोन से खींची थी। इसमें एक कैमरा है। गाँव के ज्यादातर लड़कों के पास ऐसे मोबाइल हैं। बिगड़े लड़के आपकी बेटियों और बहुओं की खेतों में गंदी फोटो खींच सकते हैं और उन्हें इसका पता तक न चलेगा। फिर ये फोटो गाँव ही नहीं बल्कि पूरी दुनिया देखेगी। क्या आप चाहती हैं कि दुनिया ऐसी गंदी फोटो देखे?'

इस रहस्योद्घाटन से सास घबरा गई।

'नहीं,' उसने फौरन पूछ लिया, 'क्या करें फिर?'

'घर में शौचालय बनवाइए और परिवार की लड़कियों को खेतों में न जाने दीजिए!'

सास ने सहमति में सिर हिलाया। किस बात ने उसे प्रभावित किया?

उसके ध्यान में यह बात लाई गई कि कैमरे वाले मोबाइल फोन की व्यापक उपलब्धता के कारण अब संदर्भ बदल चुका है और लोगों की चुपके से ही फोटो खींची जा सकती है। इससे वह हिल गई और वह प्रभावित होने के लिए तैयार हो गई।

मूल बात : जब संदर्भ बदलता है तो प्रभावित होने की राह में आने वाली बाधाएँ दूर हो जाती हैं। इन बाधाओं की अनुपस्थिति में, लोग प्रभावित होने के लिए तैयार हो जाते हैं।

7. व्यवहार विज्ञान को अमल में लाइए

अपने करियर के दौरान मैंने व्यवहार विज्ञान के सिद्धांतों का खुलकर इस्तेमाल करके लोगों को प्रभावित किया है। कुछ उदाहरण नीचे बताए जा रहे हैं!

- **सामाजिक प्रमाण**

1980 के दशक के अंत में, बैगपाइपर व्हिस्की भारत की सबसे अधिक बिकने वाली व्हिस्की बन गई। हमने इस उपलब्धि का जश्न बड़े गर्व से यह कहकर मनाया कि यह 'भारत की सबसे ज्यादा बिकने वाली व्हिस्की' है। इसने एक सामाजिक प्रमाण के रूप में काम किया। ब्रांड के कद्रदान इससे आश्वस्त हुए कि बैगपाइपर की उनकी पसंद वास्तव में सही थी। प्रतिस्पर्धी व्हिस्की ब्रांडों के कद्रदानों को इस संदेश ने यह सोचने पर मजबूर कर दिया—अगर यह भारत की सबसे ज्यादा बिकने वाली व्हिस्की है तो बहुत सारे लोग इसका सेवन कर रहे होंगे। इतने सारे लोग गलत नहीं हो सकते। चलिए मैं भी इसे आजमाता हूँ।

ई-कॉमर्स कंपनियाँ भी तो यही रणनीति अपनाती हैं। वे खरीदारों को उनके खरीदे गए उत्पादों की रेटिंग और रिव्यू पोस्ट करने के लिए प्रोत्साहित करती हैं। यह संभावित खरीदारों के लिए सामाजिक प्रमाण का काम करता है। ज्यादा और बेहतर रिव्यू और रेटिंग के कारण ज्यादा बिक्री होने की संभावना बनती है। संभावित खरीदार यह अनुमान लगाते हैं कि अगर इतने सारे लोगों ने किसी उत्पाद को पॉजिटिव रिव्यू दिया है और उसे इतनी ऊँची रेटिंग दी है तो यह अच्छा ही होगा। इससे वे अपने जेब पर बोझ लेकर इसके लिए वोट करने के लिए प्रभावित होते हैं।

• कमी का प्रभाव

महीने के आखिर में, जब सेल्सपर्सन अपना सेल्स टारगेट पूरा करने से रह जाते हैं तो वे ज्यादा ऑर्डर के लिए अपने डिस्ट्रीब्यूटरों से बात करते हैं। बातचीत आगे बढ़ने पर, वे धीरे-से ये संकेत दे देते हैं कि आने वाले महीने में, तेजी से आगे बढ़ने वाले ब्रांड की सप्लाई कम होने की संभावना है। उनका सुझाव है कि डिस्ट्रीब्यूटर अभी स्टॉक कर सकते हैं, क्योंकि इसकी कोई गारंटी नहीं है कि यह अगले महीने उपलब्ध होगा या नहीं। अक्सर, कमी का खतरा (पढ़ें : डर) चैनल पार्टनरों को अतिरिक्त ऑर्डर देने पर मजबूर कर देता है।

उपसंहार

अगर आपको लोगों को प्रभावित करने का टूलकिट ग्रीक और लैटिन जितना आसान लगता है तो अपनी ऊर्जा उस क्षेत्र में शानदार प्रतिष्ठा बनाने पर लगाइए जहाँ आप लोगों को प्रभावित करना चाहते हैं। जैसे जोंटी रोड्स ने फील्डिंग में किया था।

'हम न केवल जोंटी रोड्स से सावधान थे, बल्कि सच कहें तो उससे डरते भी थे। भले ही वह थोड़ा डीप खड़े थे, लेकिन अगर गेंद उसकी तरफ जाती तो हम रन लेने से बचते थे। उसने बल्लेबाजों में डर पैदा कर दिया था,' रवि शास्त्री याद करते हुए बताते हैं।

'अधिकार के बिना प्रभाव' संक्षेप में

अधिकार के बिना प्रभावित करना

यह आपको दूसरों को अपने सोचने की शैली में लाने लायक बनाएगा, उन्हें आपकी पहल का समर्थन करने और अपनी स्वतंत्र इच्छा से आपके विचार को अपनाने के लिए प्रेरित करेगा। इससे आपकी तरफ सभी का ध्यान जाएगा, आपकी पदोन्नति होगी और आपको जीवन में आगे बढ़ने में सहायता मिलेगी।

बिना अधिकार के प्रभावित करने की रणनीतियाँ

1. इनसाइड-आउटसाइट रणनीति।
2. विश्वास अर्जन।
3. संपर्क और आत्मीयता बनाना।
4. लेन-देन का विश्लेषण।
5. अपेक्षित व्यवहार को आसान बनाना।
6. संदर्भ बदलना।
7. नाटक करना और जिन लोगों को प्रभावित करना हो, उन्हें अभिनेता के रूप में चुनना।
8. व्यवहार विज्ञान के सिद्धांतों पर अमण करना।

भावनात्मक कौशल

कौशल 9

मानवीयता

चौथी औद्योगिक क्रांति हमारे सामने है। इसमें 'सोचने वाली नौकरियों' का प्रसार हो रहा है। इसके लिए लोगों को काम में लगे रहने और प्रेरित होने की ज़रूरत है। लोगों को लालच और दंड के दृष्टिकोण और वित्तीय प्रोत्साहन के जरिए प्रेरित करने के पारंपरिक तरीके बेअसर साबित होने लगे हैं। नए दृष्टिकोण के लिए पीपुल-फर्स्ट नीति को अपनाने की ज़रूरत है, जिसमें लोगों को मानव के रूप में देखा जाता है जिनके साथ 'मानवता' का व्यवहार किया जाना चाहिए। इस दृष्टिकोण में लोगों की नौकरी में अपना सर्वश्रेष्ठ देने की असीमित क्षमता को सामने लाने की क्षमता होती है।

1986 में मैं यूनाइटेड स्पिरिट्स ग्रुप की कंपनी हर्बर्टसंस लिमिटेड (अब डियाजियो इंडिया) में आ गया था। जल्द ही हमारे परिवार पर संकट आ पड़ा। मेरे पिता स्वर्ग सिधार गए। मेरी मां, बहन और मैं टूट चुके थे। अंतिम संस्कार से जुड़ी रस्में पूरी करने के बाद मैं काम पर लौट आया।

मेरे प्रेसिडेंट, स्वर्गीय मिस्टर नाज रोवशेन (एनआर), मेरे पास आए और संवेदनशीलता के साथ पूछने लगे, 'आपकी माँ कैसी हैं?'

जवाब उन्हें मेरी खामोशी से मिल गया। अपनी करुण आवाज में फिर उन्होंने कहा, 'आपको अपनी माँ की देखभाल के लिए जितनी भी छुट्टियों की ज़रूरत हो, आप ले सकते हैं। कोई और भी मदद चाहिए हो तो मुझे बताइए।'

मैं भावुक हो गया। मेरे प्रेसिडेंट ने मेरे और मेरे परिवार के प्रति चिंता और दया दिखाई थी। मैं अपने आंसू नहीं रोक पा रहा था। मैंने उन्हें बहुत-बहुत धन्यवाद दिया।

भाग्य की बात, बहुत जल्द मेरा निकटतम बॉस हमारी कंपनी छोड़कर किसी और कंपनी में चला गया। उसकी लीडरशिप में, एक नए ब्रांड की लॉन्चिंग के लिए विस्तृत योजनाएँ तैयार की गई थीं। उन योजनाओं को उसकी अनुपस्थिति में लागू किया गया।

लॉन्चिंग के कुछ महीनों बाद ही बाजार से बुरे समाचार आने लगे। नए उत्पाद में गुणवत्ता संबंधी समस्याएँ थीं। व्यापक विचार-विमर्श के बाद इसे बाजार से वापस लेने का फैसला किया गया। ब्रांड के प्रोडक्ट एक्जीक्यूटिव के रूप में, मुझे रिकॉल को-ऑर्डिनेशन की जिम्मेदारी सौंपी गई।

जल्द ही मेरे पास प्रेसिडेंट के ऑफिस से एक मैसेज आया कि मैं वापस लिए गए ब्रांड के कारण हुए कुल घाटे के बारे में बताऊँ।

मैंने हिसाब लगाया और हुए घाटे का पता किया। सामान्य शब्दों में कहें तो यह घाटा बहुत ज्यादा था। मैं डर गया। मैं जानता था कि मुझे फटकार से अब कोई नहीं बचा पाएगा। आखिरकार, मैं अब फेल हो चुके ब्रांड का प्रोडक्ट एक्जीक्यूटिव इन्चार्ज था।

अपनी तरफ से बात संभालने के लिए मैंने ऑफिस से निकलने के लिए एनआर का पसंदीदा समय पता करने के लिए कुछ रिसर्च किया। उन्होंने अमेरिका में पढ़ाई की थी। दिल से वे अब भी अमेरिकी ही थे और कार्य-जीवन संतुलन में यकीन करते थे। हर दिन, वे शाम 5.15 बजे ऑफिस बंद होने पर निकल जाते थे।

मैंने शाम 5.10 बजे का अपॉइंटमेंट लिया।

नियत समय पर मैं उनके ऑफिस पहुँचा। वे अपने काम में व्यस्त थे। उन्होंने मुझे बैठने के लिए इशारा किया। मैं खुश हुआ कि कुछ और मिनट निकल जाएँगे। आखिर में उन्होंने ऊपर देखा और मुस्कराते हुए बोले, 'हाय, राजेश। आप कैसे हैं? बताइए, क्यों मिलना चाहते थे?'

'सर, आप जानना चाहते थे कि वापस बुलाए गए ब्रांड के कारण कितना घाटा हुआ है,' मैंने उन्हें याद दिलाया।

उन्होंने सहमति में सिर हिलाया। मैंने उन्हें आंकड़े बताए और विस्तार से हिसाब-किताब का नोट उन्हें दिया।

उन्होंने इसका अध्ययन किया और बोले, 'यह तो ज्यादा है!'

'जी,' मैंने नीचे देखते हुए, कमजोर स्वर में कहा। मैं फटकार शुरू होने का इंतज़ार करने लगा। इसके बजाय, उन्होंने पूछताछ की सुकराती शैली का सहारा लिया और मुझसे एक के बाद एक कई खुले सवाल किए :

- ब्रांड क्यों फेल हुआ?
- क्या इस नाकामी को रोका नहीं जा सकता था?
- मैंने इससे क्या सबक सीखा?
- हम भविष्य में ऐसी चूक होने से कैसे रोक सकते हैं?

मैंने उनके सवालों का जवाब देना शुरू किया तो मुझे मुद्दे की गहरी समझ हासिल होने लगी। मैंने उनके प्रति कृतज्ञता का भाव महसूस किया कि उन्होंने इस नाकामी के उन विभिन्न आयामों के प्रति मेरी आँखें खोल दीं जो मेरे ध्यान में नहीं थे। जाने से पहले मैंने उन्हें मेरे प्रति उदार होने के लिए धन्यवाद दिया, लेकिन कंपनी को हुए घाटे के लिए नैतिक रूप से जिम्मेदार महसूस किया और कहा, 'सर, आइ एम सॉरी!'

वे हैरान से लगे और बोले, 'आप क्यों सॉरी कह रहे हैं? गलती आपकी नहीं है। आप हाल ही में हमसे जुड़े हैं। लेकिन अगर आपने इस नाकामी से सबक सीखा है तो हमारा ग्रुप आपसे करोड़ों कमाएगा।'

इतना कहकर वे अपनी कुर्सी से उठकर जाने लगे। मेरे पास से गुजरते समय, उन्होंने मेरा कंधा थपथपाया और मेरी तरफ देखकर मुस्कराए जिससे जाहिर हो रहा था कि वे मेरे ऊपर विश्वास करते हैं।

उनके हाव-भाव ने मुझे प्रेरित किया। उन्हें भले ही पता न चला हो, लेकिन उन्होंने अनजाने में ही पिग्मेलियन इफेक्ट पैदा कर दिया था। यह एक मनोवैज्ञानिक घटना होती है जिसमें बड़ी उम्मीदें करने से परफॉर्मेंस में सुधार होता है। दूसरे शब्दों में, यह अपने आप सच साबित होने वाली भविष्यवाणी है और यह लोगों को उनसे की जाने वाली अपेक्षाओं पर खरा उतरने के लिए प्रेरित करती है।

मेरे प्रेसिडेंट ने अपने शब्दों, कार्यों और कृत्यों के जरिए, लाभ से ज्यादा अहमियत लोगों को दी। उन्होंने मेरे साथ उदारता दिखाकर मेरे साथ एक इंसान की तरह व्यवहार किया। इसने मुझे उनकी मुझसे की गई अपेक्षाओं को पूरा करने के लिए अद्वितीय जुनून के साथ काम करने के लिए प्रेरित किया।

आगे के सालों में, मैंने यूनाइटेड स्पिरिट्स में बहुत योगदान दिया। मैं उस टीम का हिस्सा था जिसने बाजार में अनगिनत विजय हासिल कीं :

- बैगपाइपर भारत में ब्लेंडेड स्कॉच व्हिस्की का सबसे अधिक बिकने वाला ब्रांड बना।

- बैगपाइपर गोल्ड की रूपरेखा बनाई गई।
- भारत की पहली व्हाइट रम, रॉयल ट्रेजर व्हाइट रम लॉन्च की गई।
- 'मस्त शाम के बाद सुहानी सुबह' के वादे के साथ गोल्ड रिबैंड प्रेस्टीज व्हिस्की लॉन्च की गई। भारत में पहली बार ग्राहकों की किसी समस्या के समाधान के रूप में व्हिस्की लॉन्च की गई थी।
- भारत की पहली प्रीमिक्स जिन, ब्ल्यू रिबैंड डुएट की लॉन्चिंग हुई जिसे 'जिन एंड लाइम प्रीमिक्स्ड टु परफेक्शन' के वादे के साथ पेश किया गया था। इससे प्रीमिक्स सेगमेंट तैयार हुआ।

हमारी कंपनी के विदेश में हुए एक सम्मेलन के दौरान, मैंने एनआर को अकेले टहलते हुए पाया। मैंने उनसे बातचीत शुरू की। 'सर, सालों पहले आपने मुझसे कहा था कि अगर मैंने अपनी नाकामियों से सबक सीखा तो ग्रुप मुझसे "करोड़ों" कमाएगा। मुझे यह कहते हुए खुशी हो रही है कि मैंने उन नाकामियों से सबक सीखा और आपकी बातें सच साबित हुईं!'

उनके चेहरे पर मुस्कान आ गई। उन्होंने मुझसे हाथ मिलाया और बोले, 'देखा? मैंने सही कहा था न!'

मेरे प्रेसिडेंट काफी मानवीय थे और उन्होंने मेरे साथ मानवता का ही व्यवहार किया था। उनके शब्दों और कामों में मेरे प्रति चिंता, दया, सहानुभूति, करुणा, गहरा सम्मान, विश्वास और आस्था झलकती थी। ऐसे लीडरों के तहत काम करने से मेरे मनोबल और मेरी परफॉर्मेंस में बढ़ोत्तरी होती गई।

कार्य करने की कमांड एंड कंट्रोल शैली

मैंने उन लीडरों के तहत भी काम किया है जो काम करने की 'कमांड-एंड-कंट्रोल' शैली का इस्तेमाल करते थे। वे अधिकारवादी और अक्खड़ थे और उम्मीद करते थे कि उनके निर्देशों का पालन बिना किसी सवाल के किया जाए। उनकी लीडरशिप में मेरे परफॉर्मेंस पर असर पड़ा।' काम में मेरी दिलचस्पी खत्म हो गई। गैलप की रिसर्च मेरे इस अनुभव की पुष्टि करती है : केवल 13 प्रतिशत कार्यबल अपने काम के प्रति जुनूनी होता है, जबकि 80 प्रतिशत लोग काम में पूरी तरह से नहीं लगते हैं। गैलप इतने ज्यादा पैमाने पर मन न लगने को 'आश्चर्यजनक मात्रा में क्षमता की बर्बादी' बताते हैं। इसके लिए बड़ा दोष तो काम करने की कमांड और कंट्रोल शैली

को दिया जा सकता है, जबकि पहले की तीन औद्योगिक क्रांतियों (3आईआर) के लिए वही शैली ज़रूरी थी।

- 1 औद्योगिक क्रांति : पानी और भाप की शक्ति के इस्तेमाल से यंत्रीकृत उत्पादन।
- 2 औद्योगिक क्रांति : विद्युत शक्ति का इस्तेमाल करके बड़े पैमाने पर उत्पादन।
- 3 औद्योगिक क्रांति : इलेक्ट्रॉनिक्स और सूचना प्रौद्योगिकी का इस्तेमाल करके स्वचालित उत्पादन।

इन तीनों औद्योगिक क्रांतियों के लिए ज़रूरी था कि :

- लोग शारीरिक श्रम करें।
- लोग दोहराए जाने वाले काम करें।
- लोग बिना किसी सवाल के निर्देशों का पालन करें।
- फैसले लेने के लिए निर्धारित प्रक्रिया का पालन किया जाए।

लोगों से ये काम कराने के लिए कमांड एंड कंट्रोल शैली की ज़रूरत थी। इस शैली में लोगों को स्वचालित मशीन माना जाता है। बदले में लोग भी अपने दिलोदिमाग को घर पर छोड़कर आते हैं और केवल उनका शरीर काम करता है।

अब 'मानवीयता' क्यों ज़रूरी हो गई है?

औद्योगिक क्रांति 4.0 को 4आईआर भी कहा जाता है। यह हमारे सामने खड़ी है। यह असाधारण प्रौद्योगिकीय उन्नतियों से संचालित है जिसके कारण, भौतिक, डिजिटल और जैविक विश्वों का मेल हो रहा है। यह एआई, रोबोटिक्स, इंटरनेट ऑफ थिंग्स, 3डी प्रिंटिंग, जेनेटिक इंजीनियरिंग, क्वांटम कंप्यूटिंग और अन्य अत्याधुनिक प्रौद्योगिकियों से सशक्त है।

इससे सोच संबंधी नौकरियों का प्रसार हो रहा है जिनमें लोगों को अपना काम करते समय सोचना पड़ता है। इसके लिए उन्हें काम में लगे रहने और प्रेरित करने की ज़रूरत होती है। लोगों को लालच और दंड दृष्टिकोण तथा वित्तीय प्रोत्साहन के जरिए प्रेरित करने के पारंपरिक तरीके बेअसर साबित हो रहे हैं। नए दृष्टिकोण के लिए पीपुल फर्स्ट नीति को अपनाने की ज़रूरत है जिसमें लोगों को मानव के रूप में देखा जाता है और उनके साथ मानवता का व्यवहार किया जाता है। यह दृष्टिकोण

लोगों की असीमित क्षमताओं को सामने लाता है और उन्हें काम में अपना सर्वश्रेष्ठ देने के लिए प्रेरित करता है।

क्या मानवीय रहते हुए भी प्रभावशाली हो पाना संभव है?

तसल्ली की बात है कि मानवता का आचरण करने वाले मानवीय नेताओं ने हमारी सराहना और हमारा दिल जीता है। अब उनका अनुकरण करने और अपनी टीम का सम्मान जीतने की बारी आपकी है।

सतर्क रहें : हेराफेरी के लिए मानवीय बनने और मानवता का पालन करने की कवायद मत कीजिए। इसके बजाय, इसे खुद के बेहतरीन स्वरूप में बदलने के इरादे से उन्हें अपनाइए और प्रेरित कीजिए।

मानवीय कैसे बना जाए

नीचे उन मानवीय नेताओं के केस अध्ययन प्रस्तुत किए जा रहे हैं जिन्होंने लोगों से सर्वश्रेष्ठ हासिल करने के लिए मानवता का पालन किया। उनके काम करने का तरीका आपको अपने कार्यस्थल पर मानवता का अभ्यास करने का तरीका बताएगा।

1. दिल से अगवाई कीजिए

ताजमहल होटल में चोरी की सूचना मिली थी। जाँच में दो कर्मचारियों के दोषी होने का इशारा किया गया। यह घटना जेआरडी टाटा की जानकारी में लाई गई। उन्होंने जाँच रिपोर्ट का बारीकी से अध्ययन किया और अपना फैसला सुनाया : उनको नौकरी से बर्खास्त कर दिया जाए। उसी के साथ, उन्होंने अपने मैनेजर से यह पता लगाने को कहा कि क्या इन कर्मचारियों के बच्चे स्कूल जाते हैं। अगर हाँ तो टाटा और ताज होटल उनकी पढ़ाई-लिखाई की जिम्मेदारी उठाएँगे।

'बच्चे अपने पिताओं की गलती की कीमत क्यों चुकाएँ?' उनका तर्क था। इस सरल काम के जरिए, जेआरडी टाटा ने मानवीयता दिखाई। जेआरडी टाटा ने टाटा समूह का संचालन अपने दिमाग से किया लेकिन नेतृत्व अपने दिल से किया।

दलाई लामा भी इस रणनीति की पैरवी करते हैं—दिमाग तो कठोर रखिए लेकिन दिल को नर्म रखिए।

2. पहले अमल करें फिर उपदेश दें

'मेरा बेटा चीनी बहुत खाता है। क्या आप उसको समझा सकते हैं?' एक महिला ने अपने बेटे की तरफ इशारा करते हुए महात्मा गांधी से कहा।

गांधीजी ने एक पल सोचा और उन्हें कुछ दिनों बाद आने को कहा।

निर्धारित दिन पर वो फिर गांधीजी के पास आए। गांधीजी ने उस लड़के की तरफ देखा और उसे ज्यादा चीनी खाने की लत छोड़ देने की सलाह दी। लड़के ने हाँ में सिर हिलाया।

उसकी माँ उलझन में पड़ गई। 'ये सलाह तो आप पिछली बार भी दे सकते थे। हमें दोबारा न आना पड़ता,' उसने गांधीजी से नाराजगी के साथ कहा।

'पिछली बार जब तुम यहाँ आई थीं, तब मुझे खुद ज्यादा चीनी खाने की आदत थी,' गांधीजी ने स्वीकार किया। थोड़ा ठहरकर वो फिर बोले, 'तुम्हारे बेटे को सलाह देने से पहले मुझे यह सुनिश्चित करना था कि मैं खुद वह लत छोड़ दूँ।'

एलेनोर रूजवेल्ट की ये घोषणा बिलकुल ठीक थी कि दूसरों से वह काम करने को कहना उचित नहीं है जो आप खुद करने को तैयार न हों। रूजवेल्ट की सलाह का वे लीडर पालन करते हैं जो मानवीयता के गुणों से भरपूर हैं।

महेंद्र सिंह धोनी ने भारतीय क्रिकेट टीम के सदस्यों को समय का पाबंद बनाने के लिए भी इस रणनीति को अपनाया। आइए, शुरुआत से बात करते हैं। 2008 में जब अनिल कुंबले टेस्ट टीम के कप्तान थे, तब यह तय हुआ था कि देर से आने वालों पर 10,000 रुपए का जुर्माना लगाया जाएगा। इस उपाय का कोई अपेक्षित प्रभाव नहीं पड़ा। जुर्माने की ये रकम क्रिकेटरों के लिए बहुत ही मामूली थी।

महेंद्र सिंह धोनी उस समय वनडे टीम के कप्तान थे। उन्होंने भी महसूस किया कि देर से आने वालों के साथ कुछ तो करना होगा। उन्होंने सजा की मात्रा वही रखी, लेकिन उसमें कुछ बदलाव कर दिया। अगर कोई देर से आया तो बाकी सभी पर 10,000 रुपए का जुर्माना लगाया गया!

यह रणनीति काम कर गई क्योंकि हमें अपनी गलती के लिए दंडित होने पर कोई फर्क नहीं पड़ता, लेकिन अगर हमारी गलतियों के लिए दूसरों को दंडित किया जाता है तो इससे हमारे जमीर को ठेस पहुँचती है। हम तुरंत अपने व्यवहार में बदलाव लाते हैं ताकि दूसरों को असुविधा न हो। मानवीय गुणों वाले लीडर महेंद्र सिंह धोनी जैसे ही होते हैं। वे अपने आदेश मनवाने के लिए न तो लालच और दंड

की नीति का सहारा लेते हैं और न ही अपने पद की पावर का सहारा लेते हैं। वे बिना कोई गोली चलाए, लोगों से अपने हिसाब से व्यवहार कराने के लिए व्यवहार विज्ञान के सिद्धांतों का समझदारी से इस्तेमाल करते हैं।

3. उनके प्रति अपनी परवाह का प्रदर्शन कीजिए

जब मैं जेके हेलेन कर्टिस का प्रेसिडेंट था, तब ज्यादातर रविवार की सुबह लगभग 11 बजे सेल्स मैनेजरों को फोन करता था। जैसे ही उन्हें पता चलता कि मैं फोन पर हूँ, वे मुझे बिज़नेस के बारे में अपडेट देना शुरू कर देते। मैं उन्हें टोकता, 'मैंने आपको बिज़नेस पर चर्चा करने के लिए नहीं, बल्कि आपके और आपके परिवार के बारे में जानने के लिए कॉल की है।' यह सुनकर वे हमेशा यही कहते कि वे और उनका परिवार ठीक हैं। कुछ और अच्छी-अच्छी बातें करने के बाद मैं फोन काट देता था। हर फोन कॉल करीब तीन मिनट तक की होती होगी। मैं ये कॉल रविवार को करता था, इसलिए मेरी पत्नी भी इस बातचीत सुन सकती थी।

'क्या ये फोन कॉल किसी मकसद के लिए करते हो?' वह मुझसे पूछती।

'बेशक, मकसद तो होता ही है,' मैं उत्तर देता। हालाँकि मुझे उसके हाव-भाव से लग रहा था कि उसे मेरी बात पर भरोसा नहीं हुआ।

'अगर हमारे सीएमडी मिस्टर गौतम सिंघानिया रविवार की सुबह बिज़नेस पर चर्चा करने के लिए नहीं, बल्कि हमारे परिवार के हाल-चाल के बारे में पूछने के लिए फोन करें तो तुम्हें कैसा लगेगा?' मैंने उससे पूछा।

'बहुत अच्छा लगेगा,' उसने कहा। 'आखिरकार, वे इतने बिजी आदमी हैं। अगर वे समय निकालते हैं, वह भी रविवार को तो इससे पता चलता है कि वे वास्तव में हमारी परवाह करते हैं,' उसने जवाब दिया।

'अपनी टीम के सदस्यों के लिए तो मैं ही उनका गौतम सिंघानिया हूँ,' मैंने उससे कहा। 'जब मैं उन्हें कॉल करता हूँ तो उनके परिवार को भी लगता है कि कंपनी को उनकी परवाह है।'

एक साधारण फोन कॉल सेल्सपर्सन को नई ऊर्जा से भरे देते और वे नए जोश के साथ काम में लग जाते।

सतर्क रहें : ऐसा व्यवहार सचमुच उनकी चिंता दिखाने के लिए कीजिए, न कि टीम को ज्यादा मेहनत करने के लिए प्रेरित करने के लिए।

4. प्रशंसा कीजिए और कृतज्ञता दिखाइए

'पेप्सिको की पूर्व सीईओ इंद्रा नूयी ने अपने सीनियर एक्जीक्यूटिव्स के माता-पिता को हर साल 400 से ज्यादा पत्र लिखे,' मार्ग्रेट वार्ड कहती हैं। अपने पत्रों में वे एक पैराग्राफ में यह लिखतीं कि उनकी संतान पेप्सिको में क्या कर रही है और उनकी तारीफ तथा कृतज्ञता ज्ञापित करतीं और माता-पिता को इस बात के लिए धन्यवाद देतीं कि उन्होंने अपनी संतान कंपनी को तोहफे के रूप में दी।

इंद्रा कहती हैं, 'इन पत्रों से भावनाओं का सैलाब आ गया। तमाम माता-पिता ने पत्रों के जवाब में लिखा कि वे सम्मानित महसूस कर रहे हैं और वे पत्र को दोस्तों और परिवार के साथ साझा करते।'

पत्र में उस पैराग्राफ से कौन-सा मकसद पूरा हुआ? वास्तव में इससे दो मकसद पूरे हुए। इससे कर्मचारियों को लगा कि उनकी तारीफ हुई है और उनके अंदर कृतज्ञता की भावना पैदा हुई। इससे उनके परिवारों को भी उन पर गर्व होने लगा। इसने कर्मचारियों को ज्यादा प्रतिबद्धता और मन लगाकर काम करने के लिए प्रेरित किया।

आपको हैरानी हो सकती है कि क्या मानवता के इस मामूली लगने वाले काम से कारोबारी नतीजे मिलते हैं।

अपने आपको ही लीजिए। क्या आप चाहेंगे कि आपका सीईओ आपके माता-पिता को आपके बारे में प्रशंसा और कृतज्ञता जताते हुए व्यक्तिगत पत्र लिखे? क्या इससे आपके माता-पिता को आप पर गर्व महसूस होगा? क्या आप भावनात्मक रूप से उत्साहित होंगे और ज्यादा प्रतिबद्धता के साथ काम करेंगे?

अगर इसका जवाब हाँ है तो आपको भी इंद्रा नूयी की यह आदत अपनानी चाहिए।

5. लोगों को उनकी क्षमता का अहसास कराइए

चेन्नई सुपर किंग्स ने तीन बार इंडियन प्रीमियर लीग (आईपीएल) चैंपियनशिप जीती, लेकिन 2020 के सीजन में उसका प्रदर्शन ठीक नहीं रहा। कप्तान महेंद्र सिंह धोनी से पूछा गया कि वे अपने खिलाड़ियों को बेहतर प्रदर्शन के लिए कैसे प्रेरित करेंगे। उन्होंने जवाब दिया, 'मैं हर खिलाड़ी से खुद का आकलन करने और यह तय करने के लिए कहूँगा कि क्या उसने अपनी क्षमता के हिसाब से खेला है! संक्षेप में कहें तो क्या उन्होंने अपनी क्षमता के साथ न्याय किया?'

यह सवाल पूछकर धोनी अपने खिलाड़ियों को अपने बारे में विचार करने और उनमें मौजूद क्षमता को समझने का मौका दे रहे थे। आखिरकार, यही तो टीम में उनके चयन का आधार था। एक बार जब उन्हें यह अहसास होगा कि वे अपनी क्षमता के साथ न्याय नहीं कर रहे हैं तो वे अपनी क्षमता का पूरा इस्तेमाल करने के लिए प्रेरित होंगे।

जब उनका प्रदर्शन खराब होता है तो मानवीयता के गुणों से भरपूर लीडर चिल्लाते नहीं हैं, उन्हें धमकाते नहीं हैं। वे ऐसा माहौल बनाते हैं जिसमें कर्मचारी आत्मनिरीक्षण कर सकते हैं और अपनी पूरी क्षमता का इस्तेमाल करने की शुरुआत करने के लिए खुद को फिर से ऊर्जावान बना सकते हैं।

6. श्रेय किसको मिलता है, इसकी चिंता न करना

1953 में सर एडमंड हिलेरी और तेनजिंग नोर्गे ने माउंट एवरेस्ट पर विजय हासिल की।

'हम इस बात को न बताने पर सहमत थे कि शिखर पर सबसे पहले कदम किसने रखा था। किसी पर्वतारोही के लिए, इसका कोई ज्यादा महत्त्व नहीं है कि पहला कदम किसने रखा।' सर एडमंड ने याद करते हुए बताया था, 'अक्सर जो चढ़ाई में ज्यादा प्रयास करता है, वह पीछे हट जाता है और अपने साथी को पहले शीर्ष पर खड़ा होने देता है।'

दशकों तक, दोनों शालीनता के इस आग्रह पर डटे रहे। आखिरकार, तेनजिंग ने ही अपनी आत्मकथा *टाइगर ऑफ द स्नोज़* में खुलासा किया कि असल में सर एडमंड हिलेरी ने पहले कदम रखा था।

हैरी एस ट्रूमैन ने ठीक ही कहा था कि अगर आप इसकी परवाह नहीं करते हैं कि श्रेय किसे मिलेगा तो आप जो हासिल कर सकते हैं, वह आश्चर्यजनक होता है।

मानवीय गुणों वाले लीडर कभी भी श्रेय लेने की जल्दी नहीं करते। असल में वे दोष तो स्वीकार कर लेते हैं और श्रेय अपनी टीम को देते हैं।

7. श्रेय दीजिए, दोष लीजिए

'जनता के राष्ट्रपति' एपीजे अब्दुल कलाम ने अपने जीवन की एक कहानी साझा की थी :

1979 का साल था। मैं प्रोजेक्ट डायरेक्टर था। मेरा मिशन उपग्रह को कक्षा में स्थापित करना था। उलटी गिनती चल रही थी, लेकिन कंप्यूटर ने हमें मिशन रद्द

करने की सलाह दी। मिशन डायरेक्टर के रूप में, मैंने कंप्यूटर को बायपास करने का फैसला किया और रॉकेट लॉन्च कर दिया। तबाही हो गई। उपग्रह कक्षा में स्थापित होने के बजाय, बंगाल की खाड़ी में जा गिरा।

इसरो प्रमुख सतीश धवन ने मेरे साथ प्रेस कॉन्फ्रेंस की और सारा दोष अपने ऊपर ले लिया। उन्होंने कहा, 'प्रिय दोस्तो, हम आज फेल हो गए हैं। मैं अपने प्रौद्योगिकीविदों, अपने वैज्ञानिकों, अपने कर्मचारियों का समर्थन करना चाहता हूँ, ताकि अगले साल वे कामयाब हों।'

अगले साल, 18 जुलाई 1980 को, हमने रोहिणी आरएस-1 को सफलतापूर्वक कक्षा में प्रक्षेपित किया। अब सतीश धवन ने फिर मुझसे उस दिन प्रेस कॉन्फ्रेंस करने के लिए कहा।

उस दिन मैंने एक बहुत ही महत्त्वपूर्ण सबक सीखा। जब नाकामी मिली तो संगठन के लीडर ने उसकी जिम्मेदारी ली। जब कामयाबी मिली तो उन्होंने इसका श्रेय अपनी टीम को दिया।

जब काम गलत हो जाता है तो मानवीय गुणों वाला लीडर दोष का बड़ा हिस्सा अपने सिर ले लेते हैं, लेकिन जब सफलता मिलती है तो उसका श्रेय टीम को देते हैं या लेने देते हैं।

सौरभ गांगुली ने वीरेंद्र सहवाग को क्रिकेट के सबसे धुरंधर बल्लेबाजों में शामिल करवाने के लिए इसी रणनीति का सहारा लिया।

इसकी शुरुआत गांगुली ने सहवाग को भारत के लिए ओपनिंग करने देने और नाकामी के डर को दूर करने की पेशकश करके की। 'मैं तुम्हें बतौर ओपनर तीन से चार पारियाँ खेलने का मौका दूँगा। अगर तुम नाकाम भी रहे तो भी तुम्हें खिलाता रहूँगा और तुम्हें फिर से मध्य क्रम में मौका दूँगा, उसके बाद ही कभी बाहर करूँगा,' उन्होंने कहा। सहवाग ने बिना किसी डर के न केवल गेंदबाजों पर आक्रमण करने, बल्कि उनकी धुनाई करने की अपनी स्वाभाविक शैली में बल्लेबाजी की।

जब नाकामी का डर मिट जाता है तो लोग बेहतर काम के लिए प्रेरित हो जाते हैं। नतीजनतन, सबको फायदा होता है।

8. लोगों को विशिष्ट महसूस कराइए

जेके हेलेन कर्टिस के प्रेसिडेंट रहते हुए मैं लंदन होते हुए यूरोप की व्यापारिक यात्रा से लौट रहा था। हीथ्रो हवाई अड्डे पर इमीग्रेशन लाइन में इंतज़ार करते समय, मुझे मैसेज मिला कि मेरे चेयरमैन ने उनसे मिलने का मुझसे अनुरोध किया है।

मैं सन्न रह गया। मैं उनका सामना करने के लिए मानसिक रूप से तैयार ही नहीं था और फिर मुझे तेज सर्दी भी लग रही थी। हालाँकि मैंने किया तो वैसा ही, जो करने को मुझसे कहा गया था।

मेरे चेयरमैन ने मेरा गर्मजोशी से स्वागत किया। जब उन्हें बताया गया कि मैं जल्दी निकलना चाहूँगा क्योंकि मुझे सर्दी लग रही है तो उन्होंने चिंता करते हुए कहा, 'डिनर कीजिए और फिर अपने होटल जाइए।'

मैं डिनर टेबिल पर बैठ गया। वहाँ शानदार भोजन सजा हुआ था। हालाँकि मैं घबरा रहा था। मुझे लग रहा था कि किसी भी समय मुझसे बिजनेस के बारे में वे पूछने लगेंगे। इसके बजाय, वे मुझसे यह कह रहे थे, 'मैं पराठा लाता हूँ, तब तक आप खाना परोस लीजिए।' मैंने जल्दी से खाना लिया। कुछ ही देर बाद, वे करछुल पर बड़ी कुशलता से साधे गर्मागर्म पराठा लेकर पहुँचे। सधे हाथों से उन्होंने पराठा मेरी थाली में रखा और मेरे लिए अगला पराठा बनाने के लिए वापस चले गए।

मेरा तो दिमाग ही काम नहीं कर रहा था। मेरे चेयरमैन पराठा बना रहे थे और मुझे परोस रहे थे। मैं अभिभूत हो चुका था।

पूरे समय उन्होंने विनम्र बातचीत की लेकिन बिज़नेस का कोई जिक्र तक नहीं किया।

जब मैं अपने होटल जाने के लिए तैयार हुआ और बाहर के दरवाजे पर पहुँचा तो वे बोले, 'प्लीज वेट।' मैंने वैसा ही किया जो मुझसे कहा गया था।

जल्द ही, वे एक छोटा पेपर पैक लेकर लौटे और मुझे देते हुए बोले, 'इसमें हल्दी है। जब आप होटल के कमरे में पहुँचें तो एक गिलास गर्म दूध मंगाइए। उसमें यह हल्दी डालिए और पी जाइए। अगर कल सुबह तक आपकी तबीयत ठीक न हो तो मुझे बताइए। मैं डॉक्टर भेज दूँगा।'

'यस, सर,' मैंने कहा और आगे बढ़ गया जहाँ कार मेरा इंतज़ार कर रही थी।

'क्या आपके पास मेरा नंबर है?' उन्होंने पूछा।

'नो, सर,' मैंने बताया। उन्होंने अपना नंबर शेयर करते हुए कहा, 'अगर आपको किसी मदद की ज़रूरत हो तो कॉल करना मत भूलिए।'

अमेरिकी कवयित्री माया एंजेलो की बात को ही संक्षेप में कहें तो, मानवीय गुणों वाले लीडर जानते हैं कि लोग भूल जाएँगे कि आपने क्या कहा, लोग भूल जाएँगे कि आपने क्या किया, लेकिन लोग यह कभी नहीं भूलेंगे कि आपने उन्हें कैसा महसूस कराया था।

सच बात है! उस रात को डेढ़ दशक से ज्यादा समय बीत चुका है, लेकिन मैं यह कभी नहीं भूलता कि मेरे चेयरमैन ने अपनी संवेदनशीलता से मुझे कितना विशिष्ट महसूस कराया था।

9. उदार बनिए चालाक नहीं

मैं यहाँ जेफ़ बेज़ोस का उदाहरण देता हूँ :

बचपन में मैंने अपनी गर्मियाँ अपने दादा-दादी के साथ टेक्सास में उनके खेत में बिताईं। कभी-कभी हम यात्रा पर जाते थे। लगभग दस साल की उम्र में ऐसी ही एक यात्रा पर हम लोग गए जिसमें मेरी दादी पूरी यात्रा के दौरान धूम्रपान करती रहीं। मुझे उसकी गंध बुरी लगती थी।

मैंने धूम्रपान के बारे में एक एड कैंपेन में सुना था कि सिगरेट के हर कश के साथ आपकी जिंदगी के दो मिनट कम हो जाती है। मैंने अपनी दादी के लिए हिसाब करने का फैसला किया। मैंने उनकी प्रतिदिन पी जाने वाली सिगरेटों की संख्या का अनुमान लगाया और प्रति सिगरेट कशों की संख्या का अनुमान लगाया। जब मैं संतुष्ट हो गया कि मैंने उचित संख्या निकाल ली है तो मैंने अपनी दादी का कंधा थपथपाया और गर्व से घोषणा की, 'दो मिनट प्रति कश में, आपने अपनी जिंदगी के नौ साल कम कर लिए हैं!'

मुझे लग रहा था कि मेरी चतुराई और अंकगणित के कौशल के लिए मेरी तारीफ होगी। इसके बजाय, मेरी दादी तो फूट-फूटकर रोने लगीं। मेरे दादाजी ने धीरे से और शांति से कहा, 'जेफ़, एक दिन तुम्हें कभी समझ में आ जाएगा कि चालाक होने की तुलना में दयालु होना कठिन होता है।'

मानवता की मांग है कि हम ऐसे चालाकी भरे कामों में शामिल होने से बचें जो लोगों को छोटा और दुखी महसूस कराते हैं। इसके बजाय, हमें उनके साथ दया से पेश आना चाहिए और उन्हें ऊर्जावान बनाना चाहिए।

10. उच्च 'डिसेंसी कोसेंट'

सफल बिज़नेस लीडरों के पास आईक्यू और ईक्यू होता है जो बुद्धि और भावनात्मक समझ के दो परिचित गुणों का मेल होता है।

हालाँकि मानवीय गुणों वाले लीडरों के पास एक अतिरिक्त गुण डीक्यू भी होता है जिसे 'डिसेंसी कोसेंट' कहते हैं।

'डीक्यू का मतलब है कि उस आदमी में न केवल कर्मचारियों और सहकर्मियों के प्रति सहानुभूति का भाव है बल्कि उनकी परवाह करने की वास्तविक इच्छा भी उसमें है। इसका मतलब है कि कार्यस्थल पर हर किसी के लिए कुछ-न-कुछ सकारात्मक हो और यह सुनिश्चित किया जाए कि हर कोई सम्मानित और मूल्यवान महसूस करे। यह दूसरे लोगों के साथ रोज की बातचीत में स्पष्ट झलकता है। इसका तात्पर्य दूसरों को सही काम करने पर ध्यान केंद्रित करना है।' बिल बोल्डिंग कहते हैं।

आप सोच रहे होंगे कि क्या कोई बिज़नेस लीडर डीक्यू को अहमियत देता भी है या नहीं।

मास्टरकार्ड के पूर्व सीईओ अजय बंगा तो देते हैं। 'आईक्यू सच में अहम है। ईक्यू भी अहम होता है, लेकिन मेरे लिए असल मायने रखता है, डीक्यू। अगर आप हर दिन के अपने काम में शालीनता ला सकते हैं तो आप कंपनी को लोगों के लिए बहुत मनोरंजक बना देंगे—और लोगों को वहाँ रहने और सही काम करने में मजा आएगा।'

क्या मैं मानवीय लीडर था?

मुंबई में हमारे हेड ऑफिस में दो दिवसीय ऑल इंडिया सेल्स कॉन्फ्रेंस हुई थी। पूरे भारत से सेल्स से जुड़े लोग मौजूद थे। लंच ब्रेक में मैंने देखा कि पंजाब और हरियाणा का एरिया मैनेजर व्यस्त और चिंतित दिख रहा है। यह उसके स्वभाव से अलग था। वह मिलनसार स्वभाव का था। मैंने उसे बुलाया और पूछा कि सब कुछ ठीक है न।

उसने मेरी ओर देखा और मजबूरी भरी मुस्कान के साथ कहा, 'यस सर, सब ठीक है।'

हालाँकि उनकी आवाज में विश्वास नहीं झलक रहा था। मैंने उससे दोबारा पूछा कि सब कुछ सच में ठीक है न। इस बार उसने बताया, 'सर, मेरा बेटा बीमार है और मुझे चिंता हो रही है।'

'तो फिर आप आए क्यों?' मैंने पूछा।

'सर, मेरे बॉस ने जोर देकर बोला था कि मैं आऊँ क्योंकि यह बैठक बहुत अहम है,' उसने बताया।

मुझे उससे सहानुभूति थी। अगर मेरा बेटा बीमार होता और मुझे किसी कंपनी की बैठक में भाग लेना पड़ता तो मुझे भी अपने बेटे की चिंता होती और मैं मन-ही-मन यही सोचता रहता कि कब अपने बेटे के पास पहुँचूँ।

मैंने उसके बॉस से बात की और उससे कहा कि उसे इस बैठक में शामिल होने के लिए जिद नहीं करनी चाहिए थी। उसका बॉस सहमत था।

मैंने अब एरिया मैनेजर की तरफ ध्यान दिया और उससे कहा, 'मैं चाहता हूँ कि आप तुरंत अपने घर चले जाएँ। कंपनी आपकी यात्रा का इंतजाम करेगी।'

मैंने अपनी कार से उसे हवाई अड्डे तक छुड़वाया। हालाँकि वह हवाई यात्रा के लिए पात्र नहीं था, मैंने इस मामले में अपवाद की तरह उसका इंतजाम कराया। दिल्ली हवाई अड्डे पर भी उसको लेने और घर तक पहुँचाने के लिए कार का इंतजाम करवाया।

उसी शाम वह घर पहुँच गया। उसने मुझे धन्यवाद देने के लिए फोन किया। उसके बेटे की तबीयत भी ठीक होती जा रही थी। उसकी आवाज में राहत साफ झलक रही थी।

यह घटना छिपी नहीं रही। सेल्स टीम के बाकी सदस्यों का ध्यान भी कंपनी के मानवीय पक्ष की तरफ गया। कंपनी के प्रति उनका नजरिया बदल गया। अब वे इसे ऐसी जगह नहीं मानते थे जहाँ उन्हें काम पर जाना पड़ता है, बल्कि ऐसी जगह मानने लगे थे जहाँ वे काम पर जाना पसंद करते थे। उन्होंने स्वामित्व की भावना के साथ काम किया और यह विश्वास किया कि यह कंपनी उनकी अपनी है। फिर नतीजे तो ब्लॉकबस्टर आने ही थे।

मानवीयता का पालन करने के लाभ

जब लोगों के साथ मानवता का व्यवहार किया जाता है तो वे अपने संपूर्ण स्व यानी दिमाग, दिल और शरीर को काम पर लाने के लिए प्रेरित होंगे।

काम करते समय, उन्हें :

- उनकी क्षमता से अवगत कराया जाता है और उसे साकार करने के लिए मार्गदर्शन दिया जाता है।
- विशिष्ट महसूस कराया जाता है और इससे उन्हें काम पर अपना सर्वश्रेष्ठ देने के लिए प्रेरित किया जाता है।
- सच में इंसान माना जाता है और इंसान की ही तरह व्यवहार उनके साथ किया जाता है।
- उनके दिमाग, दिल और शरीर को काम पर लाने को तैयार किया जाता है। इसमें लोगों की असीमित क्षमता को उजागर करने की क्षमता होती है।

- अपना काम करते समय सोचने के लिए उनके दिमाग का इस्तेमाल करने दिया जाता है।
- दिल लगाकर, जुनून के साथ काम करने को प्रेरित किया जाता है।
- अपने आप को लीडर और कोच में बदलने की यात्रा शुरू करने को प्रेरित किया जाता है।

वे काम करते समय सोचते हैं और बिना थके जुनून के साथ काम करते हैं। वे कोच और लीडर बनने की राह पर भी कदम रखते हैं।

मानवीय लीडर बनने के लिए चेकलिस्ट

मानवीय होने के लिए क्या करें और क्या न करें के बारे में संक्षेप में बताया जा रहा है। अगर आप इन सुझावों से सहमत हैं तो उन्हें आत्मसात कीजिए और अभ्यास कीजिए।

- क्या करें
  - अपने दिल से नेतृत्व करें।
  - आप उसी के बारे में सलाह दें, जो आप खुद करते हों।
  - दूसरों की की गई गलतियों के लिए स्वयं जिम्मेवारी लें।
  - सहानुभूतिपूर्ण और उदार दयालु बनिए। चिंता भी दिखाइए।
  - प्रशंसा और कृतज्ञता दिखाइए। हालाँकि यह ईमानदार, प्रामाणिक और वास्तविक होनी चाहिए।
  - लोगों को उनकी क्षमता का अहसास कराने में मदद कीजिए।
  - उदार बनिए।
  - श्रेय दूसरों को दीजिए, जिम्मेवारी अपने ऊपर लीजिए।
  - अपनी टीम की तारीफ कीजिए।
  - सहायक और उत्साहवर्धक बनिए।
  - अपने लोगों की परवाह करने वाले और दयालु बनिए।
  - केवल लीडर मत बनिए, कोच भी बनिए।
  - लोगों को विशिष्ट महसूस कराइए।
- क्या न करें
  - न तो लेने वाले बनिए, न ही संतुलन बनाने वाले बनिए।
  - श्रेय मत लीजिए और अपनी टीम को दोष मत दीजिए।

- अपनी टीम के सदस्यों के बजाय खुद को ही चर्चा में मत लाइए।
- जब आपके लोग ईमानदार गलतियाँ करें तो उन पर सख्ती न करें।
- कमांड-एंड-कंट्रोल लीडर मत बनिए।
- चालाक मत बनिए।
- सत्ता के भूखे, अहंकारी मत बनिए। हमेशा खुद को सही साबित मत करते रहिए।
- आत्म-प्रचार मत कीजिए।

उपसंहार

पुराने समय में, जब किसी कालीन के कुशल बुनकर को बुनाई में कोई गलती दिखती थी तो वह बुनकर को डांटता नहीं था, न ही गलती को ठीक करने लगता था। इसके बजाय, वह गलती को डिजाइन का हिस्सा बना देता था।

जापान में, किंत्सुगी टूटे हुए मिट्टी के बर्तनों की दरारों को सोने के पाउडर से ठीक करने की सदियों पुरानी कला है। 'दागों' को छुपाने के बजाय, इसमें उन्हें उजागर किया जाता है और उन्हें डिजाइन की तरह दिखाया जाता है।

मानवीय लोग कुशल बुनकर के गुणों को अपनाते हैं। वे गलतियाँ करने पर लोगों को डांटते नहीं हैं, बल्कि उन्हें सीखने के अवसरों में बदल देते हैं। गलतियों को छिपाने के बजाय, वे उनसे ज्ञान हासिल करने के लिए उन्हें उजागर करते रहते हैं।

मानवीयता संक्षेप में

मानवीयता

चौथी औद्योगिक क्रांति हमारे सामने है। इसमें 'सोचने वाली नौकरियों' का प्रसार हो रहा है। इसके लिए लोगों को काम में लगे रहने और प्रेरित होने की ज़रूरत है। लोगों को लालच और दंड के दृष्टिकोण और वित्तीय प्रोत्साहन के जरिए प्रेरित करने के पारंपरिक तरीके बेअसर साबित होने लगे हैं। नए दृष्टिकोण के लिए पीपुल-फर्स्ट नीति को अपनाने की ज़रूरत है, जिसमें लोगों को मानव के रूप में देखा जाता है जिनके साथ 'मानवता' का व्यवहार किया जाना चाहिए। इस दृष्टिकोण में लोगों की नौकरी में अपना सर्वश्रेष्ठ देने की असीमित क्षमता को सामने लाने की क्षमता होती है।

मानवीय बनिए

1.दिल से अगुवाई कीजिए।

2.पहले अमल करें फिर सलाह दें।

3.दूसरों की गलतियों के लिए खुद को दंडित करें।

4.नीचे वालों से स्नेह करें।

5.तकलीफ साझा कीजिए।

6.चिंता दिखाइए।

7.प्रशंसा कीजिए और कृतज्ञता दिखाइए।

8.लोगों को उनकी क्षमता का अहसास कराइए।

9.दाता बनिए।

10.श्रेय किसको मिलता है, इसकी चिंता मत कीजिए।

11.श्रेय दीजिए, दोष लीजिए।

12.सहायक और उत्साहवर्धक बनिए।

13.कोच नहीं, लीडर बनिए।

14.लोगों को विशिष्ट और वांछनीय महसूस कराइए।

15.दयालु बनिए, चालाक नहीं।

16.डिसेंसी कोसेंट में ऊँचे रहिए।

आप मानवीय नहीं हैं, अगर...

1.आप लेने वाले हैं।

2.श्रेय तो खुद लेते हैं और दोष अपनी टीम के सिर मढ़ देते हैं।

3.टीम सदस्यों को मिलने वाली तारीफ खुद झटक लेते हैं।

4.लोगों के ईमानदारी से गलतियाँ मानने पर उन पर सख्ती करते हैं।

5.कमांड एंड कंट्रोल शैली अपनाते हैं।

6.चालाक बनने की कोशिश करते हैं।

7.सत्ता के भूखे हैं, अहंकारी हैं, हमेशा खुद को सही साबित करते रहते हैं।

8.आत्म-प्रचार में मग्न रहते हैं।

मानवीयता का पालन करने के लाभ

1.लोगों को उनकी क्षमता से अवगत कराया जाता है और उसे साकार करने के लिए मार्गदर्शन दिया जाता है।

2.विशिष्ट महसूस कराया जाता है और इससे उन्हें काम पर अपना सर्वश्रेष्ठ देने के लिए प्रेरित किया जाता है।

3.इसमें लोगों की असीमित क्षमता को उजागर करने की क्षमता होती है।

4.उनके दिमाग, दिल और शरीर को काम पर लाने को तैयार किया जाता है।

5.अपना काम करते समय सोचने के लिए उनके दिमाग का इस्तेमाल करने दिया जाता है।

6.दिल लगाकर, जुनून के साथ काम करने को प्रेरित किया जाता है।

7.अपने आप को लीडर और कोच में बदलने की याला शुरू करने को प्रेरित किया जाता है।

कौशल 10

आन्त्रप्रेनेरियल स्पिरिट

आन्त्रप्रेनेरियल स्पिरिट को आगे से इस अध्याय में उद्यमिता की भावना लिखा जाएगा।

यह एक तरह की अमूर्त ऊर्जा होती है जो लोगों को अपने पास मौजूद संसाधनों से कहीं ज्यादा बड़ी आकांक्षाएँ रखने के लिए प्रेरित करती है। जब यह भावना जीवित होती है तो व्यवसाय में उत्साह बना रहता है और उनकी बढ़त कायम रहती है।

मुकेश अंबानी स्टैनफोर्ड यूनिवर्सिटी से पढ़ाई करके लौटे तो उन्होंने रिलायंस इंडस्ट्रीज में काम करना शुरू कर दिया जिसकी स्थापना उनके दिवंगत पिता धीरूभाई अंबानी ने की थी।

'मेरा काम क्या होगा?' उन्होंने पूछा।

धीरूभाई अंबानी ने एक पल के लिए सोचा और बोले, 'अगर तुम्हें नौकरी, भूमिका और जिम्मेदारियों की तलाश है, तो तुम मैनेजर हो। लेकिन अगर तुम उद्यमी हो तो तुम्हें अपने आप पता चल जाएगा कि क्या करना है।'

मुकेश अंबानी को पता चला कि वे समस्याओं को हल करना चाहते हैं।

उन्होंने समस्याओं को हल करने की कला सीखी कहाँ से?

'यूडीसीटी (जिसका नाम अब इंस्टीट्यूट ऑफ केमिकल टेक्नोलॉजी, मुंबई रखा गया है) में पढ़ाने वाले मेरे शिक्षक से, जो कहा करते थे, "मैं तुम्हें उन समस्याओं

की सूची नहीं देने जा रहा हूँ जिन पर तुम काम कर सकते हैं। समस्याएँ तो तुम्हें ही ढूँढ़नी हैं। मैं तुम्हें उस समस्या की गुणवत्ता के साथ-साथ समाधान की गुणवत्ता के आधार पर ग्रेड दूँगा।'"

समस्याओं को हल करने की कोशिश में नाकामी मिलना भी निश्चित है। 'सफल होने से पहले मैं कई बार असफल हुआ हूँ।' अंबानी कहते हैं, 'असफताओं से सीखिए, लेकिन उनसे हार कभी मत मानिए।'

असफलता के खतरे का सामना करने पर कोई उद्यमी अपना मनोबल कैसे ऊँचा रख सकता है?

'आशावादी रहकर,' अंबानी का जवाब है। 'गिलास को आधा भरा हुआ देखिए। आधा खाली कभी मत देखिए।' आशावाद मन की एक अवस्था है जिसमें इस तरह की आशा और विश्वास होते हैं कि भविष्य में अच्छा होगा।

साथ ही, सफलता के लिए कोई टीम भी महत्त्वपूर्ण होती है। 'आप सही टीम के बिना कुछ नहीं कर सकते और टीम के जुनून को अपने जुनून से जोड़ना बहुत ज़रूरी है,' अंबानी की राय है।

उद्यमिता की भावना

मुकेश अंबानी में उद्यमशीलता की भावना है। यह सोचने और काम करने का एक तरीका है। इसका मतलब यह नहीं कि आपको सचमुच में कोई उद्यमी बनना होगा, व्यवसाय स्थापित करना होगा, जोखिम उठाना होगा और मुनाफा कमाना होगा। आप किसी कंपनी में कर्मचारी के रूप में काम करने वाले भी सकते हैं लेकिन अपने विचारों और कामों के जरिए उद्यमशीलता की भावना दिखा सकते हैं। दूसरी ओर, हो सकता है कि आप किसी व्यवसाय के मालिक हों लेकिन आपमें उद्यमिता का कोई लक्षण न हो।

उद्यमशीलता की भावना को अमूर्त ऊर्जा माना जा सकता है। शिक्षक और लेखक स्वर्गीय प्रोफेसर सीके प्रहलाद ने कहा भी तो था, कि यह लोगों को अपने पास मौजूद संसाधनों से कहीं ज्यादा बड़ी आकांक्षाएँ रखने के लिए प्रेरित करती है। जब यह भावना जीवित होती है तो व्यवसाय में उत्साह बना रहता है और उनकी बढ़त कायम रहती है।

उद्यमिता की भावना व्यक्त करने वाले लक्षण

उद्यमशीलता की भावना रखने वाले लोगों में नीचे बताए कई गुण होते हैं :

- अद्वितीय और विशिष्ट मानसिकता।

- हमेशा अवसरों की तलाश में रहना।
- यथास्थिति को चुनौती देना।
- कार्यस्थल पर अपनी ज़रूरत का पता लगाना।
- सतत बीटा की अवस्था में रहना।
- सिस्टम 2 सोच के प्रति पूर्वाग्रह दिखाना।
- समाधान चाहने वाले होते हैं।
- खेल के नियम बदलते हैं।
- अपने संसाधनों से बड़ी आकांक्षाएँ रखते हैं।
- संसाधनों को सोच-समझकर खर्च करते हैं।
- इनकी प्रवृत्ति प्रयोग करने की होती है।
- सकारात्मक विचारों को विकसित और पोषित करते हैं।
- उदारता का व्यवहार करते हैं।
- अपनी टीम को मालिकों की तरह सोचने और काम करने के लिए प्रेरित करते हैं।
- इन्हें 'नहीं' कहने की कला में दक्षता हासिल होती है।
- लचीलापन और धैर्य का प्रदर्शन करते हैं और बहुत ज्यादा नहीं सोचते।
- दुर्बलता के विरोधी होते हैं।
- 'भाग्य पर रिटर्न (रिटर्न ऑन लक)' ऊँचा रखते हैं।

आइए हम इनमें से प्रत्येक लक्षण के बारे में जानते हैं ताकि आपको उनके बारे में समझ हासिल हो सके।

1. मानसिकता

उद्यमशीलता की भावना रखने वाले लोगों की मानसिकता कुछ इस प्रकार होती है :

- **विमानन मानसिकता**

विमानन उद्योग हर असफलता-दुर्घटना या बाल-बाल बचने की मामूली से भी मामूली घटना को—हवाई यात्रा को सुरक्षित बनाने के अवसर के रूप में देखता है। जब ये हादसे होते हैं तो दोषारोपण के गंदे खेल को कभी भी बढ़ावा नहीं दिया जाता। इसके बजाय, विशेषज्ञ दुर्घटनास्थल पर जाकर दुर्घटना के कारणों

की पहचान करते हैं। एक बार पहचान हो जाने पर ये कारण जड़ से खत्म कर दिए जाते हैं। इसका मतलब यह नहीं कि दुर्घटनाएँ दोबारा होंगी ही नहीं, लेकिन इतना तय हो जाता है कि दुर्घटनाएँ पिछले कारणों से तो नहीं होंगी। इस तरह हवाई यात्रा उत्तरोत्तर सुरक्षित होती जा रही है।

उद्यमशील-उत्साही लोगों में यही विमानन मानसिकता होती है। वे असफलताओं को सीखने और सुधार करने के अवसर के रूप में देखते हैं। जब उन्हें असफलता का सामना करना पड़ता है तो वे इसे छिपाने की कोशिश नहीं करते हैं। इसके बजाय, वे इसके पीछे के कारणों की पहचान करने और उन्हें जड़ से खत्म करने के लिए कार्रवाई करने का सजग प्रयास करते हैं। इसका मतलब यह नहीं कि उनसे भविष्य में गलतियाँ होंगी ही नहीं। गलतियाँ तो होती ही हैं, लेकिन अतीत में की गई गलतियों के समान गलतियाँ होने की संभावना नहीं रहती है। इस तरह से वे उत्तरोत्तर बेहतर होते जाते हैं।

परंपरागत मैनेजर अपनी असफलताओं को दबा देते हैं ताकि उन पर किसी का ध्यान न जाए। इस प्रक्रिया में, वे सीखने के मौके भी खो देते हैं। इससे भी बुरी बात यह होती है कि उनसे बार-बार वही गलतियाँ होती रहती हैं।

- **ओलंपियन मानसिकता**

ओलंपियनों में सुधार करने की इच्छा जन्मजात रूप से होती है। यह इच्छा उन्हें हर दिन अभ्यास करने और अपने कोच से सक्रिय रूप से फीडबैक लेने के लिए प्रेरित करती है, जिसे वे अभ्यास के अगले दौर में शामिल करते जाते हैं। इस प्रक्रिया का नियमित तौर पर पालन करने से हर दिन अभ्यास सत्र के साथ उनमें सुधार होता है।

ओलंपियनों की तरह ही उद्यमशीलता से ओतप्रोत लोगों में सुधार करने की जन्मजात इच्छा होती है। वे अपनी टीम से और स्वयं से खुले सवाल पूछकर उनसे फीडबैक मांगते हैं और उनसे मिले जवाबों के अनुसार काम करते हैं। यहाँ कुछ सैंपल प्रश्न दिए जा रहे हैं :

- हम सुधार कैसे कर सकते हैं?
- हम इस कार्य को बेहतर तरीके से कैसे कर सकते हैं?
- क्या आप मुझे बता सकते हैं कि मेरी सोच में क्या गलत है?
- मुझे लगता है कि मैं बेहतर कर सकता हूँ। मुझे फिर से कोशिश करने दीजिए।

ये परंपरागत मैनेजर के बिल्कुल उलट होते हैं। परंपरागत मैनेजर तो इस डर से फीडबैक लेने से ही परहेज करते हैं कि इससे उन्हें बदनामी होगी या कहीं ये फीडबैक अप्रिय न हों।

- **उबर मैप (अनुकूलनीय) मानसिकता**

जब मैं उबर में यात्रा कर रहा होता हूँ और ड्राइवर गलत मोड़ ले ले तो मैप में तुरंत दिख जाता है और गंतव्य के लिए फौरन संशोधित मार्ग दिखाने लगता है।

उद्यमशीलता से युक्त लोग बाधाओं और दिक्कतों का सामना होने पर अपनी बदकिस्मती को लेकर रोने नहीं बैठ जाते। उबर मैप की तरह, वे अपनी योजना को फिर से बनाते हैं और अपनी यात्रा जारी रखते हैं।

परंपरागत मैनेजरों को जब बाधाओं का सामना करना पड़ता है तो वे अपनी किस्मत, बॉस, सिस्टम या इन सभी को कोसने लगते हैं। हालाँकि वे खुद को कभी दोष नहीं देते। वे इंतज़ार करते रहते हैं कि समाधान आसमान से टपक पड़ें। नतीजतन, उनमें जड़ता आ जाती है।

- **विकास की मानसिकता**

उद्यमशीलता की भावना रखने वाले लोगों में विकास की मानसिकता होती है। वे हर अवसर पर और हर किसी से सीखना चाहते हैं। उनका यह भी मानना होता है कि कड़ी मेहनत और फीडबैक के जरिए क्षमताएँ विकसित की जा सकती हैं और बड़ी चुनौतियों और असफलताओं से सीखने का अवसर मिलता है।

परंपरागत मैनेजरों की एक निश्चित मानसिकता होती है, जिससे उनके अंदर यह गलत धारणा बन जाती है कि वे तो जन्मजात प्रतिभाशाली हैं। उन्हें यह भी लगता है कि उनके पास सभी जवाब हैं। वे हर बार खुद को सही साबित करने की कोशिश में अपनी ऊर्जा बर्बाद करते रहते हैं। जैसे-जैसे समय बीतता है, ये परंपरागत मैनेजर अप्रासंगिक होते जाते हैं और आखिरकार गायब हो जाते हैं।

- **प्रवासी मानसिकता**

'मेरे पास प्रवासी मानसिकता है, जिसका मतलब है कि काम कभी भी छिन सकता है, इसलिए सुनिश्चित कीजिए कि आप प्रतिदिन काम अर्जित करें,' ये कहना है इंद्रा नूयी का।

उद्यमिता की भावना रखने वाले लोग प्रवासी नहीं भी हो सकते हैं, लेकिन वे सोचते उन्हीं की तरह हैं।

- अवसरों की तलाश हर दिशा में करना और अपने रास्ते में आने वाले अवसरों का अधिकतम फायदा उठाना।
- उन अवसरों को पहचानने की अनोखी क्षमता विकसित करना जिन पर दूसरों का ध्यान नहीं जाता।
- हासिल किए गए अवसरों का उत्साह के साथ फायदा उठाना।
- तेजी से अनुकूलन करना और परिवर्तनों पर तेजी से प्रतिक्रिया करना।
- हर समय सक्रिय रहना और तेजी से काम करना।

आप सोच रहे होंगे कि क्या प्रवासी मानसिकता से कंपनियाँ बनाने और चलाने में मदद मिलती है।

हार्वर्ड बिज़नेस रिव्यू में उद्धृत किए गए एक अध्ययन के अनुसार, '2010 में संचालित फॉर्च्यून 500 कंपनियों में से 40% की स्थापना प्रवासियों या उनके बच्चों ने की थी—इन कंपनियों में ऐपल और आईबीएम से लेकर डिज़नी और मैकडॉनल्ड्स जैसे कुछ सबसे मशहूर ब्रांड शामिल हैं। इस अध्ययन में बताई कंपनियों का संयुक्त राजस्व 4.2 ट्रिलियन डॉलर था—जो ज्यादातर देशों की जीडीपी से अधिक था।'

हालाँकि परंपरागत मैनेजर अवसरों से दूर भागते हैं। थॉमस एडिसन ने ठीक ही कहा था कि लोग इसलिए अवसर चूक जाते हैं क्योंकि वे इस तथ्य को नहीं पहचानते कि अवसरों का अधिकतम लाभ उठाने के लिए उनको काम यानि कि मेहनत करनी होगी और यहीं उनके लिए नया मौका होगा!

2. अवसरों की खोज करना, बाधाओं की नहीं

रिकी पॉन्टिंग क्रिकेट के सबसे बेहतरीन बल्लेबाजों में शामिल हैं और टेस्ट क्रिकेट तथा एक दिवसीय अंतरराष्ट्रीय क्रिकेट मैचों में उन्होंने 13,000 से ज्यादा रन बनाए। अपनी सीक्रेट पूछने पर वे कहते हैं, 'हर बल्लेबाज स्ट्राइक लेने से पहले फील्ड का सर्वे करता है और फील्डरों की स्थिति पर ध्यान देता है और हर फील्डर को अपने दिमाग की नजर से देखता है। हालाँकि मेरे दिमाग में ऐसा नहीं होता। मैं फील्डरों को नहीं देखता। मैं खाली जगहों को देखता हूँ!' वो फील्डरों के बीच की जगह में खेलते थे, जिससे वे बेहतरीन बल्लेबाज और रनस्कोरर बन सके।

उद्यमिता की भावना वाले लोग, पॉन्टिंग की तरह, अपने रास्ते में आने वाली बाधाओं पर ध्यान नहीं देते। इसके बजाय, जीत हासिल करने के लिए वे मार्केट में मौजूद खाली जगहों पर ध्यान देते हैं।

इसके विपरीत, परंपरागत मैनेजर अपने रास्ते में आने वाली बाधाओं को देखते हैं और काम कर पाने में असमर्थ बन जाते हैं।

3. यथास्थिति को चुनौती

उद्यमिता से युक्त लोग अतार्किक होते हैं। वे यथास्थिति को चुनौती देते हैं। वे चीजों को उनके असली रूप में देखते हैं और इसका कारण पूछते हैं और तब उनकी फिर से कल्पना करते हैं।

- स्टीव जॉब्स ने सेल फोन उद्योग को चुनौती दी और स्मार्टफोन पेश किया।
- जेफ़ बेज़ोस ने खरीदारी प्रक्रिया में टकरावों को दूर करके खुदरा उद्योग को चुनौती दी और इसे टकराव रहित और आनंददायक बना दिया।
- रीड हेस्टिंग्स ने मनोरंजन उद्योग को चुनौती दी और हमारे लिए कभी भी, कहीं भी, अपनी पसंद के उपकरण पर और चलते-फिरते भी मनोरंजन कर पाना संभव बना दिया।

आयरिश नाटककार जॉर्ज बर्नार्ड शॉ ने उनकी भावना को सटीक रूप से व्यक्त किया था। बर्नार्ड शॉ ने कहा था कि समझदार इंसान खुद को दुनिया के अनुसार ढाल लेता है; अतार्किक इंसान दुनिया को अपने अनुकूल बनाने की कोशिश में लगा रहता है। इसलिए सारी प्रगति उस अतार्किक इंसान पर ही निर्भर करती है।

परंपरागत मैनेजर उद्योग की परंपरा और समय की कसौटी पर खरे उतरे रास्तों पर चलते हैं। यह तो सुनिश्चित होता है कि वे बहुत ज्यादा असफल न हों, लेकिन जैसा कि रॉबर्ट कैनेडी ने कहा था, वे बहुत ज्यादा कुछ हासिल नहीं कर पाते हैं, क्योंकि बहुत कुछ तो केवल वे ही हासिल कर सकते हैं जिनके अंदर बहुत असफल होने का साहस हो।

4. हमेशा सतत बीटा की अवस्था में रहना

भारत की जानी-मानी गायिका, स्वर्गीय लता मंगेशकर ने बिना किसी त्रुटि के गाने गाए। हालाँकि वे खुद ही इस बात से सहमत नहीं होती थीं और कहती थीं, 'अच्छा

है... लेकिन और भी अच्छा हो सकता है।' वे यह भी कहती थीं, 'कलाकार को कभी भी अपने काम से संतुष्ट नहीं होना चाहिए।'

दुनिया के सबसे प्रसिद्ध चित्रकार लियोनार्डो दा विंची भी ऐसा ही सोचते थे। लोककथाओं के अनुसार, उनके अंतिम शब्द थे, 'मैंने भगवान और मानव जाति को नाराज किया है, क्योंकि मेरा काम उस गुणवत्ता तक नहीं पहुँच पाया जहाँ पहुँच सकता था।'

इलॉन मस्क भी अपने सृजन से कभी संतुष्ट नहीं होते। 'मैं हमेशा इस बात को देखता रहता हूँ कि (टेस्ला को) बेहतर बनाने के लिए कौन-सी गलती ठीक की जा सकती है। इसलिए, जब मैं कार को देखता हूँ तो मेरा ध्यान उन सभी चीजों पर ही रहता है जिन्हें ठीक करके इसे और बेहतर बनाया जा सकता है।' इस तरह, टेस्ला बेहतर होती जा रही है।

उद्यमिता की भावना से युक्त लोग कभी संतुष्ट नहीं होते। उन्होंने अपना काम कितनी भी अच्छी तरह से किया है, इससे उन्हें कोई फर्क नहीं पड़ता और उन्हें लगता है कि अब भी सुधार की गुंजाइश है।

परंपरागत मैनेजर अपने प्रयासों से संतुष्ट रहते हैं। उनमें शायद ही कभी अपने काम में सुधार करने की इच्छा जगती हो। इसलिए, वे अपनी नौकरी करते हुए ही शीतनिद्रा में चले जाते हैं।

5. समाधान खोजकर्ता

धीरूभाई अंबानी ने विमल टेक्सटाइल ब्रांड लॉन्च किया था। हालाँकि थोक विक्रेताओं ने इसे स्टॉक करने में रुचि नहीं दिखाई। उनका सहयोग न मिलने पर विमल का भविष्य अनिश्चित हो गया।

धीरूभाई ने थोक विक्रेताओं को एक तरफ करके, खुदरा विक्रेताओं को आकर्षक शर्तों पर सीधे बिक्री करके इस समस्या को दूर करने का फैसला किया। जल्द ही, विमल खुदरा दुकानों पर उपलब्ध हो गया। वे यहीं नहीं रुके। अगले कदम के रूप में, उन्होंने कंपनी के स्वामित्व वाले विमल शोरूम ही खोल डाले और उनकी फ्रेंचाइजिंग शुरू कर दी। नतीजदतन, देश भर में सैकड़ों विमल स्टोर खुल गए, जिन पर केवल विमल रेंज के कपड़े रखे और बेचे जाते हैं।

दुकानों में भारी भीड़ सुनिश्चित करने के लिए, उन्होंने जनसंचार माध्यमों में एक आक्रामक कैंपेन 'ओनली विमल' चलाया।

जल्द ही, 'ओनली विमल' घर-घर में चर्चित ब्रांड बन गया।

धीरूभाई अंबानी ने अपने सामने आई समस्या का समाधान खोजने के लिए जमीन-आसमान एक करके उद्यमिता की भावना दिखाई। इससे उन्हें अपना लक्ष्य हासिल करने में मदद मिली।

परंपरागत मैनेजर समस्या के पहचानकर्ता होते हैं। उनके पास कोई काम समय पर न हो पाने के कारणों की हमेशा भरमार होती है। नतीजतन वे अपना लक्ष्य हासिल नहीं कर पाते हैं।

6. खेल के नियम बदलना

1996 तक, श्रीलंका की क्रिकेट टीम को मामूली टीम माना जाता था। उसी साल, उसने आईसीसी क्रिकेट विश्व कप जीतकर दिखा दिया। उन्होंने खेल के नियम बदलकर यह उल्लेखनीय उपलब्धि हासिल की थी। आइए, बताते हैं कि यह काम उन्होंने कैसे किया :

- दोनों छोर पर मारक क्षमता : आमतौर पर बल्लेबाज आखिरी ओवरों में गेंदबाजों की जमकर धुनाई करते थे, लेकिन श्रीलंका ने दोनों सिरों पर धुआंधार बल्लेबाजी करने का फैसला किया। उन्होंने विस्फोटक सलामी बल्लेबाजों के साथ ओपनिंग की, जिन्हें पहले पंद्रह ओवरों में 100 से 120 रन बनाने का लक्ष्य दिया गया। विरोधी टीम इससे हैरान रह गई।
- फिटनेस : प्रत्येक खिलाड़ी का फिटनेस आहार डिजाइन किया गया। वे जितने अधिक फिट होते गए, उनमें उतनी अधिक ऊर्जा आती गई, जिससे उनकी बल्लेबाजी, फील्डिंग और गेंदबाजी में सुधार हुआ।
- फील्डिंग : फिटनेस में सुधार के कारण, फील्डिंग का स्तर सुधरने लगा। खिलाड़ी छलाँग लगाने लगे और रन बचाने लगे—आखिरकार, बचाया गया रन, बनाए गए रन के बराबर ही तो होता है!
- क्विक सिंगल्स : 100 मीटर की दौड़ में विशेषज्ञता रखने वाले एथलेटिक्स को खिलाड़ियों को ट्रेनिंग देने के लिए लगाया गया जो सिखाते थे कि हर कीमती सिंगल लेने के मौके का फायदा उठाने के लिए किस तरह की मुद्रा में तैयार रहना है।
- दूर से रन आउट करना : उन्हें थ्रो के विशेषज्ञों ने दूर से ही थ्रो करने और स्टंप पर निशाना लगाने की ट्रेनिंग दी।

श्रीलंकाई क्रिकेटरों की तरह, उद्यमिता की भावना रखने वाले लोग खेल के नियमों को बदल डालते हैं। इससे वे प्रतिस्पर्धा में आगे बढ़ने और फील्ड की अगुवाई करने में सक्षम होते हैं।

परंपरागत मैनेजर अपने उद्योग के नियमों का ही पालन करते रहते हैं। इस तरह से उनके कामों का सबको पहले से पूर्वानुमान हो जाता है और उन्हें पराजित किया जा सकता है।

7. संसाधनों से ज्यादा आकांक्षाएँ

द्वितीय विश्व युद्ध के ठीक बाद मसरू इबुका और अकीओ मोरिता ने लगभग 500 डॉलर की शुरुआती पूंजी से एक कंपनी शुरू की, जिसका नाम बाद में सोनी रखा गया। उस समय जापान खराब गुणवत्ता वाले उत्पादों के उत्पादन के लिए जाना जाता था। हालाँकि उनके पास बहुत कम संसाधन थे, लेकिन इस वजह से उन्हें दुनिया की नजरों में जापान की छवि बदलने और उसे क्वालिटी के लिए मशहूर करने की इच्छा रखने से नहीं रोका जा सका। 1990 के दशक तक, जापान और सोनी दोनों ही उच्च क्वालिटी वाले उत्पाद बनाने के लिए मशहूर होने में सफल रहे।

इलॉन मस्क

इलॉन मस्क की इच्छा इंसान को बहु-ग्रहीय प्रजाति बनाने की है, लेकिन उनके पास संसाधन बहुत कम थे। इससे उनके उत्साह में कोई कमी नहीं आई। इसके बजाय, उन्होंने इसे कुछ नया करने के अवसर के रूप में देखा।

1980 के दशक तक अंतरिक्ष में छोड़े गए रॉकेट कभी वापस नहीं आते थे। हर प्रक्षेपण की लागत 61 मिलियन डॉलर थी। हालाँकि इलॉन मस्क की स्पेसएक्स ने 'रीयूजेबिल' रॉकेट विकसित किए जिनकी प्रक्षेपण लागत 5 मिलियन और 7 मिलियन डॉलर के बीच पड़ती है। लागत में भारी गिरावट से मस्क को अपनी आकांक्षा को पूरा करने में मदद मिली।

उद्यमिता की भावना से युक्त लोगों की आकांक्षाएँ उनके पास मौजूद संसाधनों से भी ज्यादा होती हैं, लेकिन वे इस अंतर को खत्म करने के लिए टैलेंट का इस्तेमाल करते हैं, जबकि परंपरागत मैनेजरों की आकांक्षा जादुई रूप से उपलब्ध संसाधनों के अनुसार ही होती है या उससे कम ही होती है।

8. सकारात्मक विचारों का पोषण

2015 में, फेसबुक की सीओओ शेरिल सैंडबर्ग अपने पति की अचानक मौत से सदमे में थीं। वे खतरनाक विचारों से भरी हुई थीं और अपने दुख से उबर नहीं पा रही थीं। उनके लिए अपने काम की दिनचर्या में वापस आना मुश्किल हो गया था। प्रसिद्ध मनोवैज्ञानिक और उनके मित्र एडम ग्रांट ने उन्हें यह कहकर चौंका दिया कि वे जिस स्थिति में हैं, उसके लिए उन्हें आभारी होना चाहिए क्योंकि हालत इससे भी बदतर हो सकती थी। वे उनकी असंवेदनशील टिप्पणी से चकित रह गईं और बोलीं, 'आप मजाक कर रहे हैं? हालात इससे भी बदतर कैसे हो सकते हैं?'

ग्रांट ने जवाब दिया, 'आपके बच्चों को गाड़ी चलाते समय कार्डियक ऐरिथमिया हो सकता था।'

यह सुनकर उन्हें अच्छा महसूस हुआ। वे इस बात की सराहना कर सकती थीं कि उनके बच्चे जीवित और स्वस्थ हैं। इससे वे खुद को सांत्वना देते हुए, नुकसान को स्वीकार कर सकीं कि हालात और भी बदतर हो सकती थे।

एडम ग्रांट ने अपने जीवन के सबसे बुरे समय से गुजरने के बावजूद शेरिल सैंडबर्ग को बेहतर महसूस कराने के लिए जिस रणनीति का इस्तेमाल किया, उसे चित्र के जरिए चित्रित किया जा सकता है :

घटना ------ विचार ----- भाव

शेरिल सैंडबर्ग का अपने पति की असामयिक मौत पर कोई नियंत्रण नहीं था। उनकी मौत तो पहले ही हो चुकी थी। हालाँकि वे अपने विचारों पर काबू रख सकती थीं। उनके दोस्त ग्रांट के संकेत से उन्हें अहसास हुआ कि वे अब भी कितनी भाग्यशाली हैं कि उनके बच्चों को कोई नुकसान नहीं पहुँचा। इससे वे सकारात्मक विचारों से भर गईं, नतीजतन उन्हें सकारात्मक भावनाओं का विस्फोट-सा महसूस हुआ। उन्हें बेहतर महसूस हुआ और उन्होंने सकारात्मक इरादे से काम करना शुरू कर दिया।

राहुल द्रविड़

भारत की क्रिकेट टीम में राहुल द्रविड़ तीसरे नंबर पर बल्लेबाजी करते थे। उन्हें कई बार नई गेंद का सामना करना पड़ता था जिसका उन पर दबाव रहता था।

उन्होंने सौरभ गांगुली से इस दबाव से निपटने के बारे में पूछा।

उन्होंने जवाब दिया, 'मैं टेस्ट मैच या वनडे को दबाव के रूप में नहीं बल्कि मौके के रूप में देखता हूँ।'

राहुल द्रविड़ ने सहज रूप में इसी मॉडल का पालन किया था। उन्होंने इस 'घटना' को 'अवसर' के रूप में लिया, जिसने उनके अंदर सकारात्मक विचार भर दिए। इस मानसिक अवस्था में वे आत्मविश्वास (पढ़ें : सकारात्मक भावना) से भर गए। इसी आत्मविश्वास के साथ जब बल्लेबाजी की तो उन्होंने भारत के लिए लगातार इतने रन बनाए कि उन्हें 'द वॉल' का खिताब मिल गया।

दूसरी तरफ, अगर उन्होंने उस घटना को दबाव के रूप में लिया होता तो वे विनाश के खतरे के नकारात्मक विचारों से भर जाते। इससे उनमें डर की नकारात्मक भावना भर जाती। अगर वे डरकर खेलते तो हर बार आउट होने के साथ-साथ उनका प्रदर्शन गिरता जाता और उन्हें टीम से बाहर कर दिया जाता।

9. दया का प्रदर्शन

टेस्ला की एक फैक्टरी में कुछ ज्यादा ही हादसे हो रहे थे। इलॉन मस्क ने कुछ करने का फैसला किया। उन्होंने निर्देश जारी किए कि हर हादसे की सूचना सीधे उन्हें ही दी जाए क्योंकि 'मैं हर घायल व्यक्ति के ठीक होते ही उससे मिलना चाहूँगा, ताकि मैं समझ सकूँ कि हमें इसे बेहतर बनाने के लिए वास्तव में क्या करने की ज़रूरत है। फिर मैं प्रोडक्शन लाइन पर जाऊँगा और वहाँ जो काम होता है, वही करूँगा। टेस्ला के सभी मैनेजरों को निश्चित रूप से यही करना चाहिए। टेस्ला में, हम आगे रहकर नेतृत्व करते हैं, किसी सुरक्षित और आरामदायक आइवरी टॉवर में बैठकर नहीं।'

उद्यमिता से भरपूर लोग अपने लोगों के प्रति करुणा प्रदर्शित करते हैं और उनके हितों की रक्षा अपने हितों से भी ज्यादा बहादुरी से करने का प्रयास करते हैं। वे अपने इरादे केवल बातों से नहीं बल्कि काम से भी प्रदर्शित करते हैं। इससे उन्हें अपनी टीम का विश्वास और सद्भावना हासिल होती है। जब ऐसा होता है तो टीम का जुड़ाव, उत्पादकता और प्रदर्शन बढ़ जाता है।

परंपरागत मैनेजर अपने ऑफिस में बैठे-बैठे आराम से हुक्म चलाते रहते हैं। वे अपनी टीम के प्रति बहुत कम करुणा प्रदर्शित करते हैं। नतीजतन वे अपनी टीम की सद्भावना और विश्वास नहीं जीत पाते हैं।

10. 'न' कहने की कला सीखिए

वॉरेन बफेट कहते हैं, 'सफल लोगों और सच में सफल लोगों के बीच यह फर्क होता है कि सच में सफल लोग लगभग हर चीज के लिए "न" कह देते हैं।'

उद्यमिता से भरपूर लोग न कहने की कला में माहिर होते हैं। इससे उन्हें उस चीज पर ध्यान देने का समय मिल जाता है जो सच में महत्त्वपूर्ण हो।

परंपरागत मैनेजर न कहने से डरते हैं क्योंकि उन्हें लगता है कि इससे टकराव हो सकता है। इस कारण वे अपना समय गैर-मूल्य-सृजन गतिविधियों में खपाते हैं। नतीजतन, उनके पास समय की कमी लगातार बनी रहती है।

11. दृढ़ निश्चय दिखाइए

वॉल्ट डिज़्नी ने अपना खुद का कार्टून व्यवसाय, लाफ-ओ-ग्राम स्टूडियो शुरू किया था। यह फेल रहा था। इसके बाद उन्होंने ओसवाल्ड द लकी रैबिट बनाया। दुर्भाग्य फिर आड़े आ गया। उन्होंने इसका कानूनी अधिकार तक खो दिया। हालाँकि उन्होंने विक्टिम कार्ड नहीं खेला। इसके बजाय, उन्होंने इसे मजबूत बनने और ऊँची छलाँग लगाना सीखने के अवसर के रूप में देखा। इन सकारात्मक विचारों से भरपूर होकर, उन्होंने मिकी माउस बनाया और सफलता तथा वैश्विक पहचान की राह पर चल पड़े। मिकी माउस की दुनिया भर में ब्रांड जागरूकता 97 प्रतिशत है—जो सांता क्लॉज से भी ज्यादा है—और डिज़्नी के लिए वार्षिक राजस्व में अरबों डॉलर का योगदान करता है। यह दुनिया का सबसे मशहूर काल्पनिक चरित्र बन चुका है।

वॉल्ट डिज़्नी ने धीरज दिखाया, जिसमें चुनौतियों पर काबू पाने के लिए काम करना और असफलताओं, प्रतिकूलताओं तथा प्रगति की राह में उतार-चढ़ाव के बावजूद समय के साथ-साथ प्रयास और रुचि बनाए रखना शामिल था।

उद्यमिताशील लोग वॉल्ट डिज़्नी की तरह ही तो होते हैं। वे दृढ़ निश्चयी होते हैं। वे नीत्शे की सलाह पर यकीन करते हैं—जो चीज लोगों को मारती नहीं, वह उन्हें और मजबूत बनाती है। यह उन्हें असफलताओं और झटकों का सामना करने के बावजूद लंबे समय तक लगे रहने के लिए प्रेरित करता है।

परंपरागत मैनेजरों के सामने जब चुनौतियाँ और दुर्भाग्य आते हैं तो वो हार मान लेते हैं। इस प्रक्रिया में गलती से सीखने और वापसी करने का अवसर ही खत्म हो जाता है।

12. लचीलापन दिखाइए

1989 में भारत और पाकिस्तान के बीच क्रिकेट टेस्ट मैच श्रृंखला चल रही थी। चौथे मैच में भारत हार से बचने के लिए जूझ रहा था। नमीयुक्त घास की पिच थी और वकार यूनुस तथा वसीम अकरम बल्लेबाजों पर बाउंसर, यॉर्कर और इन-स्विंगर फेंके जा रहे थे।

नवजोत सिद्धू एक छोर पर डटे थे। एक विकेट गिरा और सोलह साल का सचिन तेंदुलकर टेस्ट क्रिकेट में अपना पहला मैच खेलने के लिए क्रीज की तरफ बढ़ा।

वकार ने एक बाउंसर फेंकी जो सचिन की नाक पर लगी और उनकी नाक से बहुत ज्यादा खून बहने लगा। सिद्धू सचिन की ओर भागे और उनसे पूछा, 'खेलेगा?' अपनी आवाज में मजबूत इरादे के साथ सचिन तेंदुलकर ने जवाब दिया, 'मैं खेलूँगा,' और वकार की अगली गेंद पर ही उन्होंने चौका जड़ दिया। उन्होंने सत्तावन रन बनाए और सिद्धू के साथ मिलकर भारत की स्थिति मैच ड्रॉ करने लायक सुनिश्चित कर दी।

सचिन तेंदुलकर ने प्रतिकूल परिस्थितियों, आघात और धमकियों का अच्छी तरह से सामना करके लचीलेपन का प्रदर्शन किया।

उद्यमिता की भावना रखने वाले लोगों की नाक में अक्सर खून आ जाता है। ऐसे क्षणों में, वे लचीलापन दिखाते हैं।

परंपरागत मैनेजर इतना लचीलापन दिखाते ही नहीं जब उन्हें कोई झटका लगता है। वे यह समझकर हार मान लेते हैं कि विपरीत परिस्थितियों के बीच में ही सफलता छिपी होती है।

13. बहुत ज्यादा सोच-विचार मत करो

एयरोडायनामिक्स के सिद्धांतों के अनुसार भौंरा उड़ नहीं सकता। उड़ान के समय इसके विशाल शरीर को सहारा देने के लिए इसके पंखों का फैलाव बहुत छोटा होता है। हालाँकि भौंरे को यह पता नहीं होता। उसने तो भौतिकी की कक्षा ली नहीं होती है इसलिए वह उड़ जाता है।

उद्यमिता से युक्त लोग भौंरे की तरह होते हैं, इसलिए वे सफल हो जाते हैं।

14. दुर्बलता-विरोधी

लगभग 1500 साल पहले, रोमन लोगों ने घाटों, बांधों और बंदरगाहों की दीवारों का निर्माण किया था। वे अभी भी सलामत खड़े हैं। इन दीवारों का निर्माण

ज्वालामुखीय राख, चूना (कैल्शियम ऑक्साइड), समुद्र के पानी और ज्वालामुखीय चट्टानों के ढेर को मिलाकर किया गया था। हर बार जब समुद्र का पानी इन दीवारों से टकराता है तो वह ज्वालामुखीय सामग्री के साथ क्रिया करता है, जिससे नए खनिज बनते हैं जिससे जुड़ाव बन जाता है और इसलिए दीवार मजबूत हो जाती है।

विडंबना यह है कि समुद्र के जिस पानी को रोकने के लिए दीवार बनाई गई है, उसे समुद्र के पानी के ही झटके से फायदा होता है। हर प्रहार इसे मजबूत और दुर्बलता विरोधी बना देता है। दुर्बलता विरोधी यानी एंटी-फ्रैजाइल का मतलब केवल किसी झटके को सहना नहीं होता है, बल्कि इसके कारण सुधार करना और मजबूत बनना भी होता है।

उद्यमिता से भरे लोग दुर्बलता-विरोधी होते हैं। विपत्तियों का उन पर उल्टा प्रभाव पड़ता है। इनसे वे और मजबूत हो जाते हैं।

परंपरागत मैनेजर नाजुक होते हैं। विपरीत परिस्थितियों का सामना करने पर वे टूट जाते हैं।

15. भाग्य का ज्यादा फायदा उठाना

अनेक लोग बिल गेट्स को भाग्यशाली मानते हैं। वैसे भी वे एक उच्च-मध्यमवर्गीय अमेरिकी परिवार में पले-बढ़े थे और उस सेकंडरी स्कूल में पढ़े थे जहाँ कंप्यूटर की सुविधा थी, जहाँ वे बेसिक प्रोग्रामिंग सीख सके थे।

हालाँकि वे कोई अकेले ऐसे भाग्यशाली व्यक्ति नहीं थे जिन्हें ये सुविधाएँ मिलीं। ऐसे हजारों लोग थे जिन्हें ऐसी ही सुविधाएँ हासिल हुईं। इसलिए, बिल गेट्स और उनकी तरह सुविधा प्राप्त लोगों के बीच अंतर भाग्य का नहीं बल्कि भाग्य का फायदा उठाने का है। बिल गेट्स ने अपनी किस्मत से बेहतर रिटर्न पाने के लिए पूरी शिद्दत से काम किया। यही महत्त्वपूर्ण अंतर है। अच्छा और बुरा भाग्य तो हर किसी के साथ होता है, लेकिन बिल गेट्स जैसे लोग भाग्य को पहचानते हैं, उसे पकड़ते हैं और 'भाग्य पर उच्च रिटर्न' (हाई आरओएल) हासिल करते हैं।

हाई आरओएल पाने के लिए अपने आप को भाग्य से होने वाली घटना में तीव्रता के साथ झोंकना पड़ता है, जीवन की गति में परिवर्तन करना होता है और हार नहीं माननी पड़ती है। बिल गेट्स ने ऐसा ही तो किया। वे दो दशकों से अधिक समय तक लगे रहे, आगे बढ़ते रहे, काम करते रहे और उस प्रयास को जारी रखे रहे। यह भाग्य नहीं है—यह भाग्य का फायदा उठाना कहलाता है।

बिल गेट्स की तरह, उद्यमिता की भावना से युक्त लोगों को ज्यादा सौभाग्य, कम दुर्भाग्य या भाग्य का बड़ा हिस्सा नहीं मिलता है। हालाँकि हाई आरओएल हासिल करके वे दूसरों की तुलना में बेहतर भाग्य बना लेते हैं।

माण देशी महिला सहकारी समिति बैंक

वेल्डर का काम करने वाली एक गरीब महिला अपने परिवार के साथ फुटपाथ पर रहती थी, जो हर दिन 10 रुपये बचाना चाहती थी ताकि वह अपने घर को बारिश से बचाने के लिए प्लास्टिक शीट खरीद सके। उसने बचत बैंक खाता खोलने के लिए एक बैंक से संपर्क किया, लेकिन बैंक मैनेजर ने यह कहकर मना कर दिया कि इतनी छोटी रकम के लिए खाता नहीं खोला जा सकता और इसका कोई फायदा नहीं।

उसने एक सामाजिक कार्यकर्ता चेतना सिन्हा से संपर्क किया और अपनी हालत उन्हें बताई। चेतना सिन्हा इस बात से हैरान थी कि वह गरीब महिला कर्ज तो मांग नहीं रही थी बल्कि अपनी बचत रखने के लिए सुरक्षित जगह ही मांग रही थी, फिर भी उसका बैंक खाता नहीं खोला गया। उन्होंने ऐसी महिलाओं के लिए एक बैंक स्थापित करने का इरादा किया। उन्होंने बैंक लाइसेंस पाने के लिए भारतीय रिजर्व बैंक (आरबीआई) से संपर्क किया। लेकिन रिजर्व बैंक ने उन्हें यह कहते हुए मना कर दिया कि अनपढ़ बैंक प्रमोटरों को बैंक लाइसेंस जारी नहीं किया जा सकता।

इन महिलाओं को ये सब बताते हुए चेतना सिन्हा की आँखों से आंसू छलक पड़े। महिलाओं ने उनसे कहा कि रोना बंद कीजिए और एक कार्यक्रम शुरू कीजिए जो उन्हें पढ़ने और लिखने में सहायता कर सके।

फिर एक साक्षरता कार्यक्रम शुरू किया गया और ये गरीब महिलाएँ दिन भर कड़ी मेहनत करने के बाद रात को पढ़ना-लिखना सीखने आने लगीं।

पाँच महीने बाद, चेतना सिन्हा और साक्षरता कार्यक्रम की पंद्रह महिलाओं की एक टीम फिर से बैंक लाइसेंस लेने के लिए रिजर्व बैंक पहुँची। उन्होंने बैंक अधिकारी को बताया कि पहले उन्हें बैंक का लाइसेंस इसलिए नहीं दिया गया था क्योंकि वे अनपढ़ थीं, लेकिन उनके गाँवों में आसपास कोई स्कूल नहीं था इसलिए अपनी अशिक्षा के लिए वे जिम्मेदार नहीं थीं। उन्होंने अब बैंक अधिकारी को ब्याज की गणना के लिए मूल राशि देने की चुनौती दी। उन्होंने कहा कि अगर वे ब्याज का हिसाब न लगा पाएँ तो बैंक उन्हें लाइसेंस न दे। हालाँकि उन्होंने एक शर्त भी रखी : अन्य बैंक अधिकारियों से भी कैलकुलेटर के बिना ब्याज की गणना करवाई जाए और यह देखा जाए कि किसने तेजी से हिसाब किया।

कहने की ज़रूरत नहीं है कि महिलाओं को बैंक लाइसेंस जारी कर दिया गया और माण देशी महिला सहकारी बैंक की शुरुआत की गई। यह ग्रामीण भारत में महिलाओं के लिए पहला सहकारी बैंक है।

ये गरीब महिलाएँ गरीब पृष्ठभूमि से थीं और इन्हें जन्मजात भाग्यशाली तो नहीं ही माना जा सकता था। हालाँकि उन्होंने अपने सामने आई भाग्य की उस घटना में खुद को पूरी तरह से लगा दिया और निराशाओं और अस्वीकृतियों को अपने पास नहीं फटकने दिया। इसके बजाय, उन्होंने अपने रास्ते में आने वाली हर बाधा का समाधान ढूँढ़ निकाला और वे तब तक लगी रहीं जब तक कि सफल नहीं हो गईं। वे भाग्यशाली नहीं थीं, लेकिन भाग्य पर हाई रिटर्न पा रही हैं।

उद्यमिता की भावना से भले लोग अब्राहम लिंकन की सलाह का पालन करके घटनाओं की तैयारी करते हैं या उन्हें भाग्यशाली मानते हैं कि, 'मैं तैयारी करूँगा और किसी दिन मेरा मौका (पढ़ें : भाग्य) आएगा'। और जब मेरा मौका आएगा तो मुझे कोई कमी महसूस नहीं होगी। साथ ही, वे रिजर्व बनाकर (मसलन, बैलेंस शीट पर नकदी) और अच्छे समय में कम बर्बादी और अधिकतम इस्तेमाल के जरिए दुर्भाग्यपूर्ण घटनाओं के लिए खुद को तैयार भी करते हैं।

परंपरागत मैनेजर भाग्य का इंतज़ार करते रहते हैं। आखिरकार जब भाग्य उनका साथ देता भी है तो वे एक अच्छा आरओएल पाने के लिए सही तरह से तैयार ही नहीं होते हैं। इससे भी बड़ी बात यह है कि जब दुर्भाग्य आता है तो वे इसके लिए इतने कम तैयार होते हैं कि तबाह ही हो जाते हैं।

उद्यमशील लोगों के कुछ और लक्षण

उद्यमशील लोगों में इनमें से कई वांछनीय गुण होते हैं :

- भले ही उनके पास सभी जवाब न हों, फिर भी वे सहज रहते हैं।
- वे आसानी से मदद मांग लेते हैं।
- उनमें किसी छोटी दूरी के धावक के नहीं, बल्कि मैराथन धावक के लक्षण होते हैं। वे धैर्यवान होते हैं और उनमें दृढ़ता, धैर्य और लचीलेपन के गुण होते हैं।
- वे स्व-प्रेरित होते हैं। हर दिन वे उसी उत्साह के साथ दिखाई देते हैं जो उनमें शुरुआत के समय दिखा था।
- चुनौती मिलने पर उन्हें खतरा या असहजता महसूस नहीं होती।

- वे परंपरा को सक्रिय रूप से चुनौती देते हैं, प्रचलित मानदंडों और यथास्थिति को चुनौती देने वाली धारणाओं पर सवाल उठाते हैं।
- वे उन चीजों पर ध्यान लगाते हैं जो उनके नियंत्रण में हों। नियंत्रण से बाहर की चीजों पर वे चिंतित नहीं होते।
- वे हमेशा अवसरों की तलाश में रहते हैं।
- वे दुर्बलता-विरोधी होते हैं। विपत्ति का उन पर उल्टा ही प्रभाव पड़ता है। इनसे तो वे और मजबूत होते हैं।
- वे भाग्यशाली होने पर नहीं, बल्कि भाग्य मिलने पर उसका बेहतर रिटर्न पाने पर ध्यान लगाते हैं।

उद्यमिता की भावना का होना क्यों महत्त्वपूर्ण है?

हम वूका (वीयूसीए) की दुनिया में रहते हैं, जहाँ पाठ्यक्रम के लिए अस्थिरता, अनिश्चितता, जटिलता और अस्पष्टता बराबर होती हैं। उद्यमिता से युक्त लोग ऐसी परिस्थितियों में काम करने में सहज होते हैं और ऐसी परिस्थितियों में जीत हासिल करने के लिए तैयार भी रहते हैं।

उपसंहार

माउंट एवरेस्ट पर कदम रखने वाले पहले व्यक्ति सर एडमंड हिलेरी 1950 के दशक में एक बार माउंट एवरेस्ट क्षेत्र में टोही अभियान पर थे। उन्होंने उस विशाल पर्वत की तरफ देखा और बोले, 'मैं फिर आऊँगा और तुम्हें जीत लूँगा क्योंकि तुम तो पर्वत हो, तुम बढ़ नहीं पाओगे, लेकिन मैं तो इंसान हूँ और बड़ा हो सकता हूँ।'

तीन साल बाद, सर एडमंड हिलेरी और तेनजिंग नोर्गे ने माउंट एवरेस्ट पर विजय हासिल की।

उद्यमिता से भरपूर लोग कठिन समस्याओं को देखकर कहते हैं, मैं जब तक तुम पर जीत हासिल नहीं कर लेता, तब तक तुम्हारे पास बार-बार आता रहूँगा। वे जीत हासिल कर लेते हैं!

उद्यमिता की भावना संक्षेप में

उद्यमिता की भावना

- यह एक तरह की अमूर्त ऊर्जा होती है जो लोगों को अपने पास मौजूद संसाधनों से कहीं ज्यादा बड़ी आकांक्षाएँ रखने के लिए प्रेरित करती है। जब यह भावना जीवित होती है तो व्यवसाय में उत्साह बना रहता है और उनकी बढ़त कायम रहती है।

उद्यमिता के गुण

1. अद्वितीय और विशिष्ट मानसिकता।
2. हमेशा अवसरों की तलाश में रहना
3. यथास्थिति को चुनौती देना।
4. कार्यस्थल पर अपनी "ज़रूरत" का पता लगाना।
5. कमाल के उत्पाद तैयार करना।
6. सतत बीटा की अवस्था में रहना।
7. सिस्टम 2 सोच के प्रति पूर्वाग्रह दिखाना।
8. समाधान चाहना।
9. खेल के नियम बदलना।
10. संसाधनों को सोच-समझकर खर्च करना।
11. प्रयोग करने की प्रवृत्ति।
12. आकांक्षाएँ संसाधनों से भी बड़ी रखना।
13. सकारात्मक विचारों का विकास और पोषण।
14. उदारता का व्यवहार करना।
15. अपनी टीम को मालिकों की तरह सोचने और काम करने के लिए प्रेरणा देना।
16. न कहने की कला में माहिर होना।
17. लचीलापन और धैर्य का प्रदर्शन और बहुत ज्यादा न सोचना।
18. दुर्बलता का विरोधी होना।
19. 'भाग्य पर रिटर्न (रिटर्न ऑन लक)' ऊँचा रखना।

उद्यमिता की भावना के फायदे

1.सभी जवाब न होने पर भी सहज रहना।

2.मदद मांगने में सहज महसूस करना।

3.फर्राटा दौड़ के बजाय मैराथन दौड़ के धावक के गुण रखना।

4.स्व-प्रेरित होना।

5.चुनौती मिलने पर भी असहज या खतरा महसूस न करना।

6.परंपरा को सक्रिय रूप से चुनौती देना, प्रचलित मानदंडों और यथास्थिति को चुनौती देने वाली धारणाओं पर सवाल उठाना।

7.उन चीजों पर ध्यान लगाना जो अपने नियंत्रण में हों।

अनुवादक के बारे में

महेन्द्र नारायण सिंह यादव ने महाराजा कॉलेज, छतरपुर (म.प्र.) से स्नातक और भारतीय जन संचार संस्थान (नई दिल्ली) से पत्रकारिता में स्नातकोत्तर डिप्लोमा तथा गुरु जंभेश्वर विश्वविद्यालय से पत्रकारिता एवं जनसंचार में स्नातकोत्तर की उपाधि प्राप्त की है। वे विगत 20 वर्षों से रेडियो, टेलीविज़न पत्रकारिता तथा अनुवाद और संपादन-कार्य से जुड़े हैं। उन्होंने चिल्ड्रंस बुक ट्रस्ट के हिंदी संपादक के रूप में भी कार्य किया है। वर्तमान में वे दिल्ली में समाचार चैनल 'समय मध्यप्रदेश छत्तीसगढ़' में पत्रकारिता कर रहे हैं।

उन्होंने अब तक कई पुस्तकों का अंग्रेज़ी से हिंदी में अनुवाद किया है, जिनमें एस. विजय कुमार की मूर्ति चोर, हिन्दोल सेनगुप्ता की *नये युग का संन्यासी*, आदित्य सिन्हा की *रॉ, आईएसआई* और *शांति का भ्रम*, उल्लेख एन.पी. की *वाजपेयी : एक राजनेता के अज्ञात पहलू* और सद्‌गुरू की *सुखी जीवन के तीन सत्य* शामिल हैं।